我行我诉

邢志坚 著

河南文艺出版社
·郑州·

图书在版编目（CIP）数据

我行我诉/邢志坚著. —郑州：河南文艺出版社，
2017.7（2019.9重印）

ISBN 978-7-5559-0576-9

Ⅰ.①我… Ⅱ.①邢… Ⅲ.①中国文学-当代文
学-作品综合集 Ⅳ.①I217.2

中国版本图书馆CIP数据核字(2017)第168836号

出版发行 河南文艺出版社
本社地址 郑州市郑东新区祥盛街27号C座5楼
邮政编码 450018
承印单位 三河市兴国印务有限公司
经销单位 新华书店
开 本 890毫米×1240毫米 1/32
印 张 13.75
字 数 339 000
版 次 2017年7月第1版
印 次 2019年9月第2次印刷
定 价 48.00元

序一

李佩甫

　　我的故乡许昌是历史悠久的"三国文化之乡"，有着丰厚的文化底蕴。去年"三国文化周"活动期间我应邀返乡，见到了几位当年曾经一起上过电大的老同学。其中的邢志坚同学从1982年上电大时就坚持杂文创作，几十年来从未停笔，2008年还出版了杂文集《火花》，我由衷地向他表示祝贺。

　　这种对文学的挚爱，对创作的执着，也是我们那一代"文青"的共同特点。二十世纪八九十年代，许多青年都怀揣"文学梦"，奋笔著文章。难能可贵的是，志坚同学能矢志不移，痴心不改，笔耕不辍，并且笔力日健。最近他的又一部杂文集《我行我诉》即将出版，嘱我作序，我更觉志坚同学名如其人：少年壮志，老而弥坚。

　　志坚的这部杂文集是他近十年来在各类媒体上发表过的评论文章的结集，这些杂文在读者中产生的反响和社会效果早有定论，无须赘评。我想值得提倡的是志坚同学这种勤勉写作的"笔耕精神"。写文章也同农民种庄稼一样，需要不惜汗水，精耕细作。"一分耕耘，一分收获"绝非虚言，没有对社会生活现象日积月累的深刻观察，没有对文章结构的精心谋划，没有对语言文字的精雕细琢，光靠浮光掠影的投机取巧和故弄玄虚的"标题党"文风，绝对写不出切中时弊、击中心灵的杂文，也绝不可能引起读者的共鸣。

愿志坚笔耕不止,佳作不断!

2017 年 4 月 9 日于郑州

（李佩甫,中国作家协会全委会委员,国家一级作家,河南省文联原副主席,河南省作家协会原主席,第九届茅盾文学奖得主）

本书作者(左)与李佩甫合影

序二

王继兴

　　我的人生有诸多遗憾,时时令我慨叹;但是,我也有不少幸运,常常让我为之自豪!我有一大批杂文家朋友,便是我的幸运之一。许昌的邢志坚,便是这批朋友中的一员。

　　2008年,他的第一本杂文集《火花》出版后,河南省杂文学会和许昌市杂文学会曾联合在许昌为他举办了一次研讨会。会上大家的声声点赞似乎犹响在耳,这不,今天他的又一本杂文集《我行我诉》就要出版了!

　　每次捧读朋友们的新著或书稿,我都会禁不住引发一阵喜悦、兴奋和激动!

　　一是敬重他澎湃的激情。文贵乎情,特别是贵乎激情。刘勰的《文心雕龙》中有一章是专门讲"情采"的,他说:"故情者文之经,辞者理之纬;经正而后纬成,理定而后辞畅:此立文之本源也。"写杂文所贵之"情",又非写爱情诗词的那种柔情和绵情,也非写闲适小品的那种闲情和逸情。写杂文的澎湃激情,确是那种"新松恨不高千尺,恶竹应须斩万竿"的激情!且以志坚的《我行我诉》为例,看看诸如《"文贿"当休》《不让"大旗"变"虎皮"》《"皇上的亲妻"吓唬谁?》《"民心工程"别伤民心》等篇目,你会真实而深切地感受到杂文家那种忧国忧民的家国情怀,那种勇担道义的责任意识,那种疾恶如仇的正义良知,那种遇事较真的火热心肠!源于这种澎湃激情所产生的杂文,对于针砭时弊,惩治腐恶,匡正世风,弘扬文明,尤为难能可贵!

二是敬重他痴情地坚守。先前的传统纸媒,即使版面有限也大都辟有文学副刊,各家文学副刊都特设有杂文专栏,有人甚至称杂文专栏是副刊的旗帜和眼睛,这就为杂文家们铺垫了广阔而持久的施展身手的平台和园地。现在情况大变! 不仅杂文专栏难以寻觅了,甚至文学副刊有时也找不到了。尽管如此,许多杂文家依旧在痴情地坚守。本地纸媒的杂文专栏被"下柜撤台"了,就到全国各省各市去找;纸媒的杂文专栏被取缔了,就到网上去自创个人空间。媒体发稿付给作者稿酬,本属天经地义;据此,你若以为写杂文全是为"稻粱谋",错了! 民国时期,鲁迅靠写杂文谋生可以,一是因为他写得多而好,二是当时稿费高。现在不行,稿费太低。论付出与收入的比值,写杂文未必胜过路边卖茶叶蛋的。而且,在网上发稿,大都是"白发"。况且,杂文的主要功能是批判,尽管作者自己的主观愿望是好的,但因为是"批判",是"诤言",是"谏语",即使一段一句,乃至一言一语,甚至一词一字,一旦失误失妥,还会惹出意外的麻烦,甚至是意想不到的灾难。那么,杂文家们何故如此? 这便是情结所致。在我看来,中国文人从古代的屈原、陆游到当代的鲁迅、邓拓……忧国忧民的情结太重,而且对后来者影响太深。所以,当代的杂文家以及杂文爱好者,为了抑恶扬善,为了扶正祛邪,为了革故鼎新,为了激浊扬清,他们笔耕不辍,常常甘愿做白尽义务的"志愿者"。志坚在这本书的《自序》中说,"我在人生道路上行走,我用文字来诉说","向来都是真名实姓",这"也是对读者的坦诚和尊重,更表明了作者文责自负的诚意和勇气"。读到这里,我怦然心动,不能不为他的痴情坚守而感动!

三是敬重他勤奋地积累。十年时间志坚相继有两本杂文集出版,这是勤奋积累的结果。莫道十年磨一剑,笔耕甘苦寸心知! 志坚在比较他的两部杂文集的时候,说前后有着一个明显的区别是:前者文章短小,后者文章偏长。本来,文章的优劣好坏,不在形式的长短。洋洋洒洒的《西游记》《红楼梦》,不愧为文学经典;惜墨如金的《陋室铭》《爱莲说》,同样是脍炙人口!不过,我觉得相较而言,志坚所写杂文形式的变化,即由一针见血的"火花式",发展到了条分缕析的思辨式,这种表达模式的变化,实际上是知识累积、阅历增加、观察更全面、认识更深刻、说理更到位、议论更透彻的反映。客观事物往往是复杂的,要将其利弊分析明白,只靠寥寥数语不大容易。借个不大准确的比喻说,这恰似医院,过去只有放大镜、显微镜,现在有了 CT(电子计算机断层扫描)、核磁共振,这种设备能力和技术含量的变化、积蓄和提高,何等可喜可贺!

细品收入这个集子里的文章,其深度、厚度、分量、质量,比此前的"火花式"作品都有明显的提高。我为志坚感到高兴,并由衷地向他祝贺!

(王继兴,高级编辑,中国作家协会会员,享受国务院政府特殊津贴专家,《大河报》首任总编辑,全国省级晚报(都市报)学术委员会主任,河南省杂文学会会长)

自序

邵志坚

　　"我行我诉"是我最早使用且沿用至今的网名。几十年来,我在各种报刊上发表作品,向来都是真名实姓,从未起过什么笔名、别名或昵称。这是因为,一来我觉得做人为文只要行端立直,堂堂正正,自当行不更名,坐不改姓。而且作品署真名也是对读者的坦诚和尊重,更表明了作者文责自负的诚意和勇气。一个"把心交给读者"(巴金语)的人,还有什么必要用一个个眼花缭乱的笔名掩盖自己的"庐山真面目"呢?二来我深知作品只能以文取胜,靠花里胡哨的笔名来"吸引眼球"只能是一厢情愿的雕虫小技。至于说想以笔名做匿名来逃避审查和追究,则更无异于痴人说梦,掩耳盗铃。且不说传统媒体不会公开发表匿名作品,就是号称"在网上没人知道你是一条狗"的网络论坛和博客、微信,也都严格遵循"前台匿名,后台实名"的准入规则,再多的笔名、网名也只是一件件标有"暗记"的"马甲",只能作为在网络上作秀的道具和"角色扮演"的服饰,根本起不到"隐身"或"遁形"的作用。既然如此,还要起什么笔名、别名呢?

　　只是到了网络时代,想在网上开微博或手机上开微信,除了用真实姓名登记注册外,还必须起一个有别于实名的网名或昵称。就像在假面舞会上一样,只有戴着各种面具的人才有资格进入,素面朝天者反被视为"异类",谢绝入场。既然这是网络社会的"游戏规

7

则"，作为网民自然也得入乡随俗。可到底起个什么样的笔名、网名，却着实让我费尽心思。像"行者""小民""许人"这类既谐音又寓意的笔名和"山外青山""汉魏风骨"之类"高大上"的网名，早已被别的网友捷足先登，抢注一空；而诸如"谁能与我同醉""我是你大爷"之类搞笑搞怪的昵称，我又着实看不上。踌躇良久，推敲再三，反复斟酌，我才最终选择了"我行我诉"作为我的笔名和网名。不但"行"与"邢"同音，也算是"坐不改姓"，而且写作本质上就是一种诉说，"我行我诉"也代表着我的写作态度：我在人生道路上行走，我用文字来诉说。虽说这个笔名平淡无奇，未能脱俗，且有篡改成语之嫌，但作为网上"冲浪"的"马甲"，也总算差强人意，聊胜于无吧。

平心而论，"我行我诉"倒也是我几十年写作历程的形象写照。自1977年从事新闻采编开始，我便在人生道路上一边行走，一边观察，一边思考，一边不停地用文字来诉说自己的见闻与感受。有人把人生比喻为一场长跑，但在这长跑的道路上，各人的角色却不尽相同。有的是奋力争先的运动员，有的是高高在上的裁判员，而我则类似于路边围观的"吃瓜群众"，时而冷眼旁观，时而鼓掌喝彩，时而窃窃私语，时而高谈阔论，并身不由己地跟随"长跑"队伍跑完自己的路程，走向人生的终点。

从某种意义上说，每个人都是人生苦旅上的行者，而我则是且行且诉并以此为荣，以此为乐。人生长路漫漫，尽管"道阻且跻""道阻且右"，我也已边行边诉，走过了大半。虽然明知来日无多，离终点不远，但作为这个时代的参与者和推动者，只要一息尚存，便不会停止观察、思考和诉说。

我思故我在，我行且我诉……

2017年3月于许昌

目　录

廉政评弹

世相漫议

人生感悟

廉政评弹

反腐倡廉年年讲，

新笔再著旧文章。

匹夫微言抒民意，

拼将评弹奏交响。

"文贿"当休

　　贿赂是最古老也最常见的腐败现象,随着时代的变迁,贿赂的方式也五花八门不断翻新,近年来出现的"文贿"就是其中的又一个"新品种"。

　　比起直截了当地送礼、送钱、送房、送车、送股票乃至送"三陪"的礼贿、物贿、财贿、色贿来,"文贿"独有其妙。行贿者多是有一定文字水平和写作能力的文人或"文吏""文痞",受贿者则多是握有重权且附庸风雅的贪官,对请吃、请洗、请赌、请玩等诸多贿赂早已习以为常不以为意,为了再贴一层"知识化""专业化"的金粉,好抢上"复合型干部"的快车道,急需发表几篇有分量的文章,出版几本有影响的专著。于是自有一班善于察言观色的"文吏""文痞"投其所好,不失时机地奉送上一篇篇妙笔生花的文章和一本本洋洋洒洒的专著,"作者""主笔""主编"当然要署上领导的大名,甚至还能实行"四包",包写、包发、包卖、包获奖,然后将成千上万的"稿费""编审费""顾问费"和金灿灿的获奖证书等"名正言顺"地拱手送上,领导心安理得领首接纳之后,自然投桃报李,慷慨回赠。双方各得其所,皆大欢喜。

　　与其他老式的贿赂方法相比,"文贿"更间接、更隐蔽、更狡猾,欺骗性更强,危害性也更大。它不仅开创了"以文行贿"的恶劣先例,严重败坏了党风、文风和社会风气,而且给贪官披上了一层"合理合法"的"儒雅"外衣,从而增加了反腐败斗争的难度。因此,我们对于这种新的腐败现象必须高度警惕,严厉打击。对公然接受

"文贿"、欺世盗名的贪官要揭其假面,夺其虚名,取消其骗来的"大奖",将收受的"稿费""奖金"等等折合成受贿金额,按照党纪国法和有关规定从重查处。对那些"卖文投靠"的"文吏""文痞"也要按行贿罪严肃处理,并要依法处置他们靠行贿换来的各种好处。决不能让行贿者占便宜,决不能养痈遗患,使"文贿"恶习愈演愈烈。

(2007年)

把"留言板"建成"连心桥"

"留言板"又名 BBS,是由早期的互联网"电子公告板"演化而来,供网友以文字形式进行远程讨论和交流的"电子白板"。虽然随着网络通信技术的不断进步和 MSN、QQ 等即时通信软件的开发应用,电子信箱(E-mail)和具有语音、视频互动功能的"播客社区""聊天室"等相继涌现,却都未能取代"留言板"在互联网上的重要地位。近年来,不仅党和国家领导人带头上网,从网上了解网民朋友们关心什么问题、有些什么看法、对党和国家工作有些什么意见和建议,而且许多地方的党政领导也纷纷上网,通过"留言板"倾听民声,了解民情。人民网还为全国除台湾地区外 22 个省、5 个自治区、4 直辖市及香港、澳门两个特别行政区上千位各地各级"一把手"全部开通了专属留言板,截至目前,共发布网友留言 6 万余条,21 位省委书记、省长,46 位地市级领导干部公开回应,2000 多个网友问题得到处理和解决。最近,有网友在人民网"地方领导留言板"上,向许昌市领导反映鄢陵县马栏镇的公路难走,市政府对此高度重视,很快回复留言,说明了道路损坏的原因,表示会先进行"砖渣垫铺处理",并已选聘养护人员。许多群众都把网上"留言板"视为"网民的话筒,领导的听筒"和沟通干群、畅达民意的"连心桥"。

既然是"连心桥",就需要处在"桥"两边的各级领导和广大网友共建共享。首先,领导要具备强烈的网络意识,懂网络、爱网络,会上网、常上网,不仅把"留言板"建在网上,更要把网友的留言放在心上,条条必看,看后必复,与网友推心置腹,真诚交流,这样才能以心换心,通过平等互动赢得网友的信任。也只有长期坚持不懈,把关注、浏览、分析、疏解、处理网友留言作为密切与群众联系、向人民寻策问计的一个重要渠道并形成长效机制,这座"连心桥"才会畅通长通。假如只是为了赶时髦而把"留言板"当摆设,爱看不看,只看不应,或者只回应网上的表扬话、奉承话,对不那么好听的实话、牢骚话、刺耳话和群众反映的问题不以为意,不理不睬,久而久之就会冷落了网友的一片热心,使"留言板"变"无言板","连心桥"成"伤心桥"甚至"断桥"。在人民网推出的"网友给省级地方领导留言排行榜"上,河南省委书记之所以高居榜首,就是因为他善于倾听网友留言,对网友的意见建议特别是反映的具体问题高度重视,认真督办,限期解决,从不懈怠应付,所以才会有这么好的"网缘"。网友们有话喜欢对他说,有苦敢于向他诉,敞开心怀,踊跃留言,真正实现了领导与百姓的"无缝对接"和"零距离沟通"。

把"留言板"建成"连心桥",还需要广大群众的积极支持和广泛参与。虽然随着互联网的日益普及和发展,我国的网民人数已经突破2亿,成为全球上网人数最多的"网上第一大国",可是仍有一些人因条件所限很少上网,即使上网也多是浏览、炒股或打游戏,对网络的作用和功能知之甚少,不知道什么是BBS,更不会通过"留言板"向政府和有关部门反映情况,表达诉求。有的人有了意见或冤屈还是习惯于一封封地写信寄信,甚至一趟趟地亲自上访,却不懂得利用互联网这一省时省力、快捷便利的最新渠道,这也是造成一些地方信访事件日益增多,上访率居高不下的一个客观原因。因此,应当采取多种措施,帮助、支持更多的群众上网用网,各阶层民众也要学会掌握网上交流沟通的基本技能,自觉运用"留言板"等网络手段与各级政府和有关部门平等交流,真情互动,不光是留言对话,更要为改进政府工作,改善民生出谋献策、建言出招。只要上下一心,共建共享,就能把网络"留言板"真正建成凝聚人心、吸纳民智、融合民力的"连心桥",在构建社会主义和谐社会的伟大事业中发挥出越来越大的作用。(2008 年)

幸运的朱文娜

要说 2008 年一开门有什么吸引眼球的大事的话，恐怕就要数来势汹汹而又去之匆匆的"西丰警察进京拘传记者"事件了。因一篇报道涉及辽宁省铁岭市西丰县委书记张志国，元旦刚过，西丰警方就以"涉嫌诽谤罪"对采写报道的法人杂志社记者朱文娜立案调查，并进京拘传。正当朱文娜从惊恐中站起，毅然委托律师反诉张志国之际，局势却又峰回路转，仅隔 4 天，西丰县公安机关就又正式撤销了对朱文娜的立案和拘传，并由县委、县政府指派相关负责人亲赴北京向朱文娜及其单位道歉。(2008 年 1 月 10 日《大河报》)

人们在竞相猜测这一历史上"最短的案件"背后究竟有什么诡秘内幕的同时，都不约而同地为终于有幸逃脱拘传的朱文娜而庆幸。

其实，差点儿面临牢狱之灾的朱文娜之所以能侥幸脱险，并非如外人所臆猜的那样有什么惊奇的内幕，套用一句老话，还是沾了"天时、地利、人和"的光。

先说天时。朱文娜被西丰警方拘传之时，正逢全国上下贯彻落实党的十七大精神，致力于健全社会主义民主与法制，构建和谐社会的早春时节，各级政府体察民意，体恤民情，积极鼓励和支持舆论监督，营造出了宽松和谐的舆论环境。西丰警方在此时悍然进京拘传记者，恰恰是选错了时机，撞到了枪口上，还未得手便遭到了社会舆论的强烈谴责，成了亿万网民口诛笔伐的众矢之的，故而不得不草草收兵。有了广大民众的道义声援，朱文娜才由被动躲避转而主动反击,进而又因祸得福地成了保障记者采访权和公众知情权、表达权,维护社会公平、正义的标本和典型,正所谓"时势造英雄"也。假如她不幸生活在因言获罪的时代,只怕再有理也百口莫辩,有人同情也难以幸免了。

再说地利。朱文娜之所以没有落入西丰警方之手,正是受庇于她所处的京畿之地和所供职的权威媒体。如果不是生活在法制完备的首善之区,如果她的工作单位不是中央级的新闻媒体,如果不是由于抓捕人员级别较低,因而气短心虚、投鼠忌器,就凭她一个小小记者纵有三头六臂也难逃警方通缉。2006年6月12日、13日两天,云南省《生活新报》《都市时报》两名记者在楚雄市采访打击传销活动的新闻时,被当地警察和"打传办"人员铐、打致伤,不就是一个活生生的例证吗?

更主要的还是人和。朱文娜的领导关心群众,爱护下属,在关键时刻敢于挺身而出,仗义执言,有理有节地出面交涉,果断保护因公采访而遭拘传的记者,这才使无辜的朱文娜逃过一劫,并重新获得了依法维权的勇气和动力。倘若遇到一个只重官帽不重情义的上司,说不定就会"忍痛割爱",丢卒保车,早把她当作"犯罪嫌疑人"交出去了。刚好一年前,某报驻山西记者站的专题部主任兰成长,在受命和同事一起采访当地一家无证开采的黑煤矿时,被非法矿主活活打死,可在有关部门调查取证时,他的顶头上司为求自保,竟称其是"聘用人员",私自采访属个人行为。假如朱文娜也遇上这样的领导,她还能有今天这么幸运吗?

朱文娜是幸运的,但愿她的幸运能够为全体记者和媒体工作者所共享,她曾经承受的压力成为全国各地的"朱文娜"们为民代言、为和谐社会鼓与呼的强劲动力。(2008年1月31日)

不让"大旗"变"虎皮"

日前,许昌市政府专门发出通知,严禁任何个人、单位或团体擅自以国家机关、事业单位名义做广告或变相做广告,严禁以国家机关、事业单位的名义参与广告宣传活动,严禁以国家机关、事业单位名义悬挂和张贴各种广告类条幅和牌匾。许昌市在"环境创优年"里新近出台的这一重要举措,将对规范行政行为,优化市场环境,从根本上打击和遏止"借名祝贺"的违法行为起到十分有效的作用。

一个时期以来,一些地方的少数企业和商户为给营销造势,屡屡以政府机关或公检法等"强力部门"以及"权威机构"的名义为自己做广告。这种"拉大旗做虎皮"的违法行为严重背离文明社会的公序良俗和商业道德,败坏政府部门形象和公信力,已成为一种亟待治理的"社会公害"。前段时间,我市一些"头面单位"的名号也不时出现在企业庆典和商家开张的"贺信""贺匾""祝贺名单"上,令人真假难辨,群众啧有烦言。最为典型的是最近湖南省张家界市武陵源区一家洗脚城开业,竟挂满了以市检察院、市法院、市地税局、市建设局、区检察院、区法院等单位名义送的大红条幅,被称为"最牛洗脚城"。(4 月 8 日新华网)前几天郑州市区一家楼盘开盘,不仅公然悬挂省、市、区十余政府部门的祝贺横幅,而且还打出了刚刚成立的"中国住房和城乡建设部"的贺幅。(4 月 20 日《河南商报》)虽然事后不少单位纷纷澄清,称只是个别商家的单方炒作,但已在社会上造成了恶劣影响。

实际上,"借名祝贺"现象既源于个别商家的虚假宣传,又与少数单位政治意识、大局意识不强,工商部门监管不力、对广告冠名及审批把关不严有关。有人只知道以单位名义出面祝贺或致信冠名是对企业的支持、声援,有利于促进经济发展,却忘记了政府部门的公务属性和"裁判员"的特殊身份,忽视了不经授权批准擅自对外冠名、借名可能造成的负面影响和管理漏洞。而个别无良商家正是看中了政府部门的"名头"和影响力,才不惜采用各种手段"拉名""借名"甚至冒名,拿强力单位的"大旗"来做吸引眼球的幌子,借权威机构的名义来抬高自家的身价。他们欺骗的是不知情的公众和消费者,损害的则是政府的权威和公信力。这种"损公利己"的行为早已超出了商业营销的底线,理应坚决取缔。许昌市政府通知的"三个严禁",从三个方面消除了"借名祝贺"违法行为赖以滋生的条件和环境,有关部门和单位也都要结合实际认真落实,对症下药,堵塞漏洞。特别是领导干部,不但不能以单位名义随意祝贺,就是以个人身份出席类似的场合也要三思而行,以免授人以柄,被曲解或者被炒作利用。只要我们严守纪律,珍惜名声,不让"大旗"变"虎皮",那些欺世盗名者自然就无名可盗,无隙可乘。(2008 年)

从"白卷英雄"到"零分状元"

距今大约 35 年前,在中国东北的辽宁省兴城县出了一个全国知名的"白卷英雄"张铁生,他在当年的大学招生文化考试中交了白卷,却在试卷背后写了一封为自己成绩低而辩护的信,虽然他在信中低三下四地请求"各级领导在这次入考学生之中,能对我这个小队长加以考虑为盼",因而当时就有不少人对他这种动机不纯的故作姿态嗤之以鼻,但意想不到地被"四人帮"当作"反对资产阶级教育路线回潮"的"反潮流英雄"在全国大肆宣扬,并以"白卷英雄"的身份成为铁岭农学院的"工农兵学员"。

斗转星移,大浪淘沙,原以为这样的"白卷英雄"早已成为过眼烟云和历史笑柄,孰料惊人相似的一幕竟在 30 多年后重演。继河南南阳考生蒋多多在 2006 年高考中公然交白卷之后,重庆又有 400 多名考生在中招考试中集体交白卷。在今年全国统一高考中,安徽蒙城考生徐孟南故意不按规定答题,"争取"零分,贵阳考生李坚更以门门考试零分的"壮举"赢得了"零分状元"的称号。(8 月 28 日《大河报》)有人把这一现象归结为年轻人的叛逆心态和对现行教育体制的"挑战",然而我以为,问题的根源却并非如此。

从"白卷英雄"到"零分状元",不同的时代竟会出现如此雷同的现象,这决不仅仅是历史的巧合,而恰恰是历史的警示。被称作"十年浩劫"的疯狂"文革"虽然已经结束 30 多年了,但对其造成的深重罪恶和灾难的揭露、批判、反思却远远不够。有些人出于种种原因对此讳莫如深,并以种种冠冕堂皇的理由强迫或诱使人们淡化和忘掉这段

"血写的历史"。以至于许多"八零后""九零后"的青少年对"十年浩劫"一无所知，进而在不知不觉中受到了"文革"余毒的戕害。

单纯狂妄的"零分状元"们固然不可与政治投机的"白卷英雄"相提并论，但是"读书无用"的思想动机和以"另类形象"制造"轰动效应"，进而"以反制胜"的投机心态却又如出一辙，何其相似！尽管"白卷英雄"的借口是"反对资产阶级教育路线回潮"，"零分状元"的托词是"表达对现行教育体制的不满"，然而透过现象看本质，其真实动机都是企图避开激烈无情的高考竞争，以"特殊手段"不劳而获，最终谋取"金榜题名"。对于一个还未步入社会的莘莘学子来说，如此恶劣下作的行为不仅不值得同情，而且令人厌恶和鄙夷。

谁都不否认现行教育体制确实存在许多亟待改进的问题和弊端，但这种改进只能通过教育体制改革的不断深化和现代教学机制的日益创新，而决不能指望那些别有用心的"零分状元"故技重现、恶作剧般的"逢场作秀"。

从"白卷英雄"到"零分状元"的闹剧重演，再一次提醒善良的人们，对"文革"余毒的巨大危害决不可掉以轻心，在加快改革、加速发展的同时，还必须时时警惕"左"的危险。我们的学校在总结今年高考成绩，统计考生升学率的同时，也有必要以近年来出现的少数"零分状元"为反面教材，对全体学生进行一次深入的学风学德教育，让我们的下一代从小就能看清"白卷英雄"和"零分状元"的历史渊源和荒谬本质，从而增强对"文革"余毒的免疫力，真正树立起以刻苦学习为荣、以懒惰厌学为耻，以认真考试为荣、以投机取巧为耻，以考场上公平竞争为荣、以交"白卷"得零分为耻的新风正气，让"交白卷""反潮流"之类的文革恶习在神圣的校园里从此绝迹。
（2008 年）

"五分钟发言"倡新风

前不久,在河南省许昌市召开的农村基层党风廉政建设工作会议上,有5个单位要做典型发言。正当第一位代表上台开始宣读经验材料时,主持会议的市领导提议:"这5份经验材料写得都很好,也已经印发给大家。请发言的同志不要念稿,拣亮点、重点讲。每个人发言不要超过5分钟……"话音未落,台下响起了一片热烈的掌声。这掌声既是对市领导倡导清新简约、求真务实新风的由衷赞许,也寄托了广大干部对改进会风、提升效能的殷切期待。

会风反映作风,作风决定效能。冗长、拖沓的会议不仅耗费大量的时间和精力,影响以至降低工作效率和行政效能,而且容易消磨与会人员的注意力和兴奋度,使会议效果大打折扣。有些会议之所以会场纪律松弛,有人迟到或早退,有人交头接耳或打瞌睡,其客观原因就是讲话太长太空,难以打动人心。

而许昌这次会议上的"5分钟发言"则由于时间紧凑、内容精当而深深吸引了与会人员,台上讲得简明扼要,台下听得津津有味,会场井然有序。这充分说明,转变作风、改进会风既要下大力气精简会议,压缩规模,努力做到大会小开,多会合开,可开可不开的会议坚决不开,又要严格控制会议时间,尽量做到长会短开,长话短说,已印发了书面材料的就不要再照本宣科,一个人能讲清的就不要轮流上台,层层表态,这样的讲话才能让人入耳入脑,这样的会议才能收到事半功倍之效。

更令人振奋的是,去年年底国务院办公厅专门发布了关于精简会议文件改进会风文风的意见,对有关会议的规模、形式和发言时间等都做出了明确规定,特别是对国务院召开常务会议、各类专题会议限定了与会人员的发言时间:汇报时间原则上不超过 15 分钟;其他与会人员发言,一般每位不超过 5 分钟。这对于各级各部门切实精简会议,改进会风必将起到有力的推动作用。

把短小精悍、掷地有声的"5 分钟发言"推而广之,大力倡导清新简约的会风,必能以此带动干部作风的进一步转变和行政效能的不断提升。(2008 年)

干部"陪访"暖民心

　　提起上访，一些从事信访工作的干部既头疼又无奈，尽管采取了包括劝访、拦访、截访在内的种种办法，但越级上访和重访、缠访现象仍时有发生。为了破解这一难题，最近陕西山阳县采取了一项积极的措施，派出当地法院的一名法官背着案卷材料，陪同不服当地政府的处理意见，执意越级上访的一位农民一同去上级机关，给接访机关提供第一手材料。经过两级信访部门当场解释，上访者终于打消了疑虑，主动息诉罢访。(4月7日《法制日报》)山阳县干部"陪访"的做法不仅化解了缠访难题，而且也温暖了上访群众的心，不失为信访工作由被动变主动的一条新思路。

　　对待上访群众的态度不仅仅是单纯的工作方法问题，更反映着各级领导和信访干部的立场和感情。从过去被动、对立的拦访、截访，到现在主动、积极的下访和"陪访"，每一次接访方式的改变都体现着干部作风的转变和执政理念的进步。正因为有些地方把上访群众当作"无理取闹"的"不稳定因素"，才会出现强硬粗暴的"拦截"现象。而一旦我们的干部"把群众的事当成自家的事"，把信访工作当成为民解忧的服务手段，真正尊重和维护群众向上级机关反映自己意愿的合法权利，就能客观冷静地对待群众的信访诉求，设身处地地理解和体谅他们的实际困难，自然也就会诚心诚意地去"下访"和体贴入微地去"陪访"。人心都是肉长的，大多数上访群众也都是通情达理的，只要他们亲眼看到各级信访部门不是在串通一气敷衍糊弄，只要他们亲身感受到信访工作人员真心为民的诚意和认真负责的态度,自然就会回心转意,口服心服地息诉罢访。用这种低调平和平等务实的方式去处理各种复杂的信访问题,岂不是比剑拔弩张、激烈对峙的"拦访"和"截访"更加有效,更加有利?

其实,群众上访不一定非要法官陪同,熟悉情况的信访人员和涉及的相关部门的干部都可以陪访。陪访的目的也不仅限于向上级信访机关提供材料,而是要把陪访的过程变成沟通感情、消除隔阂、化解矛盾、求得共识的机会,把陪访对象当作自己的亲人,以善意和诚意去打动上访者的心,用法律、政策和情理去化解他们胸中积郁的闷气怨气,帮助他们理清思路,理顺情绪,解开心里七扭八岔的"疙瘩"。这样做虽然从眼前看可能会多花费一些人力、物力和财力,增加信访部门的工作负担,却能从根本上解决上访老户不服裁决,同一事项多次上访的重访、缠访问题,减少了信访群众的上访成本,有利于社会稳定和谐,政府安心,群众满意,所以值得大力提倡和进一步推广。(2008 年)

关注民生从小事做起

近日读报,有两条新闻令我眼亮心热。一条是北京市政府继去年向居民免费发放 500 万只限量小盐勺和 10 万把健康腰围尺后,今年又专门出资制作了 500 万只限量小油壶免费发给居民(3 月 5 日《北京青年报》);另一条是苏州市两年来先后投资 3000 万元,为 14 万户居民更换节水器具。(新华社 4 月 3 日电)这一串串醒目的数字生动地体现了政府执政理念和工作重点的新变化,饱含着人民公仆关注民生、权为民用的殷殷深情。

也许有人会说,政府工作千头万绪,抓经济、抓管理、抓稳定还忙不过来,哪有精力和财力去管那些吃盐吃油、身材发胖和水龙头滴水的家务小事?殊不知,这些看来琐碎繁杂的家务小事却正是事关百姓健康和日常居家的大事。国以民为本,民健才能国强,民安才有国昌,只有把老百姓身边的烦心事解决了,才会有安定和谐的发展环境,才能推动经济社会的协调发展,才能得到人民群众的拥护和支持。正如温家宝总理在前不久召开的全国"两会"上答记者问时所说的那样,"只有把人民放在心上,人民才能让你坐在台上"。

把人民放在心上,就不仅要考虑关系国计民生的重大问题,抓大项目,谋大发展,而且要为人民群众的日常生活、衣食住行殚精竭虑,替普通百姓的柴米油盐、身心健康操心劳神。在社会主义市场经济条件下,政府的主要职能是搞好公共管理和提供公共服务,为居民更换节水器具,鼓励居民节约用水,合理利用水资源就属于公共管理的范畴。为居民提供小盐勺、小油壶和腰围尺,当好他们的健康顾问，就是最实际最贴心的公共服务。因此，关注民生就要从小事做起。小事不小，它事关人民群众的切身利益，事关构建和谐社会的工作大局，也是各级政府的重要职责。

"人民政府为人民"并不是一句动听的宣传口号，而是人民政府的执政理念，必须体现在每一项改善民生的具体工作和每一件为民解忧的琐碎小事上。假如我们的每一个政府官员和公职人员都能把百姓的冷暖放在心上，多多关注一下群众住不起房、上不起学、看不起病、吃不起肉之类的大问题，及时帮助他们解决一些诸如路不平、灯不明、秤不准、水不净、公交车不准时、居民区有噪声之类的小事情，人民群众能不和我们同心同德、同气相求吗？

为了彰显执政为民的理念和决心，许多地方政府每年都向群众承诺要办好"十件实事"，其实在这"十件"之外，百姓们还有许许多多千头万绪、力不从心的琐碎事、烦心事、尴尬事期盼政府帮助解决，这些凡人小事也一定要放在公仆们的心上，像办好"十件实事"一样高度重视，领导挂帅，专人负责，"倒排工期"，督办落实。这样才能有效提高人民群众对政府工作的认同度和满意度，不断巩固我们的执政地位和执政基础。（2008 年 4 月 17 日）

问问群众怎么想

　　近读一篇纪念周恩来总理的回忆文章,文中记述的一件小事令人没齿难忘。1959 年周总理到广东从化视察时,无意中得知当地群众因无钱建浴池而洗不到温泉,他当即质问陪同的当地领导:"修干部疗养院就有钱,给当地群众建浴池就经费困难? 都知道洗温泉好,能治病,可当地群众祖祖辈辈生活在这个地方却洗不上温泉,你们说,群众会怎么想?"他当场建议,凡是到温泉疗养的同志都要捐款,为群众修建公共澡堂,并和邓颖超同志一起带头捐赠了 100 元。(2008 年第 3 期《党史博览》)这种一事当前,先为百姓着想的高尚情怀,生动地体现了共产党人的宗旨意识和公仆精神,为万世黎民所赞颂和景仰。

　　然而,现实生活中的某些现象却与此形成了对比鲜明的巨大反差。据《人民日报》报道,在许多困难群众还没有住上经济适用房的情况下,广西柳州市竟然在市区黄金地段为"四大班子"领导专门盖起了一片车库、花园俱全,每户面积 300 多平方米的"低价豪宅",被舆论斥为"阳光下的集体腐败"。同样是搞建筑,周总理牵挂的是为洗不上温泉的群众建澡堂,而有些人却是热衷于为早已住上房改房的高官们盖豪宅,两相对比,清浊自明,高下自见,何止是天壤之别,简直是不可同日而语!

　　建澡堂与盖豪宅体现着截然不同的政治素养和执政理念,其社会效果也截然相反。为群众建澡堂是心怀百姓、为民谋利的雪中送炭,盖豪宅则是唯官是从、与民争利的"锦上添花"。周总理得知群众洗不上温泉，首先想到的是"群众会怎么想"，而当今的盖豪宅者则从不顾及百姓的感受和评价。周总理当年捐款建成的澡堂早已成为矗立在人民心中的丰碑，每一个普通百姓都可以在这里真切地感受到党和政府的温暖关爱；而那些拔地而起的"高官别墅"从竣工之日便成了千夫所指的反面教材，让人们对党风廉政建设和反腐败斗争的复杂性、艰巨性、长期性有了更加直观、深刻的理解。

俗话说"人心如秤"，把澡堂和豪宅放在老百姓心中的这杆秤上去称一称，不仅能称出正邪美丑，更能称得出为政得失和人心向背。连封建时代的官员都懂得"先天下之忧而忧，后天下之乐而乐"，我们敬爱的周总理尚且为群众洗不上温泉而痛心自责，那些"低价豪宅"的主人难道就没有为自己的违纪行为而知耻内疚，痛心疾首吗？

温家宝总理有句振聋发聩的名言："只有把人民放在心上，人民才能让你坐在台上。"要巩固我们党的执政地位，要建设长治久安的廉洁政府，我们的每个党员、干部、公务人员，特别是肩负重任的领导干部都要认真学习周总理一心为民的为政之德和公仆情怀，真正把群众的冷暖安危时刻放在心上，无论干工作、办事情还是定规矩做决策，都要像他那样首先问问："群众会怎么看？百姓会怎么想？"唯其如此，才会少干一些盖豪宅、贪公款、失民心、惹民怨的蠢事错事，才会得到人民群众发自内心的拥护和爱戴。（2008 年）

接受捐赠为何"喜新厌旧"

近日由温家宝总理主持召开的国务院抗震救灾总指挥部第25次会议明确要求,当前要突出抓好受灾群众安全过冬问题,并号召在全国组织开展向灾区困难群众捐赠衣被活动。(9月2日《人民日报》)

可是正当我们爱心涌动,积极组织募捐活动之时,却又看到了一条令人寒心的消息。8月31日的《成都商报》在一篇题为《川震灾民不要捐赠旧衣 60吨旧衣公开拍卖》的报道中披露,汶川地震发生以后,成都市捐赠物资接收工作站共接到总价值约1.1亿元的各类物资。其中旧衣服就有300万件,捐赠旧衣服堆积如山,灾民却不要,如何处置获赠旧衣物,已成为一道难题。当地政府不得不把它们拍卖掉,仅青白江区民政局近日公开拍卖的旧衣物就有约60吨。这着实令人大惑不解,难道接受捐赠物资也能"喜新厌旧"?莫非灾区的困难群众竟如此挑剔,捐赠衣被不是全新的还都不要?

然而,事实真相绝非如此,四川地震灾区本来就是经济欠发达的贫困地区,震灾更使群众生活雪上加霜。尽管有中央财政的紧急救助,有全国各地的大力支援和海内外同胞的无私捐赠,部分困难群众仍面临过冬衣被短缺的燃眉之急。正因为如此,国务院才再次号召全国人民向灾区群众捐赠寒衣。所谓"捐赠的旧衣服长期积压"并不是灾区群众不需要,而是当地负责发放救灾物资的有关部门嫌麻烦,怕花钱。正如一位当地民政部门负责人所说的那样,"把旧衣物发给受灾群众,必须进行清洗、消毒、装袋,需要投入大量的人力物力,成本非常高"。可是他们想到没有,为了募集和运送这些救灾衣物,全国各地又有多少群众多少单位付出了多么大的成本!这些带着异乡同胞体温、饱含片片爱心和满腔热忱的御寒衣物,本应在寒冬来临前就及时发放到急需的灾民手中,可是因有关部门的"喜新厌旧"而长期积压,甚至被轻率廉价地拍卖处理,这样做不仅与国务院进一步做好当前抗震救灾工作的重大部署相背道而驰,而且也贻误了灾区人民的生活急需,更伤害了许许多多热心捐赠者的诚挚感情。事实上,这些捐赠的衣物并非破破烂烂或者肮脏不堪,许多人在捐赠前都经过了认真清洗消毒,有的还在衣服口袋里装进了写有为灾区人民祈福祝愿的爱心字条。"千里送鹅毛,礼轻情意重",这样的赠品何其珍贵,灾区人民怎么会"喜新厌旧"拒而不要?有关部门又有什么权力长期滞留,随意处置?

令人担忧的是,这种在接受捐赠中"喜新厌旧"甚至"重钱轻物"的不良倾向并非自今日始。在前些年的贫困救助活动中,就有一些地方和单位硬性规定只收捐款,不要捐物,甚至把群众自发捐赠的衣被物品等随意处置。这样一来,有关部门只管收钱记账,确实省事省力,却限制、挫伤了广大群众的捐助积极性,影响制约了社会慈善事业的健康发展。这种不近人情的"土政策""潜规则"严重违背国家的有关法律法规,早就为各界群众所质疑,所诟病,有关部门理应采取措施严加整饬,严肃查处。

同时要正本清源,大力宣传和倡导"爱心不分老幼,善举不拘形式,捐赠不计多少,救助不论钱物"的仁爱新风,努力营造团结互助、文明和谐的社会氛围,使人们的爱心善举得到回报,捐赠款物用当其所。(2008年)

可贵的 5%

温家宝总理在最近主持召开的国务院常务会议上号召,在全国开展支援灾区全民节约活动,并决定中央国家机关今年的公用经费支出一律比预算减少5%,全部用于抗震救灾。(5月21日人民网)温总理的号召表达了举国上下共抗震灾的坚强意志和决心,中央国家机关在原本经费预算紧缩的基础上再次削减5%的公用经费支出,更为与抗震救灾同步开展的全民节约活动带了个好头。

5%的比例看起来似乎不高,要真正落到实处却并不容易,尤其是各级党政机关在今年工作任务繁重、公务活动剧增、公用经费不足的情况下,要实现节支5%的目标难度更大。但是,千难万难比起灾区人民都不算难,再紧再缺也不能让救灾经费一时短缺。只要心中装着灾区人民,用起办公经费来就会锱铢必较,处处"抠门儿"。只要我们的每个政府官员和公务人员都能牢固树立"为灾区人民多省一分钱"的信念,就一定会自觉主动地从身边做起,从细节入手,精打细算,点滴节约,少用一天公车,少陪一餐宾客,少开一小时空调,少印一期简报,早关一会儿电灯,不让一台电脑或传真机、打印机、复印机待机空耗,如此聚沙成塔,集腋成裘,积少成多,全民节约的涓涓细流定能汇成支援灾区的滚滚暖流,为抗御灾难重建家园的灾区人民源源不断地提供充沛的物质援助与精神支持。

据报道,最近许多地方都做出了禁止党政机关事业单位工作人员工作日午间饮酒的强制性决定,并收到了明显的节约效果,这也是推进全民节约运动,落实5%节支目标的一项有效举措。其实,施行"禁酒令"的重要意义并不在于节省了多少招待费用,而是生动地体现了人民公仆与灾区人民共渡难关、共克时艰的可贵精神。正是有了这种精神,胡锦涛总书记在灾区小黑板上亲手写下的"一方有难,八方支援,自力更生,艰苦奋斗"的十六个大字才成为了全体国民身体力行的座右铭。正是有了这种精神,广大人民群众才真心实意地拥护我们,在任何时候任何情况下都毫不动摇地与我们同呼吸,共命运,心连心。

应当看到,5%的节支目标不仅仅是这次抗震救灾期间的短期任务,全国性的全民节约活动也绝不会一蹴而就,毕其功于一役。艰苦奋斗、厉行节约既是我党的优良传统,也是每个党员干部必须坚守的政治本色。因此我们在确保完成5%节支任务的基础上,还应当围绕建设廉洁廉价政府和节约型机关的长远目标,把全民节约运动中各地各单位行之有效的节俭措施固定下来,形成制度,逐步建立起确保党政机关和公务人员简约俭朴、勤廉高效的长效机制,从根本上杜绝追求排场、铺张浪费的奢靡之风,以此推动党风政风和社会风气的根本好转,促进民生福祉的改善与吏治清明。(2008年)

"名人故居"且慢修

首先声明,这里所说的"名人故居"并不是指已经故去的历史或当代名人的旧屋老宅,而是当今正走红的所谓"知名人士"的"童年住所"。

为了缅怀已故名人的伟绩功德或寄托人们的追思和怀念之情而对名人曾经生活过的住处进行保护修缮古已有之,无可非议,但为尚在世的当代人物修建故居则未免有些"另类",且尚属罕见。然而罕见并不等于没有,刚刚看到的一条新闻就披露说,浙江慈溪市桥头镇文化站正在修建"余秋雨故居",并争取最近让这幢余秋雨童年时期曾住过的老宅成为市级文物保护单位。(9月2日人民网)这自然让人在惊诧之余,不由生出了几分疑虑。

一疑故居主人是否够格。按照文物专家的说法,一幢建筑能否成为文物保护单位,不仅仅取决于建筑的主人在当地的名气,归根到底还是要看文物史迹的价值,即建筑的主人对历史所做的贡献。余秋雨作为当代著名学者,不仅在小小的慈溪市桥头镇,就是在全国也都声名鹊起,风头正健,但是他所做的历史贡献恐怕还有待于后人评说。中国自古就有"盖棺论定"的传统,主人离"棺"还远,尚未论定,就急急忙忙为其修建故居,进行"文物保护",是否有些拍马屁过头,不近情理?而且若论名气,如余秋雨般甚至比之名气更盛的当代名人大有人在,例如堪称"国宝"的著名学者季羡林、正"如日中天"的讲史名家易中天、既频频出镜又连连出书推动国学普及的于丹等等,倘若他们都纷纷步余秋雨之后尘,大兴土木修建故居,申请政府"文物保护",中华大地岂不要处处故居,遍地"文物"?

二疑修缮经费从何支出。如果余秋雨自掏腰包修葺自家老屋自然无人置喙,可新闻中明明说的是由当地文化站负责修缮,这就不能不令人质疑修缮费用的来路。如果是文化站出面向企业、个人或者社会募捐倒还勉强说得过去,倘若使用当地政府的财政拨款可就涉嫌挪用公款,违反财政纪律了。作为财政收入主要来源的纳税人完全有理由质疑,用公共财政资金为个人修缮房屋是否合法?用这笔钱建设希望小学、救济贫困人员或者捐给地震灾区是否更有价值?

三疑秋雨先生是否知情?按说故乡当局大张旗鼓为自己修建故居,还故意把动静搞得那么大,当事人不可能一无所知。可是当记者致电余秋雨私人秘书金克林就此求证时,金却一面表示"很兴奋",一面却闪烁其词,顾左右而言他,称"由于还没有接到通知,余秋雨现在不方便进行相关评论",同时又透露,"余秋雨的家乡观念很强,他非常想念故乡,不仅在文章里多次写到,还曾多次回故乡探访"。如此回答的确圆滑高深,滴水不漏,让人找不出瑕疵,抓不住把柄,但同时也给人留下了丰富的想象空间。出于对秋雨先生的敬重,我宁愿猜测这件事先生并不知情,只是家乡一班"发小"想借先生之名吸引游客,并假"文物保护单位"之词向上面多要几个银两,聊补乡级文化站的经费短缺。事虽不妥,情有可谅,不必硬拉先生"上纲上线"。但是既然此事已成新闻,当此各色人等议论纷纷众口铄金之际,与其任由他人妄加猜疑,个别"不明真相"者"以小人之心度君子之腹",何如由先生亲自出面澄清原委,撇清干系,公开声明缓修故居,并将原本自筹之经费全数捐给四川地震灾区。如此一来,不仅能拨云见日以正视听,令种种不负责任的流言蜚语不攻自破,而且又能以身作则,率先垂范,带头刹住这股违反政策乱建"名人故居"的不正之风,先生何乐而不为之?(2008年)

名人也不能违法

　　也许是名人效应的缘故吧,以研究超级杂交水稻而蜚声海内外的著名科学家袁隆平最近又频频成为媒体关注的焦点人物。7月19日他刚刚陪着老伴逛了趟车展,马上就爆出"大科学家要买七八辆豪华奔驰车"的惊世奇闻。正当读者和网民、正方和反方在各种媒体上为袁隆平的"亿万富翁"身家和挥金如土的富豪做派争论不休之时,《环球人物》杂志上又爆出一个内幕新闻:"袁老的驾驶证不是考来的,而是交警大队的书记亲自送来的一本荣誉驾驶证,上面写着'袁隆平院士贵乘',而且还是终身免检的。"这篇题为《"富翁"袁隆平的幸福生活》的纪实文章,原意是向世人展现身家亿万的富翁科学家的平凡生活,谁知不经意间竟透露出了"袁老的驾驶证不是考来的"这一小"秘密",从而引起了社会上又一轮热议。人们有理由质问,难道在社会主义法治国家里还能"法不上院士"?难道名人、富人就有权违犯交通法规?

　　今年5月1日起正式实施的《中华人民共和国道路交通安全法》明文规定,"驾驶机动车,应当依法取得机动车驾驶证。申请机动车驾驶证,应当符合国务院公安部门规定的驾驶许可条件;经考试合格后,由公安机关交通管理部门发给相应类别的机动车驾驶证"。并要求公安机关交通管理部门依照法律、行政法规的规定,定期对机动车驾驶证实施审验"。

　　对照上述法条不难发现,如果《环球人物》的报道属实的话,袁老至少有两项违法行为。一是没有通过正规考试以合法手段取得驾驶证,二是没有按规定对驾驶证进行定期审验。如果是普通百姓,恐怕早就被交警扣车收本罚款减分了,可是就因为袁老是名人,所以当地交警才"法外留情",不仅不依法处罚,而且还要"上门送证""终身免检"。在这里,我们看到的并不是对科学家的尊重和关照,而是对法治精神的蔑视和嘲弄。说这话并不是对袁老的"大不敬",借用一句"吾爱吾师,更爱真理"的西方名谚,我敬重袁老,可我更敬畏法律,正因为如此,我才为袁老这样德高望重的科学家竟会犯下不考试而拿驾照的低级失误而痛心疾首,扼腕叹息!

值得注意的是,受此"殊荣"的并非袁老一人,近年来不断有媒体报道,一些地方把为"做出突出贡献的"老板发放"特殊车辆号牌"、免于定期年检等违法措施作为招商引资的"优惠政策",已经引发了新的社会不公。这种拿法律做交易、送人情的做法,实质上是执法不公、执法不严的违法行为,应当引起我们的高度警惕。

胡锦涛总书记在党的十七大报告中明确提出,要"全面落实依法治国方略,加快建设社会主义法治国家",要"弘扬法治精神,形成自觉学法守法用法的社会氛围"。社会主义法治国家的本质就是依法治国,而不是"人治""权治"。法治精神的核心就是法律面前人人平等,不管是富人、名人、"官人"还是穷人、凡人,任何人都没有违法的"特权"和"豁免权",每个人都要自觉守法,不允许有凌驾于法律之上的"特殊公民"。在这方面,作为社会公众人物的名人、富人和"官人"更要以身作则,严格自律,率先垂范,切不可漠视法律,任意妄为。同时,负有护法义务和执法责任的有关部门也应当认真履行法律赋予的各项职责,执法必严,违法必究,带头维护法律的权威和尊严,决不能以各种借口和手段私下搞"变通",更不能按照职务、权势、财富或者名气,把执法对象人为地分成三六九等,实行带有歧视性的"选择性执法",否则就是知法犯法,执法枉法,也必将受到法律的制裁。(2008 年)

失火先忙啥？

假如你家的房子不慎失火，你的第一反应会是什么？按照常理和本能，恐怕绝大多数人都会毫不犹豫地挺身而出奋力灭火，尽量减少火灾可能造成的损失。要是有人明明看到火上房了还不去赶紧扑救，而是慌忙布置警戒线封锁消息，一定会被人当作傻瓜白痴。

可是在现实生活中还就真有这样的傻瓜。据石家庄市政府新闻发言人近日透露，早在今年8月初，三鹿集团发现自家生产的婴幼儿奶粉含有三聚氰胺等有毒物质并引发患者肾结石病症时，不是立即采取补救措施紧急召回问题奶粉，努力减轻致病危害，而是"恳请市政府帮助"，"加强对媒体的管控和协调，给企业召回问题商品创造一个良好的环境，避免炒作此事给社会造成一系列的负面影响"。（10月1日《人民日报》）人命关天他不着急，危急关头首先想到的是"管控"媒体，这样的行径同眼见失火扑救、先封锁消息防"扩散"的白痴又有何异？

网上爆出的三鹿集团欲出巨资收买某搜索引擎屏蔽关键词，以消除"负面影响"的传闻目前尚未得到权威方面证实，他们究竟是如何借助政府力量管控媒体的，公众也不得而知，但是"管控"的后果却有目共睹，那就是数万无辜儿童继续受骗被害，数名患儿因耽误了抢救良机而失去了幼小的生命。不仅如同当地政府所公开承认那样，"贻误了上级机关处理问题的最佳时机，给群众生命安全造成重大危害，严重影响了党和政府的形象"，而且给刚刚兴起的我国奶制品行业及其市场造成了不可估量的巨大损失。幸而三鹿集团和当地政府的"管控"还不够严密,还没能一手遮天,还有正直的记者和负责的媒体敢于突破屏蔽揭露真相,这才引起了各级政府的高度重视,在全国范围内迅速开展了清查召回问题奶制品,及时筛查救治患病儿童,全面整顿奶业市场,保障人民群众食品安全的专项治理活动。否则不知还有多少无辜的消费者深受其害,还会导致多少祖国的花朵夭折凋零!

留心的读者都还记得,今年年初东方航空公司云南分公司多架航班"集体返航"事件发生后,该公司在"第一时间"的"应急反应"竟与三鹿集团不谋而合,如出一辙,不去监控涉嫌失职的当事人,不抓紧时间查清事件真相,不采取应急措施恢复正常的飞行秩序,不妥善安置因航班延误受影响的乘客,而是刻不容缓地"成立网络舆情监督小组,监督控制网上的负面消息"。(4月10日《南方都市报》)还有那些非法生产的小煤窑、"黑窑场",一旦发生了安全事故,都是首先封锁消息,"管控"媒体。有的地方出了腐败案件不是举一反三,深挖严查,以绝后患,而是限制采访,钳制舆论,甚至采用行政手段强行收缴公开发行的报刊,以防"家丑外扬"。可见"痒处有虱,怕处有鬼",越是处心积虑地"管控"媒体,千方百计地捂盖子,越是说明存在着见不得阳光的重大问题。然而,纸里终究包不住火,"纵有千只手,捂不住万人口","管控"再严也难掩丑闻,难逃法网,三鹿事件就是一个最新的明证。

在一个民主与法制完备健全的现代社会里,开放、公正的新闻媒体代表着公众的眼睛、百姓的喉舌和社会的良心,是反映社情民意的"晴雨表",监控公共权力的"电子眼",捍卫公共利益的"守望者",预警社会腐败的"警报器"。每一个奉公守法的公民、企业乃至政府机构都应当自觉主动地欢迎和接受来自媒体的舆论监督,把媒体当作自己的"保健医生",通过媒体的舆论监督来"照镜子"、查病灶,及时发现和解决自身的毛病问题,千万不可像三鹿那样讳疾忌医、"管控"媒体,错失了"灭火""治病"的最佳良机。(2008年)

谁给他们"随时停车"权？

漫步街头，时常可以看到一些尾部贴有"随时停车"醒目标记的"特殊"车辆。先前我还并不在意，以为只不过是同那些"新车磨合""新手上路""小心吻我"一样的个性车贴或是"此车转让"之类的"草标广告"，谁知留神观察却发现，这些车辆都来头不小，牛气冲天，不仅敢在大马路上随时停车，而且还能随意逆行、掉头，尽管这些都是十分明显的道路交通违法行为，可也从未见到交警拦车纠章。莫非他们是"法律法规另有规定的除外"？可是翻遍有关的法条规章也找不到任何可以"除外"的规定，这就不禁令人暗自纳闷，到底是谁给他们的"随时停车"权？

经过多方咨询我才得知，那些带有"随时停车"标记的车辆都是某些管理部门自己给自己授的权，因为法律授权他们从事某项管理工作，于是他们便将权力自行延伸，使自家单位的车辆也享有了超越交通法规的"治外特权"。交警部门或许是碍于"兄弟单位"的情面，对这些车辆"睁只眼闭只眼"，久而久之也就由"私"变"官"，见怪不怪了。

类似这样"自我授权"的现象还有许多，例如一些商场自定的查验小票权，某些宾馆自定的"过了中午12点按一天收费"的住宿计价权，个别电信运营商自定的"接打其他网络电话加收网间结算费"的特别加价权，许多饭店自定的"禁带酒水"的歧视性排他权，以及有些物业公司对业主不交管理费而强制行使的停水停电权和少数服务性企业因用户延迟交款而单方收取的"滞纳金"及"罚款"

等等,都属于既没有法定许可,又缺乏赋权依据的"自我授权",因而从本质上说都是非法、无效的。假如这样的逻辑能够成立,岂不是人人都可以随随便便给自己"授权",蹬三轮的只要在车上悬挂一个"道路巡查"的招牌就可以随处乱闯,商户挂一个"非买勿问"的牌子就可以对讨价还价的顾客强买强卖。如此一来,法制何存,公理何在?

一些非法的"自我授权"之所以明明违法还能够大行其道,一方面是因为有些地方法纪松弛,有关部门管理不严;另一方面则要归咎于部分公众法制意识不强,当事人抵制不力。假如交警能够对所有车辆都一视同仁严格执法,对那些违犯道路交通法规、"随时停车"的特权车严管重罚,还有什么车敢在路上乱开乱停? 如果有关部门对那些自定"霸王条款",侵害消费者利益的单位和企业依法查处,还有谁敢冒着受制裁被处罚的危险去顶风违法,"自我授权"?

倘若广大群众和社会各界都有较强的法律意识,都清楚地了解"权力法定"和"依法赋权"的基本常识,都能理直气壮地自觉抵制各种于法无据、于规不合的乱收费、乱加价、乱罚款,那么形形色色的"自我授权"行为便会自动失效,寸步难行。(2008 年)

贪官被谁害了？

奇怪奇怪真奇怪，贪官犯罪竟是别人害！这不，因贪污受贿和伪造与国家领导人合影而被"双规双开"的"卖官书记"，原山西省霍州市委书记，临汾市委原常委、宣传部部长王月喜就在"忏悔书"中抱怨："到了'一把手'的位置上，到处是吹捧自己的人，听到的是一片赞歌，唱赞歌的人是为了把你唱昏利用你。说反对话的、骂自己的人在背后，这种声音自己又听不见，班子和干部队伍中也缺乏直言善谏的人。朋友中缺少'净友'，不少人都采取各种手段，想尽各种办法讨我的欢心，办个人的事情。"（1月19日《中国青年报》）不愧是曾当过宣传部部长的"大手笔"，竟能把"忏悔书"写成"免责书"，不仅不检讨自己犯罪的主观原因，反而把责任推给了社会和身边的人。这可真应了群众送给贪官们的那副对联："被捕怨政府，犯罪怪社会——腐败有理。"

应当承认，王月喜在"忏悔书"中所列举的现象确实存在，但是他为什么没有反躬自问，造成这种现象的原因是什么？根子在哪里？那些"说反对话的、骂自己的人"为什么要躲在"背后"？在"一把手"一手遮天的淫威下，连班子里的副职和所谓"监督同级"的纪检组长都不敢"直言"，稍有不同意见就被视为"异己"，扣上"闹不团结、搞内耗"的大帽子，轻则排挤打击，重则陷害调离，其他人怎不噤若寒蝉，躲犹不及？反对的声音不是听不到，而是根本就不愿听，闻之则怒，怒则报复，谁还敢去"冒死直谏"？也许他原来的布衣伙伴中不乏"净友"，只是他当官后听不进人家的"二话"，欣赏那些专唱"赞歌"、会讨他欢心的人，"物以类聚，人以群分"，所以才"君子远之，小人趋之"，把他"唱昏"而利用之。这些本是他苦心孤诣刻意营造的，怎么出了问题反倒怪罪起别人以及"班子和干部队伍"了呢？

曾经官至副厅级的王月喜想必也曾学过哲学，对外因与内因的关系并不生疏。外因是变化的条件，内因是变化的依据，外因必须通过内因来起作用，所谓"物必先腐而后蠹生"正是这个道理。那些想讨领导欢心，专事结交权贵者大有人在，其手段也是五花八门，无所不用其极，可为什么孔繁森、郑培民、牛玉儒、梁雨润他们能独善其身不为所侵，王月喜之辈则屡屡中招呢？关键还在自身，在内因，在于个人的世界观、价值观、政治素质和道德修养。俗话说"苍蝇不叮没缝的蛋"，倘若堂堂正正做人，清清白白做官，一身正气，两袖清风，那些想"唱昏"者自然无计可施、无隙可乘。正是由于自己心生邪念，行为不端，所以才引来那些奸佞小人如蚁附膻、如蝇逐臭。如果要挖犯罪根源，也只能在自己内心深处找，看看是不是因为自己不珍惜名誉地位，无视党纪国法和组织的劝诫，肆无忌惮地行贿受贿以权谋私，才最终把自己送上了审判台。怨天尤人，只会给人们多添一些笑料。

不过，王月喜的"忏悔"也从反面给我们提了一个醒，那就是如何以更加有效的制度和措施，来防止位高权重的"一把手"因失去监督而蜕化变质。只有不断健全和完善教育、制度、监督并重的预防和惩治腐败体系，才能有效制约权力的滥用，才能挽救干部于"未病"之时。那样，王月喜们就再也找不到任何可以诿过饰非的借口与托词了。（2008 年 4 月 23 日）

为"案件回告制"叫好

报载,从 9 月 1 日起,许昌市公安机关全面推行刑事案件立、破案回告制度,对于公民报案、控告、举报等案件或扭送的犯罪嫌疑人都要立即接受,当场问明情况,制作笔录,并将立案情况、办案进度和破案结果及时通知报案人和受害人。(8 月 27 日《大河报》)这项制度甫一实施,便受到了社会各界的好评。

"案件回告制"是正在开展的"弘扬许昌精神,推动新解放新跨越新崛起大讨论"活动结出的一枚硕果,许昌市公安机关在大讨论中主动征求群众意见,敢于揭短亮丑,针对反映强烈的报案难、办案慢、当事人对案件进展不知情等突出问题对症下药,积极整改,以危害大、影响大、难度大的刑事案件为突破口,率先推出了让报案人、办案人和当事人"三满意"的"案件回告制"。这种边查边改、自查自改、闻过即改的积极态度和负责精神值得称道,他们推出的"案件回告制"也值得其他单位借鉴推广。

"案件回告制"好,好就好在充分体现了社会主义民主法制精神,有效保障了人民群众的知情权、举报权、控告权和监督权。公安机关是人民的"保护神",对于来自群众的举报、控诉理应有诉必应,有案必立,办案必速,结案必果,然而在现实生活中,却有个别执法人员法制意识和公仆意识淡漠,或推诿扯皮,久拖不办,或借口"保密",封锁信息,致使一些受害人投告无门,难知实情,因此产生委屈、绝望和误解、抵触情绪,进而影响了公安机关的形象、声誉和社会的和谐稳定。在前几年开展的"公安大接访"中,就发现了不少这

我行我诉

类因立案不及时、办案不透明而引发的群体性上访事件。要从根本上解决这一问题，单靠加强思想教育、转变干警作风还远远不够，还必须从源头上堵塞漏洞，用刚性的制度约束来保障当事人的合法权利，许昌市公安机关推行的"刑事案件回告制"就是这样一项成功的尝试。通过这项制度，报案人和受害人可以当场了解立案情况，及时掌握办案进度，并对办案人员实施有效监督，从而杜绝办案过程中的"暗箱操作""幕后交易"和失职渎职，消除过去警民双方实际存在的"信息不对称"现象和由此引发的猜疑和误解，增强了人民群众对公安机关的信任感。同时，推行"案件回访制"还有利于增强公安干警的责任心，以当事人的实时监督，倒逼办案人员严格执法，努力提高办案质量和效率，这对提高干警素质，改善公安形象都将起到积极作用。

"案件回告制"既然有这么多的好处和优越性，那就不能仅仅限于刑事案件，公安机关受理的其他案件和涉及百姓的其他业务，如户籍办理、出国审核、治安审查等等，也都应当将受理情况、办理进度及审核结果等向相关当事人及时回告。推而广之，法院、检察院和其他政府部门乃至一切与群众生活有关联的单位，也都不妨借鉴许昌市公安机关的做法，尽快建立起行之有效的执法、接访、办事"回告制"，热情接待人民群众的来信来访，认真办理，如实反馈，及时回应，真正做到"件件有着落，事事有回音"，信息互通，声气互联，坦诚相待，亲如一家。（2008 年）

温馨提示暖人心

河南许昌自古就以遍植荷花而得名"莲城"，素有爱莲尚廉的民风良俗。最近许昌市纪委组织开展的"廉政提示语征集活动"又为这座历史名城、宜居新城和文明之城送来了阵阵温馨暖人的清风。

中国古代就有以"三字经""千字文"等老少皆宜、妇孺喜闻的通俗形式传道授业、教化人心的文化传统，精短易记的廉政提示语就是传承文明精华、推进反腐倡廉的一种有益尝试。俗话说，"廉贪一念间，荣辱两重天"。在人生道路的选择关口，如果能够耳熟能详地记起几句拨云见日、振聋发聩的廉政提示语，对于防止一念之差、一失足成千古恨肯定大有裨益。许昌市纪委把征集廉政提示语作为廉政文化建设的有效载体和构建教育、制度、监督并重的预防和惩治腐败体系的重要组成部分，的确是独具慧眼，独辟蹊径，抓出了新意，抓住了根本。

征集廉政提示语的过程也是廉政意识自我教育、自我强化的过程，更是廉政观念宣传普及、深入人心的过程。3000多条由许昌各界人士原创或选编的廉政提示语既代表了400多万许昌人民崇尚廉洁、爱莲倡廉的精神风貌，也生动真切地表达了黎民百姓对清正和谐美好社会的共同愿景，从中精选出的100多条获奖作品更凸显出了近年来该市党风廉政建设和廉政文化建设的丰硕成果，形象地展示了莲城人民共建廉城的民意和世风。

统观这些通俗活泼、朗朗上口、简洁凝练，寓意深远的廉政提示语,令人感受最深的就是饱含深情的人文关怀和正面、温馨的良苦用心。不论是"与清风同在,和幸福有约","树廉洁路标,行人间正道",还是"莲花美吾城,廉洁静吾心","清风扬汉魏,廉洁润古都",都让人感到亲切、平和,温暖如春。虽然没有"坦白从宽、抗拒从严""今天贪一文,明天囚十年"之类警示语剑拔弩张的震慑威力,却同样让人心灵震撼,促人深省。从实际效果上看,这种春风化雨、润物无声的温馨提示更容易被人接受,更能起到净化灵魂、陶冶情操、抑恶扬善、弘扬正气的积极作用。

应当看到,征集廉政提示语只是加强全民廉政教育的一种新尝试,其最终目的是要进一步推动全党全民全社会各个行业的党风廉政建设。要实现党的十七大确立的这一根本目标,还有很多具体细致的工作要做。廉政提示语的创作和征集要靠许昌人民共同参与,廉政建设各项任务的贯彻落实更需要各界群众的身体力行。

廉政提示语不仅要创要写,而且还要上报纸、上广播、上电视、上板报、上广告、上网络、上手机,同时还要进机关、进厂矿、进学校、进广场、进村镇、进社区,通过形式多样、广泛深入的宣传教育,使这些贴近实际、贴近生活、贴近群众、易学易记的廉政提示语潜移默化、深入人心,成为全体许昌人民的精神追求和自觉行动,真正像一条特色鲜明的许昌廉政提示语所说的那样:"身在莲城,心怀廉情;爱莲倡廉,风清气正。"(2008 年)

"小饭盒"解决大问题

前些年,一些地方农民群众意见最大的,就是少数基层干部吃喝成风,有的乡镇干部习惯了到村里吃"招待饭",村里给吃穷了、吃怕了,推杯换盏中,干群距离拉大了。为了管住干部的"嘴",各地先后出台了一系列政策规定,包括严禁基层干部工作日午间饮酒、给乡镇干部发放误餐补助费、下村工作凭票限额就餐、村集体开支实行"零招待费用"等等,然而都未能从根本上解决这一难题。倒是河北承德县岔沟乡的一个小小"发明"收到了不错的效果,该乡为全部46名干部每人购置了一个既能装饭又能装菜的保温饭盒,以及一个携带方便的背兜,要求下村工作一般都要回乡就餐,距乡较远的村或来不及返回的,一律从机关食堂领取饭盒,带饭下乡,不得以任何借口在村组干部或亲友家中用餐,村组也不得以任何形式支出乡干部就餐招待费。(5月5日《人民日报》)一个不起眼的"小饭盒"有效地刹住了屡禁不止的"吃喝风",这一切实可行的措施值得借鉴推广。

小小饭盒能有如此威力,其功不在饭盒自身,而在于小饭盒的"发明者"以人为本、疏堵结合的科学理念。过去我们刹吃喝风大多侧重"几不准"的禁止性规定和对违规吃喝者的查处惩治,这当然很有必要,也势在必行。然而干部进村工作既要吃饭,又不可能背锅带灶现吃现做。既然不能像二十世纪五六十年代的下乡干部那样与当地农民同吃同住,就要以别的形式解决临时就餐问题。仅仅简单化地禁止干部在村里吃饭不但不能刹住"吃喝风",而且还会

"逼"出一些花样翻新的歪门邪道。例如有的拿着乡里发的就餐补助费,照样在村干部家里大吃大喝,招待费用换个名目依然由村集体财务支出;有的不在村里吃饭,反而跑到外乡甚至外地吃喝,舍近求远,花销更大。承德县岔沟乡的做法之所以有效,就在于事先考虑到下村干部的就餐需要,以自带盒饭的形式解决了他们误餐不归的后顾之忧,有了乡里食堂专门配备的"便携套餐",既不用打扰乡亲另起炉灶,也免去了村里来客接待的额外开支,没有了酒席上的推杯换盏招待应酬,干部吃得更香,群众由衷赞许。

"小饭盒"里盛满了组织的关爱和群众的期待,下乡干部带在身边,不仅可以理直气壮地谢绝一切形式的宴请招待,而且能够时时提醒自己勤廉自律,洁身自爱。饭盒虽小作用大,既打消了干部贪杯的念头,又堵住了公款吃喝的源头,消除了公务招待的由头,为进一步加强农村党风廉政建设带了个好头。

其实,不仅刹"吃喝风"要疏堵结合,许多明令禁止的事项也都要先给出路,因势利导。例如禁止乱倒垃圾,必须先划定方便适用的垃圾收集场和处理站;不让随处停车,就要提供足够的停车场地;不许流动摊贩沿街叫卖,应为他们指定合适的经营场所;清除街头非法小广告,也要允许那些合法的小广告集中免费张贴;整治无证三轮、"摩的"私自载客,就得先为乘客提供安全、便捷、经济的交通工具……只禁不疏,禁令难行;疏堵结合,先疏后堵,才能令行禁止,这就是承德"小饭盒"给我们的有益启示。(2008 年)

敬老不只是免费

许昌市的老年人好有福气！从 4 月 3 日起,全市 70 岁以上的老人均可免费乘坐市区公交车。(4 月 2 日《许昌晨报》)闻此喜讯,我们不仅要为政府出台的这一尊老政策叫好,而且还要真诚地感谢那些勇于承担社会责任,甘为和谐社会做奉献的公交企业。许昌的老人因他们的善举而受益,许昌的形象因他们的良绩而增辉。

尊老敬老是中华民族的传统美德,也是社会主义核心价值观和道德体系的重要组成部分,对老年人的尊敬程度和关爱力度更彰显着一个社会、一个地方的文明水准。近年来我市先后制定了一系列照顾和优待老年人的政策措施,如免费逛公园、免费进图书馆、免费参观博物馆,优先就医、购票等,这次出台的让老人免费乘车的新政策又使更多的老年人享受到了更大的实惠。

然而,要把这项敬老惠老的好政策落到实处,把这件便民利民的好事真正办好办实,仅凭政府的一纸通告还远远不够,还需要有关部门的密切配合和具体操作者的诚意和细心。例如考虑到 70 岁以上老人腿脚毕竟不那么利索,在办理免费乘车证时能否变通一下原有的规定,不让本人亲自到场,允许家人或亲友为其代办?再如,有关部门为了解除老年人乘车时的后顾之忧,以防不测之虞,规定了办证人必须持有人身意外保险单或当场缴纳 10 至 20 元保险费。这条规定的本意当然是出于关爱和预防,但是鉴于我国商业保险的基本原则是自愿而非强制,给老年人免费乘车加上这样一个强制性的前置条件是否妥当,办证者是否接受,都还应再加斟酌,并按照大多数当事人的意愿进一步修订完善。同时,对老年人的优惠和关照不仅仅是给予乘车免费的特殊待遇,还要围绕让老年人安全乘车、舒适出行搞好配套服务。例如针对老年人行动不便的特点,可以在各个公交站点修建与车底等高的专用站台,以减少老人登车的攀爬之苦。公交车司机也应当改变急停急开拼命赶点的"职业习惯",适当延长在站停靠时间,好让那些动作迟缓的老年乘客能够从容不迫安全登车。除了加强敬老宣传,鼓励乘客自觉为老年人让座外,公交车上也应设置专门的老人座席,放置一些常用的急救药品,以备不时之需。这样才能使我们的父辈祖辈安享免费乘车之便,真正感到"出行如在家,舒适又放心"。(2008 年)

应该"监控"谁？

如果要问，当自己的工作发生失误时，首先应当做的事情是什么？恐怕大部分人都会不约而同地选择"找出原因，亡羊补牢"。这本是天经地义的正常反应，然而有人却偏偏不这么想不这么做。

震动全国的东方航空公司云南分公司多架航班"集体返航"事件发生后，该公司在"第一时间"的"应急反应"竟是"成立网络舆情监督小组，监督控制网上的负面消息"。（4月10日《南方都市报》）不去监控涉嫌失职的当事人，不抓紧时间查清事件真相，不采取应急措施恢复正常的飞行秩序，不展开补救行动妥善安置因航班延误受影响的乘客，反而急于去"监控"网络，"控制网上的负面消息"，这岂不是头痛医脚，本末倒置？也许他们最关切、最看重、最在意的并不是这起事件本身所暴露出来的管理漏洞，也不是事件背后所暗藏的劳资矛盾，更不是被他们在口头上称作"上帝"的乘客的利益和感受，而是"网上的负面消息"可能给他们带来的舆论压力，所以才急如星火般地成立"网络舆情监督小组"，如临大敌般地用主要精力去对付媒体，遮蔽舆论。这实在令人不可思议，难道他们竟不懂得"纸里包不住火"这样一个基本常识？莫非他们真的以为拥有上亿元资产就可以一手遮天，靠一个"舆情监督小组"就能"控制"住网上的负面消息，左右社会舆论？在网络资讯如此发达、民意诉求如此通畅的今天，这种以"监控"舆论为"第一要务"的"应急反应"是不是太偏、太过、太蠢了一点？

令人担忧的是，习惯于这种"防记者""防网络"的"应急反应"

的还不止东航云南分公司一家。非法煤矿发生事故，矿主及其"特定关系人"不是争分夺秒抢救井下矿工，而是千方百计封锁现场，封锁消息，糊弄政府，欺骗媒体；有的地方出了腐败案件不是举一反三，深挖严查，以绝后患，而是限制采访，钳制舆论，甚至采用行政手段强行收缴公开发行的报刊，以防"家丑外扬"；还有的单位出了问题又怕曝光，便采用各种手段对记者层层设防，阻挠正常的新闻采访，明的不行来暗的，软的不行来硬的，软硬不吃就来黑的。这些所谓的"应急反应"从本质上说，都不过是阿Q式的"忌光忌亮"心理和惧怕舆论监督的"变态反应"，都对公众的知情权、参与权和监督权构成了严重威胁，不仅有违宪法和法律的基本宗旨，而且也有悖起码的职业道德和工作纪律，必须从严整治，尽快根治。其实，最应该也最需要"监控"的不是网络，不是记者，也不是报刊、广播、电视等表达民意的新闻媒体，而是那些有意掩盖事实真相、蒙骗上级、误导舆论、愚弄公众的"有事单位"和所谓的"舆情监督小组"，只有对他们严密监控，紧盯不舍，深究细查，才能透过迷雾接近真相，排除干扰理清事实，取信于民。（2008年4月14日）

"豫 O"凭啥那么牛？

我认识的一位老司机具有惊人的"看牌识车"能力，不管什么样的小轿车，他只要瞥一眼号牌，就能猜出车主人的身份，而且往往都猜得八九不离十。他还曾经教过我，有三种车不能惹，"黑牌硬，白牌横，小号牌车不敢碰"，还有一样他没说，那就是"豫 O 牌车不要命"。

这并非信口开河胡编乱造，近日媒体就公开披露了河南省直某单位一辆挂豫 O 牌照的黑色奥迪轿车在郑州街头违法左转，对执勤民警示意停车拒不执行，并连按警笛后继续前行的恶意违法行为。(9 月 5 日《大河报》)连执勤交警都不放在眼里，违法硬闯还公然按响警笛示威，这辆轿车的主人也堪称"世上最牛"了吧！

也许是出于可以想见的种种原因，媒体在报道这一恶意违法的"最牛轿车"时，尽管公开了车号，却对拥有该车的单位和驾车人姓名做了"技术处理"，只留下一个"某"字供人猜测。按说如此严重的恶意违法并且被当场抓了"现行"，证据确凿，法网恢恢，理应依法严惩，以儆效尤，可是河南省公安交警总队对此所做的"严肃查处"仅仅是"收回豫 O 号牌，通报全省"。恶意违法的成本竟如此之低，难怪有那么多人敢于"人仗车势"，肆意违法了。

其实在此之前，类似的"特殊车辆"违法违章事件就屡有发生。有的驾驶人自恃身份"特殊"，无视交通法规，强超强插、闯红灯、乱停乱放，违章后拒不服从交警管理和指挥；有些车辆长期不参加审验，不缴纳过桥费、过路费、停车费；有些人把"O 牌"车当成"准警车”，即使不执行紧急公务，也乱鸣警笛、乱闪警灯，严重影响了社会秩序和群众生活，造成诸多不良影响，损害了公安机关公务用车的形象。这次被媒体曝光的"豫O"牌"最牛轿车"虽然仅是其中的一例，但它所反映出的深层次问题却值得我们反思和警惕。恶意违法的驾驶人固然难辞其咎，然而"特殊车牌"实际享有的特权及其管理上存在的漏洞是否也是造就"最牛轿车"的根源？

扬汤止沸莫如曲突徙薪，既然"特殊车牌"容易滋生"特权车""霸王车"，那就干脆取消特权，所有车辆一视同仁，执勤交警也可免去费劲识别数字0与字母O的麻烦，更有利于公正执法和社会监督。据报道，洛阳市从2004年1月就正式取消了原有的"豫O"公安专段车辆牌照，所有公务用车一律换发民用牌照，并且不设任何专段区域。实践证明，这样做不仅不影响公安机关正常执法和行使职能，对公安工作没有任何负面影响，而且有利于拉近警民距离，改善公安形象。各类车一律按规定缴纳税费，还减少了国家的税费流失。（2004年3月31日《人民日报》）可见取消"特殊号段"车牌百利而无一弊，既然如此，何不推而广之，在更大范围内施行，让更多百姓受益呢？取消了特殊车牌，就等于泄掉了"特权车""霸王车"的"牛气"，没有"车势"可仗，目中无人、为所欲为的"最牛轿车"才会彻底绝迹。（2008年）

查查通知书背后的"猫儿腻"

近日,湖北省 10 余所高校在发放录取通知书时都捆绑了特定的手机卡,虽然也声明学生可自愿开通,但又强调如不开通就可能收不到学校通知的重要信息。(8 月 4 日《北京青年报》)不少学生纷纷质疑学校此举是否强制消费,我倒建议有关部门顺藤摸瓜,认真查一查隐藏在这些"绑卡通知书"背后的"猫儿腻"。

向被录取的新生发放录取通知书是高等院校一项严肃认真的重要工作,而推销手机卡则是通信运营商以营利为目的的商业行为,这两件本来性质不同、目的不同、风马牛不相及的事情竟会如此紧密地牵扯在一起,绝不是如同校方所表白的那样,是为了让新生能及时收到学校的重要通知。因为每个考生的报考档案中都有非常详细的联系方式,如有变更,新生入学后还可向校方及时申告,同时校内还有十分先进的校园广播系统和电子公告系统,有什么"重要通知"和信息都可以方便快捷地传达到每个学生,并不一定非要使用某个特定运营商的手机才能接收到"重要信息"。这些高校之所以煞费苦心地逼迫新生"被自愿"地使用特定的手机卡,不用多猜就可以断定,肯定是同某个电信运营商私下签订了什么协议,运营商通过学校推销手机卡,赢得大批新用户;学校则通过把手机卡同录取通知书捆绑发放,来强迫新生接受某个特定运营商的强制服务,并从中获取相当比例的现金回报。在这一秘而不宣的私下交易中,学校里的某些经办人和某个电信运营商自然是"互利双赢",只是神圣的录取通知书却被无辜沾染上了不光彩的铜臭,刚刚入学的新生被莫名其妙地剥夺了通信消费的知情权和选择权，多少代师生勉力创造的良好校风也不幸为之蒙羞。对于堪为人师的高等院校来说，这实在是一桩因小失大、得不偿失的"赔本买卖"。

前些年，某些保险公司就曾采用同样的手段，与一些学校"利益共享"，在学生不知情的情况下强制加入某种特定的保险，并把本应自愿缴纳的保费与必须缴纳的学费捆绑在一起，由校方代为收取。随着社会主义法制建设的不断完善和人民群众维权意识的日益增强，这种"捆绑收费""强制消费"的违法行为早已销声匿迹，偶有个案也都受到了有关部门的严厉查处。可想不到时至今日，某些电信运营商却又故技重施，借新生入学之际玩起了"捆绑卖卡"强制消费的"猫儿腻"，只不过是花样翻新，不敢公然强制，而是换种方式，通过校方要挟学生"被自愿"而已。但是万变不离其宗，再隐蔽的形式和再婉转的言辞也掩盖不了这一行为的违法实质。

首先，强迫学生接受某个运营商提供的特定服务违反了《消费者权益保护法》；其次，以不正当的手法排斥同一行业的其他竞争对手，独占某一区域的电信市场，违反了《反不正当竞争法》和《反垄断法》；同时，由于涉嫌收买这些院校的个别人员以获得有利的交易机会，还违反了《关于禁止商业贿赂行为的暂行规定》。如此明显的违法行为，难道还不值得有关部门去好好查一查、管一管吗？只有把这些隐藏在入学通知书背后的"猫儿腻"统统查清并公之于众，把那些不惜从学生身上打主意、发"横财"的不法分子绳之以法，才能使我们的高校真正成为教书育人、传承知识的"净土"和沃土，才对得起莘莘学子的一片痴心。（2009 年 8 月 22 日）

"不亏群众"最可敬

连接豫皖两省的"禹(州)—亳(州)"准轨铁路改建工程是河南省今年确定的重点项目,投资 3 亿多元的一期工程禹州至许昌段各项前期准备工作早已就绪,给沿线农民的占地补偿费也已发放到位,原计划赶在今年五一节奠基开工,可是正式的开工日期却一直推迟到了 6 月 14 日。

许多人都对此大感不解,本来已经是"万事俱备只等开工"了,为什么偏要放弃节日"献礼"的好日子,再"磨蹭"一个多月呢?经过了解方才得知,工程延期是为了照顾当地农民的利益。项目建设者到现场勘察时,看到被征用的近千亩农田里的麦子即将成熟,考虑到若按原计划开工将使当地农民损失一季收成,便毅然做出了"宁推工期,不亏群众"的决策。这样虽然会造成施工企业的"窝工"损失,却使被占地的农民多得到一分收益。对于一个以"企业利润最大化"和"股东收益最优化"为追求目标的民营股份制企业来说,能有这种"宁推工期,不亏群众"理念和胆识不仅难能可贵,而且可钦可敬,值得称道。

"不亏群众"这四个字说起来轻巧,要真正践行却并不容易。在一些唯利是图的企业主和开发商那里,所谓"群众"只不过是想多讹几个补偿金的"刁民",是在他们的成本核算中要尽量减少以至剔除的"可压缩费用",只要能够早一天开工,早一天赚钱,群众利益蒙受多大损失也在所不惜,毫不手软。有的企业只支付少得可怜的"青苗费"或"补偿金",就迫不及待地出动铲车、推土机把即将收获的庄稼或已经挂果的果树扫荡一空；有的开发商为抢工期强行拆迁、野蛮拆迁、暴力拆迁，从不考虑被拆迁群众的合理要求和实际困难。

俗话说"种瓜得瓜，种豆得豆"，顾大体、识大局的禹亳铁路建设者"宁推工期，不亏群众"，在维护农民利益的同时也赢得了民心，营造出相互理解、相互支持、和谐融洽的施工环境，大大加快了工程进度。而那些目无群众、损人肥己，奉行"宁亏群众不亏自己"信条的无良老板既得罪了群众，也断了自己的财路，不仅要给"钉子户"高额的赔偿，还要为协调周边关系、化解企地纠纷而被迫支付更多的"交易费用"，自食其果，损人害己。两者相比，不啻霄壤之别。

"不亏群众"不光是企业需要担承的社会责任，而且也应当成为每个党员、干部、公务人员的自觉理念和行为准则。我们党和政府代表了广大群众的根本利益，我们的事业和群众的利益休戚相关，因此不论是做决策、定政策还是干工作、上项目，都要把群众利益、群众意愿、群众需求、群众困难时刻放在心头，以群众"愿意不愿意、满意不满意"作为一切工作和行动的出发点、落脚点，宁可自己受屈，不让群众吃亏，宁可少出政绩，也不能损害群众利益，真正做到"权为民所用，利为民所谋，情为民所系"。只有"不亏群众"，群众才不会亏你，只有把群众放在心上，群众才会让你坐在台上，懂得了这个浅显而深刻的道理，才能彻底摒弃"父母官"的"治民"心态，牢固树立公仆意识和服务意识，像焦裕禄、孔繁森、郑培民那样执政为民，造福百姓。（2009 年）

从李明博"挺股挨批"说起

　　面对国际金融危机造成的连锁冲击,许多国家领导人都忧心忡忡,千方百计寻求避险良策,身为韩国总统的李明博也不例外,赴美访问时还不忘透过洛杉矶的韩裔人士向国民喊话:"现在不应卖股票,反而应该买股票。我认为,如果现在购买股票,至少在一年内会成为富翁。"他的本意是想提振股民们的信心,防止出现股市崩盘。可孰料他的这番苦心非但不被国民理解,而且还遭到了国内舆论的激烈批评和严厉攻击,民众纷纷指责他"不该公开说这种话",连他的执政党议员也不得不承认"总统在敏感时刻失言"。(11月27日人民网)堂堂一国总统,教人买股致富也要挨批,你说这冤也不冤?

　　要说冤,也确实冤。总统也是公民,也有言论自由,咋就不能就当前国内股市发表意见呢?光看每天报纸上电视上那么多朝秦暮楚的"大嘴股评家"信口开河,翻云覆雨,不知失言了多少回都没见有人追究,为啥总统刚一"挺股"就立马招来骂声一片,"群起而攻之"?这不是明摆着拿总统不当"干部",专给领导找碴儿吗?

　　可要说不冤,他也真不冤。正因为他是总统,是国家权力的代表,所以一言一行一举一动才要格外谨慎。特别是在当前全球金融危机蔓延,股市动荡不安的复杂形势下,更不应轻易表态,利用自己的特殊身份散布所谓的"利好"消息,鼓动公众逆市买股。否则,人们完全有理由怀疑,总统是否与某些"庄家"有不可告人的利益关联,甚至难脱"恶意操纵股市"之嫌。从这个角度来看,李明博"挺股挨批"纯属咎由自取,一点也不冤。

旁观李明博"挺股挨批"的"失言风波",令人感受最深的就是官员必须注意身份,谨言慎行。不论是哪一级的官员都是公职人员,都握有一定的公权,在公众眼里都是官方的代表,他们在公共场合所说的每句话,即使是所谓的"个人意见"或者"随便讲几点",自然也都会被当作官方的表态或"吹风"来解读,他们的发表的每篇文章、博客抑或挥毫题写的每个条幅都会被奉为圭臬乃至"尚方宝剑"。那么多富商世贾不惜用"大红包""金剪刀",千方百计恭请官员为他们的工程或项目剪彩、奠基,一掷千金企求官员的题字"墨宝",甚至弄虚作假改头换面伪造与官员的"合影",都不是倾慕于官员的"个人形象"或"人格魅力",而是看中了他们的官方身份和手中的权力、影响力,把官员当"道具",拉大旗做"虎皮"。正因为如此,我们的"官员"或曰领导干部才应当格外珍惜自己的清名廉誉,切不可四处剪彩,随意题词,轻易合影,即兴表态,以防自己好意或者无意的言行、文字被"有心人"曲解利用,以引起敏感的公众不必要的猜疑或各种事出有因的"流言蜚语"。例如,正当广大群众尤其是众多"房奴"翘首期盼房价下跌之时,某些地方的官员却一再宣称"房价还将稳中有升",像李明博劝韩国人买股票一样苦口婆心地号召当地百姓踊跃购房,不料却引来轩然大波。各方人士直斥此等言论同中央强调要加快建设保障性安居工程,平抑房价,保障民生的大政方针背道而驰,许多网民纷纷质疑这些官员是否在开发商那里持有"干股"。中国房协副会长兼秘书长朱中一更是一针见血直言不讳,直指"其背后有着复杂的利益驱动"。(11 月 21 日《新快报》)这些官员"挺房失言"的后果比起李明博"挺股失言"来更有过之而无不及,也足以令我们的各级官员幡然反思,引以为戒。

在市场经济条件下,政府官员的身份是公正超脱的"裁判",必须对参与竞争的各方一视同仁,决不可厚此薄彼,在场内场外为某方加油喝彩，或为某方"力挺"，将某方"唱衰"。尤其是当涉及法律、政策和公众利益时更要注意谨言慎行，出言有据，切不可有意无意地"失言""跑调"，给政府添乱抹黑。(2009 年)

"局部地区"与"有关部门"

先讲一个段子,说的是一个老太太天天听广播里的天气预报,听着听着听出了门道。这天她拉着刚刚放学回来的小孙子,非要问清楚"局部地区"在哪个省,为什么那里天天下雨?小孙子被问得一头雾水,翻遍书包里的地图册也找不到这个名叫"局部"的地方。老太太仍然心有不甘:"咋能会没有呢?你没听广播里天天都预报:局部地区有小雨,局部地区有阵雨,局部地区有暴雨?"

再说一件真事。某村一外出务工农民因养老保险问题向镇领导写信反映,领导十分重视,当即批示:"请有关部门尽快解决。"这个农民喜出望外,满以为有了"尚方宝剑",一切问题都会迎刃而解。可谁知他拿着这个批示连跑了好几个部门,都推托说与他们无关,让另找"有关部门"。这位农民哭笑不得,见人就打听,这"有关部门"到底在哪儿?如果说并不存在的"局部地区"只是轻松诙谐的幽默笑谈的话,那令人困惑的"有关部门"却是一个不容回避的真实存在。

有人曾做过统计,在新闻报道中出现频率最高的词组就是"有关部门",例如:某项工作"有关部门"齐抓共管;某些问题"有关部门"共同解决;某个困难"有关部门"协调落实;"据有关部门负责人介绍";"有关部门表示";等等。也有人把"有关部门"称作"中国权力最大的部门",虽然不知道这个部门是何时设立的,也不知道它属于什么编制,但是能看到它几乎什么都管,大到国计民生、社会治安,小到市场物价、邻里纠纷,都脱不开"有关部门"的管辖范围。教育乱收费需要"有关部门"重视,大学生就业需要"有关部门"帮助,建筑工程质量需要"有关部门"监督,医院乱收费需要"有关部门"查处,包括前面所说的农民养老保险等等也都需要"有关部门"协调解决,难怪那么多人到处打听这"有关部门"究竟在哪里了。还有人说,当下最难找的部门就是"有关部门",尤其是对于一些乱事、难事、棘手麻烦、得罪人的事,即使法律、政策有规定,上级领导有批示,"有关部门"也会暗地里"踢皮球",能推就推,能躲就躲,纷纷声称与己无关,于是"有关部门办理"最后便成了"无部门办理"。

"有关部门"之所以在许多文件、批示和新闻报道中频频出现,自有其各不相同的复杂原因。例如文件中的"有关部门"是指代众多名称冗长的相关单位,以收行文简略之效;批示中注明"有关部门",是领导以为这些部门不言而喻,不必赘述;而新闻报道把本应明晰的主体有意简称为含混不清的"有关部门",则是出于"为尊者讳""为权者讳""为富者讳"的某种考虑,特别是当报道那些负面新闻和揭露一些黑幕丑闻时,由于惧怕某些利益集团或某种得罪不起的势力,或者抵挡不住当事一方的强力"攻关",甚至"被封口",自然不便也不好意思再公开点名,于是"有关部门"这一模糊称谓便成了像电视上常见的"马赛克"一样的虚化遮挡工具,既报道了事实,又保护了当事者的"隐私",只是事件的真相也被"虚化",受众的目光也被"遮挡",新闻媒体的公信力和权威性同样受到了损害。

找不到"局部地区"无关紧要,找不到"有关部门"可真不得了。要想对人民公仆实行有效监督,以改进干部作风,提升行政效能,必须尽快"撤销"形形色色的"有关部门",大力推进政务公开,把政府各部门的职能和权责明明白白地公之于众,既方便百姓办事、投诉,也有利于公众监督问责,促进公务人员勤政廉政。"首问负责制"也是防止"有关部门"推诿扯皮"躲猫猫"的灵丹妙药,不管是不是与自己有关,只要群众首先找到了你,你就要负责到底,直到找到认真负责的"有关部门"为止。假如我们的每个部门、单位和工作人员都能如此,也就不用人民群众再费劲寻找"有关部门"了。(2009 年 8月 22 日)

邓玉娇上研谁说了算？

以"当代烈女""抗暴英雄"而声名鹊起的巴东女子邓玉娇否极泰来，喜事连连，先是在全国网民的强烈关注下，被法庭正式宣判"故意伤害罪成立，免予刑事处罚"，还没回到家中，就又被曾经的"打虎名人"，中科院植物所教授、博导傅德志公开宣称收为研究生。（7月4日大众网）

可惜这后一件"喜事"眼下还只是傅教授的一厢情愿，类似于俗话所说的"指山卖磨"或者"画饼充饥"，因为邓玉娇究竟能不能当上中科院的研究生，远不只是某个教授、博导说句大话就能搞定的，所以不仅邓玉娇本人值不得大喜过望，而且诸位看官也不必过于当真。

谁都知道，在我国现行的教育体制和招生模式下，要想成为一名正式的研究生，不光需要苦熬十几年寒窗，从小学、中学、大学一步步走过来，而且还要经过严格的考试和面试，许多名牌大学的应届毕业生奋力冲刺都难以如愿，一个仅具初中文化的服务员又有什么"异禀""潜能"，可以过关斩将，直入研究生院的大门？虽然傅教授信誓旦旦地放出狠话"这研究生我招定了"，可他毕竟只是一教授，招谁不招谁仅有建议权，没有决定权。即便是自主招生，也是学校自主，也有严格的招考条件和程序，绝不是博导"自主"，想招谁就招谁。就是上级特批破格录取，被录取者也要有一定的专业知识和研究能力，否则即使让仅认识几种植物的农家女进了中科院植物所，又怎能完成最起码的学业，又能从事什么研究？这同"文革"期间让"工农兵"上大学、文盲白丁管科研又有什么两样？

傅教授是做学问的，也充满了正义感，衷心敬佩拼死抗暴的弱女子，又无职无权，无以褒奖，于是便想用自己的微薄之力帮邓玉娇一举上研，改变命运。只是初衷虽好，路径却偏，不仅难以走通，而且还有拿学位送人情，以招生谋私名之嫌。假如傅教授不是教授，而是某私营企业的老板，他尽可以声称"这个邓玉娇我招定了"，言出即随，说到做到，甚至还可立马委以重任，给以高薪，以表对民间弱女的同情之心和对"当代烈女"的声援之意。只可惜傅教授的身份是国家研究机构的教授，尚无随意"点招"的权力，所以他的此番表态很容易被"别有用心"的人误解为"口惠而实不至"的"空头支票"和哗众取宠的自我炒作。

何况，如何改变自己的命运，如何追求幸福的未来，已经成年的邓玉娇自有主见，并不一定非要走傅教授为她指定的读研这一条路。

我要是邓玉娇，一定会向热心的傅教授深鞠一躬，先诚心致谢，再婉拒好意。人生路千条，为啥非挤"独木桥"？或许用不了多久，一个自强自立，逆境创业，勤劳致富的邓玉娇又会轰动全国，那岂不是比当个受人同情怜悯施舍照顾的"研究生"更有价值，更堂堂正正？（2009 年）

端正"话风"治会风

近日,在河南省许昌市召开的一次干部大会上,一位官员因发言空洞,被主持会议的市委书记当场"叫停"并"轰"下台去。这一毫不留情的做法令在场的干部大受震动,并从中悟出了"不好好发言,就要从台子上被赶下来;不好好干工作,就要从位置上被赶下去"的切肤感受。(12 月 28 日《大河报》)

会风反映作风,作风关系事业成败。许昌市从端正发言者的"话风"入手整顿会风,转变干部作风,可说是抓到了点子上。党中央、国务院早就三令五申整治会风,一些地方也纷纷制定了严密的会议规范和严格的会场纪律,可为什么时至今日仍然收效不大,"涛声依旧",甚至屡屡曝出会场上人头稀少、秩序混乱或者打瞌睡的尴尬场景?

究其原委,还是没有抓住主要矛盾和矛盾的主要方面。会风不正,固然与参加会议者素质不高、作风涣散有关,但作为会议主导方的讲话者和发言者"话风"不正也不能不说是一个主要原因。我们党从延安时期就明确反对言之无物的"党八股",可有些官员多年形成的思维定式和"八股腔"仍积习难改,不管是什么会议,一讲话必定"一二三四甲乙丙丁"面面俱到,一发言总免不了空洞无物、无关痛痒的官话、套话、废话、车轱辘话,怎不让人心力交瘁,昏昏欲睡?

可见"话风"决定会风,要想端正会风,必先整治"话风"。开短会,开小会,开能够解决实际问题的会,首先是会议讲话和发言要少而精,省去一切穿靴戴帽、八面玲珑的官场客套,减掉那些诸如"在×××领导下""在×××的支持下""为了……""让我们……"之类可有可无的习惯用语,开门见山,开宗明义直奔主题,实话短说。做报告提纲挈领,做检讨诚恳深刻,介绍经验言简意赅,重要讲话简明扼要。假如发言者句句都是"干货",听讲者必然全神贯注,手耳并用还唯恐遗漏,谁还有工夫去交头接耳或者百无聊赖地打瞌睡?

　　会风正不正,与会议的组织者与主持者关系甚大。如果不革除"主席台上依次讲话"的陋习,听任发言者夸夸其谈,不仅空耗时间,浪费精力,涣散会纪,败坏会风,而且直接影响干部作风,助长空谈务虚的不良习气。只有像许昌那位不留情面的市委书记一样,敢于对空洞发言当场"叫停",不给讲空话者发言的机会,才能对不良会风"釜底抽薪",起到惩一儆百的警示作用。相信当时在场的每个与会者以后再参加会议或者主持会议时,也都会不由自主地想起这颇具戏剧性的一幕,谁也不会冒着被"轰"下台的风险再在台上讲空话,也绝不会容忍在他们主持的会议上出现类似的讲话或发言。当每个干部都能真切地感受到"不好好发言,就要从台子上被赶下来;不好好干工作,就要从位置上被赶下去"的强大压力时,自然会主动改变那些不受欢迎的讲话方式和发言习惯,自觉端正"话风",从而有效促进会风和干部作风的明显好转。(2009年)

反腐败也要"文武兼备"

地处中原的河南省许昌市是蜚声海内外的汉魏故都、三国名城、"中国优秀旅游城市",可如今令各地游客感受最深的不仅是这里的名胜古迹和独特风光,还有遍布城乡、随处可见的廉政公益广告和温馨清雅的廉政提示语。不论是"与清风同在,和幸福有约""树廉洁路标,行人间正道",还是"莲花美吾城,廉洁静吾心""清风扬汉魏,廉洁润古都",都让人感到亲切、平和,温暖如春。

据了解,该市去年以来紧密结合党风廉政建设和反腐败斗争,组织开展廉政提示语征集和廉政文化"六进"(进机关、进农村、进企业、进社区、进学校、进家庭)活动,用群众喜闻乐见的形式弘扬廉政文化,营造尚廉向善的社会氛围,收到了积极的社会效果。许昌市的这一做法既是地方政府的一个创举,也标志着当前中国的反腐败斗争已从单纯查案的治标转向了惩防并举、标本兼治的新格局。

中共历届领导都对不正之风和腐败现象深恶痛绝,十七大以来更进一步加大了对腐败分子的打击力度,陈良宇、刘志华、邱晓华、王守业等一批地位显赫的高官相继落马就是明证。同时,在反腐败斗争的实践中,中国各级政府也清醒地认识到,要从根本上遏制腐败现象多发、高发、不断蔓延的势头,必须标本兼治,从源头抓起,逐步建立教育、制度、监督并重的惩治和预防腐败体系。许昌市的这一做法就是贯彻十七大精神,建设反腐败惩防体系的有益尝试和成功实践。

许昌市的经验启示我们,反腐败斗争如同打仗一样,也要文武兼备,双管齐下。如果说严格执法执纪,严肃查处各类案件,严惩贪官污吏腐败分子是"武"的话,那么加强正面教育,用廉政文化去教化人、警示人、感染人、鼓舞人则是"文",这两者相辅相成,缺一不可。既要以"武"惩恶,继续保持查办案件的高压态势,深挖腐败分子,打击腐败分子,震慑腐败分子,让他们政治上身败名裂,经济上倾家荡产,思想上后悔莫及,给人以"不敢腐败""不能腐败"的严厉警示,又要以"文"扬善,像许昌市那样把廉政文化渗透到社会生活的各个方面,用通俗活泼、朗朗上口、简洁凝练、寓意深远的廉政提示语来净化心灵、陶冶情操、规范言行、弘扬正气,努力营造以廉为荣,"不想腐败"的社会环境。只有"文武"兼备,才能相得益彰。当人们每时每刻都沐浴在廉政文化润物无声的雨露中,自然会不断增强对各种不正之风和腐败现象的免疫力、抵抗力,"百毒不侵,百邪不动",腐败现象失去了滋生蔓延的土壤和环境,还能肆虐几时?
(2009 年)

反腐新闻能否不再"出口转内销"?

反腐败斗争是党的十七大明确提出的"党必须始终抓好的重大政治任务",也是广大党员和群众十分关注的热点、焦点。有人专门做过统计,在媒体发布的各类信息中,反腐败新闻的阅读率、收视率、点击率和受众关注度最高。

然而,回顾这些年来的相关报道,却不难发现一个十分奇怪的反常现象,就是"出口转内销"。许多贪官落马的消息和查办大案要案的新闻常常是先由境外或国外媒体发布,经过一番炒作喧闹后,才由国内报刊或网站转载、报道。别的例子不举,就说这一次有关深圳市市长许宗衡落马的新闻,就是由香港媒体率先"爆料",大肆渲染,什么"地铁腐败案""千万元买官""情妇排行榜""迫害作家"案以及牵涉多少个省部级、厅处级,甚至传说"自杀未遂"等等,一桩桩一件件说得活灵活现,有鼻子有眼,就连新加坡的华文报纸《联合早报》都连续几天跟踪报道,我们国内的主流媒体却几乎集体"失声","作壁上观"。直到数日后才在网上见到新华社发布的仅有50个字的简短消息,称"据中央纪委有关负责人证实,深圳市委副书记、市长许宗衡涉嫌严重违纪,目前正在接受组织调查"。(新华社北京6月8日电)请注意,这里说的是"证实"而不是"宣布",等于是对几天前境外媒体披露的"许宗衡落马"新闻真实性的事后认可,此外再没有关于本案的任何详情和细节,远远不能满足人们的知情需要,只能从境外网站获得一些似是而非、真假莫辨的信息。

之所以会出现反腐新闻"出口转内销"的反常现象,并不是我们的媒体记者信息不灵,动作不快,而是被一些有形无形的条条框框束缚了手脚,虽然在第一时间就获知了新闻线索,却不敢或不能及时发布,这才让嗅觉灵敏的境外媒体闻风而动,抢了先机。有些同志还习惯于"报喜不报忧",总把反腐新闻当作"负面报道",唯恐"家丑外扬"影响形象,所以能捂则捂,能拖则拖,直拖到新闻成旧闻,从外面"回传"过来了才被动跟进,勉强应付。其结果不仅削弱了国内主流媒体的权威性和影响力,也使新闻事实因不负责任的炒作而失真、偏差和变形,误导受众,搞乱舆情,使我们的新闻宣传工作陷入被动,这样的教训已有不少,早就应该痛下决心,革此陋习,从根本上改变新闻"出口转内销"的反常现象了。

应当清醒地认识到,我们身处的时代是资讯发达、民主开放的信息时代,靠"静默"和封锁已不能阻止新闻的快速传播,与其让反腐新闻"出口转内销",不如争抢时效,及时发布,正确引导,争取主动。党的十七大报告明确强调要"保障人民的知情权、参与权、表达权、监督权",我们也有责任像报道自然灾害、突发事件和重大疫情、重大事故一样,在第一时间、第一现场向公众及时发布公开、透明、准确、权威的反腐新闻,并根据案件的进展随时跟踪报道最新动态和公众关注的相关问题,这样才有利于鼓舞士气,凝聚人心,震慑犯罪,警示世人,赢得社会各界和广大群众的积极参与、支持,形成反腐倡廉的强大合力。(2009 年 6 月 18 日)

何妨来点"黑色旅游"？

上海市闵行区莲花河畔景苑一栋在建楼房整体倒塌还不到一个月，有关专家和热心网民正就"压力差"的调查结论争得不可开交之时，远在千里之外的辽宁一家旅行社便以此为卖点，在网上推出了"参观上海倒塌楼房，看世间人情冷暖，看史上最强豆腐渣工程，看官商勾结利欲熏心，看房奴人生百态，看玻璃为啥一块都没碎"的旅游线路。(7 月 22 日《大河报》)

在这个五彩缤纷的世界上，人们常常喜欢用颜色来指代事物。例如把参观革命圣地、接受传统教育的旅游线路形象地称作"红色旅游"，把寄情山水、回归自然的旅游线路叫作"绿色旅游"，把驰骋北国、追逐冰雪的旅游线路比作"白色旅游"，以此类推，像观看事故现场、感受塌楼震撼之类的旅游线路是否也应冠以"黑色旅游"之名？

称其为"黑色"，并非暗含"黑暗""黑幕""黑心"之意，而是因为：一则把事故现场当旅游景点，这本身就有相当搞笑的"黑色幽默"意味；二则工地塌楼毕竟不是什么光彩事儿，何况当场砸死了一名民工，游客至此还有凭吊哀伤之情，所以，借用丧仪的黑色将其称作"黑色旅游"倒是名副其实，恰如其分。

其实，辽宁那家旅行社的这一创意并非"原创"，早在好几年前厦门远华案发生后，就有不少外地游客自发地改变行程，在观赏鼓浪屿美景后"顺访"那座一夜成名的"红楼"，亲身领略其间的豪华景观，只不过没有旅行社专门组织，也没有打出"红楼游"的旗号罢

　　　　　　　　　　　　　　　我行我诉

了。再往近处说,近年来各地在开展反腐倡廉警示教育中,组织党员干部参观监狱,听正在服刑的腐败分子现身说法,不也是一种别开生面的"黑色旅游"?

　　如同吃腻了大鱼大肉的食客渴望换换口味、改吃粗粮窝头一样,别具一格的"黑色旅游"或许更能吸引游客的眼球,激发他们的游兴。只要看看"9·11"后每天有多少游客到美国纽约世贸大厦废墟观光,就可以想见"黑色旅游"的前景和"钱景"有多广阔。好奇是人类的天性,不管在哪里,也不论是好事还是坏事,只要一出大事奇事稀罕事,必定会吸引大批好奇的人蜂拥而至,亲睹为快,这就是"黑色旅游"方兴未艾的旺盛客源。所以有头脑有远见的旅行社不妨把眼光再放远一点,不光只盯着一个"塌楼游",还可以结合本地实际和游客需要,把那些知名度较高、在公众中有较大影响的事件发生地,例如"地震现场""垮桥工地""厦门红楼""王宝森行宫""阜阳白宫""周老虎拍摄点""毒奶粉生产车间""躲猫猫看守所""俯卧撑大桥""欺实马路段"等都辟为"黑色旅游专线",让游客近距离观看这些天灾人祸的惨状和怪状,从触目惊心的实景真况里深切感受那无言的震撼,受到形象、深刻的警示教育,这样的旅游比单纯的游山玩水更有意义,收获更大,也更受游客们的喜爱和追捧。就看哪家旅行社善抓商机,捷足先登了。(2009年7月24日)

假如媒体没曝光

　　河南淇县招商局为了购买局长座驾,向一家企业借款 3 万元,时隔一年多仍没有归还,直到今年 8 月 11 日被《大河报》曝光后才引起了当地党委和政府部门的高度重视,县委主要负责人专门做出批示,招商局也于见报当日便将 3 万元欠款全部付清。(8 月 12 日《大河报》)同一件事,同一个单位,前倨后恭,判若两人,曝光前后的态度转变之快,反差之大,不免令人瞠目结舌。

　　面对媒体的又一次胜利,我们不知究竟是该欢欣鼓舞还是应当感到悲哀。一桩长期拖欠的债务,只需一篇报道就当即得到清偿,其速度和效率甚至要大大超过法庭的审理和执行,这不正是体现了新闻的力量和舆论监督的功效吗?然而且慢叫好,一张普普通通的新闻纸能有如此神奇的作用,固然反映了民意的张扬和社会的进步,但若再反过来想一想,这种"媒体曝光——领导重视——问题解决"的惯常路径不仅很不正常,而且令人忧虑。一件十分明显的倚权仗势、敲诈企业案,历时一年多竟无人过问,足见企业的屡次追讨和职工的多次上访根本没有引起有关部门的重视,本应主持公道的行政监督和法律监督也都形同虚设,甚至连本地的新闻媒体也一致"失声",非要等到更高级别的新闻媒体从外部介入,揭开了并不复杂的事情真相,并由当地领导做出了批示,才有人雷厉风行地去落实,去解决,这不是恰恰暴露出有关部门的不作为和"官官相护"的腐败风气吗?不难设想,假如媒体没曝光,这笔本来就不打算归还的欠款不知还将拖欠到何时!假如所有诸如此类的案件、事件乃至大大小小的矛盾纠纷非要媒体曝光才能解决,那原本只是报道事实、传播信息、引导舆论、反映民意的新闻媒体岂不成了无所不包、无所不能的"上帝"?

即便如此,我们也不必过分陶醉于所谓"媒体的胜利"。谁都明白,以"借钱"名义敲诈企业的淇县招商局并不是慑于媒体的威力才被迫还账,促使他们一反常态、迅速偿还欠款的决定因素是县委主要负责人的批示。假如没有这一纸批示,他才不管你登什么报,曝什么光,因为他们的乌纱是攥在上级领导的手里,新闻媒体只有监督权,没有任免权,更没有像行政部门那样的刚性约束力,即使某一篇稿子起到了一定的作用,那也不是舆论监督的直接成效,而是借助权力的力量,"以权制权"的结果。可是在现实中,这种对权力的"借助"并不牢靠。遇到正派明智的领导倒还好办,一纸批示就使媒体如虎添翼,手持"尚方宝剑"一切问题便都迎刃而解。但要是不幸碰上那些习惯于"防火防盗防记者",在自己的"一亩三分地"里不容他人置喙的"强势领导",恐怕号称"无冕之王"的新闻记者也无计可施。轻者质问你"替谁说话",训斥你"多管闲事",重则收报、封网、抓记者,钳制舆论,管控媒体,到那时才知道舆论监督并非万能,"媒体的力量"是多么有限。

新闻媒体的作用不只是曝光揭黑,也不可能呼风唤雨,包打天下。因此,对新闻媒体舆论监督的实际功效大可不必刻意渲染,估计过高。如果说新闻媒体有什么特殊作用的话,那就是唤起公众的民主意识和正确行使知情权、参与权、监督权的能力、水平,对各个领域的公权力实行常态化的有效监督,自觉抵制各种违法违纪行为,依法维护公平、正义、和谐的社会秩序。等到不用媒体曝光,不须领导批示,不法行为和不正之风、腐败行为就会受到制裁和制约,甚至媒体无"光"可曝的时候,才真正值得额手称庆,欢呼"媒体的胜利"了。(2009 年 8 月 21 日)

警惕"网伥"

"网伥"者，"网络伥鬼"是也。这一称谓并非随意杜撰，而是互联网上有目共睹的事实。

网民们都还记得，曾经有段时间，网上凡有"周正龙""三鹿"等字样的网页统统被屏蔽，相关帖子悉数被删。去年网上曝出哈尔滨警察打死学生的丑闻不久，就有人在网上散布谣言，无中生有地宣称死者的父亲是"房地产商"，其舅舅是"市政协主席"，并谎称死者曾"开着奔驰车，出入酒吧，连续挑衅殴打警察"，千方百计把水搅浑。最近网上刚揭露了湖南女生罗彩霞被县公安局政委之女冒名顶替上大学的离奇经历，很快就有不明身份的"网友"在各大论坛突击发帖，不择手段地抹黑"唱衰"受害者，处心积虑地为违法者张目开脱。从事这些见不得人勾当的正是那些"只认金钱不讲理""收人钱财，替人消灾"的所谓"网络枪手"，他们在网上明码标价招徕生意，只要有人给钱，就可以不问是非善恶，不要道德良心，不惜违法犯罪，采用"技术手段"替人屏蔽"负面网页"，清除网页快照，删除"负面言论"，还可以冒名顶替，代人发帖，"迅速排挤不良信息"。(5月19日《大河报》)这与那些为虎作伥、替恶人帮凶的"伥鬼"又有什么两样？与其名曰"枪手"，不如就叫"网伥"。

有人把"网伥"与"威客"同普通的"网络枪手"相提并论，这才是看走了眼。虽然这三类人都是在网上"淘金"，但其目的、手段、效果却大相径庭。"威客"是凭自己的智慧和能力在网上接活儿家里干，按照合同约定获取合理报酬，例如创意设计、课题攻关、翻译编辑等等,都属于"灵活就业""弹性工作",按劳取酬,值得提倡。至于那些偶尔捉刀代笔,靠替人代写论文、总结或者情书、检讨挣几个小钱的普通"网络枪手",虽然也涉嫌弄虚作假,学术不端,充其量还只能算是道德瑕疵。而那些以"网络操盘手"自居的"网伥"则纯粹是唯利是图,唯钱是瞻,把所掌握的"公关资源"和网络技术当成非法敛财的资本,在开放的、匿名的网络中为非作歹,兴风作浪。今天冒充"网民"替某个明星捧场"刷票",明天为了某个利益集团的私利系统而专业地"批量发言";既能帮财大气粗的"客户"删帖、"洗址"混淆是非,"摆平"事端,又善以伪造的"民意"误导舆论,欺骗公众,掩盖真相,制造混乱。这些见不得人的"网伥"虽然人数不多,却危害极大,不仅悖逆公序良俗,挑战道德和法律的底线,而且干扰破坏正常的网络秩序,严重影响网络安全和社会稳定,比那些借助网络疯狂肆虐的电脑病毒更加可怕。

"网伥"不除,网无宁日。因此,我们在大力加强网络建设,努力净化网络环境的同时,也要像杀灭电脑病毒一样彻底清除那些寄生在互联网上、隐藏在网帖背后的无耻"网伥",使互联网真正成为传播社会主义先进文化的前沿阵地、提供公共文化服务的有效平台和促进人们精神文化生活健康发展的广阔空间。善良的网民们也要对形形色色的"网伥"加倍提防,高度警惕,冷静清醒地看待网帖言论,自觉做到不轻信,不盲从,不跟风,不起哄,这样才能及时识破"网伥"们的种种伎俩,从浩如烟海的网上信息中去粗取精、去伪存真,准确解读事实真相。(2009 年 5 月 25 日)

临时工的多功能

顾名思义,临时工就是企业或单位临时雇用的员工,也是计划经济时期与正式工、合同工、固定工、长期工、占地工等同时并存的一种劳动用工形式。然而谁也想不到,到了市场经济日益发达的今天,尽管《劳动法》和《劳动合同法》都明确取消了"临时工"这一不规范的称谓,可这一临时而短期的辅助用工形式不仅没有消失,反而更加"壮大"。不光是许多企业热衷于招聘临时工,就连一些事业单位和执法部门也都以协管员、借调人员、短聘人员等多种名目纷纷招用临时工,个别单位的临时工甚至比正式工作人员还要多,几乎到了"反辅为主"的地步。之所以如此,皆因为这些用人单位看中了临时工的"多功能"。

功能之一是"省油灯"。比起通过正规渠道聘用的正式员工来,临时工可以随用随找,随叫随到,免去了许多登记、统计的手续,此谓省事。临时工自知地位低下,朝不虑夕,因此干起活来兢兢业业唯唯诺诺,绝不敢偷懒耍滑或者顶撞上级,与那些有档案、有编制、有背景的正式人员相比,自然更好管理,此谓省力。更重要的是临时工不用签订劳动合同,没有劳保福利,也不给上保险、缴"五险一金",报酬由用人单位自定,因而可以大大降低劳务成本,此谓省钱。如此"物美价廉",孰有不用之理?

功能之二是"防波墙"。当此深化改革之际,许多单位都面临精简机构、裁减冗员的"硬任务",可是"简"谁"裁"谁都颇费思量,弄不好还会引起上访告状,影响稳定大局。这时,原本是"辅助工种"的临时工却正好派上用场，虽然平日里都是"正式工看，临时工干"，可裁员时却总把临时工推到一线，首先拿"借调人员"和"临聘人员"开刀，想裁谁就裁谁，需要减多少就减多少，根本不需要做什么"耐心细致的思想工作"。有了这些"招之即来挥之即去"的临时工做"防波墙"，吃"皇粮"的正式人员自然可以高枕无忧，不惧改革风浪。

功能之三是"替罪羊"。不管哪个单位，无论管得多严，也总难免出纰漏。有些正式人员素质不高，作风粗暴，违法违纪现象也时有发生。如今媒体资讯这么发达，新闻记者又那么敬业，一旦发现问题就穷追不舍，不依不饶，不但曝光当事人，还要追究责任人。为了防止事态扩大，牵连过多，领导不得已时总要忍痛割爱，"丢卒保车"，找个"替罪羊"，而这个要"割"的"爱"、要丢的"卒"和替罪的"羊"，多半都是临时工。只要浏览一下报纸上的新闻就不难看到，今天某地公安粗暴执法，经追查，原来是临时聘用的协警；明天某地城管打伤小贩、打死路人，一查凶手还是临时抽调的协管；早就有不少小区居民屡屡投诉有无良保安打骂业主，可查来查去都是没有任何聘用手续的"临时工"；就连抓到了证据确凿、敲诈骗钱、人赃俱获的假记者，其发证单位也会连忙出来"澄清"，声明此人是"临时聘来拉广告的外勤人员"。既然错事、丑事、坏事都是临时工所为，那么"冤有头债有主"，只要把他们"辞退"就一了百了，与用人单位又有何干？

正因为小小的"临时工"竟有如此强大的"多功能"，所以许多用人单位才乐此不疲，随意雇用。社会上有些人还"举一反三"，开发出了临时工的"新品种"和"新功能"，例如专门代开家长会的"临时家长"，为歌星捧场的"临时观众"，替"黄牛"排队抢购车票的"临时旅客"，等等。然而，临时工的"兴盛"却并非幸事，"多功能"恰恰暴露出了许多地方在劳动用工方面存在的诸多弊端和漏洞，如不彻底整治，必将危及和谐社会建设，从"临时病"恶化成为害持久的顽症重病。（2008年10月15日）

岂止是"言论不当"

广州某国企官员梁建春在大庭广众之下,面对记者的公开询问时,极不耐烦,突然发飙,竟以十分粗俗的恶语回应:"我是不是拉屎也要告诉你啊?臭不臭也要告诉你啊?"此语一出,四座皆惊,舆论哗然,顿时被网民封为"最牛官腔"和"最臭官腔"。如此霸道的做派连当地政府都看不下去,一"臭"成名的梁建春刚刚"牛"了几天就被严肃查处,不仅被撤销职务,而且还就对媒体发表不当言论做出检讨并公开道歉。(11月2日《人民网》)

仅仅因为一句"最牛官腔"就被撤职查办,既丢了官又丢了人的梁建春也许颇觉"冤枉",然而细究根源却一点也不亏。俗话说"言为心声",语言只不过是个人思想、观念和内心情感的外化和表现。如同振振有词地质问记者"你是准备替党说话,还是准备替老百姓说话"的郑州市规划局副局长逯军并非一时性起,失态口误一样,梁建春的"最牛官腔"也决非心血来潮,信口开河。假如不是特权思想作祟,对舆论监督的性质、作用认识不清,仍旧把新闻媒体当作自己的"工具"和"下级",身为国企官员的梁建春又怎敢在正式的会议上当众对记者大爆"粗口",大放厥词?所以,"因言丢官"的逯军、梁建春们不仅应当深刻检讨面对记者出言不逊的"不当言论",更应深挖不当言论的思想根源,真正消除对舆论监督的反感心理和敌视心态。特别在是第十个"中国记者节"到来之际,还有必要认真学习胡锦涛总书记在刚刚闭幕的世界媒体峰会上的重要讲话,深刻认识新形势下新闻宣传和舆论监督在弘扬社会正气、通达社情民意、引导社会热点、疏导公众情绪和保障人民知情权、参与权、表达权、监督权等方面的重要意义和作用,学会放下架子,以平等、诚恳、坦率的态度去面对媒体和公众,这样才不会重蹈覆辙,爆出那些"雷"倒众人的"最牛官腔"。

为了防止和消除个别官员因言论不当所造成的恶劣影响,许多地方开办了各种形式的讲座或培训班,请公关专家向官员们精心传授对外形象包装、如何应对记者采访和回答媒体提问的艺术等"实用技巧",这种亡羊补牢的积极态度和防患于未然的主动做法本无可厚非,但是假若过分注重这些"实用技巧",甚至有意无意地把媒体和记者当作防范的对象,就未免有本末倒置,南辕北辙之嫌了。

应当看到,少数官员的"不当言论"暴露出的是一些干部政治素质的低下、宗旨观念的淡漠和公仆意识的缺失,要从根本上防止出现"不当言论",必须首先清除发言者的错误思想和糊涂观念。否则仅靠一套"包装术"和几条"封口令"来防止官员"言",只能是"头痛医头,脚痛医脚",并不能有效杜绝"不当言论"。如果一些官员的思想观念和政治素质得不到提高,那些错误的观点和不正确的认识就像潜伏在体内的病毒一样,迟早会发作,即使能在记者面前或公开场合故作正经,三缄其口,在远离媒体的饭局、牌桌或自以为无人监督的私下里也照样会信口开河,扰乱视听,败坏形象,危害社会。"封口"莫如"正心",与其煞费苦心地防范官员"失言"、媒体曝光,还不如切实有效地加强思想教育,不断提高干部队伍的综合素质和人品道德,这才是防范"不当言论",减少"最牛官腔"的治本之策。(2009 年 11 月 11 日)

未"亡羊"先"补牢"

　　成都市发生公交车起火燃烧、伤亡 100 多人的重大安全事故，引起了各地有关部门的高度重视，地处中原的河南省许昌市近日专门组织人员对全市所有公交车辆进行安全排查，对驾驶员进行安全知识培训，并建立严格的安检制度，采取措施加强高温期维护保养，完善车辆消防系统及逃生设施，努力消除可能发生的事故隐患。这种善于从别人的教训中汲取经验，提前动手，防患于未然的做法值得称道。

　　事故发生在四川成都，当地政府及时补救应当说是"亡羊补牢"。而远隔千里的许昌市闻警而动，及早防范，则可形象地称作"未'亡羊'先'补牢'"。自家的"羊"虽然没丢，但是看到邻居因"羊圈"破损而"亡羊"，赶紧加固自家的"羊圈"，以防重蹈邻居的覆辙，这不是比等到自家也丢了羊再去被动地"补牢"更为聪明，更加主动吗？也许有人会说，这纯粹是"别人害病自己吃药"，可是如果能够在还未染病前就先吃上"预防药"，早打"免疫针"，岂不是可以避免害病，少受病痛，有什么不好？

　　这些年无数惨痛的教训早已昭示我们，凡是安全事故都有其必然性和共同性，酿成事故的因素和条件在同行业的许多地方都同样存在，对于已经发生事故的地方是不可避免的必然结果，有的暂时还没有发生事故也只是一时侥幸，如果不从根本上消除可能产生事故的安全隐患，同样的事故完全会在不同的地方重复发生。就拿几乎每个城市都有的公交车来说，类似成都 9 路车那样严重超员、安检措施不力、车内消防设施不全,救生通道不畅等"通病"可以说是普遍存在。仅据记者最近对河南省省会郑州市公交车的随机调查,就发现了诸如安全锤缺失、紧急开关失灵、易燃易爆有毒等危险物品带上车等严重问题,一旦发生火灾,后果不堪设想。(6月8日《大河报》)危险就在身边,近在眼前,怎么能抱着隔岸观火的心态麻痹大意,漠然处之? 现在不抓紧"补牢",只怕真"亡羊"时损失惨重,补牢犹晚,后悔莫及。

"未'亡羊'先'补牢'"既是对人民生命财产高度负责的责任意识,也是一种值得提倡的明智之举。发生在成都的公交车燃烧事件不仅为全国的公交行业拉响了警报,而且也对各个行业、各个单位的安全生产和事故防范工作敲响了警钟。我们不单要"闻警心惊",真正克服侥幸和麻痹心理,高度警觉,百倍警惕,更要从别人"亡羊"的教训中汲取经验,推人及已,举一反三,反躬自查,提前补牢,及时觉察和发现任何可能的不安全因素,争取把安全隐患和事故苗头消除在萌芽阶段,消弭于未发之时,决不要犯别人早已犯过的同样错误,决不要在曾经翻车的地方再次翻车,重蹈覆辙。(2009年6月23日)

"三不"不是好主意

假如有一天,正在球场上吹哨的裁判突然宣布,为了使正在比赛的某个球队不至于输得太惨,将对其额外关照,犯规不受罚,输球不扣分,超时也不叫停,你想场内场外会有什么反应?

可千万别说这样的"假如"不会出现,最近浙江省工商部门就毫不含糊地当了一回这样的"裁判"。据说为了帮助民企解困,他们竟公开出台了一项对民营企业"不处罚、不追缴、不吊销"的"新规定"。(1月9日《中华工商时报》)这样的"三不"行为,同那个在赛场上偏袒一方的失职裁判岂不是如出一辙?

一个地方执法部门的"土政策"是否可以与政府颁布的上位法背道而驰,其中的法理关系我们姑且不论,单就浙江工商的"三不"规定而言,也绝非是应对当前困难的好主意。社会主义法治精神的基本要义是"有法必依,执法必严,违法必究",市场经济是法制经济,国家正式公布实施的工商行政管理法规也对所有的市场主体都一视同仁,同样有效。各级工商管理部门的职责就是依法监管,严格执法,严肃查处各种违法违规行为,维护正常的市场秩序。不管是什么企业或个人,都只有守法经营的义务,没有高人一等的特权或者"刑不上大夫"的"豁免权"。不管有什么样的背景或借口,只要违犯了有关法律法规,就要受到应有的惩治,该受到什么样的处罚就受处罚,该追缴的非法所得必须如数追缴,情节严重,该吊销营业执照的也必须坚决吊销。非如此,不足以维护法律的尊严;非如此,更难以遏制经济领域的违法犯罪。如果对民营企业"网开一面"

"法外施恩"，无异于随意更改市场经济的"游戏规则"，纵容个别企业"踩红线""闯红灯"，肆意违法违规，搞不正当竞争。这种类似赛场"黑哨"的"选择性执法"严重背离了法治精神，是典型的失职和"行政不作为"，不仅对民企之外的各类企业有失公平，而且对民企自身也并非好事。

过分的人为"保护"既无助于提升民营企业的生存能力和竞争能力，也扼杀了市场本身固有的优胜劣汰机制，不但不能帮民企解困，还会搞乱正常的市场秩序，造成更严重的经济危机。这绝不是言过其实的危言耸听，前些年一些地方随意超越法律权限，对本地企业实行"挂牌保护""封闭管理"，禁止执法部门进厂检查，对企业的违法行为不许处罚，对涉嫌犯罪的企业法人不准扣押，结果是"保护"出了一批"污染大户"、"偷税大户"和"金融欺诈专业户"，严重制约了当地经济的健康发展。还有些被特殊"保护"的企业主有恃无恐，为所欲为，甚至堕落成当地的黑恶势力代表，频频给政府抹黑添乱。"殷鉴不远"，这些触目惊心的深刻教训难道还不应当痛切记取吗？

去年年底，温家宝总理在中南海主持召开经济专家和企业界人士座谈时特别强调："越是在困难和复杂的情况下，越是要坚持科学民主决策，越是要增强决策的透明度，越是要加强决策的民主监督。"（2008年11月26日《新华每日电讯》）因此各地各部门在面对严峻形势，制定应变举措的时候也一定要注意科学、民主、依法决策，不论出台什么样的政策和措施，都必须同国家的现行法律法规相一致，同中央的决策部署相协调，决不可自行其是，随意"突破"，更不能以各种借口放弃监管责任，放松对各种违法犯罪行为的查处和打击力度，以免好心办了错事，为"保护"一部分社会成员的局部利益而无意中或客观上损害了其他社会成员的平等权益，影响正常的市场秩序。（2009年）

受贿只收"帝豪烟"？

　　一般来说,香烟品牌是绝不会出现在各类媒体的新闻报道中的,可是在"二般"的情况下倒大有可能。去年年底,一向不为人知的"九五至尊"香烟就伴随着南京市江宁区房产局局长周久耕的频频曝光而在许多新闻报道中反复露脸,一时蹿红,并且还多次在中央电视台上展露"尊容"。最近,久负盛名的国优名牌"帝豪"香烟也随着河南省长葛市公路局路政科一名官员的落马而成为媒体新闻的"主角"。由这名官员主管的当地公路治超中队有着独特的"受贿取向",在不到两年的时间里就收受超载车主或司机"帝豪"牌香烟1200多条,价值超过12万元,却给国家造成经济损失545.7万元。(6月4日《许昌晨报》)如果仅从"拉动内需促进消费"的角度来看,这名偏爱"帝豪"香烟的路政官员完全应该获得"帝豪"烟厂的促销奖励,最好能请他出任"形象代言人",宣称"治超不收买路钱哪,要收只收帝豪烟"!

　　其实,"受贿只收帝豪烟"并不是出于对"帝豪"品牌的喜爱和追捧,而是腐败分子"曲线收贿"的"障眼法"。他们明知受贿放行超载车辆是严重的违法渎职行为,怕直接从超载车主或司机手里接钱风险太大,可又禁不住以权谋私、损公肥私的利益冲动,于是便掩耳盗铃般地自定一个"只收香烟不收钱"的"潜规则",自作聪明自欺欺人地以为,只要不收钱就不会留下犯罪证据,收几条香烟,就是万一被查到也好以"人情难却"来进行狡辩,而专收当地畅销的"帝豪"香烟则便于快速"变现",不露声色地实现受贿分赃的罪恶目

　　　　　　　　　　　　　　　　　　　　　　　我行我诉

的。

按说这个从香烟（礼品）到现金（贿金）的转换过程够隐秘、够曲折了,然而,不管他们如何煞费苦心"机关算尽",使出什么样的"障眼法"都不能把黑钱洗"白",香烟的"礼品"属性丝毫掩盖不了他们收取"买路钱"违法实质。天网恢恢,法律无情,如同"九五至尊"没能保住周久耕的尊贵地位一样,狂收千条名烟的"帝豪路政"也难再体验颐指气使、为所欲为的"帝王豪情"。

前车之覆,不可不鉴,"帝豪路政"的落马不仅为那些惯以各种名目向执法相对人或服务对象"吃拿卡要"、变相"寻租"的腐败官员和"实权人物"再次敲响了警钟,而且也给当前的反腐败斗争提出了一个新的课题。随着我们对各种腐败现象查处力度和打击强度的日益加大,腐败分子的犯罪手段也在不断变换,光是行贿受贿的媒介就已从原来的礼品、现金、存折等变成了有价证券、文物字画、企业"干股"等等,权钱交易的方式也从赤裸裸的"一手交钱一手办事",变成了表面看来毫无目的、毫不相干的"感情投资"或"有情后补",这些新情况新变化都会给我们查处腐败案件和认定违法事实造成一定干扰。

不过,万变不离其宗,狐狸再伪装也藏不住大尾巴,只要牢牢抓住"利用职权及影响为他人或特定关系人谋取非法利益"这条"狐狸尾巴",就可以透过烟酒"人情"之类的表面现象,查出"曲线受贿"以权谋私的违法事实,让那些"受贿只收×××"的犯罪分子无法遁形。(2009 年)

谁"别有用心"?

"别有用心"原指言论或行动另有不可告人的企图,可是时下却成了许多地方推卸责任、诿过他人的"专用术语"。不仅在去年轰动全国的"陇南事件""瓮安事件""孟连事件"以及多个城市发生的"出租车罢运事件"中,当地政府和有关部门不约而同地声称有人"别有用心",煽动闹事,而且在刚刚曝光的"湖南耒阳计生手术造假事件"中,工作严重失误的当地计生部门同样使出了这个屡试不爽的"撒手锏"。本来他们在计生工作中弄虚作假,花钱买"三陪"小姐冒名顶替做引流产手术的丑行东窗事发,该市副市长在大会上也对此进行了严厉批评,本应痛改前非、深刻检讨,可是当网友将副市长的讲话稿在网上曝光后,他们竟恼羞成怒,反咬一口,宣称"发帖人别有用心",并扬言要"配合公安积极寻找"。(5月14日中新社)话里话外暗藏玄机,杀气腾腾,大有兴师问罪,誓把发帖者捉拿归案,实行"专政"的架势。这就让人闹不明白,究竟是谁有错? 谁别有用心?

人非圣贤,孰能无过;过而能改,善莫大焉。然而有些人却明知有错也死不认账,出了问题不是从自身找原因查漏洞,采取措施亡羊补牢,而是千方百计文过饰非,护短诿过,说是为了"维护政府形象",实则是为了掩饰自己的脸面,保住头上的乌纱。就像湖南耒阳计生部门那样,出了雇三陪小姐顶替手术的丑事,受到主管领导的严厉批评,不思补过,反而倒打一耙,嫁祸于人,迁怒于公布实事的发帖者,反诬人家"给计生工作带来不良影响";不去集中力量尽快查处弄虚作假的当事人,反而不遗余力地"配合公安部门积极查找发帖人",这种不负责任、错上加错的言论和行为岂不正是"别有用心"？

俗话说得好，"痒处有蚤，怕处有鬼"。实践证明，凡是像阿Q那样忌讳人家说"光"、说"亮"的，肯定有见不得光也见不得人的暗疮或毛病。正因为如此，那些出了重大矿难事故的煤老板才不惜重金用巨额"封口费"收买记者，"摆平"政府；向牛奶中添加三聚氰胺的三鹿集团才不择手段地"管控媒体"，收买网站；涉嫌非法拆迁的辽宁西丰县委书记才急忙派出警察星夜进京抓捕记者，钳制舆论；违法征地的河南省灵宝市才如临大敌，调动警力，不远千里到上海追捕一名在网上发帖"泄露天机"的家乡青年；被副市长怒斥为"'三查四术'的进度是假的，'七项清理'的数据是假的，社会抚养费征收到位率是假的，甚至连在市计生服务站做的引流产手术，也有相当一部分是假的，是守在医院门口花钱买那些'三陪'小姐来冒名顶替做引流产手术的"湖南耒阳计生部门才那么心急火燎地要"配合公安部门"查找"别有用心"的发帖者。然而事与愿违，不管他们的用心多么良苦，借口多么堂皇，手段多么高明，都不能一手遮天，也无法减罪免责，真相大白之日，他们的错误事实和不可告人的"别有用心"也都暴露无遗。

值得注意的是，在已经发生的多起重大群体性事件中，除了个别干部作风粗暴、与民争利以及信息不透明等主要诱因外，还有一个不容忽视的误区，就是主观武断、先入为主，不加分析地把群众诉求一概视为"别有用心"。正是基于这样的错误判断，才导致了一些地方和有关部门决策失误，处置不力，失去了对话沟通、平等协商的良机，把小事拖大，大事拖炸，进而激化矛盾，加剧对抗，酿成了损失巨大、影响恶劣的公共突发事件。这样的深刻教训一定要牢牢记取。面对群众的批评，甚至是一些刻薄刺耳的过头话，都要虚心听取，从谏如流，决不可一触即跳，动辄给人扣上"别有用心"的大帽子，轻易采取"专政"手段强行压制，那样才容易被少数真正别有用心的人所利用，加剧对抗情绪，影响社会稳定。（2009 年 5 月 21 日）

"体验日"里体验多

　　6月10日是许昌市确定的公共机构"能源紧缺体验日",全市1248个公共机构22300余名机关工作人员参与了体验节约能源活动。他们放弃坐公车或开私家车,统一选择了步行、骑自行车或乘坐公交车上班。(6月11日《许昌晨报》)据河南省有关部门的统计,仅仅这一天,全省4.5万家机构就节约能耗846万元。许昌市的节能数字还未见公布,想必也一定相当可观。

　　其实,在这个难得的"体验日"里,习惯于车来车往的机关干部们体验到的绝不仅仅是节能减排的责任和弃车"走班"的乐趣,而是通过与普通百姓的"零距离"密切接触,亲身体验了一回平民的出行方式,真实地感受到了市民群众日常生活的各种不便,也深刻地意识到了自身存在的差距和不足。例如交通部门的干部挤公交车,就能目睹公交运营的真实现状,对群众来信反映的部分班次发车时间不准、间隔时间过长、车内安全设施不齐、卫生状况不佳等实际问题也可以有更加直观的感性认识。改骑车上班的干部沿路骑上一趟,立马就能发现哪里的路面破损,哪个道口不平,哪里的窨井盖损坏,哪个地方的交通隔离带设置不合理。安步当车的干部们一路走来,可以看到许多方面的真实场景,听到不少原汁原味的市声民情。见到有人聚集,不妨上前看个究竟;听见有人吵架,也可顺耳听个稀罕。而这些看似平常的东西,却是往日里习惯乘车出行,"坐着轮子转,隔着玻璃看"的政府官员们绝难看到听到的。相信通过这短短一天的亲身体验,一定会使更多的机关干部耳目一新,心灵震动,进而唤醒他们的公仆意识、亲民意识、责任意识和服务意识,进一步增强与普通群众的浓厚感情和血肉联系。

令人欣慰的是,这一天的体验已经带来了许多干部思想作风和工作作风的明显改观。许多单位都把"能源紧缺体验日"当作听民声、知民情、广泛征求群众意见的好时机,与正在深入开展的"学习实践科学发展观""四查四促"和作风建设活动紧密结合,对上下班途中看到、听到和觉察到的问题及时梳理,认真反思,立即整改,立见实效。交通部门专门组织力量对市区公交车进行全面整顿,努力为市民安全、便捷出行提供优质服务。运管部门也着手对出租车开展专项治理,要求驾驶员注意个人卫生和言行得当,把这一代表许昌形象的文明窗口擦得更亮更美。

一天的体验毕竟时间有限,范围有限,了解到的情况也不够深刻、全面,所以像这样的"体验日"还应该经常组织。河南省委常委、省委秘书长曹维新就提出建议,如果时机成熟,可以设立"公务员每周步行日",使体验活动经常化。广大群众也迫切期望我们的各级干部在"体验日"后,能够继续以各种形式深入基层,贴近民众,了解百姓疾苦,及时排忧解难,做群众的贴心人,和百姓面对面,心连心。果能如此,则天天都是"体验日",干群真成一家人了。(2009 年)

为啥老犯"低级错误"？

　　上海一幢在建的 13 层居民楼突然从根部断开,整体倾覆。经专家组现场调查认定,这起举世罕见的大楼倒塌事故竟然是由于未按技术规范施工这一"低级错误"所致。(7 月 2 日《南方周末》)

　　事实上,这类质量事故从 20 世纪 80 年代以来就在国内许多地方屡屡发生,2008 年建设部还专门为此制定了中华人民共和国行业标准《建筑桩基技术规范》,对建筑工地基坑开挖的作业环境和施工条件做了详细、严格的硬性规范并强制推广,然而收效甚微。从湖南凤凰大桥倒塌,杭州地铁工地塌陷,到最近的西宁商业巷施工现场坍塌和株洲高架桥倒塌,再到此次的上海在建大楼整体倾覆,重大事故依然居高不下,而且还都是一次次重犯同样性质的"低级错误",连许多业内专家也不禁纳闷:建筑行业究竟得了什么病?为什么犯错越来越低级?

　　其实,专家们只看到了不按技术规范施工这一表面现象,对造成这一现象的深层次原因,不知是真的看不出来,还是看出来不敢明说。所谓深层次原因,说出来并不神秘,就是早已为政府明令禁止而又实际上广泛存在的工程转包,这在各地的建筑市场上几乎是人人心照不宣的"潜规则"和"公开的秘密"。具有合法主体资格的建筑企业不过是坐收管理费又不真正履行管理责任的"空壳""幌子",他们在公开的建筑市场上中标后并不组织人员施工,而是以"挂靠"的名义将工程层层转包;实际在工地施工的则是那些临时拼凑人员,租借设备,筹措资金,打着"项目部"旗号的包工队,施工人员没有经过任何技术培训,也没有任何施工资质,有的竟然连图纸都看不懂,更遑论按技术规范施工,顶多会按照工头的指令"比葫芦画瓢"。由这样素质低下的乌合之众建造现代化的建筑工程,怎能不犯"低级错误"?

上海塌楼事件发生后,住房和城乡建设部专门发出通知,要求全国各地区立即开展在建住宅工程质量检查,意在举一反三,亡羊补牢。然而,如果仅仅如通知所要求的那样,主要检查工程实体质量情况,特别是工程地基基础和主体结构的勘察、设计及施工质量等方面的问题,而对工程转包这一根本弊端有意回避,视而不见,那么还是只能"头疼医头,脚疼医脚",就事论事,治标不治本,造成工程质量事故的重大隐患依然存在,重蹈覆辙的"低级错误"还会一犯再犯,保不住还会有更多的大楼、大桥或地铁工程垮塌、倾覆。病根不除,积患日重;补牢不严,亡羊频仍。

要切除危害建筑市场的工程转包这一毒瘤,政府主管部门必须下决心,用狠劲,出实招,切实加强对市场主体的日常监管。不但要管招投标,和资质,而且要管工程,管工地。凡是违法转包分包的坚决责令停工,并严厉追查转包方的责任。对明知故犯层层转包的建筑企业要立即取消其中标资格,没收其转包收入,并记入"信用黑名单",禁止其参与任何工程项目的招投标。一旦转包工程无利可图,且有较大风险,也就没人再去干那种得不偿失、损人不利己的蠢事。假如每个建筑工地上都是资质齐全、技术可靠的正规施工企业,又何至于会一犯再犯那些不看图纸、违反规范的"低级错误"?(2009年)

从"路乞"到小肖

一袋垃圾并没多重,把自家的垃圾随手掂走也不是什么难事,难的是不仅记得掂走自家的垃圾,而且还主动掂走别人的垃圾袋,更难能可贵的则是天天默默无闻地帮别人掂垃圾。许昌的一位普通市民小肖就是这样用自己无言的行动,悄悄地带动了楼道里的邻居,带出了邻里互助,和谐相处,争相收集垃圾,自觉打扫卫生的文明新风。(7月15日《许昌晨报》)

从每天帮邻居掂垃圾的小肖,我想到了另一位古怪的外国老头儿。这位前法学博士退休后自愿来华定居,并给自己起了一个叫"路乞"的中文名字,意即"路边的乞丐"。他每天的工作就是在所居住的城市街头不声不响地捡拾垃圾,义务维护家门外的环境卫生。刚开始,不少人都对他的这一"怪癖"不理解,还有人认为他是在故意"作秀",可他却坦荡笑对,矢志不移。他说:"我要捡的不只是路边的垃圾,更是人心里的垃圾。我不是在捡垃圾,我是在做教育。教育是一粒种子,是种子就可以生根发芽。"在他的行动感召下,越来越多的人,包括许多教师、学生、妇女、儿童和警察、官员等,都纷纷自愿加入了这个捡拾垃圾的志愿者行列。

从路乞到小肖,虽然国籍、身份和职业不同,却有着不约而同的追求和同样平凡而感人的事迹。这绝不是简单的"学雷锋做好事",更不是哗众取宠的有意作秀,而是对文明风尚的自觉追求和躬身践行,是播撒文明种子的言传身教。他们清理的不仅是路边或门旁的垃圾,更是许多人身上长期残存而不自知的自私、狭隘、愚昧、粗鄙、漠视环境、以邻为壑等陈年陋习。在他身后留下的不只是洁净的街道、楼道和宜人的环境,还有自觉担承社会责任、关注公众福祉的现代文明理念和意识。

　　早在20世纪80年代刚刚提倡"五讲四美三热爱"的时候,我们就曾大力倡导要"从我做起""从身边做起"。这两句话说起来简单,要真正做到却并不容易。有些人一说起社会上的腐败现象和不文明行为就义愤填膺,滔滔不绝,却很少反思自身有什么问题和毛病;光是一味抱怨社会风气坏,别人素质差,却不认真检讨自己都有哪些不廉洁不文明的陋习恶行,自己随意丢弃的垃圾又给别人造成了多少污染,这种"只讲客观不讲主观,只怪别人不怨自己"的"手电筒"心态,不仅于事无补,而且十分有害。与其指责他人,莫如严于律己。也许你无力改变整个社会,但是你绝对有责任改变自己;即使你"不管他人瓦上霜",最起码也要先"自扫门前雪",首先做到洁身自好,然后才有资格指点江山。

　　70多年前,毛泽东曾经把红军长征形象地比作"宣传队"和"播种机"。今天我们建设具有高度物质文明、精神文明和政治文明的社会主义和谐社会,同样需要千千万万的"宣传队"和"播种机"。只是这种宣传和"播种"不能仅凭空洞的说教和强制的灌输,而要更多地依靠小肖这样许许多多普通公民的身体力行和示范带动。假如我们都能像路乞和小肖那样朴实无华地从我做起,从身边做起,每天都以细微平凡的实际行动自觉保护环境,净化心灵,关爱他人,造福社会,孜孜不倦地播撒文明的种子,那么就会在越来越多的心田里生长出文明的根芽,就会在我们富饶美丽的家园里不断结出丰硕的文明之果。(2009年)

寻觅"琼玛卡若线"

当你驾驶汽车疾驶在平坦的公路上时,可能毫不在意那条用醒目的反光漆涂画在中间的黄色分道线,更想不到这条拯救了无数人生命的分道线竟是一位与交通管理毫无关系的美国女医生"多管闲事"的"发明",而且在 20 世纪 20 年代初才问世。

在此之前,世界上所有的公路都没有分道标记,不管是哪个方向的驾驶员都习惯性地在公路中间行驶,因而经常发生双向车辆避让不及失事相撞的交通事故,各国政府和交管部门虽深感忧虑却也束手无策。倒是美国内布拉斯加州一位名叫琼玛卡若的女性外科医生,因经常救治车祸伤员而萌生出了举一反三,从源头上避免车祸,减少伤亡的"分外之想"。通过对大量车祸原因的深入剖析,她发现双向车辆不分道行驶是造成撞车事故的罪魁祸首,假如在道路中间画出分道线,让不同方向行驶的车辆各行其道,便可有效地避免相撞。她满怀自信地将这一建议提交给交通管理部门,谁知却被讥笑为"多管闲事"和"异想天开",遭到了无知的冷漠和拒绝。可她并没有失望和放弃,而是坚忍执着,锲而不舍,一次又一次地向政府建言,向社会呼吁,经过整整 7 年的不懈努力,终于在 1924 年正式获准在当地公路上进行试验,并很快被联邦政府采纳,继而成为国际通行的交通规范,也因此大大减少了公路车祸,挽救了无数司机的宝贵生命。

当你知道了"琼玛卡若线"的来历,还能够天天熟视无睹无动于衷吗?当你在心底里感激那位因"多管闲事"而救人无数的外科医生时,是不是也应当想到自己应尽的责任?不管你从事什么职业,担任什么职务,爱岗敬业都是最起码的道德规范。"爱岗"并不只是干一行爱一行,"敬业"也并非止于做好本职工作,更高层次、更高标准的职业道德和社会公德都要求我们像那位可敬的外科医生那样,举一反三,超前思维,做"多管闲事"的有心人,在各自的工作领域里努力寻觅能够造福人民的"琼玛卡若线"。正如一名有良知、有爱心、有责任感的医生不能只局限于救死扶伤,而要致力于防病减伤"治未病"一样,作为"人类灵魂工程师"的教师不能只"传道、授业、解惑",还负有保护未成年人身心健康的重要职责;各级政法机关不光要严格执法,打击各种违法犯罪行为,还应努力预防犯罪,减少案件;我们的纪检监察部门不仅要加大力度查处贪官,惩治腐败,更要做好源头治理,防范腐败,铲除产生贪官的土壤和环境;全副武装的城管队员不能只会雷厉风行地彻底清理占道经营的小商小贩,还要设法帮助这些迫于生计的"走鬼"们找到养家糊口的活路,从根本上消除占道经营的动因……尽管这样可能在短期内见不到成效,甚至还可能会影响到自身的既得利益,例如病人少了,医生的业务量和收入也会下降,到处"打游击"的小贩少了,城管收的占道费和违章罚款也会相应减少,但却给更多的人带来了实实在在的利益和福祉,不仅值得,而且功德无量,善莫大焉。每一位知晓"琼玛卡若线"来历的驾驶员只要看到路上的那条黄色分道线,都会对那位素不相识、默默无闻的发明者肃然起敬,由衷感恩。当然,琼玛卡若医生顶着重重压力和误解,执着地寻觅并坚持推广这条黄色分道线的目的并不是为了扬名立万,更不是为了谋取私利,甚至连发明专利都没有申请,她的最大心愿只是少听到车祸伤员那痛苦的呻吟。同样,当你历尽千辛万苦,终于寻找到自己的"琼玛卡若线"时,也一定会欣慰地感受到奉献的快乐和由衷的幸福。
(2009年)

有感于"县委书记给县纪委书记写检查"

　　近翻资料，偶然发现了一条 20 多年前的"旧闻"。这则刊登在 1984 年 2 月 26 日《人民日报》上的短消息报道，湖北省大冶市时任县委书记在参加一个乡办企业试产典礼时，看到给到会者发放纪念品，发物者自感光彩，受之者不觉有愧，引起他强烈震动，当即予以制止。回去后即给县纪委书记写信，检查自己带头接受馈赠的错误行为，并主动交出收到的西服一套、被单一条、毛线一磅共三份"纪念品"，同时要求"速发文件，以杀此风，以儆效尤"。透过历史的风云，读着这条已成往事的陈年旧闻，不禁令人五味杂陈，感慨万千。

　　按说县委书记给县纪委书记写检查不应该算什么新闻，党章早就明确规定了各级纪委对同级党委进行党内监督的权力，不论是哪一级党委的成员，都有义务自觉服从和接受纪委的监督，主动汇报个人廉洁自律方面的有关情况。可是由于种种原因，这种"同级监督"常常流于形式，失之于宽，失之于软。如果再遇上像胡建学、慕绥新、马向东、马德、李大伦、王有杰、杜保乾之类的"强势"一把手，同级纪委就只有坐"冷板凳"、当"稻草人"、听风凉话的份儿，根本不可能对同级党委及其成员实施有效的监督。正因为如此，大冶县委书记向县纪委书记写检查才难能可贵，才成为《人民日报》关注的新闻。从这个意义上说，这则"旧闻"在今天仍有一定的新闻价值，对于我们改进和完善党内监督，进一步加强党风廉政建设仍有典型和示范作用。

　　历史是现实的一面镜子，从这面镜子里，可以照出社会的进步，也可以照出反腐败斗争的艰难历程。重读 20 多年前的这条"旧闻"，我们得知当年的县委书记参加开工典礼，也就是收个被单、毛线、西服之类的"纪念品"，而如今有的地方的"纪念品"早就花样翻新，从"金剪刀"和"红包""升级"到轿车、别墅和"干股"了。当年湖北大冶的那位县委书记仅仅收了一条被单就忐忑不安，如坐针毡，可如今有的贪官一次受贿百万千万照样心安理得，欲壑难填。远的暂且不说，就说最近的实事，河南省周口师范学院原院长、党委副书记（正厅级）桂受益利用职权大肆索贿受贿，先后收受了价值 100 多万元的人民币、美金和房产，在法庭上竟然还大言不惭地侃侃而谈"我不太懂法，我是教师出身，不太看重钱。收钱是职务行为，属于收红包。"（5 月 14 日《大河报》）让人听了不觉汗颜！当年的那位县委书记能够见微知著，从一件小小的"纪念品"看到不正之风对干部队伍的侵蚀和危害，主动要求纪委"速发文件，以杀此风，以儆效尤"，不知他们那里究竟杀得怎样，效果如何？人们倒是看到这股送礼行贿的歪风邪气在某些地方屡禁不止且愈演愈烈，效尤者也"前仆后继"，有过之而无不及，这也使我们对胡锦涛总书记今年年初在十七届中央纪委三次全会重要讲话中严肃指出的"反腐败斗争的长期性、复杂性、艰巨性"有了更加深切的认识和理解。

重读"县委书记给县纪委书记写检查"这则"旧闻"，虽然隔着岁月的时空，我们仍为那位县委书记坦荡磊落、严于律己的高风亮节所感动。只要我们的每个党员干部都有那样不顾"面子"、不怕揭短、不惮检查、有错即改的胆量和勇气，不论职务多高、权力多大，都能心甘情愿、毫无顾忌地自觉接受来自党内外各个方面的监督制约，发现自身存在的问题都敢给同级纪委书记写检查，那么包括纪委在内的党内监督就能真正成为常态，落到实处，收到实效，党委书记给纪委书记写检查也就不再是什么新闻了。（2009 年 5 月 16 日）

"最牛交警"多多益善

　　近日在青岛街头，一名值勤交警发现路边有一辆违法停放的警车，当即毫不犹豫地开出了罚单。路过的市民看到后纷纷称赞："敢给警车贴罚单，青岛出现最牛交警啦！"当记者采访他时，他却平静地回答，这是正常工作，"在我这儿没有特权车，只要违法都要接受处罚"。（7月22日《联合早报》）

　　"在我这儿没有特权车，只要违法都要接受处罚"，这朴实无华的语言道出了一个"法律面前人人平等"的真理和法治社会最基本的"游戏规则"。经过这么多年的"普法教育"，这个真理和规则本应该家喻户晓，人人皆知，可在现实社会中却远非如此。直到今天，仍有那么一些单位和个人把法律视为权力的奴仆，千方百计想置身于法律之外，甚至凌驾于法律之上，在他们看来，法律只不过是约束老百姓的"纸枷锁"，对特权人物形同虚设，就像号称"江苏第一贪"的徐其耀在给儿子信中所说的那样，"所有的法律法规、政策制度都不是必须严格遵守的"，党纪国法都不放在眼里，何况小小的交通法规？然而，并不是谁都有资格、有胆量敢这么做、能够这么做的，所以在有些时候、有些场合，挑战法律、故意违章还是一种特权的炫耀，例如那些随意闯红灯、压黄红、超速抢行、随处停放而不受处罚的特权车辆和在杭州街头开着"欺实马"的豪华跑车疯狂飙车的富家子弟。真应该让他们碰上青岛那位敢于较真的"最牛交警"，亲身体验一下被贴罚单、被扣驾照的滋味。

　　正如"最牛交警"所言，依法处罚违章车辆原是交警的正常工作,本不值不得大惊小怪,也算不上有多"牛"。之所以被路人称作"最牛交警",是因为像这样执法如山,不讲情面,不怕"大水冲了龙王庙",敢于向"自家人"下手的交警还不多见。老百姓平时见惯了"随时停车"、随意停放的特权车辆,偶尔见到一辆警车被贴罚单当然觉得稀罕。经常看到执勤交警对警车和特殊号牌的违章车辆视而不见,网开一面,忽然见到竟还有"认法不认车"、敢于较真的交警,怎不让人惊呼"最牛"?

且慢哂笑普通百姓孤陋寡闻少见多怪,在为这样公正执法的"最牛交警"引以为豪的同时,我们是不是也有必要躬身反思,在某些地方、某些部门,是否存在"看人下菜碟""选择性执法"的"潜规则",是否还有执法不严、执法不公的不良现象?

"最牛交警"是一面镜子,可以照出我们法制建设中的差距和"短板";"最牛交警"也是一面旗帜,鲜明形象地昭示着以法治国的文明理念。"最牛交警"人民欢迎,"最牛交警"多多益善。假如每座城市每个地方都有这样刚直不阿、执法如山的"最牛交警""最牛公安"和"最牛工商""最牛税官",看还有谁敢以身试法,滥耍特权?社会秩序何愁不安?(2009 年)

作家咋能会受贿?

曾写过 20 多部长篇小说并出版过 3 部反映官场生活的反腐小说,名噪一时的浙江台州作家程凌征,因为受贿 11 万多元,最近被判处有期徒刑 7 年。与动辄受贿百万、千万的大案要案相比,这只不过是一件普普通通的受贿案,不会引起公众多大兴趣,可是许多媒体发布的新闻标题却很抓眼球,什么《反腐作家被控受贿》《浙江作家当庭领刑》《写下多部反腐小说名噪一时,在法庭上痛哭称自己不懂法求轻判》等等,有意把"作家"与"受贿"扯在一起,自然引起了社会各界的强烈关注,然而也引发了人们的满腹狐疑:作家咋能会受贿? 难道以写作为生的作家也有受贿的"资格"与权力?

按说谁也没有生活在与世隔绝的世外桃源或刀枪不入的真空里,谁都没有抵抗腐败的天然免疫力,即使写过反腐小说的"反腐作家"也不可能是永不腐败的"金刚之身"或者不想腐败的天生圣人。从理论上说,人人都有腐败的可能,可是并非人人都有腐败的"资格"。想腐败还得有条件、有机会,这腐败的必要条件就是权力,最有可能的腐败机会就是当官。正如人们早已熟知的阿克顿勋爵的那句名言:"权力导致腐败,绝对权力导致绝对腐败。"只有官职在身,大权在握,有了"寻租"的资本,才会有人拿金钱、名利、美女或者你想要的一切与你做交易,而这些恰恰是作为文人的作家所不具备的。人家就是再蠢再傻,钱多得长了毛,也不会去向作家行贿,有恃无恐的贪官更不屑于向什么"反腐作家"行贿,求他们在作品中笔下留情,少揭露点腐败黑幕。

那么,为什么还真有人向程凌征行贿呢? 只要仔细分析案情就会发现,程凌征是在担任临海市委、市政府副秘书长、建设规划局副局长、城管局局长、城管行政执法局局长等官职时,利用职务便利,非法收受他人的钱财。行贿人看中的是他头上的官帽和手里的权力,而不是他的作家头衔和手中的笔杆。正因为他当上了一定级别的领导,握有大大小小的权力,别人有求于他,才以财货贿之,进行肮脏的权钱交易。所以把此案定性为"作家受贿",完全是张冠李戴,驴唇不对马嘴,贪官受了贿,让作家背累锅。

　　时下不少贪官都爱附庸风雅,也多多少少写过一些文章或出过几本书,有些人可能还会有一顶不知通过什么方法弄来的"作家"证书,也许还在当地的作协里兼过职,挂过名,可他们的腐败行为根本就与作家或写作毫不相干,怎能不分青红皂白地笼统说是"作家受贿""文人腐败"?

　　我这样不遗余力地为作家辩诬撇清,并不是要替真正的作家打包票,也不是说凡作家都不会受贿,不会腐败。作家虽然没有行政权力,却有一定的社会影响力,也会有某些利益集团想收买他们为其代言张目。因此在这个物欲横流的社会上,我们的作家也有必要以程凌征受贿案为教训,自省自警。面对各种诱惑和贿赂时,一定要坚守自己的良心和职业道德,宁可不为稻粱谋,也不能替人当"枪手",说假话。千万别像有些明星那样,为了几个"代言费"就不知羞耻甘愿当"托儿",大言不惭地为假药、毒奶、劣货和骗人的传销做广告,更不要像程凌征那样,边写"反腐小说",边干腐败勾当,既败坏党员干部的形象,又玷污作家的清名。台湾作家殷海光有句名言:"知识分子的使命,是让人民不受骗。"愿以此与我们的每个作家共勉。(2009 年 8 月 26 日)

何必"顾左右而言他"

"顾左右而言他"这句成语出自《孟子·梁惠王下》,是说孟子与齐宣王对话,问及对犯有过失的大臣、下属如何处置时,齐宣王都不假思索,对答如流,可当问及"国家的君主治理不好他的国家,又该把他怎么办"时,齐宣王却装聋作哑,环顾左右,说起了其他话题。孟子用"王顾左右而言他"这简短的七个字把齐宣王尴尬狡黠的神态刻画得惟妙惟肖,入木三分。

平心而论,齐宣王能与孟子这样无权无势的一介布衣同席而坐、平等对话已属不易,在面对直指自己、咄咄逼人的诘问时,仅以"王顾左右而言他"的姿态轻轻回避,更显示出当政者的宽宏大量和豁达襟怀。设想,假如后推几十年,从善如流的齐宣王换成骄横暴虐的秦始皇,满腹经纶文质彬彬的孟子还能够安居朝堂,从容高雅地侃侃而谈吗?恐怕他那句"四境之内不治,则如之何"的诘问刚一出口,便会惹得龙颜大怒,喝令左右速速拿下,以"大逆不道""妖言欺君"之罪处以"斩立决"或者"车裂"、"凌迟"之刑了。从这个意义上说,齐宣王对待"不和谐声音"采取"顾左右而言他"的"软处理"方式确有一定的可取、可赞之处。

然而令齐宣王做梦也想不到的是,他当年情急之中"发明"的"顾左右而言他"的权宜之计,如今却成了某些权势者钳制舆论、扼杀不同声音的"撒手锏"。这不,前不久在澳大利亚举行的第九届亚太烟草和健康大会发布的一份研究报告,称13个中国品牌的香烟中,铅、砷、镉等重金属成分含量严重超标,其含量与加拿大产香烟相比,最高超过 3 倍以上。中国消费者对此反应强烈,纷纷质询国家烟草专卖局,急于了解这些超标香烟都是什么牌子的,为什么超标,有多大危害?可相关官员在公开回应时,却故意回避这些公众关心的实质问题,反称加拿大研究者以本国香烟为参照物,还列入了一些已经停止生产的香烟,从立场和角度上来看有失客观。你问的是"重金属",他说的却是"立场和角度",这样答非所问的"回应"岂不令人啼笑皆非?

还有另外的"言他"可就使人笑不起来了,55 岁的作家谢朝平自费出版的纪实文学《大迁徙》,记录了 20 世纪 50 年代以来三门峡水库移民的诸多问题,涉及当地一些官员违背移民政策的贪污、腐败行为。被触怒的当权者无法以"与事实不符"治他的"诬陷罪",便以"涉嫌非法经营"的罪名实施跨省追捕,并将已发行的书刊的全部查收。这一招实在是高,既不让人抓住"因言获罪""打击报复"的把柄,又收到了"杀一儆百"、压制民声的效果。当今世上确有一些"高人",把"顾左右而言他"的谋略和权术玩弄得炉火纯青,"青出于蓝",如同网民们所说的那样:"你跟他讲法律,他跟你讲民意;你跟他讲民意,他跟你讲政治;你跟他讲政治,他跟你要流氓;你跟他要流氓,他跟你讲法律。"齐宣王假若九泉有灵,也定会自叹弗如!

更令人想不到的是,齐宣王的这一"绝招"竟还"乘桴浮于海",被满口"人权、自由、民主"的西方国家"活学活用"。一家名为"维基解密"的民间网站不顾美国政府的警告恐吓,相继公布大批资料,揭露美军在伊拉克的虐囚丑闻以及阿富汗战争中残害无辜平民的真相,恼羞成怒的美国政府早就想以"间谍罪"逮捕该网站创始人阿桑奇,却又受美国宪法第一修正案保护新闻自由条款的限制而无法下手,于是便"顾左右而言他",假手国际刑警组织,以"涉嫌强奸""性侵犯"的罪名对其全球通缉,逼其就范。而阿桑奇的支持者不去抗议或者报复逮捕并关押阿桑奇的英国政府,却"顾左右而言他",对万事达、维萨与支付宝等切断该网站资金来源的信用卡公司展开黑客攻击,也算是"以其人之道还治其人之身"吧。

　　遍览古今中外,但凡"顾左右而言他"者,皆有不便直说的"难言之隐",或名不正言不顺,或理不直气不壮,不好或不愿对"是非"、"是否"或"对错"做正面回应,所以才不得已而"言他"。只是这种手段用得太多太滥,太没有"技术含量",就连学问不多的普通百姓都能一眼看穿,再玩弄"顾左右而言他"的障眼法无异于"此地无银三百两",反而欲盖弥彰。既然如此,还不如"打盆说盆,打罐说罐",即便这样不加掩饰赤裸裸地说出来会输理丢脸,也比因"言他"而丢掉信义、失去民心要强得多,起码不会落下"用心险恶"的骂名吧。(2010 年)

"换位思考"才能换出民生视角

　　这里所说的"换位"并不是变换岗位和调整职位,而是带有虚拟性的"换位思考"。在不久前召开的河南省经济工作会议上,新任省委书记卢展工就明确要求"各级领导干部要学会换位思考,要把自己作为普通老百姓、作为困难群体的一员,经常站在他们的立场上来看待问题、理解问题"。他不仅这样要求,而且还身体力行,带头"换位",亲自来到招聘现场,以大龄下岗职工的身份求职应聘,亲身体验"4050"人员的就业困难,进而要求有关部门更加关注,认真研究,广辟渠道,提供更多岗位,最大限度地满足这个群体的就业需求。(1月8日《河南日报》)

　　对于领导干部来说,换位思考就是要从"俯视"的位置换到"平视"的角度,以百姓的直觉而不是官员的目光来观察来思考。俗话说,"屁股决定脑袋,角度决定高度"。如果口称"公仆"却高高在上,总习惯于站在"领导"的立场上,从"管制"的角度去看问题,总是把群众当作"不明真相"的"愚民"和"无理取闹"的"刁民",就难以会体谅百姓的疾苦。只有同群众站在一起、打成一片,才能真切感受他们的苦乐冷暖,了解他们的所需所愿,才能带着感情做工作,诚心诚意地为他们排忧解难。只有亲自提篮逛街赶集,才能真切感知物价涨落对百姓生活的直接影响;只有作为"蚁族"的一员亲身体会蜗居的艰辛,才会痛下决心整治虚高房价;只有同普通百姓一样挤公交,才能摸准交通拥堵的症结和公交服务的弊端,制定出切实可行的整改措施。卢展工正是以大龄求职者的身份亲身体验了求职的艰难,因而才能代表省委在新年伊始及时做出了"更多关心'4050'人员就业问题"的科学决策。同样,我们的各级领导也只有经常深入群众体察民情,才能站稳立场、摆正位置,替百姓着想、为百姓说话,真正做到权为民所用、情为民所系、利为民所谋。

当然,领导干部身处关键岗位、肩负重要职责,不可能事必躬亲,但体验一下虚拟性的角色转换,经常进行"换位思考"还是大有益处。"要想公道,打个颠倒",换个角度看问题也许会更加客观、全面。例如,当你作为领导正在台上讲话时,发现下面有人交头接耳、昏昏欲睡,与其勃然大怒,厉声斥责,不如来个"换位思考",从台下听讲者的角度审视一下,为什么讲话不能打动人心,是不是会议太长、太杂,有太多的空话、套话、废话?只要对症下药根除了这些弊端,会风会纪自会好转。再比如,当我们的领导在制定城市管理规划和规定时,如果能将心比心,主动体谅、照顾小商小贩的困难和生计,出台的政策将会更加科学、合理,更具人性化,也更容易得到大多数市民的理解和支持。

温家宝总理有句名言:"只有把人民放在心上,人民才能让你坐在台上。"同样,我们的各级领导干部只有经常"换位",学会站在群众的立场上思考、讲话和做事,才能有为有位,而那些不愿"换位"、不会"换位"的干部则早晚会因失去群众的拥护而被"挪位"甚至"丢位"。(2010年1月13日)

"民心工程"别伤民心

近日,广东省阳山县为实施"十大民心工程"之一的"中轴线计划",强拆村民住房,遭遇强烈抵制,引发了一场警民对峙的暴力冲突。(1月20日《羊城晚报》)其实,类似的事件并非特例,近年来许多地方都曾发生过因"民心工程"遭遇群众抵制而影响社会稳定的群体性事件,这就不能不引起我们的警醒和反思,为什么"民心工程"反而会伤了民心?

仔细检视一下那些受到群众抵制的"民心工程",就会发现,这些所谓的"民心工程"大都是打着"为民"的幌子,不惜损害群众利益的"面子工程"、"形象工程"、"政绩工程"和"献礼工程"。所建的项目既没有征得群众同意,也没有经过科学论证,更没有与牵涉到的利害关系人平等协商,有些甚至连合法的征地、拆迁手续都不完备,就匆匆忙忙地动用行政力量和强制手段,粗暴蛮横地"强力推进",像这样仅仅体现"长官意志",强人所难的"扰民工程"和"伤民工程"怎能不激起民怨,激化矛盾?这样名不副实的"民心工程"不仅劳民伤财,失去了民心,而且败坏政府形象,影响干群关系,出力不讨好,百害而无一利。

要想从根本上遏制和防止"民心工程"蜕变成扰民、伤民的"伤心工程",关键在于决策者要牢固地树立亲民、爱民、悯民、为民的"民本意识",像焦裕禄那样"心里装着全体人民,唯独没有他自己";像孔繁森那样"把群众的安危冷暖时刻放在心上",真正做到权为民所用、情为民所系、利为民所谋。不论是做决策,提口号,还是干工作、上项目,只要把群众愿意不愿意、高兴不高兴当作第一信号和首要标准,就绝对不会去搞那些违背民情,不合民意的所谓"民心工程"。同时要严格把好选项关,在工程立项之前就要采用各种方式,广泛倾听当地民众、特别是困难和弱势群体的意见、呼声,真正摸准百姓的最难、最苦、最急、最盼是什么,然后根据大多数群众的急需去确定项目。近来不少地方让群众投票来确定当地的"民心工程"和"十大实事",就是充分尊重民意,避免盲目决策,使"民心工程"得民心的好方法。

应当看到,普通百姓最迫切最急需的不是华而不实、中看不中用的大马路、大广场、大酒店、大戏院和摩天豪宅,而是能满足日常生活基本需求的平价粮油、大众商品、便捷公交、平民教育、公共卫生和买得起、住得安的保障性住房。只有紧紧围绕这些方面去兴建"民心工程",真心实意地为百姓办实事,办好事,雪中送炭,排忧解难,让群众得到实实在在的利益,才能赢得广大民众的赞同、拥护和支持。实际上,"民心工程"并不一定非要搞多大规模、花多少钱,诸如为背街小巷装上路灯,打通"断头路"以缓解交通拥堵,政府出资为"4050"失业人员购买公益性就业岗位,免费组织农村劳动力参加技能资格培训等等一些不显山不露水的小事、实事,就是最实用、最实惠、最受欢迎的"民心工程"。只要我们的各级政府各级干部每年都能瞄准这些群众最急需、最迫切的问题,对症下药、扎扎实实地兴办几件利民惠民的"民心工程",又何愁不得民心,谁还会去抵制、阻拦?(2010年1月28日)

"社会闲散人员"是啥人?

所谓"社会闲散人员",本来是特指社会上没有固定职业、没有稳定收入、没有正式单位,处于赋闲和分散状态的一部分人员,在当前的社会利益格局中,他们也是值得同情、需要照顾的"弱势群体"。可令他们始料不及的是,他们的名义老是被人盗用,清白也总是遭到玷污。

只要稍稍留意一下近年来发生的多起影响恶劣的暴力抗法和群体性事件,就不难发现,最后大都把肇事的罪责归咎于"不明真相的群众"和身份不明的"社会闲散人员",在一些人的口中和眼中,"社会闲散人员"这一特定称谓简直成了地痞流氓、歹徒暴民的代名词。且不说轰动一时的四川达州事件、贵州瓮安事件、云南孟连事件、湖北吉首事件中"社会闲散人员"的种种"劣迹",单是今年以来刚刚发生的 20 多个不明身份"社会闲散人员"暴力强拆郑州市 27 户居民住房,并将一名住户打成重伤的"郑州事件"(1 月 16 日《大河报》)和江苏邳州 200 多名"社会闲散人员"强占耕地致村民死亡的"邳州血案"(1 月 22 日《新京报》),就足以令人触目惊心、义愤填膺了。人们不禁要问,这些"社会闲散人员"到底是什么人,为什么竟敢如此肆无忌惮无法无天?

其实,把肇事罪责归咎于"社会闲散人员"的思维定式和偏见、成见大大地冤枉了那些清白无辜、名副其实的社会闲散人员。他们整日辛辛苦苦为生计奔波,哪有闲心和余力去鼓噪闹事?即使有个别品行不端、游手好闲的无业游民寻衅滋事,也绝不敢公然挑战法律秩序。那些气焰嚣张、有恃无恐，甚至装备了挖掘机、铲车等"重型武器"，在光天化日之下随意行凶打人、杀人的所谓"社会闲散人员"既不闲也不散，大都是被某些利益集团所收买、所组织、所雇用、所驱使的带有黑社会性质的犯罪团伙。他们之所以要打着"社会闲散人员"的旗号为非作歹，就是企图利用人们对弱势群体的同情和"法不责众"的陋习，蒙骗社会舆论，逃避法律制裁。对此，我们必须要有清醒的认识和高度的警惕，决不能不分青红皂白、不加分析地把参与闹事行凶的暴徒一概称作"社会闲散人员"，更不可中了真正的幕后元凶和罪魁祸首偷梁换柱、金蝉脱壳的奸诈诡计。

为无辜的社会闲散人员正名，不仅要依法严惩那些为虎作伥的行凶暴徒，而且要顺藤摸瓜，彻底查清躲在背后策划组织、暗中指使的黑手、元凶和从中渔利者。例如查处有 200 多名暴徒参与、致护地村民一死一伤的江苏邳州强占耕地血案，就不能仅仅满足于抓获 75 名所谓的"社会闲散人员"，也不必急于拿出 50 万元赔偿金封住死者家属的口，而应当认真地查一查是谁花钱雇用了这些"社会闲散人员"？是谁用 30 多辆小车和铲车运去了这些歹徒？又是谁在没有任何合法手续的情况下采用"以租代征"的形式非法强占了当地农民的 2500 多亩良田？只有把这些实际的涉案人员统统绳之以法，才能澄清所谓"社会闲散人员"的真实身份，揭开借刀杀人的始作俑者的真实面目，才能从根本上遏制类似的非法占地和暴力拆迁案件。否则就会使无辜的社会闲散人员继续蒙冤，也将会有更多的悲剧重演。(2010 年 1 月 27 日)

菠萝的新功能

　　提起菠萝这种营养丰富的热带水果,许多人都知道它具有健脾益胃、生津止渴、润肠通便等食疗保健作用和净化车内空气的奇妙功效。然而,最近广东省佛山市高明区杨和镇却"开发"出了菠萝的另一种新的特殊功能:为了应付国家土地局的卫星遥感核查,该镇在违法占用的 1265 亩闲置耕地上突击种植菠萝,以蒙骗卫星拍摄。(见 1 月 7 日《南方农村报》)早些年,国内曾有过用油漆把荒山涂绿以应付绿化验收、沿街搭盖单面楼房以粉饰"小城镇建设先进典型"和四处租借牛羊装扮"规模饲养示范点"的"创意杰作",但比起用菠萝蒙骗卫星的"大手笔"来,恐怕都是小巫见大巫,自叹弗如了。

　　为了保住 18 亿亩耕地的"红线",国家有关部门可谓千方百计,殚精竭虑,针对一些地方执法不严、监管不力的人为弊端,甚至使出了动用卫星对违法占地进行遥感监测的"撒手锏",意在用高科技公正无私的"天眼"来弥补"人眼"的"失明"和人为的失职。然而"道高一尺,魔高一丈",上有政策下有对策,一块菠萝编织的"遮羞布"就能遮住卫星的"天眼",真不知道这是高科技的失败还是制度的失范!

　　谁都知道,土地不像其他物件可以藏着掖着,是耕地还是荒地,是种了庄稼还是盖了房子,就在那里公开摆着,人人都看得清清楚楚。是合法征用还是非法占用,当地执法部门也心知肚明,根本用不着舍近求远、兴师动众去求助于卫星的"天眼"。像广东省佛山市高明区这类的违法占地现象之所以屡禁不止,愈演愈烈,根本原因还在于当地执法部门"睁只眼闭只眼",明知其违法也不敢管或者不愿管,甚至有意无意地泄露"天机",向违法占地者透露卫星监空监测的确切时段,提醒他们提前伪装,蒙骗"天眼"。如果没有当地执法部门的"保护"、纵容和合谋,一个小小的镇政府绝对不敢违法征用1000多亩正在耕种的基本农田,更想不出在撂荒两年多的闲置地块上突击种植菠萝以蒙骗卫星监测的"瞒天"妙计。退一万步说,即使杨和镇不用菠萝当"遮羞布",就算是卫星的"天眼"看到了那1000多亩耕地被改变了模样,也不能以此追究当地政府的责任,只要当地有关部门出具一纸"土地整理""占补平衡"的证明,或者换上一副"土地入股、协议租赁、合作开发"的"马甲",照样可以逍遥法外。不仅违法占地存在人为造假的现象,在一些"地方保护主义"的"保驾护航"下,有些中央三令五申严格禁止的高耗能产业和没有通过环评的高污染企业不都打着"重点项目"的幌子绕过"红灯",闯过"红线",改头换面卷土重来了吗?

正是"人眼"的"失明"才导致了"天眼"的失灵,所以要想修复"天眼",必先治好"人眼",把那些对违法行为视而不见的失职者绳之以法,彻底清除违法占地者的"遮羞布"、"伪装网"和"保护伞",让18亿亩耕地的"红线"成为真正"带电"的高压线。同时充分发挥百姓"众眼"和媒体"慧眼"的监督作用,这样才能使诸如"种菠萝骗卫星"之类的违法行为无处藏身,保护土地的基本国策得到顺利施行。(2010年1月13日)

我行我诉

官员咋成"最危险职业"

　　岁末年初,总有不少人在网上发起各种各样的评选和排名活动,有些很有意义,例如"中国企业社会责任排行榜""改变中国的十大网络新闻人物""2009影响性诉讼"等,总能给人以深刻的反思或全新的启迪。而有些则相当搞笑甚至是恶搞,例如最近网上公布的"中国最危险职业",按照所从事职业的危险程度,依次排出了"矿工、官员、记者、警察"这四种行当。如果单从伤亡人数看,矿工和警察毋庸置疑都属于最危险的职业;若算上遭受各种伤害的概率,新闻记者似乎也可列于其中。但是要说待遇优渥、人人羡慕的官员是"最危险职业",恐怕就有点匪夷所思,张冠李戴了。

　　说"当官危险",无非是从纪检监察部门和检察院、法院公布的去年共查处多少名腐败分子,又有多少各级官员被判刑的统计数字中得出的简单推论。的确,这些年来随着党风廉政建设和反腐败斗争的不断深入,每年都有相当数量的官员落马、落网,其中既有身居高位的省部级高官,也有级别最低的村干部,既有身为中共党员的领导干部,也有其他党派或者无党派人士的当权者。正因为他们都是大大小小的官员,都有一定的社会影响,所以一旦出事便会引起较大反响甚至轰动,所以才造成了"官员频频倒台,当官风险最大"的假象。然而只要稍作分析就不难发现,在我们庞大的干部队伍中,这些出事的官员仅仅是"沧海一粟",连"九牛一毛"的比例都达不到,仅仅据此就武断地认定"当官危险",岂非一叶障目、以偏概全?

把官员评定为"最危险的职业"之一,大概是想以此来警示为官者小心谨慎,规避风险,也顺便吓退一些疯狂争抢公务员"金饭碗",千方百计跻身官场的年轻后生,但实际效果却与评定者的初衷相去甚远。贪官落马、身陷囹圄的前车之鉴虽然也令不少腐败分子兔死狐悲,心惊胆战,却远远没有达到预想的吓阻效果。不仅官场上照样有人"前腐后继"以身试法,而且还有更多的"场外人士"锲而不舍,纷纷通过公开考录的正道和行贿买官的邪门歪道削尖了脑袋拼命往官场里钻,大有"明知山有虎偏向虎山行""越是艰险越向前"的英雄气概。本应少人问津的"最危险职业"反倒成了趋之若鹜的热门行业,如此冷酷而无奈的"黑色幽默"岂不令人啼笑皆非!

平心而论,若从"一旦出事便身败名裂"这一始终面临的巨大风险来衡量,官员这一职业的危险程度绝不亚于矿工、记者和警察,之所以有人甘冒风险热衷于从事这一"最危险的职业",并不是对当官的风险茫然无知或者熟视无睹,而是看准了"风险与利益同在"这一官场铁律。风险越大,获利越多,如同马克思在《资本论》中所深刻揭示的那样:"如果有百分之五十的利润,它就会铤而走险,如果有百分之百的利润,它就敢践踏人间一切法律,如果有百分之三百的利润,它就敢犯下任何罪行,甚至冒着被绞死的危险。"而且贪官落网的概率偏低,也助长了他们的侥幸心理和赌徒心态。看一看那些腐败分子的犯罪轨迹,无一不是从开始的想收贿又怕出事,到收了贿没出事,再从半推半就的被动受贿到公然索贿疯狂敛财,胆子越来越大,胃口越来越贪,直到东窗事发才悔不当初。

这也从反面提醒我们,反腐败斗争的体制和机制还有待于进一步完善,只有建立健全了与社会主义市场经济体制相适应的教育、制度、监督并重的惩治和预防腐败体系,使官员真正成为"最危险的职业",才能彻底打破某些人的"当官发财"梦,营造出"不敢腐败""不能腐败""不想腐败"的社会环境。(2010 年 2 月 8 日)

口罩的妙用

当那个名叫美得奇的德国人在 19 世纪末发明口罩的时候,他绝对想不到这个用多层纱布缝制的普通物件会有那么多的用途,除了防止疾病传染、保护面部肌肤,还能为不愿暴露身份的人遮挡面容,成为匿名人士的防身利器。前不久,在广州市迎亚运人居环境综合整治工程文明施工现场咨询会上,一位不愿透露真实姓名、不想暴露真实身份的市民就是借着口罩的掩护,当场对政府部门在亚运道路改造中更换花岗岩路沿石的施工方案提出了质疑和强烈反对。政府主管部门虚心纳谏,立即改正,果断停止了原定在 115 公里长的路段花基和路沿使用花岗石进行改造的市政工程,节省经费5000 万元(1 月 25 日《新闻晚报》),"口罩男"也作为今年首个网络新词风靡神州,并在许多地方迅速产生了立竿见影的连锁反应。近日就有数百名广东高明的居民因担心西江对岸多个发电厂污染环境,愤然戴口罩上街"散步",表达自己的诉求,反对垃圾焚烧。(1月 25 日《南方都市报》)

用戴口罩的古怪方式匿名表达民意,一方面反映了广大民众主人公意识和主动参与公共管理的责任感、主动性、积极性的不断增强,另一方面也暴露出社情民意的诉求渠道还不够通畅,民众既想说实话,又怕"因言罹祸"或者"秋后算账",只好"犹戴口罩半遮面",以匿名的方式公开发出自己的声音,如同有时候电视画面上要用"马赛克"对某些人物的面部进行人为的模糊化处理一样,戴口罩也是一种不得已的自我保护之举。当然,比起封建专制时代的

"三缄其口""道路以目"和"左倾"政治高压下的噤若寒蝉、"毫无杂音"来，敢在大庭广众之下公然向政府部门叫板，这已是社会主义民主和法制建设的巨大进步，彰显了我们社会的宽容度、包容度和文明程度，但是看到被口罩遮盖着的公民，听着透过几层纱布发出的声音，当地政府部门的某些官员是不是也有必要反躬自省，扪心自问：为什么有人非要隔着口罩才敢公开发言？人民的公仆怎样才能赢得民众的完全信任？

　　说来有趣，在保护公民自由表达这一点上，口罩竟与互联网具有异曲同工的妙用。互联网因其独有的开放性和匿名性，成为当今社会多元声音平等共鸣的新媒体。正因为减少了"祸从口出"的恐惧，才会有那么多的网民发帖开博，毫无顾忌、口无遮拦地在这一虚拟的自由空间里说实话，道真情，曝真相，揭真凶，为澄清事实、拨乱反正，沟通各方，化解矛盾起到了不可替代的重要作用。而口罩既能遮挡住某些东西（例如病菌或者目光），又能传递出某些东西（例如空气或者声音）的特性，也使它在不经意间成了部分民众匿名发言的"道具"，就如同匿名网民在互联网论坛上注册的"马甲"，虽然颇有几分滑稽和无奈，却也十分必要而且有用。在"警察进京抓记者"和"跨省追捕发帖者"等反常现象时有发生的情况下，身穿"马甲"匿名发帖与戴上口罩匿名发言一样，不失为一种既勇敢又明智的表达方式，同样值得肯定和推广。随着社会主义民主和法制建设的不断深入，广大人民群众的知情权、参与权、表达权和监督权将真正得到保障，到那时，口罩作为"道具"的功用才会彻底失效。
（2010 年 2 月 22 日）

　　　　　　　　　　　　　　　　　　　　　　我行我诉

沈浩咋会恁优秀

　　最近全国各地都在深入学习优秀共产党员、模范基层干部、安徽省凤阳县小岗村党委第一书记、村委会主任沈浩的先进事迹。追寻英雄的足迹，我们可以清楚地看到，沈浩能从一名普普通通的机关干部成长为一名人民满意的公务员和优秀基层干部，除了组织的培养和个人的努力，还有一个不可忽视的重要因素，那就是来自亲人的警示和激励。

　　俗话说，"儿行千里母担忧"，沈浩到基层挂职锻炼，白发苍苍的老母亲最担忧的是儿子经不起金钱和权力的考验，每次回家总是谆谆叮嘱他，"一定要小心，听党的话，不要乱花公家的钱"。话虽朴实却字字千钧，沈浩不仅记在日记本上时时温习，更刻在心头事事自警。他离开省城到小岗村上任时，年仅10岁的女儿在送给爸爸的照片背面，用稚嫩的笔迹写下了一行直白无忌的临别赠言："爸爸我爱你，你别做贪官。"沈浩把这张照片放在自己的办公桌上，把女儿的赠言作为时刻激励自己的警示钟和座右铭。正是在亲人的殷切嘱托和期待的目光注视下，沈浩才成功地抵御住了来自官场和社会的各种陷阱和诱惑，不欺人，不欺心，堂堂正正做人，清清白白做官，保持了共产党人的一身正气和清廉本色。他在小岗村任职六年多，经手的资金款项、工程和物资何止成千上万，却能做到一分不沾，一尘不染，不仅没在村里报销一分钱，而且还自己掏钱为村民看病，帮贫困家庭解决困难，他为群众致富鞠躬尽瘁呕心沥血，积劳成疾牺牲在工作一线，临终只留下了一堆票据，还都是他垫出去的钱。一个来自省城、出身财政、位居处级，又身为掌管人、财、物大权的基层一把手能做到"常在河边走，就是不湿鞋"，该需要多么大的定力和"道行"！

沈浩的定力和"道行"既来自他深厚的党性修养和政治素质，更源于真挚而强烈的"亲情激励"。我们常说"血浓于水"，人都是有血有肉有感情的，在许多情况下，亲情的感化力量要远远大于道德的约束和法纪的制约，因此基于人性的"亲情激励"在反腐倡廉中具有不可替代的独特作用。不仅沈浩的成长离不开亲人的激励，像焦裕禄、孔繁森、任长霞、王瑛这样的好干部也都得益于明礼正派的"贤内助"。相反，胡长清、成克杰、王怀忠、肖作新之流的贪婪堕落，也大都有他们身边的"贪内助"和特定关系人助纣为虐，推波助澜。这也从正反两方面警示我们，加强反腐败惩防体系建设，必须筑牢"家族助廉"的"亲情防线"，以人皆有之的亲情来有效抑制贪欲和恶念，像沈浩那样在滚滚红尘中保持清白节操，弘扬浩然正气。

沈浩母亲所说的"不要乱花公家的钱"和沈浩女儿所写的"别做贪官"并不是多么崇高的口号和多么宏大的愿景，这只是一个普通百姓对至爱亲人的真诚心愿。然而并不是每个干部都能像沈浩那样真正理解、尊重和实现亲人们的这些心愿，有些官员直到身陷囹圄，才悟出这两句为官从政的醒世恒言。其实，作为国家主人翁的老百姓对公仆的要求也同沈浩的亲人一样并不太高，只期望领导别当昏君，干部别做贪官，执法者别徇私枉法，会计别做假账，工厂别出废品，商场别卖假货，药店别售假药，牛奶里别兑三聚氰胺，要是连这些每个公民都应做到的起码的标准和底线都达不到，还何以为人，更遑论做官！（2010 年 1 月 22 日）

　　　　　　　　　　　　　　　　　　　　我行我诉

"最美女警"能美多久

连日来,许多媒体纷纷报道了山西省浑源县女交警毛丽拒为"特权车"开"绿灯"的先进事迹,这位上岗不到半年竟给县里几乎所有违规的领导干部用车开了罚单的普通交警也一举成名,被众多网友誉为"恒山脚下最美女警"。

"金杯银杯不如百姓口碑",一名交警能得到那么多群众的赞扬自然可喜可贺,然而再仔细想想又觉不妥。首先,"最美女警"在当地毕竟还属"另类"。有法必依、执法必严是对每个执法者的基本要求,给有交通违法行为的驾驶人开罚单也是交警的本职工作,毛丽因正常履职而受称赞,恰恰反衬出在当地"特权车"经常是一路"绿灯",领导干部的"坐骑"即使违法也没人敢开罚单,当地百姓对这一切看在眼里记在心里,只不过慑于某种权势和压力而敢怒不敢言,所以偶尔见到一位严格执法的交警便觉得稀罕,赞为"最美",你说这是当地的荣誉还是法治的悲哀?如果连交警正常履职、干部为民办事、会计不做假账、商人不坑顾客、医生不害病人、工人不造假货、农民不卖毒粮、专家学者不说假话都能成为新闻,都会受到褒奖,那我们这个社会还有什么法律秩序和道德底线?

其次,"最美女警"能美多久还未可知。俗话说,"初生牛犊不怕虎,长出犄角反畏狼",毛丽之所以敢于不畏权势,铁面执法,除了奉公敬业、思想觉悟高、法制意识强之外,与她上岗不到半年,"初出茅庐",还不谙世事也不无关系。可以肯定,她的同事或前任们绝非都是趋炎附势的昏庸无能之辈,他们当中也不乏年轻气盛的"初生牛犊"和"愣头青",也曾有人不止一次地叫停过盛气凌人的"特权车"或给违法违规的领导司机开过罚单,有些曾经真诚信奉"法律面前人人平等"的执法者后来变得世故圆滑,把正常履职变成"选择性执法",为"特权车"开"绿灯",拿法律送人情,也并不都是心甘情愿,很大程度上也都是环境使然,不得已而为之。既然如此,人们也完全有理由担心,这位上岗不到半年的"最美女警"在半年之后乃至更长的时间里,能不能一如既往地顶得住各种各样的干扰、压力、诱惑和"人情世故"、不良风气的潜移默化,继续保持难能可贵的正气、锐气和勇气,以公正执法的模范行为带动更多的执法者见贤思齐?

要想消除人们的担心,让"最美女警"越来越美,单靠网友的赞扬和追捧还远远不够,还必须动员全社会的力量,努力营造"执法必严、违法必究"的法制生态环境,造就更多像毛丽那样不畏权势、忠于职守的执法者。"一花独放不是春,万紫千红春满园",什么时候公务人员秉公执法正常履职不再成为新闻,公众眼中的"最美"才会变为"更美"。(2010年)

"皇上的亲妻"吓唬谁？

多年前曾看到过一则笑谈，说是古代有一学子，平时学习不用功，临上考场慌了神，虽然抓耳挠腮搜肠刮肚，却依旧做不出锦绣文章，情急之下便在考卷背后写下一行"注释"："我是皇上的亲妻，考官一定要录娶。"本想冒充皇亲国戚，吓唬考官破例录取，谁知却因错字连篇露了马脚。阅卷的考官倒也不失幽默，在其"注释"后面又用朱笔批曰："皇上亲妻乃皇后，下官委实不敢娶。"

原以为这不过只是个聊博一哂的市井笑话，后来却惊奇地发现，类似的"笑话"在现实社会中也并不鲜见。去年10月16晚，在河北大学新区超市前，一辆黑色轿车将两名女生撞成一死一伤。肇事司机不下车救人，却若无其事开车至教学楼接女友，当被保安和追赶而来的众多学生拦下时，肇事者竟口出狂言："有本事你们告去，我爸爸是李刚。"一时间"我爸是李刚""恨爹不成刚"成为当年的网络流行语。也许是受到"李刚门"的传染，去年12月17日，一名温州男子酒驾并殴打警察，并扬言："我叔叔是金国友，跟老子作对的话非弄死你们不可！"今年元旦晚，杭州一快客遭到一辆奔驰跑车拦截，车主砸碎快客玻璃并与司机争吵后拿走车钥匙，声称"我爸是局长"。新年期间，北京海淀区一家百货公司门口，一男子因停车与保安发生争执，大打出手，并大喊"我家是国家安全局的"。（1月5日《京华时报》）这些在关键时刻"急中生智"，亮出或真或假的显赫身份以威慑众人者简直就是"皇上亲妻"的现代翻版，只是这样的"翻版"频频出现，却令世人再也笑不起来。

有句成语叫"有恃无恐"，那些"皇上的亲戚"所恃的无非就是家族的名声、权势和小民百姓对权势的畏惧。过去的皇亲国戚、八旗子弟张口就是"不识字去摸摸招牌"，只不过如今"皇上亲戚"们的"招牌"换成了"我爸""我叔""我家"。然而万变不离其宗，其实质都是把门第、权势当成为所欲为的"通行证"，把所谓的"特殊"背景和后台当成消灾解难的"护身符"，自恃权(财)大气粗，根本不把什么法律、制度、道德、良心放在眼里。你给他讲法，他让你找他爸；你跟他讲理，他让你去他家，反正后面或者上面有人替他"罩着"，纵有天大的麻烦也都能"摆平""搞掂"。只是当今的"亲戚"们生不逢时，纵使他们神通广大，也难以"穿越"时空，回到"高衙内"横行的封建王朝。在法治理念深入人心，法制体系日臻完备的公民社会里，不管他爹、他叔、他家是否真有权势，有多大权势，也不能一手遮天。纵使有人畏于权势，想为他们的违法行为包庇开脱，也躲不过"自媒体"时代的汹汹民意千夫所指，色厉内荏的唬人大话和张狂骄横不仅帮不了他们，反而又为沸腾的民怨火上浇油，招来更加密集的口水和更加激烈的谴责。

俗话说"识时务者为俊杰"，既然"拉大旗做虎皮"的陈年把戏吓不住也骗不了任何人，那些或真或假的"亲戚"还是少亮招牌，少拿背后的"皇上"说事为妙，否则不但会坏了"我爸""我叔""我家"的名声，而且还会给世人留下新的笑柄。(2011 年 1 月 9 日)

我行我诉

岂能"各打五十大板"

河南偃师市电视台记者在采访交警大队交通协管员违法上路查车时,有 5 名记者被打伤,摄像机也被砸坏。媒体对此曝光后,当地政府调查组迅速"处理",在责成市交警大队辞退直接组织打人的赵某等 4 人的同时,也对"协调该纠纷过程中处置不当"的市广电总台副台长和市电视台台长分别给予行政效能告诫和行政警告处分。(4 月 19 日《大河报》)

这样对当事双方"各打五十大板"的"处理"看似"公平",实则不公。从媒体的报道看,这并不是一起普通的民事纠纷,而是行使正常采访职能的新闻记者遭受不法侵害的案件,而且事实清楚,证据确凿,理应对涉嫌违法的打人者依法严惩,并对因公受伤的记者予以补偿和表彰,这样才能惩恶扬善,维护法律的尊严,保障新闻单位和记者的合法权益,从而保障公众的知情权和监督权。

可是偃师市调查组却把这起严重的侵权伤害案当作像打架斗殴一样的民事纠纷,不分是非善恶,不论青红皂白,武断地判定双方都有责任,"各打五十大板"了事。而且这"五十大板"还轻重不一,涉嫌侵权伤害的直接动手打人者仅仅是被辞退了事,并没有根据伤害程度和受伤记者的伤残等级给予相应的刑事处分和民事赔偿;而根本就不在现场的两名新闻单位主管领导则因"连坐"而受到行政处分,其中的偏袒和倾向太过明显,欲盖弥彰。

按照这样的逻辑,只要双方发生冲突,不管谁是肇事者谁是受害者,也不论谁对谁错,谁有理谁没理,都要一起担责受罚,那岂不是说，入室抢劫的强盗和奋起自卫的业主都有责任？缉查毒品的警察和贩卖毒品的毒贩都要受到同样的惩罚？假如这种逻辑成立并能堂而皇之地大行其道，那还有谁敢去执行公务，谁还敢跟不法分子做斗争？有了偃师市电视记者的前车之鉴，那些手无寸铁柔弱无助的媒体工作者除了吹喇叭唱赞歌之外，更不敢也不愿报道事实，追寻真相，干预生活，激浊扬清，为民代言了。我猜，这或许正中某些官员"下怀"吧。如果说当年逯军对新闻记者"是为党说话还是为群众说话"的蛮横质问只是暴露了部分官员的无知和傲慢，那么如今偃师市调查组对协管员打记者案件的"公正"处理则是行政权力钳制舆论监督的又一恶劣先例。

值得注意的是，偃师市调查组处理被打记者的两名上级领导的理由是"协调该纠纷过程中处置不当"，可我遍查有关行政监察和干部处分条例，都找不到这一"罪名"，而公诸媒体的处理意见对这两名新闻单位的官员如何"协调"和怎么"处置不当"却又语焉不详，因此只能望文生义妄加揣测，这两名官员是不是因为没有看好"自家门"，管好"自家人"，没有及时制止电视记者的曝光采访，事发后又没有及时"救火""封口"，致使"家丑外扬"，给当地政府添乱抹黑了？假如他们"守土有责"，对记者管得严一点，把所有的"负面报道"都消除在采访之前，那么当地的丑闻就不会被媒体曝光，记者也就不会挨打，难道这样的"处置"才算"妥当"？这样的官员才能重用？（2011年4月26日）

催眠术的新功能

催眠术本是一种古老的心理治疗技术,现代医学也经常采用催眠疗法,以减轻或消除病人的紧张、焦虑情绪以及其他身心疾病。可令人无论如何也想不到的是,催眠术竟还有抵御严寒的神奇功能。据中新网转载台湾"中广新闻网"的报道,在身处"千年极寒"的英国,一名聪明的老板在室外温度已经降到零下十多摄氏度时却坚持不买暖气,而是请来催眠师,用催眠术帮助员工抗寒。仅仅用了5分钟的催眠,原来穿着厚厚外套仍冷得直打哆嗦的员工们竟一下子脱到只剩T恤和短裤还直喊热。据催眠师透露,这就好像替计算机重装系统一样,改变思考方式,就可以改变感受,大冷天照样可以热情如火。

也许是早已领教过"精神原子弹"的巨大"威力",受够了形形色色的"大师""道长"们"无敌神功""特异功能"的忽悠,我总以为这则由海外传来的新闻更像是"愚人节"的佳作。尽管时间、地点、人物、事件、动机等"五个W"的新闻要素俱全,却似乎"粗心"地遗漏了几个关键的细节,比如被催眠员工的现场体温是多少?在催眠状态下能不能正常工作?"只剩T恤和短裤还直喊热"的状况能够持续多久?如果这种"热情如火"的状态并不是因为体内真正产生了足以御寒的热量,而仅仅是一种"不觉得寒冷"的主观感受,那和自欺欺人的"掩耳盗铃"又有什么两样?就是真的通过催眠能够产生热量,那也得看这些热量能够维持多长时间,要是像"打摆子"发高烧一样仅能热上一阵子,过后身上更冷更打哆嗦,那还有什么实用价值？充其量不过是一场拿无辜员工做试验，为老板赚取"关注度""吸引力"而造势的"催眠秀"而已。

假如真像那位催眠师所说的那样，仅通过"重装系统"就能"改变感受"的话，神奇的催眠术还可以开发出许许多多的"新功能"，受过他们催眠的人不只是能严寒发热，酷暑生凉，还能不食而饱，不睡觉也不困乏，只要催眠师念动咒语，他们就能获得无穷无尽的力量。设想，光是一家小老板就能靠催眠术省下一笔可观的取暖费用，倘若能把这项发明在全球推广，又该节省多少能源消耗，减少多少温室气体排放，创造多少绿色效益！早知有这一"减排利器"，各国首脑还何必为了制定一个共同遵守的拯救地球、遏制全球变暖的整体性行动方案，在一次次的联合国气候变化大会上唇枪舌剑讨价还价，争得脸红脖子粗不欢而散？依我看，就凭催眠术的这一"新功能"，就足以申报吉尼斯纪录，并且注定能获得诺贝尔大奖。只是英国政府可得马上采取特级安保措施，对那位身怀绝技的催眠师实行严密的人身保护，以防这一"国宝"被那些别有用心的人窃取，更要防止那些将要濒临破产的空调、采暖炉生产商狗急跳墙丧心病狂，采用种种卑劣残忍手段，从肉体上彻底毁灭这一划时代的伟大发明。

话又说回来，尽管"催眠师"们法力无边，催眠术的"新功能"层出不穷，但与那些身披"专家""学者"外衣的"大师"比起来却是"小巫见大巫"。你为持续高涨的房价而愤愤不平吗？且听资深且权威的"业内人士"回应："商品房是面对中高收入阶层的产品，不是面向穷人的。""没买房能力就不要埋怨政府和开发商。"你为一些地方无视百姓利益的野蛮拆迁和强拆、"血拆"而痛心疾首吗？且听官员振振有词的批讲："没有强拆就没有新中国。"你为日渐缩水的收入和居高不下的物价倍感无助和沮丧时，又有不止一个"经济学家"循循善诱悉心开导："中国要想成为强国，必须有三高：物价高、人价高、钱价高。""我们没有通货膨胀,通货膨胀是政府政策的产物,拉动内需物价就要上涨。物价上涨正是在拉动内需的一个反应。""中国通胀警戒线提高至 4.5%社会也可以承受。"……假如天下百姓都能被他们的这些"咒语"所"催眠",岂不就能"像计算机重装系统一样",改变思考方式,改变感受,收入再少也嫌多,物价再涨也不嫌高,不等强拆我自拆,无房蜗居乐陶陶!(2011 年)

何时才能"摘口罩"？

去年年初，在广州市人民广场，一位戴口罩和墨镜的市民直接与公开征询意见的政府官员对话，对为了迎亚运而将市区道路花基和路沿石统一换成花岗岩提出疑问。政府虚心听取他的意见，将已进行的更换工程全部叫停，仅此一项便至少节约市政开支 5000 万元，这位遮面匿名向政府建言的普通市民也因此获得了"口罩男"的美名。

时隔一年，这位富有责任感的市民再次现身，就地铁人行隧道五年难施工，过往行人被迫每天穿马路的紧迫问题向有关方面请愿。(3 月 22 日《南方都市报》)值得注意的是，他虽然仍是公开为民请命，却依旧是口罩遮颜，不示真名。让人在由衷敬佩这位只做好事不留名的"活雷锋"的同时，又生出几分遗憾。

我相信"口罩男"这样做绝不是有意作秀或故弄玄虚，而是不得已而为之的无奈之举。虽然比起那些一触即跳，动辄"跨省追捕""强制收容"的暴戾官员来，他所遇到的政府官员都虚心纳谏，从善如流，既没有质问他"究竟在替谁说话"，也没有动用特殊手段去追查他的真实姓名和身份，但这绝不意味着就没有人对他耿耿于怀甚至怀恨在心，也无法保证他不会因此受到任何方面、任何形式的刁难排挤或者打击报复。为了在仗义执言的同时尽可能减少自己所受的伤害，他才不得不借鉴在网上匿名发帖的方法，用口罩把自己的真实面目遮盖起来。这并不表示他心虚或怯懦，而是一种值得称道的智慧、策略和必要的防护，不仅无可非议，而且值得敬佩。

我行我诉

由此我想到,前段时间一些地方的官方人士不遗余力地鼓吹要强制推行"网络实名制",其冠冕堂皇的理由虽然是所谓的"防止造谣诽谤和网络暴力",但其真意则是要发言者都摘下"口罩","来将通名"。在舆论环境还不尽如人意,不同声音还不能自由发言的情况下,他们的这番"好意"自然只能是一厢情愿。试想,网民穿上"马甲"匿名发帖尚且还能被人追查IP(网络之间互连的协议),顺藤摸瓜,真名实姓岂不更是作茧自缚自投罗网!

温家宝总理多次疾呼,要创造条件,让人民批评、监督政府,使权力在阳光下运行。这也是人民群众的期盼与热望,从这个意义上说,"口罩男"的口罩还是衡量言论自由和民主程度的"温度计"。只要还存在公民戴"口罩"发言的尴尬现象,就说明那里的舆论环境还有待改善;只有真正具备了让人民批评、监督政府的条件和环境,现实中和网络上的"口罩男"们才能毫无顾忌、放心大胆地摘下"口罩",亮明身份,实名发言。(2011年3月28日)

如此"补牢"使不得

有句古语"亡羊而补牢,未为迟也",本是告诫人们,出了问题以后要想办法补救,以防止继续遭受损失。可现实中的有些"补牢"却如同南辕北辙,与此相距甚远。最近南昌市"相关部门"在处理一名卫生局官员录制电视节目时态度傲慢,当场发飙的事件时,不首先追究那名官员失态失职的责任,更没有将此作为典型的干部作风问题举一反三认真整改,而是将其认定为"一起个人上网传播行为",并对"肆意传播非公开节目的相关人员加强管理和教育"。(3 月25 日《大河报》)也就是说,素质低、脾气大、擅自中断节目录制,没有完成本职工作的政府官员并没有错,错就错在那些把这丑陋的一幕公开曝光的"相关人员","补牢"就是要堵死传播真相的渠道,以便为"为官者讳"。这样的做法与其说是"补牢",还不如叫"遮丑"更为贴切。

除了这种"遮丑式补牢",还有比这更绝的"封口式补牢",比这更狠的"报复式补牢"和比这更囧的"懒政式补牢"。所谓"封口式补牢",就是失火时不先去救火,而是先捂住报警者的口。例如矿山、工地或企业出了重大事故,不是十万火急地救人、减灾,而是采用给记者发"封口费"、花钱雇人删帖等旁门左道,千方百计地封锁消息,企图把大事化小,小事化了,例如山西襄汾垮坝事件和三鹿毒奶粉事件就是这类典型。所谓"报复式补牢",就是出了问题不去查找自身原因,而是把"罪责"归咎于那些把"家丑"外扬或向媒体泄漏"天机"的"告密者",千方百计严厉追查,必欲除之而后快。近年来比较知名的河南灵宝王帅案、陕西渭南书案以及江西省国土资源厅厅长刘积福将举报其问题的三名副厅长全拉下马等等都属于这一类。所谓"懒政式补牢"就是哪项工作出了问题，就干脆关门，封存矛盾。例如群众反映公厕不卫生，就把卫生不达标的公厕统统关闭，停止使用。一家做花炮的小作坊发生爆炸，就禁止当地所有企业从事烟花爆竹生产。一家小煤矿窑发生事故，便将所有煤矿全部关张，就好比羊圈不严丢了一只羊，便既不补牢也不再养羊，自然也就无羊可亡。

凡此种种的另类"补牢"不仅于事无补，而且弄巧成拙，越"补"越糟。究其原因，盖源于护短心切，讳疾忌医，把自己的虚名看得太重，宁可工作受损失，不叫"形象"受影响。就好比鲁迅笔下的阿 Q，明明头上生了秃疮却不去求医，整天用一顶破毡帽捂着盖着，还不许旁人说"光"道"亮"。殊不知，"纵有千张手也捂不住万人口"，即使能蒙住所有的眼睛，封住每一张嘴巴，却堵不住事实上存在的漏洞，"羊"只会越"亡"越多，问题也会越捂越大，等到漏洞百出，问题成堆，"毒疮"出脓，纸里包不住火时，不仅工作受损失，人民群众利益受损害，那些处心积虑另类"补牢"者也会"尔曹身与名俱灭"，就是想再从头"补牢"也悔之晚矣！（2011 年 3 月 28 日）

喜看"三不"成常态

不知你有没有留意，在最近的媒体报道中有一个频频出现的"热词"："三不"。首长出行不封路、不清场、不闭馆；领导视察不张挂标语横幅、不让群众迎送、不安排宴请；项目开竣工仪式不讲求礼仪排场、不铺设迎宾地毯、不安排领导剪彩；工作会议不设主席台、不摆放花草、不印发讲稿……还有许多诸如此类的"不"，也都可以归结为"三不"：不搞形式主义、不浪费纳税人的资财、不扰民。

"三不"清风源自最近中央政治局通过的《关于改进工作作风、密切联系群众的八项规定》，总书记带头身体力行，各级领导上行下效立竿见影，才有了这诸多令人称道的"三不"现象。俗话说"村看村，户看户，群众看党员，党员看干部"，作为一个国家的执政党，党员干部特别是领导干部的作风直接反映和影响着党风、政风乃至整个社会的风气，因此要实现党风、政风和社会风气的根本好转，不能仅靠发文件、搞运动或者思想倡导，还必须靠各级领导和全体党员的亲身实践，行动引领，就像中央政治局八项规定所要求的那样，首先要从自身做起，"要求别人做到的自己先要做到，要求别人不做的自己坚决不做"，这样才能以良好的党风带动政风民风，真正赢得群众信任和拥护。"一个行动胜过一打纲领"，这些让群众看在眼里、喜在心头的"三不"也远远胜过那些老生常谈的口号、讲话和号召。

实践证明，转变作风也要"三不"：不搞运动、不起哄、不跟风。作风转变来自观念的嬗变，只有真正领悟"执政权力来自人民"，"执政的合法性来自群众拥护"这一基本原理，才会自觉转变作风，执政为民。如果仅把"三不"当作时髦或作秀,只图赚得民众好评或一时热闹,那样的"三不"只能蜕变为形式主义的拙劣表演,虎头蛇尾,难见实效。"大音希声,大象无形",转变作风也要如春风化雨,润物无声,踏雪无痕,持之以恒。只有当"三不"成为社会的常态,不再被媒体当作新闻追捧,我们才可以理直气壮地畅谈和谐社会风清气正。(2012年)

为百顺镇支一招

　　今年全国"两会"期间,全国人大代表、湖北省统计局副局长叶青透露,全国政府机关每年饮酒量总和相当于一个杭州西湖,即约一千四百二十九万吨!而近日《南方农村报》的一则报道则让人窥见了公款吃喝的"涓涓细流"是如何汇集成洋洋"西湖"的。据报道,广东韶关南雄市百顺镇是个九山半水半分田的山区镇,地理位置比较偏远,经济基础薄弱,但就这样一个偏远穷镇,光是公务接待平均每月就要喝掉100斤酒,最多一天接待五六拨客人,有时一拨就要喝将近20斤酒。如此频繁的招待和沉重的经济负担着实令本就薄弱的乡镇财力吃不消,无奈之下,他们竟然想出了用自酿米酒的办法来节省接待成本。(10月29日《南方农村报》)

　　百顺镇的这一做法虽然用心良苦,却是"治标不治本"的权宜之策,收效未必如愿。自酿米酒虽能节省招待酒水的开支,却并不能减少公款吃喝的次数。谁都知道,米酒的酒精度数远低于白酒,假如用白酒招待"客人"每月要喝掉100斤话,那么同样的"客人"用米酒来招待说不定每月500斤也打不住。要是这种手工酿制的米酒风味独特、不用酒精勾兑,又绿色环保,还会招来更多慕名品尝的"客人"纷至沓来,每月的"公务用酒"接待酒量还可能成倍增长,相应的招待费用也会水涨船高,这岂不是弄巧成拙,事与愿违?

　　古人云:"扬汤止沸莫如釜底抽薪。"如果说单从"酒瓶"上打主意,用相对便宜的自酿米酒代替白酒来节省招待费用是"扬汤止沸"的话,河南省和许昌市推行"廉政食堂"和"公务灶",用制度管住喝酒的"口"才是"釜底抽薪"的治本之策。许昌市为了解决农村基层公务接待费用超标的难题,去年在78个乡镇全部建成"廉政食堂"并投入运行。同时明确规定,乡镇日常必要的公务招待一律安排在"廉政食堂",严格限定消费标准,禁止烟酒,仅此一项,该市78个乡镇年均节约招待经费就达200多万元。今年以来,河南省也在县、乡两级全面推行了"公务灶"制度,从源头抓起,大力压减公务接待费用,收到了明显成效。如此一来,既不用劳神费力去自酿米酒,又可一劳永逸地解决公务接待费用超支的难题,像这样易行、管用又有效的"妙招",正为"酒钱"犯愁的百顺镇和深受公务接待之苦的其他地方何妨一试?(2012年)

此处"无码"胜有"码"

有朋友托我找一份近期的当地报纸,说上面登有该市查处的一批"双无"装修企业名单,他正装修住房,想找来对照一下看找的那家装修公司是否"榜上有名"。听他这么说,我还将信将疑,因为在我多年来的印象中,媒体报道此类事件时大多语焉不详,对查处的对象也故意做"模糊处理",对涉及的具体单位和姓名通常都以"某某"代替,怎么可能指名道姓,泄露"天机"呢? 然而,当我找到那份载有《市装饰办重拳出击严查"黑户"》新闻的报纸和白纸黑字登出的"近期查处的双无装修企业名单",才终于相信媒体曝光真的可以"无码"了。

这里所说的"码"并非是指"密电码",而是借用一种电视节目上常见的图像处理方法,即在不宜公开暴露的隐私部位打上"马赛克",从而使细节虚化、模糊,无法辨认,这在业内俗称"打码"。"打码"虽源于电视,却并不是电视台的"专利",由于受传统观念的影响和客观环境的限制,许多媒体在报道所谓"负面新闻"时都常常"打码",以"某某""有关""等"之类的虚指代词,代替群众最想知道的人名、地名或单位名称。用老百姓的话说,光知道"某人"干坏事,就是不清楚"某人"是谁;光听说"有关部门"负责,可不知道这些部门在哪里。例如"最近有关部门严厉查处了一起制作、销售假冒某名酒的大案,涉嫌制假贩假的某公司已被责令停业整顿",看了这样的报道,如同雾里看花、水中望月,只知道有企业制售假酒,究竟是哪家企业造的假、造出的假酒都销到了什么地方、自己买的是不是假酒、万一买到了假酒该找哪个部门去投诉却一概不知。这样打了"码"的新闻违背了传播学"真实、准确、清晰"的要义，其价值自然也就打了折扣。

新闻"打码"有什么政策依据，恐怕谁也说不清道不明，最常见的冠冕借口就是"保护企业"和"照顾社会影响"。的确，媒体作为社会舆论的载体，有责任有义务保护每个企业和公民的合法权益，也必须顾及社会效果。可新闻媒体既然是社会公器，就应当服从于服务于最广大人民的根本利益，而不能只顾及个别单位或少数人的一己私利，"为富者讳""为恶者讳"，为企业或个人的违法犯罪行为遮遮掩掩。当年查处安徽阜阳"毒奶粉"案件时，正是某些媒体"手下留情"，以"等企业"的"打码"手法虚化了本已涉案的三鹿集团，才导致含有三聚氰胺的有毒奶粉大行其道，为害更烈，造成了更大范围更加严重的后果和极其恶劣的社会影响。实践证明，用新闻"打码"的"模糊性处理"来保护违法企业的"名声"，实际上就是对违法行为的包庇纵容，只能带来更加恶劣的社会影响。

诚然，新闻媒体不是政府职能部门，没有执法权和审判权，在揭黑曝光时理应谨慎从事，但对已经查清结案的侵害群众利益的违法事件则完全不必畏首畏尾，更没必要"打码"遮掩。违法行为从来都见不得阳光，不法分子之所以"不怕政府通报，就怕媒体见报"，正是慑于媒体曝光的能力和引导舆论的力量。正因为如此，媒体才更应该尽到披露真相、传播真实有用信息的职责，敢于消除曝光新闻中的"马赛克"，把"政府通报"原汁原味地"见报"，既使违法者丢人现眼，显露真容，又能使更多的民众擦亮眼睛，避免上当受骗。此处"无码"胜有"码"，"无码"新闻多了，媒体的公信力和影响力才会越来越强越来越大。(2012年)

微公益　大推力

日前,在由中央文明办主办的"我推荐、我评议身边好人"活动中,由河南省许昌市青年民警张汇涛创立的"河南爱心公益联盟"荣登"中国好人榜",这也充分彰显了民间"微公益"的强大力量。

公益事业是人类社会文明与进步的标志之一,但在许多人的眼中,"公益"只是企业或团体的慈善捐赠,平民百姓虽有爱心,但没有财力,"心有余而力不足",难以涉足公益事业。然而,由一群微不足道的小人物组成的"河南爱心公益联盟"却以一个个实实在在的小事颠覆了"平民难公益"的传统观念。一群原本素不相识的普通人通过微博和网络自愿结合起来,把各自的微薄之力汇集成爱的暖流,无私地救助那些急需要帮扶的困难个体,通过帮助找寻走失老人、捐助"再障"青年、关爱留守儿童、慰问救人英雄等一个个看似平凡琐细的小事、好事,一点一滴地增加着社会的"正能量",弘扬着中华民族的美德正气,这不就是最直接、最有效的公益事业吗?

"微公益"虽然起于民间,出身"草根",然而其能量和作用却不可小觑。"微公益"的主体既非大官、大款、大腕,没有雄厚的财力和强大的社会资源,公益活动的规模也只是扶危救困、帮贫助难之类的小事实事,远不如某些富豪一捐几千辆自行车、一捆捆地向民众发钞票那么豪爽,也没有一些官员前呼后拥入户送面粉、发红包那样风光,他们所有的只是自己的一己之力和仁爱的体温,可涓涓细流汇成大海,无数"草根"发起的"微公益"足以和官方主导的企业型公益、事业型公益相媲美,"微公益"所产生的"正能量"已成为我

　　　　　　　　　　　　　　　　　　　我行我诉

们这个国家和社会文明进步的强大推力。

古人云，"莫以善小而不为"，"微公益"的可贵之处就在于小人物做小事，积小善成大德。英雄伟人的丰功壮举常人凡人难以企及，而扶起跌倒老人、护佑蹒跚稚童、施人一粥一饭、礼让残障弱者之类的善举人人皆可为之。从这个意义上说，"微公益"降低了公益活动的门槛，为更多的平民百姓搭建了一个积极参与、乐于奉献的爱心平台，影响、吸引和带动越来越多的人投身社会公益活动，进而形成互助互爱、和谐向上的社会风尚。

"微公益"正因其微小，特别需要来自各个层面的理解、鼓励与扶持。既然腾讯公司能给从事"微公益"活动的"河南爱心公益联盟"QQ(一种中文网络即时通信软件)群多次无偿升级，新浪微博也对这一"草根"团体发起的"微公益"活动积极推介，我们的政府部门和具有官方背景的慈善机构为什么不能因势利导，"就腿搓绳"，帮助这些自发、分散、小型的"微公益"团体扩大规模，扩大范围，扩大影响，把方兴未艾的"微公益"事业做大做强，从而实现"政府关爱"与"民间公益"有机结合、联动共赢呢？（2012 年）

"身试"为何靠不住？

在 TQC（全面质量管理）教材中，有一个被广泛引用的经典案例：第二次世界大战中美军为提高降落伞的质量费尽心机，但每批降落伞的交货检验合格率仍达不到 100%。后来军方改变验货方式，从生产厂商提供的该批降落伞中随机挑出一个，让厂商负责人亲自上机试跳。这种"以身试伞"的做法果然有效，从此每批交货的降落伞都达到了 100% 合格。

"他山之石可以攻玉"，当年美军"以身试伞"的成功经验后来被广泛运用于世界各国的企业管理、质量管理，乃至社会管理当中。前些年，我们也曾借鉴这一做法，明令要求各个矿山实行"矿长下井带班"制度，让矿山领导们"以身试险"。日前温州市在治理温瑞塘污染时也借鉴此法，"以身试水"，要求"以环保局长和公用集团董事长带头下河游泳作为河水治理好的标准"。（5 月 6 日《都市快报》）

可谁知，这些在国外屡试不爽的"身试"妙法到了中国竟也"南橘北枳"，屡试不灵。就拿"矿长下井带班"制度来说吧，尽管 2010 年国务院就正式发布了《关于进一步加强企业安全生产工作的通知》，国家安全生产监督管理总局也制定了《煤矿领导带班下井及安全监督检查规定》和《金属非金属地下矿山企业领导带班下井及监督检查暂行规定》，明确要求地下矿山企业必须确保每个班次至少有 1 名领导带班，与当班员工一同入井，一起升井，负责生产现场的安全管理，并把矿山领导下井与其年薪直接挂钩，甚至规定"对无矿领导带班下井的煤矿企业及其主要负责人要吊销相关证照、从重处罚，终身不得再担任任何煤矿的矿长（董事长、总经理）职务"。这些规定不可谓不细、不严、不狠、不硬，然而"上有政策，下有对策"，再严格的规定也有办法规避、"变通"。你规定每班必须有一名矿领导下井带班，他就突击任命一批挂名的"副矿长"或是"助理矿长""值班矿长"作为"替身"，替真正的领导"以身试险"。广西河池朝阳煤矿就一次突击提拔了7名矿长助理下井带班，而包括矿长、副矿长在内的5名主要领导却稳坐在办公室里。(2010年9月20日《新京报》)还有的矿领导公然伪造下井记录，让人填报假"考勤表"。更有甚者，2011年11月10日发生在云南省师宗县私庄煤矿，造成30多名矿工遇难的煤与瓦斯突出事故中，本应带班实际上并未下井的安全副矿长戚谷明竟处心积虑地伪造现场，事后下井，并用煤把脸抹黑，伪装出井下逃生的假象。

所以，当我看到东莞市食品药品监督管理局领导为了证明当地餐馆没有地沟油，而欣然接受网友"吃地沟油快餐"的邀请，以身试吃(7月23日《广州日报》)时，并没有为之感动，因为此前已经有过太多这样的刻意"作秀"：为了搪塞顾客投诉，饭店老板一把抢过盘中的苍蝇填入口中，边嚼边赞，"这是刚进的黑胡椒，吃不惯的都给我"；为了证明排出的污水没有污染，造纸厂厂长专门在媒体的镜头前把刚从排污口接出的一杯"净水"一饮而尽；为了表明当地的禽类可以放心食用，某市长当众带头大啖鸡肉；为了担保被果蝇叮咬的柑橘对人体无害，某专家竟特意在电视上剥开生有小虫的橘肉，边吃边说"味道好极了"……有鉴于此，即便东莞市食品药品监督管理局的领导真的去哪家餐馆吃了一次快餐，又有谁敢相信那家餐馆就没有地沟油？更无法证明当地所有餐馆的食品绝对安全。

本该"眼见为实"的"身试"为何竟也靠不住？恐怕原因还在于身不真，心不诚。"以身试伞"之所以有效，就在于它把"质量就是生命"这句响亮的口号变成了无情的现实,把产品质量同产品提供者的生命"捆绑"在一起,让产品生产者与消费者"同呼吸共命运"。假如那些美国厂商也有某些中国矿长的"高智商",也找"助理厂长""试伞经理"替他们登机罹险,或是收买检验人员开几张"100%合格"的"质检报告"去糊弄那些爱较真的美国大兵,"以身试伞"岂不照样流于形式,沦为作秀?

　　要让"身试"真正有效,关键还是要加强监督,确保"身试"者亲身处于真实的环境,由"旁观者"变为"亲历者",亲自体验和承受他的决策或行为可能造成的后果,例如以 GPS(全球定位系统)卫星定位跟踪的手段,强制推行矿长下井带班制度,当他们置身危机四伏的井下巷道,出于本能的求生欲望,自然会珍爱劳动者的生命,自觉加强安全生产,杜绝"带血的 GDP"。同样,让那些曾高谈阔论""每天吃几粒含铬胶囊是安全的"所谓"专家"亲口品尝那些来路不明的"黑胶囊",让那些拍着胸脯信誓旦旦保证当地没有"地沟油"的监管部门领导每天到各个小餐馆、大排档"以身试吃",而不是偶尔一两次冒险作秀,恐怕这些所谓的"最新理论""权威声音"自然也就不攻自破,销声匿迹了。(2012 年)

什么问题"不能碰"？

在刚刚召开的全国"两会"上，许多代表、委员强烈呼吁教育部门推进"异地高考"，实行教育公平。可身为全国政协委员的教育部副部长杜玉波却回应说，解决异地高考的问题难就难在"既有要解决的问题，又有不能碰的问题"，"既想到要解决'随迁子女'的考试问题，又不能影响北京、上海当地考生的权益"。（3月5日《新京报》）这话让人咋听咋觉得不对劲。打破户籍限制，允许考生在实际居住地参加高考，本来就是法律赋予公民的合法权益，怎么忽然间竟成了"不能碰的问题"？难道为了不影响一小部分人的所谓"权益"，就能听任大多数人的权益受损？

所谓权益，是指公民受法律保护的权利，而不是与法律相违背或者凌驾于法律之上的特权或不正当利益。法律规定每个公民都有接受教育的平等权利，同样，每个考生在参加全国统一的高考时也应当"分数面前人人平等"。可实际上貌似公平的全国高等教育统一招生考试却存在着十分明显的地域差别和十分严重的"地域歧视"，北京、上海等高等教育资源集中的大城市"近水楼台先得月"，考生人数少，却录取分数低，录取名额多，而占全国考生大多数的中西部地区却录取名额少，录取分数线畸高，致使许多优秀考生因人为的"高考壁垒"而被剥夺了接受高等教育的权利。据有关部门公布的数据，去年高考河南省一本录取率不足5%，而北京的一本录取率则为26.9%，河南的录取率尚不及北京的零头！这样的"同分不同录"哪有半点公平和平等可言？

然而,不知什么原因,这种严重损害教育公平的弊病竟成了"不能碰的问题",尽管社会各界诟病已久,民怨沸腾,有关部门却总是推诿敷衍,久拖不决。仅仅为了个别地区、少数考生的特殊"权益",就可以无视甚至剥夺全国大部分地区、大多数考生的合法权益,这样既不合理又不合法的"高考歧视"难道还不应当尽快破除吗?

　　其实,客观看来,前些年屡禁不止的"高考移民"就是试图冲破"高考壁垒",追求教育公平的一种被逼无奈之举。现在允许"异地高考",承认部分"高考移民"的合法身份和在居住地参加高考的合法权益,也只是破除"高考壁垒"的一个初步尝试。要想从根本上消除不平等的"高考歧视",还必须彻底革除"同分不同录"的高考制度,让全国各地的考生在同一起跑线上平等竞争,用统一的标准录取,真正做到"分数面前人人平等",只有这样,异地高考才能成为每个考生的自由选择,才不会成为什么"不能碰的问题"。

　　异地高考"不能影响北京、上海当地考生权益"的担忧实际上代表了一部分官员对所谓"增量改革"的路径依赖,即为了减少改革的阻力和矛盾,在不触动某些强势群体既得利益的前提下,采用"先把蛋糕做大"的方式改善弱势群体的现状,以实现所谓的"帕累托最优"。这种外延修补式的做法,在改革初期具有一定的合理性,但随着改革的深入和社会深层次矛盾的显现,这种"两头讨好""谁都不得罪"的思路已越来越行不通。改革本来就是利益的调整,想在维护各种既得利益的前提下推进改革,无异于缘木求鱼,只能是一厢情愿。正如一些有识之士所言,当前改革已进入攻坚阶段和"深水区",既摸不着"石头",又回避不了"暗礁"。随着社会经济转型,各种矛盾积累凸显,多种利益关系的博弈日益尖锐,要解决发展起来以后的新矛盾新问题,并不能简单地只是"把蛋糕做大",而是要想方设法"把蛋糕切好",努力解决社会上存在的各种分配不公的突出问题,其中也包括人民群众反映强烈的教育不公、高考歧视问题。要解决这些棘手问题,决不能仅靠"增量改革",更不能顾虑重重,趑趄不前,怕这怕那,怕所谓"不能碰的问题",怕影响一部分人和某些利益集团的既有特权和既得利益。担忧异地高考可能会"影响北京、上海当地考生的权益",难道就不担忧国企改制会影响下岗职工的权益,不担忧房地产调控会影响开发商的"权益",不担忧反腐败会影响贪官的"权益"?只有敢于解决那些"不能碰的问题",大胆破除少数人的特权,才能更好地维护最广大人民的根本利益和合法权益,否则还何谈深化改革,何来社会公正?(2012年)

推行"135" 不能光倡导

　　最近,国家发改委会同财政部、环保部等 17 个部委共同制定了《"十二五"节能减排全民行动实施方案》,倡导机关工作人员公务出行实施"135"方案,即 1 公里内步行,3 公里内骑自行车,5 公里内乘坐公共交通工具。若果能如此,既可以节能减排,减少交通拥堵,又可以为筹划已久的公车改革扫除障碍,还有望以此为契机,推动干部作风转变,实乃一举多得之好事。

　　然而让人担心的是,这件一举多得的好事,仅靠官方一纸没有任何约束力和强制力的"倡导"究竟能否真正推行? 古人云"由俭入奢易,由奢入俭难",让早已习惯了出门公车代步的公仆们放弃方便舒适的"坐骑",像普通老百姓一样上班,或者骑车、挤公交去办公,他们的体力是否承受得了? 他们的"面子"是否抹得下来? 他们的"架子"是否能放得下? 假如不能,这看似简单的"135"推行起来必定会阻力多多,困难重重。即便是领导带头,搞个仪式,让媒体跟踪报道几个坚持"135"的先进典型,也很难在全体机关工作人员中推行得开,更难以持之以恒,蔚成风气。

　　这种担心绝非杞人忧天,更不是贬低广大公仆的觉悟和素质,而是单平用"倡导"这样的手段,实在太虚、太软,很难改变多年形成且根深蒂固的积习和行为惯性。尤其是对于那些谙熟官场"潜规则",善于"遇到红灯绕道走"的官员,连直接关乎"官帽"和公职,甚至具有"一票否决"权威的党纪国法都不放在眼里,区区一纸不疼不痒的"倡导"又能起什么作用?

因此,推行"135"不能光倡导,必须出台强制性的法规、文件,制定出严格的规定和制度,并辅以严密可行的核查措施。不管是哪一级干部,谁不执行都要受到严厉的制裁和处罚,这样才能把软倡导变成硬约束,有效规范机关工作人员的出行方式,"逼"着他们抹下"面子",放下"架子",迈开步子少坐车子。"习惯成自然",久而久之,当机关干部都习惯于步行办公,视骑车或坐公交为常事,在出行方式上"混同于普通老百姓"时,健康而又合理的"135"方案自然就能广泛推行,民众期待已久的公车改革自然也就水到渠成。(2012年)

为何甘当"冤大头"？

前些年网上曾流传过一则有名的段子:沿海城市的坐台小姐到北方某地拓展业务,没几天便向要好的姐妹们发去邀请短信:"这里钱多,人傻,速来!"可她们想不到的是,如今频频收到这条短信且乐不可支的却是那些挂着各式洋名的进口葡萄酒销售商。据今年"3·15"期间工商管理部门的曝光,原产法国的正宗大拉菲全年仅出24万瓶,但在中国一年的销量竟达200万瓶。口岸均价15元的红酒在中国市场零售均价竟高达562元!(3月16日新华社电)换句话说,中国市场上知名度最高的豪华"拉菲"将近90%都是假的。即使是真正的进口红酒,从口岸到零售终端也有30多倍的暴利!这不是明摆着拿中国的消费者当"钱多人傻"、甘愿上当的"冤大头"去猛宰吗?

然而更加可气的是,还真有人愿意甘当这样的"冤大头",越贵越买,情愿挨宰。不光是进口"拉菲"不问真假,就连购买国产名酒也是只看牌子,不辨真伪。根据官方公布的数据,正宗茅台酒年产仅20万吨,可每年国内市场实际销量却高达200万吨,明知假酒也要买,而且不买对的,只买贵的,硬是把每瓶成本不足百元的茅台酒炒出了几千元甚至十几万元的天价。正如时下人们常说的那样,"没有最高,只有更高"。"天价茅台"还没封顶,"国窖1573"就又推出了每瓶售价33.6万多元的高端白酒"叁60",一举刷新中国白酒的单价纪录,而且立马受到许多消费者热捧。这种"钱多人傻"的反常现象不能不令人反思,难道尚处于发展中的中国真富裕到了可以挥金如土的地步，真是提前进入了"奢侈消费时代"？

其实，只要客观地分析一下就不难看出，那些"钱多人傻"的"冤大头"并不傻也并不冤，不管真假、不问贵贱抢购这些天价奢侈品的只有"两款"，即公款和大款，绝没有打工族、农民工和收入跑不过 CPI（居民消费价格指数）的普通消费者。有统计数据表明，全国一年的公款吃喝开销达 3000 亿元人民币。在今年的全国"两会"上，全国人大代表、湖北省统计局副局长叶青更形象地指称，有测算数据表明，中国全年的公务用酒量是每年喝一个"西湖"。公仆们用公款喝"拉菲"、茅台，不花自己一分钱就能大饱口福，他们有什么"冤"？大款们用或真或假的天价奢侈品作饵寻租，换来了实实在在的权力回报和几百甚至几万倍的实际收益，做成性价比如此之高的赚钱买卖，他们更是一点都不傻。真正"冤"的是只有纳税义务、不知税款去向的纳税人和既喝不起茅台又不知"拉菲"为何物的老百姓。

社会上之所以有那么多不问真假、越贵越买的"冤大头"，其根源盖出于"钱多、人腐"。"三公经费"不公开，不透明，不规范，不合理，公众无法实施有效的监督，致使一些腐败分子暗箱操作，上下其手，假"公务"之名挥霍公款，中饱私囊。要从根本上解决这一问题，不能仅靠抓几个反面典型，处分几个"崽卖爷田不心疼"的"冤大头""败家子"，而是要加强源头治理，加快推进行政经费使用管理改革，严格控制"三公"经费，就像温家宝总理在最近召开的国务院第五次廉政工作会议上所明确提出的那样，"禁止用公款购买香烟、高档酒和礼品"。如此一来，断了公款吃喝的财源，看还有谁愿意当掏高价买假"茅台"和"山寨拉菲"的"冤大头"？（2012 年）

都是媒体惹的祸？

记得台湾流行歌手张宇的一首歌,名字叫《月亮惹的祸》,只是现在再要翻唱,恐怕那句歌词就要改为"都是媒体惹的祸"了。《中国青年报》社会调查中心最近对 8776 名受访者所做的一项民意调查显示,高达 94.4% 的受访者认为当下社会整体收入差距大,65.0%受访者感觉差距"非常大",63.1%的受访者确认,当下媒体,特别是网络媒体,过度关注穷人、富人这两类"社会少数人"的极端信息,48.3%的受访者认为,一些网站或媒体刻意突出贫富对立、扭曲事实的新闻炒作,影响了其对社会真实状况的判断。该项调查还引用某政策研究中心一位官员的话,指责"媒体在仇富方面起到了推波助澜的作用"。(11 月 20 日《中国青年报》)不看不知道,一看吓一跳,原来"世上本无事,媒体自扰之",中国目前的贫富对立和收入差距竟然是媒体"炒作"出来的,社会上的"仇富"心态也是媒体"过度关注""推波助澜"的结果。照此推论,那些腐败现象、权钱交易、不正之风、"仇官"心态等社会问题岂不也"都是媒体惹的祸"？这同自家房子失火不去扑救,反倒迁怒于报警的人岂不是如出一辙？

其实,就从该项调查已公布的数据也只能得出相反的结论。因为受访者对"当下社会整体收入差距大"这一认知的主要依据依次为:周围人群消费水平差距的感受(66.7%),底层百姓生活困顿的感觉(61.0%),富人炫富的刺激(47.9%),媒体报道的印象(29.1%),仅从这些数据就能看出,大多数人之所以得出"收入差距大"这一结论,主要是自己的感受、感觉和富人炫富的刺激,来自媒体报道的印象只占很小成分,甚至连次要因素都算不上,根本不可能影响人们"对社会真实状况的判断",依据这些数据来指责"媒体在仇富方面起到了推波助澜的作用"岂不是自相矛盾,难圆其说?何况是先有收入差距大的事实,后有媒体的报道,还是媒体报道造成了收入差距大的社会问题,这个连小学生都懂的常识,并非如"先有鸡还是先有蛋"那样深奥的哲学命题一般纠结难解。把本来就客观存在的社会问题武断地归咎为媒体的"过分关注"和"刻意炒作",只怕是颠倒了因果,找错了"靶子"。

众所周知,新闻媒体的基本职能就是向公众传播信息,通过对新近发生的事实进行及时准确客观公正的报道,来满足公民的知情需求。就如同丹麦作家安徒生童话《国王的新装》里那个童言无忌、大声说出真相的小男孩一样,关注并报道贫富对立、收入差距加大等公众关心的社会问题也是新闻媒体的重要职责。应当看到,改革开放以来,我们的新闻媒体在弘扬社会正气、通达社情民意、引导社会热点、疏导公众情绪、搞好舆论监督和保障人民知情权、参与权、表达权、监督权等方面发挥了重要作用,尤其是近年来异军突起、方兴未艾的网络、手机、微博等新兴媒体,更以其独有的数字化、多媒体和即时性、互动性、广泛性赢得了受众青睐,也使得现代媒体的作用力和影响力日益增强。但与党的十八大报告提出的加强舆论监督的要求和人民群众日益增长的信息需求相比仍有不小差距,也确有个别媒体少数从业人员素质不高,热衷炒作,流于"三俗",但这只是个别地方的个别现象,决不能抓住一点不及其余,不分青红皂白,对整个媒体业界横加指责;更不该倒打一耙,把造成贫富对立的原因归咎于媒体"炒作"和"推波助澜"。实践证明,没有新闻媒体及时准确的报道,真实的信息就难以迅速有效传播,"表哥""房叔"之流的真实面目就难以暴露,"仇官""仇富"等社会问题就会愈演愈烈;没有新闻媒体持续执着的关注,孙志刚、邓玉娇、赵作海们的冤假错案就难以平反昭雪,被刻意掩盖、扭曲的事实真相就会被长久遮蔽,社会的公平正义就会大打折扣;没有新闻媒体的"推波助澜",我们的社会进步就会缺少公众参与的强大动力,建设富强民主文明和谐的社会主义现代化国家的步伐就会放缓。看清了这些事实,谁还能再昧着良心说"都是媒体惹的祸"?(2012 年)

回家吃饭保清廉

"亲，纪委喊你回家吃饭呢！"

这并不是有意卖萌的"淘宝体"，而是反腐倡廉的一个新举措。最近由河南省纪委、监察厅和预防腐败局联合推出的廉政公益广告《回家吃饭好》，就以温馨动人的画面和质朴家常的语言向那些忙不思归的官员发出了"回家吃饭"的声声呼唤："回家吃饭好，孩子功课能辅导；回家吃饭好，夫妻恩爱乐陶陶；回家吃饭好，孝敬老人需尽早；回家吃饭好，腾出时间勤思考；回家吃饭好，饭菜可口油腻少。回家吃饭好！"

按理说，回家吃饭是每个人的生存本能，也是普通百姓的自然习惯，本不值得纪委如此关注，苦心催促。可在现实生活中，却有一些干部，特别是握有大小权力的领导干部，不回家吃饭成了常态，一天到晚忙于吃喝应酬，沉溺酒池肉林难以自拔，根本没有时间回家吃饭。其中既有公务接待过多过滥，官居其位身不由己的客观原因，也有贪图享乐、追求奢靡的主观因素，当然，起决定作用的还是个别官员道德滑坡、作风不正的内因。回不回家吃饭，看似个人私事，实则反映了干部的生活作风和精神情趣。如果说确因公务繁忙，偶尔不回家吃饭倒还事出有因，情有可原的话，那么终日流连饭局、牌局，"月月工资不动，顿顿吃饭靠请"则很难不让人对其品行和清廉质疑。"千里之堤溃于蚁穴"，许多干部的变质腐化都始于酒席上的推杯换盏，许多见不得人的交易都靠吃喝牵线，虽不能简单武断地一概而论"不回家吃饭就是腐败"，但无休无止的饕餮盛宴的确是"喝坏了党风喝坏了胃",助长了各种腐败现象的滋生蔓延,戕害了干部的身心,断送了官员的前程。许多腐败分子直到罪行败露,身陷囹圄才痛哭流涕忏悔"对不起组织,对不起家人"。假如他们能早日听从纪委的规劝,经常回家吃饭,多感受家庭的温暖,多看看儿女清澈无邪的双眼,多听听家人"平安归来"的叮咛,恐怕也不至于那么容易就被那些热衷于权钱交易的"酒肉朋友"拉下浑水,同流合污。从这个意义上来讲,河南省纪委等部门把呼唤干部回家吃饭作为反腐倡廉的一个"柔性切入点",可说是号准了脉搏,扎准了"穴位"。

"回家吃饭"的呼唤入情入理,苦口婆心,却不知能否打动那些"食不思归"的官员。尽管党中央、国务院相继发布了"八项规定""六条禁令"和《党政机关厉行节约反对浪费条例》,从一定程度上扼制了奢靡之风的蔓延,为更多的干部"回家吃饭"扫清了外部障碍。纪委也以善意提醒、亲情呼唤的形式为干部"回家吃饭"增添了内生动力,然而要想从根本上消除"舌尖上的腐败"和"餐桌上的交易",还是要从铲除腐败滋生的土壤入手,综合运用行政、纪律和法制的手段,切实加强对公权力的监督和约束,把不该管的事情放下去,把被个人截留和滥用的权力收回来,真正把权力关进"笼子",进一步压缩"权力寻租"的空间和机会,那些以权谋私、搞权钱交易的贪官们失去了赖以交换的"资本",还有谁去上赶着请他们吃喝,用美酒佳肴和金钱美色去填他们的欲壑?没有了公款、大款的饭局,到时候不用谁去呼唤催促,官员们也都会自觉主动地回家吃饭。"扬汤止沸莫如釜底抽薪",彻底抽掉公权私用的"薪",才是根治"舌尖上的腐败""餐桌上的交易"以及其他各种腐败现象行之有效的治本之策。(2012 年)

不计寒暑勤为民

时值隆冬,天寒地冻,河南省许昌市的各级干部却不惧严寒,纷纷走出温暖的办公室,深入基层民众,开展"排查解决问题"月活动,看看十项民生工程完成了没有,问问农民工的工资拿到了没有,认真排查解决经济发展、社会稳定、安全生产、改善民生等方面存在的突出问题,确保今年各项目标任务圆满完成,确保广大群众温暖过冬。(12月5日《河南日报》)

忧民所忧,解民所难是共产党人的优良传统和公务人员责无旁贷的基本义务,"先天下之忧而忧",时刻牵挂着百姓的冷暖忧愁,和百姓同甘苦共患难,才能真正和人民群众血肉相连,心心相印。当年焦裕禄不顾大雪封门,带领机关干部访贫问苦,为困难群众和五保老人送衣送面,把党的温暖送到百姓心间,赢得了广大民众的真诚爱戴和信赖。如今许昌市的干部寒冬下基层,为民解忧难,既是焦裕禄精神在新的历史时期的发扬光大,也是深入贯彻党的群众路线,端正党风政风的生动实践。走出装有暖气、空调的办公室,来到条件艰苦的基层一线,可以更加直接地摸实情,接"地气",更加真切地感受到普通百姓的喜怒哀乐和急难苦痛,更加及时有效地为群众解疑释惑排忧解难,也有利于清洗那些遮蔽双眼、壅塞双耳、腐蚀心灵的各种灰尘和瘴气,不失为消除"四风"的"清洁剂"、密切同人民群众自由血肉联系的"黏合剂"和促进工作落实的"推进剂"。

《善生经》云:"若不计寒暑,朝夕勤修务,事业无不成,至终无忧患。"当下一些干部所缺少的不正是这种"不计寒暑勤修务"的为民情怀和敬业精神吗？如果我们的每个党员干部和公职人员都能常怀为民之心，常存悯民之情，一遇刮风下雨就首先想到有没有群众房破屋漏，一到天寒地冻就不由自主地为百姓饥寒担忧，不论严冬酷暑，不惧环境艰苦，都能勤政为民，尽职尽责地守候在百姓身边，那么我们城市的立交桥下就不会再有蜗居的民工，管道井中不会再有"穴居"的打工者，高楼、大桥和塔吊顶上也不会再有铤而走险的讨薪人……(2013年)

公函岂能为私开？

公函本是党政机关、人民团体、企事业单位用于处理公众事务书信函件，按规定只能用于公务活动。可世事难料，这一庄重严肃的文体如今竟也发生了令人瞠目的变异。据《法制日报》报道，湖南省麻阳县文化局原纪检组长莫某和文化市场稽查大队原大队长石某因贪污公款被抓后，两人所在的麻阳县文广新局和麻阳县文化市场综合执法局竟以单位名义向办案法院发去公函，称其"业务素质高，还一身清贫"，为其求情，要求轻判。人们不禁要问：公函私用还能叫"公函"吗？像这样公然为贪官求情的非法公函到底能起多大作用？

公函私用的实质是以权谋私，用公函为贪官求情也是对法律尊严和司法公正的公然叫板。自己的单位出了贪官，所在单位本应主动配合司法部门深入调查，积极提供相关证据，而不该为贪腐行为遮遮掩掩，为涉案人员评功摆好，开脱罪责，更没有资格和权力向办案法院出具公函，以单位名义为贪官求情，对司法判决指手画脚说三道四。须知"司法建议"只能由司法部门出具，其他来自任何部门或单位的意见乃至公函都不能成为判案定刑的依据。麻阳县文化局如此急切地为本单位贪官"公函求情"，不仅违反了公用文书起码的行文规则和基本的法律常识，而且不由得令人生疑：难道这起贪腐案背后真有尚未查清的重重"猫儿腻"，还有人害怕"拔出萝卜带出泥"？若非如此，一个堂堂的政府部门，一班知书达理的领导干部，何以会犯如此低级的文本错误，竟置党纪与国法于不顾，用神圣的公权力和单位的公信力为涉案贪官背书,公然干预案件的司法审理与判决?

所幸的是,当地法院不为盖有大红公章的"求情公函"所动,仍然对据单位所称"业务素质高,还一身清贫"的两名贪官依法做出了公正的判决,也从法理上宣告了"求情公函"的无效和失败。但这一局地的个案并不足以令人欢欣鼓舞,庆祝法治的胜利。人们完全有理由不惮以最大的恶意推测,出现在麻阳县的"求情公函"绝非孤例,也并没有绝迹。说不定在麻阳县法院没能生效的"求情公函",在别的地方仍可能畅行无阻,大行其道;也可能有的法院敢于向诸如文化局之类的政府部门出具的"求情公函"说"不",而对那些出自强势部门的"求情公函",甚至来自某些领导的"私函""口谕"则心存忌惮,难以拒绝。正因为习近平总书记曾经直斥的"有法不依、执法不严、违法不究现象在一些地方和部门依然存在""一些公职人员滥用职权、失职渎职、执法犯法甚至徇私枉法严重损害国家法制权威",所以如果不能真正构建起有效保障独立审判、公正司法的良好法制环境,就仍旧难保"公函求情"的闹剧不再上演,就照样难防严肃的公函蜕变成为贪官脱罪的旁门私器。

其实,杜绝"公函私用"并非难事,只要办案单位顺藤摸瓜,善于从反常的"求情公函"中深入发掘与案情有关的蛛丝马迹,定能"拔出萝卜带出泥",甚至挖出更大的"萝卜"。把以权压法、大事化小的"求情公函"变成引火烧身、彻查黑幕的"导火索",这倒不失为根治"公函私用"的一剂良药。(2013年)

"国情"不是挡箭牌

国情,本来是指一个国家政治、经济、文化等方面的基本情况,也是我们持续推进改革开放和社会主义现代化建设的基本依据。可在某些场合,"国情"也能变成官员手中的"挡箭牌"。在国家卫生计生委近日就食品安全标准举行的新闻发布会上,当有记者问,这次在制定食品安全标准的时候会不会考虑发达国家的标准时,国家食品安全风险评估中心主任助理王竹天就当场举起"国情"这面"挡箭牌"回应道,我们不是发达国家,食品安全标准要考虑国情。不仅仅是要保护自己的健康,同时还要促进整个食品行业的健康发展。如果大家都拿欧盟的标准来要求北京空气质量的话,那天天都不合格。(7月10日《中国之声》)

照王助理的说法,既然是发展中国家,中国人就应当安于落后,不能同发达国家"盲目攀比",更不要奢望享有与那些国家人民一样的食品安全标准。这话怎么听起来那么别扭?难道"国情"不同,国民的健康权利也能"打折"?就因为我们不是发达国家,我们现阶段的国情是底子薄、基础差、社会生产力水平还比较低,我们的国民就应该承担更大的安全风险,就应该心安理得地呼吸污染空气,饮用不清洁的自来水,食用有毒奶粉、含镉大米、农残蔬菜和地沟油,就应该以与白人、黑人结构相同的血肉之躯去抵挡更多有害气体、有毒食品的侵袭,就应该以牺牲自己的身体健康为代价来"促进整个食品行业的健康发展",来粉饰空气质量"天天合格"的虚假太平?只是不知那些"特供""专供"食品是否符合我们的"国情",有没有与发达国家的安全标准接轨？

"民以食为天"，生活在这个星球上的人们，不分种族、肤色、性别、语言、国籍等，都一律平等，享有同样的生命、自由和人身安全的权利，因而在关乎国民健康的食品安全标准上，理应全球一致，一视同仁，决不能以发达程度为借口，人为降低标准，搞"国情歧视"。正因为我们是相对落后的发展中国家，才更要向先进的发达国家看齐，急起直追，迎头赶上，而不能自甘落后，拉大差距。许多人常常义愤于一些外商销往中国的商品比其国内同品牌的商品质量等级低，市场价格高，保修缩水，甚至连号称"全球一个标准"的星巴克咖啡都敢减量售卖，殊不知这一切皆缘于我们的国标与国际标准不接轨，同样的商品或服务存在着双重甚至多重不同的标准，不仅食品安全，而且空气质量、污染物排放乃至汽车和家用电器质量标准都比国际标准矮一大截。"人必自侮，然后人侮之"，你拿"国情"当遁词自降标准，怎禁别人"合法"地钻空子，搞"国情歧视"？

当然，坚持与国际接轨的高标准严要求是要付出牺牲和代价的，例如食品安全标准高了，自然要加重食品行业的安全责任，增加食品生产、销售企业的质量成本；空气质量标准高了，达标合格率自然也会降低，"面子"上不好看。但是，与高于一切的人民生命安全和健康相比，这些"神马"都不过是"浮云"而已。那些把"国情"当"挡箭牌"，总是不愿与国际先进标准接轨的官员不妨扪心自问，假若你与普通百姓吃同样的食品，优先考虑的是饮食安全健康还是食品行业的经济效益？你我同住一方国土，是实事求是地承认高标准下的空气质量暂时不合格，还是自欺欺人地自我陶醉在人为低标准下空气质量"超高"达标率？（2013 年）

离谁更近些

正当几百万大学毕业生夙兴夜寐呕心沥血为挤进公务员大门而在日益狭窄的公考"独木桥"上激烈拼抢之时,福建省德化县却网开一面,专门选拔民企"接班人"进政府部门担任实习公务员,脱产跟班,为期半年,并由相关领导与他们结对子,还美其名曰"让企业家离政策更近一些"。(7月1日《工人日报》)

翻遍 2006 年正式实施的《中华人民共和国公务员法》,根本找不到"实习公务员"这一职位和名称,但既然"为期半年",又似与不占编制、专"打酱油"的"临时工""实习生"性质相近。所谓"实习",就是实地学习,为正式履职积累经验。如果说让已通过公考,取得公务员任职资格的候任者去当"实习公务员",为正式任职做准备还情有可原的话,那么让根本不具备公务员条件又不打算当公务员的民企"小老板"们去政府"实习",则委实有点阴差阳错、匪夷所思了。

也许当地政府选拔民营企业"接班人"进政府实习的初衷确实是为了扶持民营,"让企业家离政策更近一些",但让这些本应从事企业管理的"接班人"到政府来学习行政管理,只怕是学非所用,难遂其愿。当然,对于那些有幸登堂入室,进入政府大门的"实习公务员"来说,半年的"跟班实习"也并非一无所获,单靠暂时的角色转换和走马观花式的实习体验是否就能"离政策更近一些"不好妄下结论,但与手握实权的官员们朝夕相处,并有相关领导"结对帮扶",无疑会获得更多的人脉资源和更大的"勾兑"空间,与官场、官员、权力"更近一些",也许这才是那些初出茅庐的"小老板"踊跃报名,争当"实习公务员"的真实目的。只是这样做的结果不仅背离了当地政府的初衷,而且对于渴盼良好发展环境的民营企业来说也并非幸事。那些想把父辈基业做强做大做优、"青出于蓝而胜于蓝"的民企"接班人"最终会认识到,最适合民营企业生存和发展的环境是法制完备的市场,不是权力主导、关系制胜的官场;企业家们最可信赖的不是基于利益交换的人脉、关系,而是公正无私的法律。

"让企业家离政策更近一些"自然无可非议,而让企业家离官场、官员和权力太近,则难免会有官商勾结,诱发腐败之虞。改革开放以来反腐败斗争的实践一再证明,一些干部正是因为与无良老板走得太近,才从人民公仆一步步蜕变为老板的"私人朋友""铁哥儿们"乃至"人脉资源",最终坠入了犯罪的深渊。因此,要建设法治社会、廉洁政府,就必须让权力和资本保持距离。既然手握公权的官员在面对具有寻租冲动的老板时没有天然的免疫力,那么就应当用严格的法纪,构建一道可靠的"防火墙",使二者之间保持必要的"安全距离",严防可能发生的权钱交易和腐败行为。

李克强总理最近多次强调,要处理好政府与市场、政府与社会的关系,把该放的权力放掉,把该管的事务管好。同样道理,在从"万能政府"向"有限政府"转型的过程中,政府和政府官员也应当正确厘清与包括民营企业在内的市场主体的关系。在社会主义市场经济体制下,政府只是市场的监督者和公共服务的提供者,绝不应成为权力无边、包办一切,甚至连企业家培训都要操心的"当家人"。与其耗费宝贵的行政资源,煞费苦心地组织"小老板"们到政府机关当"实习公务员"、让相关领导"结对帮扶",还不如让相关领导带领相关部门深入民企上门帮扶,送法规送政策,营造良好的法制环境,提供有利的政策支持,这样才能真正"让企业家离政策更近一些",也是对民营企业最实际、最直接、最有效的帮助与扶持。(2013 年)

怎么消除"咕咚效应"？

近日,成都和广州两地相继发生因误信谣言而引发的群体散逃事件。只因一句"砍人了"的谣言,就吓得在成都数家商场内购物的人群惊慌失措,四散奔逃。而广州某服装城内一个被保安抓获的小偷为了逃命,突然大喊"有人砍人!"也导致了周边人群陷入恐慌,蜂拥逃奔。这两起事件虽因警方及时辟谣,处置得当而未造成严重后果,但对公众安全感产生的负面影响却依然不可忽视。

事后,不少专家学者纷纷引用一则名叫《咕咚来了》的童话,把这种集体无意识的恐慌称作"咕咚效应"。曾被选入小学课本的这则童话,说的是森林里一棵木瓜树上的果实熟了,落在湖里发出"咕咚"的声响。胆小的兔子吓得拔腿就跑,边跑边喊:"咕咚来了! 咕咚来了! 大家快跑啊!"森林里的动物们,包括大象,不明就里,以为"咕咚"是什么可怕的大怪物,都跟着加入了逃命大军。如果用当下时兴的话来说,就是"一颗木瓜引发的骚乱"。这则童话的主旨本是告诫人们耳听为虚,眼见为实,没弄明白的东西不要盲目跟从。而专家们为消除"咕咚效应"开出的药方也无一例外,不外乎严打造谣者和提醒人们不要盲目信谣传谣。只可惜,现实社会不是童话世界,只靠这一"放之四海而皆准"的药方,恐怕未必能够消除此起彼伏的"咕咚效应"。

应当看到,"咕咚效应"之所以能够产生和扩散,并不完全是空穴来风,而是事出有因。例如2010年5月12日北京出现的地震谣传和引发民众"避震"虚惊的直接诱因,就是两年前同一天发生的汶川大地震和一个月前刚刚发生的青海玉树 7.1 级地震。同样，最近发生的这两起群体散逃事件，其根源也是对前不久发生在昆明火车站的暴力恐怖袭击事件的恐惧记忆。虽然时过境迁，但谁都害怕暴徒在公共场合持刀砍人的惨剧在身边重演，谁都不愿再成为下一个无辜的受害者。所谓"惊弓之鸟，风声鹤唳"，正是现实中真实发生的恐怖事件加剧了部分公众的不安全感和恐惧心理，才会有那么多心有余悸的当事人丧失了对周边情势的冷静判断力和对突发传言的识别力，从而沦为盲目从众、四散奔逃的"咕咚一族"。

"刨树刨根，治病治本"，消除影响社会安定的"咕咚效应"也不能"头疼医头，脚疼医脚"。在处置公共场合群体散逃事件时，不仅要快速追查造谣者，及时制止传谣者，教育引导信谣者，而且还应当举一反三，针对公众的恐惧心理，切实加强公共场所的安保预防措施，采用先进科技手段，密织防控网络，让恐怖分子无隙可乘，让广大民众身安心宁。"平安是最好的镇静剂"，社会安定了，群众的安全感自会增强，心理承受能力也水涨船高。到那时，就是再有人造谣也引不起群体恐慌，再喊"咕咚来了"也没人跟着乱跑，"咕咚效应"自然也就衰减消弭了。（2014 年）

有钱先尽着百姓花

报载,河南省禹州市方岗镇党委、政府以"有钱先尽着百姓花"为准则,近40年来一直蜗居在寒酸破败的小拱券房中办公,挤出有限的财政资金用于改善群众生产生活条件和当地公益建设。(4月14日《许昌日报》)

与那些动辄千万上亿,欲与"天安门""白宫"媲美的豪华办公楼相比,方岗镇的小拱券办公房堪称"陋室",但身居陋室的公仆们这种"有钱先尽着百姓花"的为民情怀却弥足珍贵,令人敬佩。

"有钱先尽着百姓花",朴素而生动地体现了我们党的根本宗旨和群众路线的优良传统。革命战争年代,我们党的首脑机关宁可在破旧阴暗的土窑洞里办公,我们的干部战士宁可风餐露宿、节衣缩食,也要省出拮据的口粮和经费接济饥寒交迫的困难百姓。新中国成立以后,我们的各级政权机关也很少兴建楼堂馆所,办公条件极为简陋,"节省每一个铜板"用于社会主义建设和改善群众生活,以共产党人"先天下之忧而忧,后天下之乐而乐"的高风亮节赢得了亿万百姓的拥护和爱戴。

假如我们的党员干部都能把这种优良传统和作风继承下来,发扬光大,一事当前先替百姓考虑,"有钱先尽着百姓花",又怎么会矗立起那么多"高大上"的豪华办公大楼,滋生出那么严重的形式主义、官僚主义、享乐主义和奢靡之风,原本党群干群水乳交融、难舍难分的"鱼水关系"又怎会蜕变为隔膜间离、陌生紧张的"油水关系"?

方岗镇党委、政府寒酸破败的小拱券房既是一面高扬党的群众路线的旗帜,又是一面透视党员干部作风的镜子,我们的公仆都有必要看看这面旗帜,照照这面镜子,扪心自问"公款都去哪儿了"?是不是"有钱先尽着百姓花",是不是都用在了群众最困难、最需要的地方,是不是花在了为民解忧的公益项目和社会事业上?问明白了这些问题,才能找准"四风"的根源,才能理解群众的怨气,才能看清自身的弊病和差距。如果我们的干部都能"有钱先尽着百姓花",真正把群众当亲人,又何愁得不到广大人民群众的理解、信赖和支持,又何苦疲于奔命、费力伤财地去"处突""维稳"?(2014 年)

"红头文件"莫变色

　　因有红色文头和大红印章而被群众俗称为"红头文件"的政府公文,本是行政机关实施法律法规、履行行政管理职能的重要载体,按规定只能用于公务活动。红色不仅是指文件头的颜色,还代表着公平、正义和公信力、权威性。可在某些地方和单位,这一庄重严肃的政府公文竟也屡屡变味变色甚至变质。前些年某地曾发生过以"红头文件"形式强制摊派地产酒、某单位用"红头文件"为贪官求情减刑的丑闻,前不久又爆出某区政府发"红头文件"强迫干部替开发商卖房和某县以"红头文件"规定各单位必须完成公务烟用量的奇葩事。更为典型的是湖南省双峰县委、县政府竟以红头文件的形式,向上级政法委"请求"将犯罪嫌疑人取保候审。(4月17日《中国青年报》)人们不禁要问:像这样以权压法、徇私谋利的文件到底算哪门子公文? 还有什么资格配用"红头"?

　　利用"红头文件"徇私谋利是一种典型的"公文腐败"。由其他各种形式的腐败现象一样,"公文腐败"的实质仍是权力寻租。不管这些"红头文件"的官方说辞多么正经正当,多么冠冕堂皇,说是"促进地方经济发展"也好,"保护民营企业家"也罢,背后的利益交换和政商勾结却欲盖弥彰,昭然若揭。俗话说"无利不早起""世界上没有无缘无故的爱",若不是能从强制推销烟酒中获得可观的私人收益,谁会去用政府的权威和信用去为商家背书? 若不是与已负案在押的贪官和犯罪嫌疑人有利益攸关甚至性命攸关、"一荣俱荣一损俱损"的特殊关系,谁会甘冒私用公文的政治风险,用"红头文件"向法律叫板？

　　与"餐桌上的腐败""车轮上的腐败"等民众常见的腐败现象相比，公文腐败因为披着"红头文件"的外衣，盗用官方的名号，所以欺骗性更强，危害性也更大。这种变了色的"红头文件"不仅为个别官员个别部门个别单位的私利披上了合法的外衣，用政府部门的公权力强制兜售不合法不合规不正当的私货，而且严重损害了政府的形象、威望和公信力，甚至会造成"红头文件"失灵、政令不通的混乱现象。"假作真时真亦假"，当一向奉公守法的百姓看到原本奉若圭臬的"红头文件"竟蜕变成了为商家销货、为贪官求情、为嫌疑人脱罪的旁门私器，还怎么能指望他们会原原本本、不折不扣地去"贯彻执行"？

　　"公文腐败"亟待治理，尤其是在当前对腐败现象保持高压态势，以治标为治本争取时间的关键时期，对"公文腐败"这一新的腐败形式更应高度警惕，及早尽快从严查处。对某些地方和单位出现的违反公文管理规定，以"红头文件"谋私的案件决不可用"把关不严""工作失误"等理由或借口轻易放过，只有彻底查清变色的"红头文件"背后可能存在的权钱交易和寻租黑幕，斩断以权谋私的利益链条，完善对私用滥用公文等渎职违法行为的追责机制和惩戒机制，才能从根本上杜绝和防止"公文腐败"，恢复公众对"红头文件"的信任和服从。（2014年）

查查那些"有缝的蛋"

近日看到一幅新华社发的新闻漫画《招》,画的是几只象征"新闻敲诈"的苍蝇成群结队地飞向一只有诸多裂缝并标有"某些问题单位"字样的鸡蛋。漫画虽小,却巧妙地揭示了当前某些地方频发新闻敲诈事件的本质和根源,值得我们反思。

中宣部等九部门最近联合在全国范围内组织开展的打击新闻敲诈和假新闻的专项行动已取得阶段性成果,不仅依法依规严肃查处了一批涉及新闻敲诈、有偿新闻、虚假新闻的举报案件,注销了14455 个新闻记者证,而且实行"双移送",即对涉嫌违法犯罪人员移送司法机关查处,对违反党纪政纪人员和单位责任人移送纪检监察机关查处,有效地遏制了新闻敲诈和假新闻的蔓延。但是,我们在注重打击这些从事新闻敲诈的"苍蝇"的同时,也应当进一步追问,是什么样的臭味引来了这些苍蝇,臭味后面又有什么不能见光的东西?

习近平总书记 2012 年与民主党派领导人会谈时,曾经引用过一句古语"物必先腐,而后虫生"。与此同理,当前新闻领域内出现的新闻敲诈现象也有其深层次的社会根源,并不能简单地归咎于新闻从业人员的道德沦丧素质低下。俗话说"苍蝇不叮没缝的蛋",只要认真分析一下新闻敲诈事件的成因就不难发现,凡是假记者蜂拥而至,敲诈案时有发生的地方和单位,无一例外地都有或多或少或大或小的问题和见不得人的丑事、坏事,某些官员为了掩盖问题,推卸责任,遮丑饰非,粉饰"政绩",自然要千方百计动用各种资源和手段,封杀当地的知情人和媒体,对闻风而来的外地媒体和各路真假记者则不惜重金"勾兑"收买,以求"封口"。因此,从某种意义上说,这些被敲诈的地方或单位,既是新闻敲诈的受害者,又是新闻敲诈的"同案犯",其性质与贿赂犯罪中的行贿方一样。如果只抓受贿者而放过行贿者,无异于鼓励、纵容行贿犯罪;同样,如果只打击从事新闻敲诈的真、假记者而不去追究那些情愿或不情愿地发放"封口费"的问题单位,也只能是治标不治本,甚至客观上还会起到为问题单位"免费封口"的副作用。抓了从事新闻敲诈的真假记者,只是赶跑了逐臭的"苍蝇",并没有清除"有缝的鸡蛋"。假如正常的媒体监督也噤声缺位,问题单位问题依旧,"有缝的鸡蛋"日益腐朽,还会招来更多的苍蝇,生出更多的蠹虫,造成更大的危害。

反腐败要标本兼治,打击新闻敲诈也应当除恶务尽。在查办各地举报的新闻敲诈案件时,最好能与当地纪检监察部门协调配合,"一案双查",不仅查处从事新闻敲诈的单位和个人,而且要顺藤摸瓜,严肃追究问题单位的行贿责任,追查"封口费"的来源和极力掩盖的问题。这样才能扩大战果,把逐臭的苍蝇和"有缝的蛋"连锅端,彻底清除滋生腐败的土壤和根源,为正常的舆论监督扫清障碍。(2014 年)

践行"三严三实" 守住"四条防线"

人吃五谷,必得百病;人在世上,百毒欲侵。好在肉身凡胎自有其独特的防御机制和免疫功能,例如呼吸道、扁桃体、淋巴等就构成了人体抵御病毒的一道道防线,只要守住这些"防线",就能祛病强身,即使病至腠理、肌肤乃至肠胃、骨髓,也不会病入膏肓,危及生命。

同样,做一名手握公权的官员,也必然会面临各种各样的诱惑和各类病毒的侵袭。权力越大,受到的诱惑和侵袭也越多。要想干成事、不出事,首先要自警自励,守住"四条线"。

一是做人的底线。要做好官,先做好人。不论职务大小、素质多高,都要具备人类最起码的良知、良心、同情心、怜悯心和敬畏感,"己欲立而立人""己所不欲,勿施于人",这样方能如王阳明所说的那样"致吾心良知之天理于事事物物",对百姓的疾苦感同身受,把人民群众的需求作为一切工作的出发点和落脚点。守住这条底线,才不会做出损害群众利益的蠢事和伤天害理的坏事来。

二是道德的防线。人之有德,方异于禽兽。比起普通老百姓,为官之人本应有更高的道德水准和德行素养。不仅要带头遵守社会公德、家庭美德,更要恪守人民公仆的职业道德。古代官员尚且讲究忠孝礼义、清正廉洁之类的"官德",我们的干部当然更应该信守"当官不发财"的职业道德,自觉履行"三严三实"的行为规范,用人民赋予的权力保障公民的权利,为大众谋利益。"苍蝇不叮没缝的蛋",一个道德高尚的干部绝对不会被那些居心叵测、以钱色名利做诱饵的不法分子拉下水，更不会与那些无德无良之徒称兄道弟、同流合污。只要守住这条道德防线，就不会在"糖衣炮弹"的进攻面前败下阵来，从"功臣"沦为罪人。

三是纪律的红线。党有党纪，政有政纪，各个行业、各个部门和单位都有各自的规章和纪律，纪律是规范和约束，更是对干部的爱护和保护。中央领导最近多次强调要"纪挺法前"，其良苦用心就是要用纪律挽救更多的干部，避免他们堕入违法犯罪的深渊。因此，各级官员都要把纪律的规定和限制当作不可逾越的"红线"，带头遵守政治纪律、组织纪律、工作纪律、生活纪律，以纪律正衣冠、规言行，自觉不越"雷池"，不把纪律当成随意松紧的"橡皮筋"或对人不对己的"手电筒"。守住了这条"红线"，才能"身正不怕影子歪"，永葆人民公仆的清廉本质和凛然正气。

四是法律的高压线。天网恢恢，法律无情。一些腐败分子自恃位高权重，一言九鼎，公然无视法律，以身试法，尽管猖獗一时，最终还是逃不脱法律的制裁，身陷囹圄，身败名裂。这些前车之鉴足以警醒世人，尤其是各级官员。社会主义的法律不是封建社会"刑不上大夫"的庙堂摆设，而是带电危险的"高压线"，不仅不可触碰，而且还要远离。对于为官之人来说，这也是最后的一条"警戒线"和"生命线"，千万不可失守，更不可擅闯误碰。（2015 年 6 月 23 日）

警钟应为民常鸣

一位朋友因儿子结婚急于买房,左挑右拣总算看中了某个在建的预售楼盘,正要交定金时恰好看到了《许昌日报》上刊登的有关部门对十几处无证违法销售商品房项目的通报,其中就有他看中的那个楼盘,他大吃一惊,立马改弦更张,才幸免上当受骗。一提起这事儿他就后怕,总说要不是政府部门敲警钟,不知还有多少人会掉坑里!

其实,作为现代社会的"守夜人",政府的一项重要职能就是为百姓敲警钟,保平安。不光是维护社会治安,而且还要全方位地保障公民的生活各个方面的安全,包括吃饭安全、居住安全、出行安全、购物安全、理财安全、医疗安全、娱乐安全等等。打个形象的譬喻,如果我们的社会是一艘在汪洋大海中航行的巨轮,那么政府就是屹立船头的操舵手和高居桅杆之上的观察哨,他们的职责就是及时发现暗礁险滩,避开急风恶浪,保障每个乘客平安远航。如果没能及时发现危险,或者发现危险却没有及时报警提醒,那就是严重失职。

天黑路滑,社会复杂。骗局翻新,欺瞒造假,消费领域的诸多陷阱更是防不胜防,从过期食品、地沟油到染色的"黑芝麻"、重金属超标的"毒大米",乃至无证销售、一房多卖的"空楼盘",这些单靠消费者的常识和肉眼根本无法识别,只能指望政府监管部门来把关辨伪,发出警示。可要是"守夜人"患了"夜盲症""失语症",糊里糊涂,不辨真伪,或者"看透不说透",装聋作哑,不敲警钟,被剥夺了知情权和选择权的消费者就将会陷入无知无助、任人宰割的危险境地。就像已被许昌市有关部门查处的这十几家无证销售的"黑楼盘",在被公开通报之前不知已经非法卖出了多少套,那些受骗付款的购房户也不知什么时候才能讨回自己的血汗钱。

新闻媒体是服务公众的社会公器,及时揭露危害人民利益的违法行为是舆论监督的基本职责。可是,前些年有些地方的个别媒体却对此顾虑重重,小心翼翼,不仅不敢大胆行使监督权力,而且对那些已经查实的造假欺诈、偷工减料、欠债赖账等违法行为也遮遮掩掩,即使公开报道,也常以"某某"代替真名实姓,为违法者"打码"遮掩,致使更多不明真相的群众继续掉进陷阱,上当受害。像这样敲不响的"警钟"又有何用?

所幸的是,随着社会主义法治进程的不断深入,忠于职守、敢于"敲钟"的"守夜人"越来越多,覆盖社会生活各个领域,包括各种媒体在内的预警系统也日益健全。今年以来《许昌日报》就指名道姓地披露了几批法院公布的"老赖"名单、无证预售的"黑楼盘"、不具备办学资质的民办幼儿园和未通过年审、安全无保障的"敬老院"等,及时提示风险,敲响警钟,帮助更多消费者避开陷阱"黑洞"。像这样指名道姓不留情面地敲警钟可能会得罪某些人,但有效维护了人民群众的切身利益和合法权益,因而深受百姓欢迎。只要这样的警钟能常敲常鸣,就会有更多的群众受益,我们的生活就会少一分危险,多一分安宁。(2015 年)

懒政思维要不得

报载,某省一养猪大县为治理农村养猪污染,竟痛下狠手,取消传统的家庭养猪业,强令各村的养殖户限时停产、转产并拆除猪舍,因而使当地农民失去了主要的农家肥来源和稳定的增收渠道。

中国古代有个成语叫"因噎废食",是说因为有人吃饭噎住,索性连饭也不吃了,比喻要做的事情出了点小毛病或怕出问题就索性不去干。中国民间还有一个略为不雅的比喻,叫"怕尿床一夜不睡觉",用来形容这一"为治污而禁猪"的天下奇闻是不是格外贴切?

其实,类似的现象在社会上早已屡见不鲜。某地一烟花厂因操作不当引发火灾,当地领导立马下令所有生产烟花爆竹的厂家一律关门。一个小煤窑发生安全事故,一个地方的所有煤矿都要关停转让。有的地方为了避免发生人员踩踏事件,干脆取消一切大型民间集会。某个城市为防止外来民工街头露宿发生意外,竟在能够栖身的立交桥下设置大量锥形体或"梅花桩"。还有的城市为减轻市内河道防汛压力,一下小雨就闸门全开,存水排干,哪怕雨后再花钱买水也在所不惜……这种一出问题就"彻底取缔",怕出问题就无所作为的极端做法是典型的"懒政思维"和"庸官做派",充分暴露出部分管理者思想僵化、患得患失、推诿逃避、不敢担当的素质缺陷。

"懒政思维"的实质是明哲保身,不求进取。一事当前,先替自己打算,"宁可不干事,千万别出事",为了保住自己头上的乌纱和晋升的政绩,可以罔顾百姓利益和发展大局,不惜滥用公权,随意制定"土政策",采用"狠办法",不分青红皂白"一刀切""一风吹"。若照这样的思维逻辑，养猪有污染就禁止养猪，养鸡有污染就禁止养鸡，企业有污染就关闭企业，生产有危险就停止生产，那经济还怎么发展？社会还如何运转？再推而广之，用电有危险，是不是要禁止用电？开车有危险是不是要禁止行车？游泳可能会淹死人，是不是要禁止所有人下水？呼吸可能会传播细菌、病毒，是不是也要人们停止呼吸？

古人尚知因噎废食是愚蠢之举，我们为什么还要重蹈覆辙？世界上许多事情都是利弊共存，福祸相依。不论干什么工作，都不会一帆风顺，轻而易举，都有可能出现偏差、漏洞、错误或者问题。只要正视问题，科学应对，及时对症下药，纠偏改错，就能兴利除弊，推进工作。怕出问题，怕担责任而畏首畏尾，什么事也不干，也许不会出差错，不会被"一票否决"，却可能因此而贻误发展的良机，失去领导的信任和群众的拥护，这，才是最大的失误和最严重的问题。
（2015 年）

落实政策岂能"软""缓"

国家发改委和银监会去年就联合发文,明令从去年8月1日各商业银行就应取消包括小额账户管理费、年费等在内的部分收费项目。然而据新华社记者近日调查,这项免费政策在不少地方遭遇"软落实"甚至"缓落实",一些明令取消的收费项目仍在收取。(6月17日《新华每日电讯》)

对这种现象,老百姓有句生动形象、一针见血的比喻,叫"歪嘴和尚念坏了经"。如果说上级政策是"好经"的话,那些视上级政策若儿戏,阳奉阴违,随意"软""缓"、设障打折的执行者就是这样的"歪嘴和尚"。心不正嘴才歪,"歪嘴和尚"之所以会把"好经"念歪,皆因为单位或小团体的私利作祟。上级取消部分银行收费的惠民政策触动了他们的利益,要把已经到口、吃得正香的"肥肉"再吐出来,自然心有不甘。虽慑于政策的权威,不敢明目张胆地硬顶,却在具体执行中做手脚,设障碍,有意"念歪"。歪招之一就是对这项惠及全体银行客户的免费政策既不公开宣传,又不个别通知,有意剥夺客户的知情权和选择权。歪招之二则是对已知情的客户人为地设置程序障碍,单方规定必须本人持身份证亲自到柜台填写申请免费登记表,经银行审核批准方能免费。如此一来,银行的不当得利毫发无损,而政府的免费政策则名存实亡了。

"政策和策略是党的生命",党和政府的政策必须雷厉风行、不折不扣地贯彻执行。所谓"软落实""缓落实"其实都是不落实,被念歪的"好经"不仅会消解政策的权威,而且会损害政府的施政能力和公信力、影响力。因此,对这类有令不行有禁不止的严重问题,决不可轻易放过,必须以锲而不舍、驰而不息的决心和毅力紧抓不放,一抓到底。法律要有牙齿,政策也必须"带电",具有刚性和强制性。既然国家政策明令取消包括小额账户管理费、年费等在内的部分银行收费,所有商业银行就应当令行禁止,无条件停收。凡以各种名目或借口继续违规收费者,必须依法严查,并向所有客户如数退还自去年8月1日后违规收取的各种费用。这样才能把被"歪嘴和尚"念歪的好经再"念正",也让那些有心"歪嘴"的"和尚"有所忌惮。(2015年)

世相漫议

大千世界，

无奇不有。

身处尘世，

随波逐流。

欲借慧眼，

寻秘探幽。

经世济人，

看透说透。

假记者猖獗说明什么?

新加坡《联合早报》11 月 18 日据香港《星岛日报》报道,山西省假记者盛行,连街头修鞋的小摊贩都敢自称是记者。这些假记者以揭露企业的问题等为手段,进行敲诈勒索、强拉广告等活动。当地政府近期展开专项行动,共逮捕假记者二十八人,收缴假记者证等一千三百多件。看了这篇报道,人们不禁要问,山西省到底有多大"吸引力",竟引得这么多假记者"前仆后继"纷至沓来?

假记者猖獗说明这里确有问题。俗话说"苍蝇不叮没缝的蛋",那么多假记者如蝇逐臭般往这里跑,正是看中了这里屡禁不止的非法小煤矿和靠罚超载车而发黑财的超限站以及违法乱纪的基层干部等等可供敲诈的"丰富资源"。据当地新闻出版部门调查,路政、公安、环保、城建、交通、乡镇及违法煤矿是假记者活动最为猖獗的场所,这也从反面证明,这些部门和单位或多或少都存在不同程度的违法违纪问题。头上有"辫子",屁股上有"屎",心里有"鬼",自然理亏气短,怕为人知。假记者正是抓住了他们的这一"死穴",才敢于以"曝光"相要挟,公然敲诈勒索,而且屡屡得逞。假如这些部门和单位一身正气,干干净净,没有"把柄"和"短处"被人家抓在手里,怎会对那些身份可疑的假记者低三下四,言听计从,忍痛"出血"?所以从某种意义上说,假记者敲诈也是"黑吃黑",那些被敲诈者不仅不值得同情,他们自身的违法违纪问题也应当深查细究。

假记者猖獗也暴露出政府管理部门的漏洞。当地一些非法小煤矿早就存在,经过国家几次大规模的强力整顿却仍旧屡禁不止,这样明显的违法问题连远在外地的假记者都闻风而至，上门"曝光"，近在咫尺的当地政府及有关部门却视而不见，无动于衷，这难道能仅仅用"信息不灵""人手不足"来做推辞？还有，超限站对超载煤车罚款放行的问题，过往司机早有举报，可有关部门竟不闻不问，倒让假记者抓住"把柄"一再敲诈。再如，宗族势力干扰农村选举的问题，也是"秃子头上的虱——明摆的事"，为什么迟迟得不到解决，非要等假记者去敲诈，才被迫"破财消灾"，花钱"摆平"？明明是政府部门应尽的职责，反不如假记者"及时主动"；我们管理上的漏洞倒要等假记者出面才能发现，我们队伍中的败类、蛀虫还要等假记者去敲诈才会"现形"，这岂不是天大的讽刺！

假记者猖獗还反衬出新闻监督的缺位。当非法小煤矿发生爆炸的时候，假记者闻风而动，蜂拥而上，而我们的真记者却行动迟缓，或者因"分量不够"而不屑一顾。"李逵"遁形，而后"李鬼"横行，正是真记者的缺席才导致了假记者的猖獗。如果正常的舆论监督无处不在，真正的新闻记者尽职尽责，那些靠假身份、假证件、假版面、假稿件的拙劣伪装四处行骗的假记者很快就会"露馅"，失去活动空间。这也从反面警示我们，只有切实保障正当的采访权利，营造宽松的舆论环境，才能有效遏止假记者猖獗的势头。

打假须治本，在严厉打击形形色色假记者的同时，也要深刻认识和反省假记者猖獗的客观原因。古人云："物必先腐而后蠹生。"假如一个地方风清气正，连"苍蝇"都找不到可以下蛆的"缝"，假记者自然无计可施，难以立足。正是当地违法违纪问题的"腐"，才生出了假记者这群"蠹"。要想灭"蠹"，必先清腐。否则只除"蠹"而不清"腐"，光抓几个假记者而不清除本地的腐败分子和违法乱纪者，不从根本上解决自身存在的问题，那么"打假风暴"过后还会有更多的假记者卷土重来，逐腐而生，变本加厉地敲诈那些有问题又怕"曝光"的单位和个人，"黑吃黑"的闹剧还会愈演愈烈。所以，清除假记者也要双管齐下,既要将如蝇逐臭的假记者绳之以法,又要从假记者手中的"把柄"入手,查"臭源",挖"腐根",严肃处理查暴露出来的问题,采取切实措施亡羊补牢,堵上招引"苍蝇"的"缝",铲除假记者赖以生存和滋生的土壤,使假记者无隙可乘,无"蛊"可生。(2007 年 11 月 19 日)

"不用找零"

　　许多年前我就听说过"不用找零"的笑话,说的是某人进城,刚出车站便习惯性地吐了一口痰,谁知被"红袖章"当场逮到,要按规定罚款 5 元。这人大为光火,随手掏出一张 10 元钞票递过去,口称:"不用找零,我再吐一口,咱们两清了!"

　　这则笑话看似可笑,实则沉重。如同每一缕轻风都有迹可循一样,每一个笑话也都能现实中找到它的影子。这不,去年 12 月 22 日的《新华每日电讯》就报道了与这则笑话异曲同工的一件真实新闻:浙江省某地有一企业污水长流,被当地环保部门查处后罚款 10 万元。谁知企业主毫不在乎,当场扔出 120 万元现金,并称"我把一年的罚款都给你,今年就不要来查了!"其行径、其态度、其腔调与那个随地吐痰"不用找零"的"牛人"如出一辙。然而,这则"真实的笑话"却让人无论如何也笑不出来。

　　毫无疑问,不论是"不用找零"的随地吐痰者还是先交一年罚款照样排污的企业主,都是污染环境的违法者。明知违法还如此狂妄,从主观上说是财大气粗,用老百姓的话说就是"让钱给烧的"。自认为有钱就能"摆平"一切,交几个罚款权当是"破财消灾",因而经济处罚对他们无关痛痒,不起作用。从客观上说,是罚款数额太少,违法成本与违法收益相比反差太大,收不到处罚手段应有的"灼烧效应"和"罚一儆百"的惩戒作用。事实上,许多唯利是图的企业主正是靠这种以邻为壑的"外部不经济"行为来换取本企业的"利润最大化",仅支付微薄的甚至是几乎可以忽略不计的违法成本,就把本应由他们负担的资源破坏、环境污染的高昂代价轻而易举地转嫁给了政府、社会和全体公众。这种处罚畸轻、违法成本过低的现状如不及时改变，再好的环保政策也难以奏效。弄不好还会出现污染企业争先恐后交罚款，出钱购买"排污权"的尴尬局面。

令人担忧的是，这样的反常现象在现实生活中却并不鲜见。有的超载货车明知违规，却靠向公路超限站"主动"缴纳罚金而一路通行；有的地方小煤矿只要预交一定数额的"安全生产保证金"，就能边"整"边产；有的无证商贩只向有关部门缴少量"占道费"就可以在人行道上摆摊设点……这恐怕不只是违法者财大气粗所致，而是与一些地方的执法部门和执法人员素质不高、执法不严、以罚代法密切相关。本来，现行的法律法规对于各种形式的违法违规行为都规定了极为明确、严厉的处罚办法，单是对付环境污染，就有从限期整改、责令停业直到流域限批等等不同档次的、行政的、经济的以至司法的手段可供选择，"并处罚款"只是其中的一种辅助手段，而并非唯一的处罚方法。既然如此，为什么偏要舍弃其他有效手段而独独青睐于经济处罚这一辅助手段呢？

究其原因，恐怕还是个别执法部门的罚款"指标"压力和"创收"利益驱动。对于那些把罚款数额作为考核指标和有"按比例返还"的"内部规定"的执法部门来说，罚款越多返还越多，奖金福利也就越高，他们当然热衷于"以罚代法""执法创收"了。而对于那些明知违法的被罚者而言，只需缴纳一定的罚款就能规避严厉的法律制裁，"两害相权取其轻"，自然乐于"以罚代刑"，即使多缴几个罚款，甚至"预缴"罚款也心甘情愿。如此看来，好像是"周瑜打黄盖——一个愿打，一个愿挨"，执法者与违法者皆大欢喜，"和谐共处"，实际上却是法律的权威被金钱消解，公众的利益被偷偷贱卖。这样的执法方式及其效果难道不应当引起我们的反思与警醒？还能让交罚款"不用找零"的"现代笑话"在我们的现实生活中继续流行吗？（2007 年）

"天价大米"有啥用?

想必不少人都还记得二十世纪的"大跃进"运动,也忘不了当年吹上天的"小麦亩产 2 万斤"的"高产卫星"。可谁能想到,时隔半个世纪,又有人放出了"一公斤大米超万元"的"高价卫星"。据《江南都市报》报道,在江西省最近举办的"稻米珍珠博览交易会"上,万年县一山村出产的所谓"贡米"竟然拍出了每公斤一万三千八百元的天价!虽然拍卖方一再吹嘘这种大米"蛋白质含量比普通大米高一至二倍,且含丰富的维生素 B 和一定数量的微量元素""仅三百多亩山区水田出产的才最为正宗",且被明朝开国皇帝朱元璋钦定为"代代耕种,岁岁纳贡",结果还是"阳春白雪和者盖寡",从头到尾总共只卖出了 10 公斤。要说也是,当饭吃吧恐怕没有几人能吃得起;当收藏品吧,又不能长期保存;再有营养也比不过人参、灵芝,几百年前的皇帝说好又有何用?吃不起,卖不动,存不住,你说这种有价无市的"天价大米"有啥用?不知那位斥资数万拍下 5 公斤"天价大米"的深圳客商是何心态,如果只是想尝尝皇帝吃过的"贡米",未免代价太高;想再转手赚钱,怕也不太容易。按照经济学中的"傻瓜理论",假如他不能把这些"天价大米"最终卖给愿意出更高价钱的买主,那他就只能成为市场上的"最大傻瓜"。

大米的基本属性是粮食,粮食就要让人能够吃得起,就像袁隆平呕心沥血几十年培育出的"超级水稻"那样,物美价廉,全球皆宜。而这种产量有限、大多数人都吃不起的"天价大米"早已失去了粮食的基本属性,根本就没资格也没必要在"稻米交易会上"进行拍卖或者交易。实际上,炒作"天价大米"的"醉翁之意"并不在卖米,而是想"借米扬名"。然而,扬出的却是哗众取宠的虚名,不但对发展地方经济,改善当地民生毫无作用,同时还助长了奢靡炫富的不良风气。除了一万多元一公斤的"天价大米",还有那些几万元一条的"天价皮带",十几万元一支的"天价金笔",几百万元一辆的"天价跑车"和千万元的"顶级豪宅",这些连发达国家的中产阶级也望尘莫及的奢侈商品,近来却在我们国内频频亮相,喧嚣一时,不仅大大超出了普通百姓的购买能力和心理承受能力,而且在客观上起到了为消费品价格持续上涨推波助澜的负面作用。为了全面落实科学发展观,增强全体公民的节俭意识,政府有必要伸出"看得见的手",有效遏制"天价商品"的泛滥势头。这样才有利于平息和化解因收入差距过大、消费水平悬殊而引发的仇富心态,营造理性消费、和谐发展的社会氛围。(2007 年)

"一元鸡蛋"与"一元机票"

去年春上,我们这里有几家商场相继开业。为了吸引眼球,招揽顾客,纷纷推出了各种各样的"特价商品",其中最受欢迎的还是一元一斤的"特价鸡蛋"。虽然谁都清楚这样超低的价格绝对是低于成本,但作为一种短期促销的有效手段,还是为各路商家竞相采用,也着实让当地的老百姓得到了实惠,客观上起到了平抑物价、促进消费的积极作用,得到了社会各界的普遍认可。然而令人瞠目的是,采用同样的促销手段,国内第一家廉价航空公司"春秋航空"刚刚推出上海至青岛的"一元机票",便被当地物价部门强行叫停,"让普通百姓坐得起飞机"的美好愿景也从此落空。

"一元鸡蛋"和"一元机票"的不同遭遇是对市场机制的生动诠释。在市场经济条件下,商品和服务的价格既不能由政府部门以行政手段强行规定,也不能由占垄断地位的经营者随意制定,只能在公正而充分竞争的条件下由市场价格形成机制来决定。市场竞争越充分、越激烈,市场所形成的价格就越合理,越能体现其自身的价值和使用价值。换言之,某种商品或服务的价格不合理,超出了消费者的承受能力,恰恰反映出这一行业的竞争不充分,市场化程度低。"一元鸡蛋"之所以无人叫停,是因为它所处的商品零售业是一个市场机制比较完善,市场竞争比较充分的领域,局部地方个别商品价格短期内低于成本并不影响这一行业的社会平均利润率,也并未减少商品经营者的实际盈利。"失之东隅,收之桑榆","一元鸡蛋"的赔本买卖早已从顾客盈门的促销收益中得到了超值的补偿和回报。而"一元机票"之所以夭折,则由于它身处竞争不足的民用航空领域,机票向来都由处于垄断和支配地位的三大航空集团定价,一家势单力薄的民营企业想以超低机票打破"三巨头"垄断的既有市场格局,自然会遭到竞争对手的联合抵制。这就像一个轻量级拳手要同几个重量级"拳王"对决,实力不对称,怎么会打赢?

在公开的赛场上,实力不对称并不可怕,以少对多,只要规则正当,裁判公正,照样能够以小博大,以弱胜强。怕就怕规则不正,裁判不公。实际上,春秋航空的"一元机票"并不是败在竞争对手的联合抵制,而是败于充当裁判角色的政府物价部门的强行叫停。不管物价部门叫停"一元机票"的动机和依据是什么,客观上则是抑制了民航业的市场竞争,保证了垄断企业的既得利益。据多家媒体报道,就在春秋航空"一元机票"被叫停的同时,好几家进入国内航线的外资航空公司却"顶风逆市",纷纷推出了同样低于成本的"一元机票"(宿务太平洋航空厦门至菲律宾航线),甚至等于白送的"0元机票"(亚洲航空),却并没听到有任何部门叫停。只可惜这些特价机票仅限于国际航班,大多数国内旅客无缘享受。正是由于个别政府部门的"裁判不公",才造成了这种人为的"身份歧视",剥夺了许多消费者对机票价格的选择权和乘坐廉价飞机的可能。在贯彻党的十七大精神,落实科学发展观的今天,政府管理部门是不是也应当切实转变观念,致力改善民生。特别是当前居民消费品价格指数居高不下的严峻形势下,更应加强市场调控,鼓励企业降价促销,让利于民。假如能像对待"一元鸡蛋"那样,对"一元机票"多一些宽容,让国内民航业中唯一的民营企业凭借价格手段,充分发挥激活市场的"鲇鱼效应",岂不是可以早日打破民航业长期存在的价格垄断,让更多的百姓享受到"廉价航空"的快捷、便利与实惠?
(2007年)

买洗衣粉去哪里？

　　要说"买洗衣粉去哪里"根本不算个什么问题，现在又不是计划经济物资匮乏的短缺时期，买商品还要凭票证到指定商店限额供应。现如今只要有钱，到哪儿还买不来洗衣粉？也许是洗衣粉太畅销的缘故，不仅在各家商场、量贩、超市和便利店都能随处买到，而且在专门经营通信业务的营业大厅里也都能见到它的身影。前不久我到某电信运营商的营业大厅去缴话费，就惊奇地看到柜台上竟摆放着包装不一的各种洗衣粉。岂止是洗衣粉，各种各样的日用百货也琳琅满目，应有尽有。据几位朋友说，另外几家电信运营商的营业大厅也都成了"百货商店"，你搞预存话费送电磁炉、微波炉、电饭煲，我推出预缴月租送洗衣粉、食用油、折叠自行车，各显神通，互不相让，五花八门的促销赠品把宽敞的大厅挤得水泄不通，以至许多前去缴话费、办业务的客户差点以为走错了门，不由得暗自思忖，莫非通信运营商也搞起了多种经营？

　　按理说各家电信运营商为了拉用户、争市场，纷纷开展让利于用户的各种优惠活动本是件好事。商家相争，消费者得利。要不是社会主义市场经济体制打破了过去一家官商独自垄断的格局，安一部固定电话四五千元的天价会变为免费开通还送话机？两万多元一部的"大哥大"会降到千元以下？雷打不动的双向收费壁垒会变相松动？几家锱铢必较的电信运营商会舍得割肉放血，对消费者让利？正是激烈的市场竞争，使与人民生活密切相关的电信产品由卖方市场变成了买方市场，使长期以来作为"沉默多数"的消费者开始有了对通信商品和服务的选择权、决定权和定价权，越来越多的客户享受到了现代通信技术带来的快捷与便利。

我们本应为各家电信运营此起彼伏、一波又一波让利促销活动拍手称快，但令人遗憾的是，这些促销活动尽管用心良苦，费力不小，却"技术含量"太低，普遍缺乏新鲜创意，始终走不出"缴话费送商品"的陈旧套路，势必会陷入拼血本、拼赠品的恶性竞争。照此下去，也许用不了多久，电信企业的营业厅就会变成百货杂陈的大卖场，训练有素的业务员也不得不转成收钱卖货的售货员。这既无助于提高电信运营的专业素质和服务质量，也有悖消费者的初衷和期望，实在不敢恭维，更不值得肯定和提倡。

据了解，目前工商管理部门为各家电信运营商核发的营业执照上均没有兼营日用百货的业务许可，在公开的营业大厅里以赠品的名义变相销售各类商品恐怕有超范围违规经营之嫌。与其这样喧宾夺主、勉为其难地靠商品促销来争用户、抢市场，还不如紧扣主业，优惠让利，用实实在在的高质量和低收费来吸引消费者。例如可以预存话费免月租，多交话费送话费，或者干脆取消各种烦琐复杂的所谓"套餐"，实行明明白白的单向收费，或像欧盟那样大幅度降低异地通话"漫游费"，对实际通话按秒计费，广泛采用成本低廉的 IP 通信方式，以及摒弃狭隘的门户之见和利益之争，大力推行电信、广电和互联网的"三网合一"，充分发挥现有基础设施的整体效用，有效降低广大用户的通信费用，这岂不是比给电信用户送礼品更加实惠，更加有利？（2007 年）

岂能一砸了之

最近我经常从报纸、电视上看到一些地方打击利用游戏机赌博，公开集中销毁收缴的游戏机的报道，其中一幅照片是几个稚气未脱的中学生抡起大锤奋力砸向游戏机的画面，很有视觉冲击力和震撼力。大锤落处，收缴的各式游戏机顿时粉身碎骨，自然大快人心。然而大快之后心犹不甘，我不由暗自思考：假如能够锤下留情，把这些用途不当的电子产品改装利用，岂不可以变废为宝，物尽其用？

游戏赌博害人匪浅，查禁收缴理所当然。但是这些游戏机大都设备精良，配置先进，一砸了之岂不可惜？不如把它们重新改装，"去功能化"，或改为实用的学生电脑，捐给"希望小学"当电教器材；或改成触摸显示屏，放在街头当作指路的电子地图；有些带有操控装置的高级游戏机则可以改成电子模拟训练器，供驾校培训使用。这样既减少了简单销毁可能造成的环境污染，又能充分利用这些物品的有益价值，岂不是一举两得？其实，许多收缴的有害物品都可以做这样的无害化处理。例如，假烟能够发电，非法出版物可以造纸，盗版光盘粉碎后可做再生塑料，就连假药假酒、过期食品也还能封闭发酵，产生沼气。只要我们牢固树立科学发展观，自觉增强环保意识和节约意识，就能逐步改变传统的销毁方式，让更多的有害物品起死回生，化害为利。（2007 年 12 月 4 日）

菜价太贵怎么办？

菜价太贵怎么办？中国老百姓的普遍心态是"谁牛不惹谁，啥贵不吃啥"，可人家英国老百姓却并不这么想。既然市场上菜价太高，那咱就不上市场上买，干脆自己下地种菜，既省钱又"绿色"，一举两得。据《联合早报》报道，由于英国各类食物售价最近涨了两成，为了减轻菜价太贵的压力，近来已有四成英国人自己种菜吃。

这倒使我想起了几年前中国农业大学副教授何慧丽提出的"购米包地"的新思路。当时正在河南兰考挂职的这位女学者，经过深入考察和精心组织，进行了一个前所未有的大胆尝试，由想吃无公害大米的城市居民向承包无公害土地的农民预交 100 元"包地款"，农民则在这块地上按照国家规定的标准为其种植无公害大米，成熟收割后按约定的价格直接供给这户居民。由于减少了收购、贮藏、批发、零售等诸多中间环节，杜绝了掺杂使假的漏洞，所以这样的无公害大米不仅质量可靠，而且价格便宜，甫一推出便大受欢迎。由何慧丽牵头组建、获得国家环保认证的河南省兰考县三义寨乡南马庄村无公害大米生产基地短短 3 个月时间便被北京市民"包订"了近 600 亩。这一"购米包地"的创举不但比刚刚想起下田种菜的英国人整整早了两年，而且在制度设计上也更加合理、可行。消费者本人不需要亲自下田动手，只要支付少量的定金，便可得到便宜、环保的无公害大米，这也可以消除就近包地的地域阻隔，促成更大范围的同类交易。

这种模式也完全适用于"包地买菜"。咱们不能像英国人那样无组织无纪律,想上班就上班,想种地就种地,可也扛不住菜价一个劲上涨的压力,光靠阿Q式的"啥贵不吃啥"只是没有办法的权宜之计,为了自身健康,蔬菜再贵也还是要吃。既不能去种地,还想吃便宜菜、"放心菜",不如试试去"购菜包地",在当前菜价居高不下的困境中,这也还算是一个差强人意的次优选择。

其实,包地者也不一定非要到千里之外去包订"无公害生产基地",每个城市的普通市民都可以在近郊选择一块经过政府有关部门认证的无污染土地,同承包者签订订购协议,预交定金,让农民按照环保要求,在这块土地上采用自然耕作和清洁灌溉方式,种植自家所需的各种粮食、蔬菜、水果等,不施化肥,不打农药,不用化学除草和激素催熟,成熟后由"包地"人按协议约定的价格全部收购,或者自用,或者赠人,或者销售。用这种方式既可以"包订"粮食、蔬菜、水果,也可以"包订"、肉、禽、蛋等副食品。这种类似于期货预订的消费方式既使城市居民有了可靠的平价食品副食品供应来源,又使从事种植养殖的农民获得了固定的客户和稳定的收入,不失为城乡结合互利共赢的一条发展新路。

当然,这种"购物包地"的方式如要推广,在制度设计和操作层面上还有许多地方亟待进一步细化和完善。例如,产需双方互不相识,由谁来介绍他们从相识到信任?"无公害基地"对土壤、水分、空气都有哪些规定,谁有资格进行认证?生产者和消费者分处不同的空间,怎样对农牧业生产的全过程和生产要素的投入实施有效的监督?对生产者提供的"无公害食品"的质量如何认定,万一出现问题或者发生纠纷由谁来仲裁?这些都需要明"游戏规则'和刚性的制度规范,在这些方面,政府部门还有许多工作要做,"有形的手"仍然大有可为。(2008年)

当心"卖拐者"

　　凡是看过赵本山小品《卖拐》的观众,都忘不了他在剧中塑造的那个绰号"大忽悠"的人物形象,此人深谙人们的种种弱点,专门见缝下蛆,做骗人牟利的"忽悠"买卖。凭着巧言令色的三寸不烂之舌,"能把正的忽悠斜了,能把蔫的忽悠谑了,能把尖人忽悠嗯了",也能把人家的一双好腿硬生生给忽悠瘸了!每当看到赵本山那惟妙惟肖活灵活现的生动表演,都令人禁不住捧腹大笑。

　　不知是不是受了赵本山小品的启发,这些年来也有人学"大忽悠"的样,干起了"卖拐"骗钱的勾当,不仅步其后尘如出一辙,而且青出于蓝,后来居上,卖起"拐"来更是花样翻新技高一筹。赵本山小品中的"大忽悠"只是个猥琐狡猾的凡夫俗子,在穷乡僻壤的街头路旁摇唇鼓舌,变着花样卖掉的也只不过是些如拐杖、担架、轮椅之类的"低值易耗品",可现实生活中那些形形色色的大忽悠却大都身份显赫,有着"专家""教授""医师""博士"等等冠冕堂皇的吓人名头,经常在各大媒体开专栏、出专版、上专题、做专访,甚至在全国各地飞来飞去开讲座,动不动就引经据典,搬出"国外最新研究成果",那种"忽悠"的劲头、派头、势头,怕是令赵本山也望尘莫及,自叹弗如。当然,他们所卖的拐也与众不同,全是常人闻所未闻、惊世骇俗的"新概念"和价格不菲、令人咋舌的"高科技产品"。

　　例如,前段时间,就有所谓"专家"不厌其烦连篇累牍地宣称"90%的中国人都是酸性体质,酸性体质是百病之源",只有天天喝某品牌的"碱性水"、吃某厂家生产的"碱性保健食品",或者使用某公司"最新发明"的"神奇水杯",方能实现人体的"酸碱平衡"。最近又有"医学博士"和"日本医师"在电视购物节目中信誓旦旦地推荐一种据说产自日本,获得最新"国际专利",可以戴在手上和脖子上"在轻松休闲中"缓解肌肉疲劳、调节人体微电流、加快体内血液流动,治疗颈椎病、关节炎等多种疾病的"水溶汰"项圈。

不光我所在的内地小城常见一拨拨身穿白大褂的"专家""医师"深入社区、乡村"义诊",免费为人量血压、查血脂,然后表情凝重、无一例外地发出"病情严重,危及生命"的警告,再"推心置腹"地"诚恳推荐"他们专卖的"特效药"或"治疗仪",就连号称"营养学家""排毒教父"的林光常也专程从台湾来大陆"卖拐",以"牛奶是牛喝的,不适宜人喝"之类的"新裁高论"哗众取宠,不遗余力地推销他的"排毒餐""地瓜餐""备长炭""瀑布负离子"等所谓的"疗效食品"。

其实,不论是舞台上的"大忽悠",还是社会上的"卖拐者",采用的还是昔日巫婆神汉惯用的"蒙人术"。先用"大祸临头"之类的谎言把你吓个半死,再以"心理暗示"和"意念诱导"的软硬兼施引你"破财消灾"。按说这样低劣的骗术并不高明,只不过借助现代媒体的包装和炒作,披上了一层"科学"的伪装,因而更具欺骗性和蛊惑力罢了。只要我们相信科学,相信常识,相信自己,不为那些故弄玄虚的离奇怪论和故意生造出来的"专业术语"所惑,不为那些天花乱坠的虚假宣传所动,就不会被各式各样的"卖拐者"所"忽悠"。不管什么"碱性水""离子水",只喝干净卫生的白开水;这营养那补养,家常便饭最滋养;这"特效"那"奇效",科学锻炼最有效。任他再喊"拐拐拐",只管大步向前不理睬。倘若广大消费者都有这样的主见与定力,那世上的"卖拐者"岂不就黔驴技穷,无计可施了吗?
(2008年)

"倒卖婚宴"的启示

以前只听说被称作"黄牛"的"倒爷"们倒外汇、倒车票、倒物资、倒指标,近日才得知,竟然连饭店酒家的结婚宴席都有人倒卖。北京就有一批"倒爷"看准了奥运年结婚潮对婚庆喜宴的巨大需求,早在去年底便抢订了大部分婚宴场地,然后再通过向需求者转让来赚取差价,每单可赚 500 至 2000 元。(3 月 28 日《北京商报》)这种人为制造供需缺口,乘人之急倒"桌"牟利的行为当然应受谴责,但是这些"倒爷"敏锐的市场嗅觉和"倒"出的市场商机却也值得我们反思。

有人把市场经济称作"稀缺经济",这一比喻不无道理。有需求才会有供给,有了供需双方的存在,才逐渐产生出交易的场所即市场,才能形成真正意义上的市场经济。正因为人们的需求是无止境的,而可以满足需求的物品和服务是有限的即稀缺的,生产者和经营者才有机会通过向消费者提供所需的商品和服务来实现赢利。在早期的市场形态中,供需双方往往是直接见面来完成交易,而在发达的市场经济里,则是通过中介来实现。在某种意义上来说,"倒爷"也是中介,只不过是目的不正当、手段不合法的"黑中介"罢了。他们充分利用每一个哪怕是暂时的局部的供需缺口,推波助澜去有意夸大或扩大这个缺口,加剧某种商品或服务的稀缺程度,然后再靠高价倒卖来牟取暴利。如果说春运期间确实因运力不足导致某些线路火车票紧张的话,那么造成一个地方婚宴供不应求,则完全是这帮"黑中介"的人为制造和恶意炒作。不过这也使我们看到了一个新的商机,即日益增长的婚宴需求。随着人们生活水平的提高和婚庆规模的扩大,越来越多的新人需要到公众场所举办婚礼,宴请宾朋,那些大大小小的宾馆酒店如果能敏锐地抓住这一商机,有针对性地对自己的设施和服务进行改进,一定能吸引更多的顾客,拉来更多的生意。据了解,不仅是在北京,许多地方每到"五一""十一"、元旦、春节和一些公认吉利的"好日子",都会出现婚宴扎堆,一桌难求的紧俏现象,有的酒店甚至要同时接待四五家喜宴,宾客错杂,很不方便。假如那些经常空闲、门可罗雀的茶馆、歌厅稍加改造,具备宴席包桌的资质和能力,临时兼营婚宴接待,岂不既能缓解紧缺,又可营利?

此外,民间社团性质的餐饮业协会也可以在沟通供需、调剂余缺方面发挥更大的作用,不妨通过新闻媒体和互联网络向公众及时发布各个宾馆酒店的订台信息,为当地消费者提供周到便捷的宴席预订服务,满足每一对新人的喜宴需求。如此一来,那些"婚宴倒爷"便无隙可乘,无利可图,无计可施,新人们的喜宴也会少些遗憾,多些喜气。(2008年)

馒头不是馒头？

　　中国古代论辩学者公孙龙有一个著名的逻辑命题,叫"白马非马",他认为"马"是这种生物的本质属性,而"白"则只是马这一概念的外延,只能代表马的一种,因而不是本质意义上的马。这一命题虽然从辩证法的高度认识到了事物的同一性与差别性的关系,但是由于从形而上学的观点出发,把一般与个别割裂开来,对立起来,却最终走向了辩证法的反面,钻进了诡辩论的死胡同。

　　想不到几千年之后,公孙龙的弟子又青出于蓝,"白马非马"竟有了新的版本。从今年1月1日起正式实施的《小麦粉馒头》国家标准就对人们平常食用的小麦馒头,也就是北方人常说的"好面馍"或者"香饽饽"规定了近乎苛刻的技术标准,不仅限定1克面粉体积最低不能低于1.7毫升,而且还要求馒头的形态完整和美观,必须是圆形或椭圆形,没有褶皱、斑点,凡达不到这些标准的馒头一律以不合格产品论处。(2008年1月4日《上海证券报》)

　　说实在的,这样的规定比公孙龙的"白马非马"还要绝对,还要荒谬,公孙龙起码还承认白马是马的一种,而这个所谓的"馒头标准"竟把除了圆形或椭圆形馒头之外的其他所有形态的馒头统统清除出了馒头系列,武断地判定"方馒头不是馒头",就连人们爱吃的"花卷馍""油卷馍"也要被逐出世代相承的馒头"家谱"。照这样的逻辑推理下去,只怕杂交稻水稻也不能叫水稻,挂面、空心面不能叫面条,农民专门培育的方型西瓜也不能叫西瓜了。这一标准一出,首先把成千上万的传统馒头生产者和经营者置于了人为的悖论之中:要么改头换面,按照这一标准专门生产圆形或椭圆形的馒头,要么给现在生产的"异型馒头"(姑且这么称呼)起个另外的名称,否则只要叫馒头,就得符合这个标准,不符合这个标准的就要以"不合格产品"论处。

按说,产品标准的制订是个纯粹的技术问题,根本扯不到"白马非马"之类的"名实之争"和深奥的哲学思辨上去。之所以出现"方馒头不是馒头"的悖论,还与制订标准的方法和制订主体有关。据报道并经证实,这一标准实际上是由一家馒头生产企业牵头制订的,这家企业的负责人也毫不掩饰地称,出台这一标准就是要让大的正规公司更多地占领市场,同时压缩那些小作坊的生存空间。从这样的目的出发所制订出的标准怎么可能会公正、规范?国标本应是以国家行政手段强制执行的产品标准,是维护公平、公正的市场竞争秩序的游戏规则和保障消费者使用安全的法制屏障,一旦成了个别企业为自己量身定做的"护身符"和为其他企业设置的准入壁垒,这样的标准还怎能称作"国标"?估计这家企业的馒头机械化生产模具是圆形或椭圆形的,所以才以此作为"标准馒头"的"完美形态"。其他企业要按照这一标准生产,必须先花巨资更换模具,这就无形中增加了企业的生产成本,挤压了原本就有限的利润空间。当然,任何企业都不会做亏本的买卖,"羊毛出在羊身上",这增加的成本最终还是要由消费者来埋单。

其实谁都知道,人们买馒头是为了吃而不是看的,馒头的外部形状与其内在质量并无任何必然联系,既然如此,为什么非要强制人们食用一种形态的馒头呢?这不仅剥夺了消费者的选择权,而且也不利于馒头市场的公平竞争,既违背了人们的消费习惯,也不符合我们的国情、社情和大众的民意,是否真能行得通,还需拭目以待。(2008年1月9日)

"高人"不高

前些天上街办事,忽听一阵"喤喤"锣响,循声望去,只见鸣锣人身后跟着一个身材奇高的男子,面无表情,束手缓行,身后又有几名杂役模样的人,手拿散页广告,向闻声围来的路人散发。我以为又是哪家杂耍班子街头卖艺,所以擦肩而过并未在意。后来看到《许昌晨报》的相关报道,方才知道这是该市一家影楼专门从湖北"租"来做广告的"亚洲第一巨人"。广告做到这个份上,商家可谓用心良苦。然而他们无论如何也想不到,这一用"高人游街"的方式来吸引顾客眼球的"创意"非但不是"高招儿",而且可能还涉嫌违法。

大凡上了年纪的老人们都还记得新中国成立前在街头地摊上卖艺糊口的耍猴人、被关在铁笼子里的小矮人和身有残疾的畸形人,在他们的强颜欢笑背后,是受歧视受凌辱的苦涩与辛酸。虽然如今被影楼老板租来"游街"的"高人"被冠以了"表演""代言"的时髦名号,但实质上仍是被当作吸引路人看"稀奇"的"道具"。靠出让尊严而赚取酬金,这与在锣声中被人牵着耍的猴子又有何异?围观的人们在对"游街示众"的"高人"由稀罕到可怜的同时,必定会对出此"馊招儿"的无良商家顿生鄙夷和怨愤,这样的"广告效应"恐怕是租"高人"游街的商家所始料未及的。再说了,在大街上随意散发小广告和引起路人围观、阻碍正常交通都是违反《城市道路管理条例》和《道路交通安全法》的违法行为,搞不好还要吃官司,受处罚,这对于想靠"高人"吸引人气的商家来说岂不是弄巧成拙,适得其反?

"高人游街"也从一个侧面暴露出了当前商业促销活动中存在的低俗之风，在持续通胀引发消费低迷的经济形势下，个别商家急功近利，为了促销不择手段，挖空心思吸引眼球，一心追求"轰动效应"，有的用"限时抢购""亏本甩卖"人为制造拥挤场面，有的设下虚假打折、"让利返券"的"美丽陷阱"，还有的不顾社会公德和民族风俗，公然在商场里上演"内衣秀""女体盛"，而许昌街头上演的"高人游街"则更是了无新意，俗不可耐。这股商业促销中的低俗之风正一步步地侵蚀着既有的法律和道德底线，对文明社会的公序良俗构成了严重威胁。如不及时采取有效措施加以制止，就有可能从个别商家自发分散的商业行为演化成具有传染性和危害性的"社会病"。

　　刹住商业促销中的低俗之风不仅要采取行政的法律的手段，对违法违规的促销行为及时查处，严防蔓延，而且还应当结合正在开展的"全国文明城市"创建活动，进一步加强对全体市民的社会主义荣辱观、道德观、价值观教育，自觉抵制低俗促销，不为所诱，不为所动，不去看"热闹"，不跟着起哄，不被无良商家利用，这样，"高人游街"之类的促销闹剧自会不攻而灭，灰溜溜收场。

会三国外语的是什么人

记得有个流传甚广的相声段子,说是钢笔刚从外国传进来时,国人纷纷以此作为学问的代表和身份的象征,当时流行"以笔取人",见到胸前挂一支钢笔的,自然认作是小学生;挂两支笔的是初中生,挂三支笔的是高中生;有人口袋里一下子插了十支笔,你猜他是硕士、博士还是教授?统统不是——原来只是个修理钢笔的!

你先别笑,现在问你,会一国外语的是什么人?你肯定会说是大学生。会两国外语的,大概是研究生。那么,会用三国外语当众对骂的又是什么人?既不是老外,也不是翻译,猜不出来了吧?告诉你,原来是两名"骂技"高超的留洋女子。4 月 11 日在大连机场降落的一架从北京飞来的班机上,两名女子因一点小小摩擦,竟撕破脸皮破口大骂,不仅"国骂"不止,而且还先后用英、法、日三种外语对骂,吸引得同机的外国乘客都来"观战"。(4 月 12 日《大连晚报》)真正是骂出了水平,骂出了档次,骂出了威风,令人大开眼界。

应当承认,能够学会一门外语已属不易,熟练掌握三种外语更是罕见,而要达到能用其中粗俗下流的俚语对骂的程度,则非到外国留洋并在低俗场合浸淫不可。这两名同样"身怀绝技"的女子能够有幸同机为伴,并棋逢对手地同台展示,实在是难得的巧遇。只是展示的时间、地点、内容和形式不大合适,除了徒留笑柄,还玷污了自己的形象和一身才艺。一个人能同时会说几国语言,没准儿会被载入吉尼斯世界纪录,而同时用几国语言骂人,就是骂得再纯熟再流利,怕也难登大雅之堂。

从这两名擅长"洋骂"的女子身上,我倒悟出了一个道理。看一个人是否有知识有学问有修养,必须察其言观其行,既不能"以笔取人",也不能"以技取人"。有知识不等于有学问,有学问不等于有修养。本事再大,用不到正经地方只能是"歪材料";学问再高,缺乏文明教养和道德素养也只能是"金玉其外败絮其中"。(2008年4月)

假如中国有"安替"

"安替"是英语前缀"anti"的音译,含有"对抗""反对"的意思,如今在韩国,却成了"明星抵抗组织"的缩写和代名词。有人把盛行于韩国的明星反对者 anti-fans 以音译加意译的方式翻译为"反粉丝",以示其与狂热追星族"粉丝"的根本区别,倒也直观形象,传神达意。

"安替"是韩国特有的社会现象,在那里只要有人称"星",便会催生出有组织的反对者"安替"和相应的 anti 网站,与"追星族"并肩而起的还有同样狂热的反明星斗士"anti-fans"。这些"反粉丝"不仅不是明星的崇拜者,而且恰恰是明星的"死对头"。他们所做的,不是追着明星献花送吻,而是天天盯着明星找碴、抓错、挑毛病、喝倒彩,专门曝光明星见不得人的丑闻秽行,专一制造"光环下的阴影",有些过激的 anti-fans 甚至还采用恐吓、投毒、绑架、伤害等极端手段发泄自己的怨气和不满。正因为有"安替"组织的存在和"反粉丝"的制约,韩国的明星们才有所畏惧,有所收敛,不论成就多高,名气多大,地位多显赫,也不敢颐指气使,肆无忌惮,不敢搞假球、假唱、为假货代言,不敢公然酗酒发疯、随地便溺、赌博斗殴、吸毒嫖娼,也不敢把肮脏无耻的"潜规则"挂在嘴上,更不敢结成黑恶势力舞刀弄枪杀人越货。从这个意义上说,"安替"实在是医治"明星流行病"的"特效药"和匡正社会风气的"净化器"。

反观中国,大大小小的歌星、影星、笑星、球星、舞星们一旦出道,无一例外地都有一批自称"粉丝"(fans)的狂热崇拜者,如众星捧月般地盲目追捧，从台上到台下，从家里到社会，到处都有人像跟屁虫一样讨要签名，乞求合影，甚至把明星丢弃的臭袜子、脏手帕都当成"圣物"一般珍藏供奉，还有人因无缘与偶像合影或者索吻不遂而投河跳楼，寻死觅活。更有一班死打烂缠的"娱记"和"狗仔"，如蚁附膻、如蝇逐臭一样地形影不离，点滴不漏乃至捕风捉影地跟踪报道诸如明星起居、口味、怪癖、私语、收入、绯闻、婚变、伤病之类的"花边新闻"，直把那些所谓的"星"娇纵得忘乎所以，不识高低。一些明星"大腕儿"道德沦丧，行为失范，甚至践踏文明，违规犯法，使得某些行业某些"小圈子"变成了低俗丑陋、乌烟瘴气的"奥林匹亚马厩"，既玷污了明星的清誉，又败坏了社会风气。凡此种种，皆因为缺乏"安替"组织和"反粉丝"们的监督制约，从而导致社会生态失衡，"明星"泛滥，乱象丛生。既然如此，我们何不借鉴韩国的经验，也借助民间力量，自发地建立起各式各样的"安替"组织，让骨鲠在喉的"反粉丝"们理直气壮地畅所欲言，依法公开行使自己的批评和监督权力呢？

其实，对于那些风头正健、人气正旺的明星来说，"安替"组织并非克星，而是"救星"。有了反对者的警告提醒，才能时时警觉，处处自律，以免被"追星族"们的鲜花和掌声冲昏头脑，丧失理性；多听听"反粉丝"的批评棒喝，才不会目迷五色，妄自轻狂，胡作非为，走入歧途。假如中国早有"安替"，臧天朔何至于名节不保，银铛入狱？假如"反粉丝"的力量足够强大，怎么会让"艳照门"流毒广布，断送了那么多当红明星的艺术生命？

值得欣慰的是，虽然还没有正式的"安替"组织，国内却已有了不少在网上仗义执言的"反粉丝"。他们就像安徒生童话中那个敢说"国王光屁股"的天真孩童一样，不为明星炫目的光环所惑，不被"粉丝"愚昧盲目的追星狂潮所裹胁，坚持说真话讲实话，毫不留情地揭露演艺界、体育界的黑幕暗流，口无遮拦地向世人曝光那些所谓名人、"明星"的丑闻糗事。尽管他们势单力薄,声音弱小,却代表了社会的良知,勇气可嘉,令人敬佩。在一个民主开放的社会里,不仅是演艺界、体育界需要有敢说真话敢唱反调的"安替",学界、政界乃至社会各界也都离不开有独立思想和独到见解、不随俗流的"反粉丝",这样才有利于营造出百花齐放、百家争鸣、百舸争流的和谐氛围,构建起丰富多彩、文明美好的和谐社会。(2008 年 12 月 3 日)

"蓝光"为何疯涨？

 对于早就期盼新一代高清影碟机的消费者来说,今年年初东芝公司公开宣布不再生产 HD-DVD(高清光盘)的消息不啻一声晴天霹雳。由于目前可供选择的高清影碟机只有东芝公司推出的 HD-DVD 和以索尼公司为核心推出的 BD-DVD(即"蓝光")两种制式,东芝的退出就意味着"蓝光"的一统天下。所以原本一直靠降价来吸引消费者的"蓝光"阵营立马变脸,将其在全球销售的 BD-DVD 的价格全面上涨了 20 至 50 美元。(3 月 17 日《人民网》)仅此一例,便使世人再次领略了市场竞争的残酷无情,更加深切地感受到了垄断经营的巨大危害。

 从本质上来说,所有的资本都是为了追逐利润,都以利润最大化为其终极目标。但是由于其投入产出最终获利的过程必须通过市场才能实现,而市场上还有怀着同样目的的其他竞争对手,所以各个资本最终得到的只能是"社会平均利润"。要想获取最大化的超额利润,就必须独占市场即形成垄断,从而获得对产品或服务价格的独一无二、无可选择的定价权。高清影碟机市场本来就因技术壁垒而处于"双寡头垄断"的不完全竞争状态,这次由于东芝的退出最终形成了"一家独大"的完全垄断,因此,没有了对手的"蓝光"集团再也不用为了讨好消费者和抢占市场份额而忍痛降价,也才敢于凭借独有的产品优势"店大欺客",大肆涨价,明宰消费者。这也不能埋怨人家"蓝光"太黑太损,再仁义的资本家也不会放着现成的垄断市场而不涨价,能赚大钱却不图暴利。怪只怪竞争对手不争

204   我行我诉

气,市场机制又失灵。消费者现在只能在"买还是不买"之间做出选择,而不能挑选"买哪一种"或是"花多少钱"。如果急于购买高清影碟机,就只能默默接受"蓝光"集团开出的高价乃至天价。这,就是垄断的"威力"。

好在"蓝光"不是人人都离不开的生活必需品,漫天涨价并不会给消费者造成太大的损害。可假如形成垄断的不仅仅是"蓝光",而是关系百姓衣食住行生活的必需品,假如这些反映 CPI 的商品和服务的价格也都如"蓝光"一样随意疯涨呢?可别以为这是杞人忧天的随意联想,事实上,包括房地产、奶制品、石油制成品在内的某些商品已经出现了垄断市场价格的不正常现象,只不过这种垄断不是靠某一单个的厂商的公然独霸,而是出自像"蓝光"一样因同一产品而结成的产业集团或"价格联盟"。例如以"世界拉面协会中国分会"为首的相关企业依仗对国内方便面市场的垄断地位串通涨价;个别地方的开发商合谋捂盘,垄断房源,哄抬房价;一批占有主要奶源和市场份额的奶业巨头联手拉高国内奶价;一些地方的油品供应商集体囤积平价柴油,造成市场短缺的假象后再高价销售。这些变相的垄断行为已经形成了事实上的垄断现象,在某种程度上操纵了某些商品和服务的定价权,由于这些商品和服务的需求刚性,对消费者权益的剥夺和损害远远大于"蓝光",这才是真正需要我们警惕。(2008 年)

"看鸡吃蛋"与"购食溯源"

《围城》的作者钱锺书学贯中西,行文多巧譬妙喻。许多读者都想慕名拜见,一睹风采,钱先生婉拒之词也不失幽默:"你既吃了鸡蛋,又何必要看母鸡呢?"

钱先生当年在"五七干校"劳动"改造"时曾养猪喂鸡,亲历辛劳,因而才能随口说出"吃蛋何必看鸡"的精妙比喻。在他生活的年代,这句话确实具有无可指摘的雄辩力,当时的人们能有蛋吃就庆幸不已,谁还有心思去查看是哪只母鸡下的蛋?何况那时的鸡品种单一,喂的饲料也差不多,产出的蛋除了个头不一样,品质绝无大的差异,人们尽可放心食用,大可不必再追查其"出身"和来历,所以钱先生"吃蛋何必看鸡"一语才令人会心解意。

然而,这话在今天却已时过境迁,难以为据了。听说红心鸡蛋营养价值高,有人立马就往鸡饲料中添加"苏丹红"来鱼目混珠;一看柴鸡蛋比普通鸡蛋卖得贵,有人就专门用小个儿鸡蛋来冒名顶替;还有人为了牟取暴利,干脆用化工原料制成的"人造鸡蛋"来以假乱真;消费者稍不留神便会上当受骗。在这种情况下,想吃到货真价实安全放心的鸡蛋,不先看看产地、出处怎么能行?要不是"三鹿问题奶粉"被媒体曝光,那么多无辜的母亲做梦也想不到,她们喂养婴儿的"国家优质产品"中竟添加了有毒的三聚氰胺。要不是质监部门全面排查,那么多无知的消费者谁也不清楚哪一天食用的液态奶和奶制品受到了有毒物质的污染。正是这一起起触目惊心的食品安全事件为人们敲响的警钟和市场上屡禁不绝的假冒伪劣食

　　　　　　　　　　　　　　　　　　我行我诉

品给人们造成的一次次严重伤害,才让那么多单纯而善良的消费者如风声鹤唳的惊弓之鸟,在采购每一样即将入口的食品及其原材料时小心翼翼,不得不花费额外的精力和时间,试图去弄清它们的真实来源和确切身份。不仅买鸡蛋之前先要看看"出生日期"和产地证明,买奶粉时先看看生产批次的监测报告,就是买蔬菜、水果也要认清绿色认证和无公害标志,生怕一不小心买到了被污染的"毒大米"、掺入了增白剂的面粉、添加了"瘦肉精"的猪肉、吃激素长大的鱼和用催熟饲料喂养的肉鸡。然而"南京到北京,买家没有卖家精",在市场上买家与卖家的博弈中,分散和非专业的消费者始终处于信息不对称的弱势地位,即便想"看鸡买蛋"也有心无力,要"购食溯源"明白消费更是难上加难。过去说"耳听为虚眼见为实",可现在亲眼看到的也不一定就是真的,包装袋上标明的产地和生产日期都能随便造假,就是看到健康的母鸡又怎能断定商场里的鸡蛋就是它的原产?更何况三聚氰胺之类的有毒物质看不见,摸不着,闻不到,尝不出,怎么去追根溯源、检测和分辨?

其实,"看鸡买蛋"和"购食溯源"本不是什么难事,在今年的北京奥运会和残奥会期间,所有供奥食品就已经全部实行了"从田间到餐桌"的"点对点"直供和生产、加工、运输、销售各个环节的全程监控,不仅能够从一个鸡蛋的条码查出产蛋母鸡的健康档案,而且只用几分钟就能快速检测出牛奶中的各种微生物含量。有如此先进的科技手段和严密完善的监控保障体系,完全可以确保广大人民群众的食品安全。只要我们把这张食品安全的"防护网"织得再大些,再密点,从奥运村和北京市扩展到全中国,覆盖到每个商场、餐馆、家庭,就能让亿万消费者共享福祉,饮食无忧,再不用为"病从口入"而担惊受怕,也无须为买到无公害鸡蛋去亲自看鸡,为购进放心食品而费力"溯源"了。(2008年)

可乐呀，你慢些涨

最近一段时间，人们听得最多而又最怕听到的一个字就是"涨"，不仅与民众生活密切相关的粮价、肉价、茶价、奶价、油价、房价持续上涨，就连本属非必需品的"洋饮料"也迫不及待地跟风搭车，乘机涨价。刚刚在前年涨过价的可口可乐公司近日又宣布，在全国范围内进行价格调整，涨价幅度平均为 8%，一举成为饮料行业价格上涨的"先行者"。(4 月 11 日人民网) 也许他们以为不是中国企业，可以不事先申报、不经政府批准而随意涨价，但是请别忘了，除了政府这只"有形的手"之外，还有市场这只"看不见的手"，并不是哪个厂家或商家想涨就涨，想涨多少就能涨多少的。

经济学中根据需求量和价格的关系，把市场上的商品分为两大类，一类是刚性商品，例如人人每天必需、不可一日或缺的粮食、油盐、饮用水、蔬菜以及现代社会必不可少的电力、能源等，这些商品具有较强的需求刚性，对价格的反应不敏感，人们既不会因为价格便宜而增加用量，也不会由于价格上涨而减少或者停止使用。另一类是弹性商品，例如肉、蛋、奶、饮料、燃料、高档服装、首饰、家用电器以及汽车、房屋等等，这些商品都不是基本的生活必需品，而且都有两种以上的可替代品，所以具有较强的需求弹性，对价格的反应十分敏感，物价的任何一点波动都会直接影响消费者对它们的选择偏好和购买意向，"啥贵不买啥""猪贵了吃羊""烧不起气烧煤"就是需求弹性的具体表现。因此商品的生产者和经营者在确定商品价格的时候，都要根据商品的需求属性慎重决策，以防止因定价失误而影响销售,失去市场。

　　像可口可乐这样的"洋饮料"就属于既非生活必需,又有众多可替代商品的弹性商品,它尽可以随意提价,但是消费者在权衡之后认为多花钱不值得,自然会转而选择功能相同或相近的其他同类商品。且不说众多物美价廉的国产饮品正日益占领更大份额的市场空间,就是可口可乐的老对手百事可乐也早就虎视眈眈,急等着取而代之呢。在竞争如此激烈的严酷形势下偏要冒着失去消费者和多年培育的市场的风险去顶风涨价,真不知道可口可乐的 CEO(首席执行官)是昏了头还是迷了向?

　　前段时间,有些城市的房价曾经有过近乎疯狂的暴涨,结果涨上去之后却"和者盖寡"备受冷落,连"买房子送奶牛""购房送车"的促销绝招都难挽房市颓势,逼迫政府出手"救市"也无济于事,迫不得已只得忍痛降价,这岂不是搬起石头砸了自己的脚?

　　还有些家电厂商早就联合造势,称"全线涨价已成定局",可面对疲软的市场,不还是借助"十一"黄金周争先恐后地降价促销?可见,消费者虽然没有定价权,却有"用脚投票"的选择权和"买不起躲得起"的"离场权",并非任人摆布的"沉默的多数"。面对这些近在眼前的前车之鉴,但愿可口可乐和其他打算跟风涨价的厂商能审时度势,有所收敛,切莫再干那种"为渊驱鱼、为丛驱雀"、因小失大、得不偿失的蠢事了。

卖大白菜该找谁？

　　要问"卖大白菜该找谁"，其实答案很简单：如果是菜农就去找专门贩菜的"菜贩儿"，"菜贩儿"再拉到市场上去找买菜的消费者。可是现实却远没有这么简单。去年年底，河南省夏邑县李集镇有两万多亩大白菜卖不出去，当地菜农就既不找"菜贩儿"，也不去市场，而是直接投书报社。报纸一报道，立即引起各方关注，短短一个多月就卖出了8000多亩。(2007年12月28日《河南日报》)类似的事例还有很多，最典型的当数山西寿阳，那里前年曾出现卖菜难，农民不是找报社而是找政府，结果全县总动员，书记、县长带头卖菜，还专门发了"红头文件"，把卖菜多少作为考核干部的重要依据，并规定干部卖菜可以不上班，工资照发，提成归己。(2006年12月8日《人民日报》)推而广之，现在不光是卖菜，就连卖米、卖瓜都找到了政府和媒体头上，因而才有那么多的"卖菜书记""卖米县长""卖瓜市长"不断见诸报端，才有那么的报纸频频刊登"某某地方农副产品积压滞销"的"免费广告"。按理说，政府出面帮助农民解决卖难问题无可非议，媒体为农民呼吁也情有可原，然而换个角度仔细想想，总觉得同市场经济的规律不那么合拍，总让人感到有"错位"之虞。

　　实事求是地讲，出现这种"错位"现象责任不在农民。十几年前我们就曾大力提倡"不找市长找市场"，引导农民从计划经济的传统模式向市场经济转变，许多农民也都积极投身市场，参与竞争。但是由于客观上我们的市场体系发育还不完善，市场信息在传递过

210

程中极易发生"失真"或者畸变,导致农民接收的市场信息不真实、不完整、不对称;主观上许多农民缺乏基本的市场经济知识和必要的技能,因而出现了程度不同的"市场失灵"现象。一方面,由于盲目种植造成农副产品大量积压,另一方面,由于信息不畅造成消费市场供应短缺。在这种情况下,再让农民"不找市长找市场"岂不是不负责任?面对市场失灵造成的农民卖难,不仅政府有责任伸出"有形的手",必要时采用行政干预的来手段调节供求,而且作为大众传媒的新闻单位也有义务发布正确的市场信息,以沟通产销,促进农副产品交易。但是,这样的行政干预和信息发布只能是临时的补救措施和权宜之计,如果听由这种状况成为常态,将会使部分农民重新退回到计划经济的老路上去。同时,过度的人为"保护"也会削弱农民适应市场经济和规避市场风险的能力。长此以往,就可能好心办错事,从良好的愿望出发,却导致南辕北辙的误区。

倒退没有出路,而且也无路可退。改革中出现的问题只能通过深化改革来解决,市场经济的难点还是要在市场中求解。追根溯源,我们不难发现,凡是存在农民卖难问题的地方,都或多或少地存在着信息不通不畅的"通病",正是由于农业信息系统不健全、不完善,对农民的市场经济知识和运用信息的技能培训不到位、不对路,甚至继"文盲""科盲"之后又出现了新的"信息盲""网络盲",才导致一些农民信息不灵,决策失误,仅凭道听途说或主观臆断去盲目种植,辛辛苦苦种出来的东西又卖不出去,因而始终走不出"啥赚钱种啥——都种则赔钱——赔了钱则没人种"的怪圈。

要从根本上解决这一难题,必须从农业信息化这一市场经济体系的"短板"入手,一方面,政府在支农资金中进一步加大对现代化农业信息网络的投入,尽快建成电信网、互联网和卫星远程教育网"三网合一"的信息平台;另一方面,切实加强农民的信息化知识和技能培训,使更多的农民从经验型转变到知识型,通过接收准确的市场信息来实现生产经营的科学化、理性化,通过权威、畅通的信息渠道去完成田间地头与市场和餐桌的"无缝对接"。据有关部门统计,截止到 2007 年底,全国的涉农网站已突破一万家,农村网民也达到了 3700 万人,多家电信运营商还相继开通了直接服务"三农"的双向信息网络,这必将有效缓解和最终消除长期困扰亿万农民的卖难问题。当农业信息化真正"化"到了千家万户,化作农民的"看家本领",那时再问"卖大白菜该找谁",才能够理直气壮地说"不找市长找市场"了。

农民咋会恁有才？

过去一提起农民,有人总爱习惯地把他们同"老实巴交""愚昧无知"等词联系在一起,现在看来,这种观念早就过时了。只要稍稍留心一下媒体上的新闻,就不能不令人刮目相看。

一个从未出过深山的农民,从来没用过相机,竟能用老式的胶片相机和"傻瓜"型数码相机拍出具有专业相机分辨率的"野生华南虎"照片,并能用目前国际上最先进的数码影像处理软件对"纸板老虎"年画进行边缘柔化加工,使人造的"虎照"天衣无缝,让许多国内知名的专家学者都看不出丝毫破绽,就连号称"神探"的国际著名痕迹专家李昌钰都望图惊叹,说"你们的农民 PS(图像处理软件)水平太高了"!

河北正定县的耿氏兄弟也是一介农民,可人家"自学成才",在化工应用方面颇有"造诣",不仅了解奶制品企业检测原料奶中蛋白质含量的"凯氏定氮法",而且率先发明了往不合格原料奶中添加三聚氰胺,以提高蛋白质测定量的"高新技术",并把这项新技术普及全国各地。还有许许多多文化程度并不高的普通农民,也都通过各种途径掌握了用剧毒农药"敌敌畏"为火腿保鲜,用工业石蜡把大米染亮,用掺入"苏丹红"的饲料制造"红心鸭蛋",用硫酸铜为银耳增白,用福尔马林发制毛肚、鸭掌和海产品的"绝技"。活生生的现实历历在目,谁还敢说农民"愚昧无知"? 借用赵本山的话,只能说中国农民"太有才了"!

不过,要真的把这些"技术进步"都归功于广大农民也不太"公平"，只要仔细查一查就不难发现，个别农民只不过是这些造假技术的具体实施者、"表演者"和蝇头小利的"沾光"者，真正的"始作俑者"和既得利益者是那些深藏不露的幕后黑手。正是他们处心积虑地钻部分地区农村市场管理松懈的空子，利用少数农民觉悟不高、法制意识不强，又急于发财、贪占小便宜的弱点，巧舌如簧地向农民兜售那些制假作伪的歪点损招和有害原料，挖空心思地教唆农民掺杂使假，从中大发不义之财。最近刚被河北警方抓获的非法制售含三聚氰胺"蛋白粉"数量最多、规模最大的犯罪嫌疑人张玉军和目前尚未浮出水面，躲在"周老虎"背后的造假"高手"，以及那些专门向农民传授造假技术，送"苏丹红"等有毒物质下乡的所谓"能人"就是这样的"幕后黑手"。他们在从那些无知的农民手里赚足黑心钱的同时，也严重败坏了广大农民纯朴正直的清白名声。他们才是搞乱农村市场，损害消费者利益，坑农害民、图财害命的害群之马和罪魁祸首。

俗话说"冤有头债有主"，透过现象看本质，我们在质疑"农民咋会恁有才"的时候，还应当多问几个为什么，细究深挖那些作伪掺假的歪"才"绝"技"到底源自何方？在查处"假虎照"案和"毒奶粉"事件时，也不应只满足于浮出水面的周正龙和耿氏兄弟等犯罪嫌疑人已认罪服法，还有必要顺藤摸瓜，把教唆他们犯罪并提供技术支持的"幕后真凶"统统抓捕归案，这样才能斩草除根，除恶务尽，从根本上切断制假售假的"生态链"，堵住假冒伪劣产品的传染源。否则，仅仅把眼光盯在几个"有才"的农民身上，只抓几个马失前蹄的"马仔""下家"，弄不好就会"按住跳蚤放跑了蚊子"，既震慑不了犯罪分子，也遏制不住违法现象。今天审判了造假露馅的"周老虎"，明天还可能会出现手法更高明的"王狮子""张恐龙"；抓住了往牛奶中添加三聚氰胺的耿氏兄弟，也难保不再出几个用石蜡浸大米、用墨汁染木耳、用"敌敌畏"腌火腿的"赖氏父子"或者"贾姓家族"，这才是最可悲、也最可怕的。（2008 年）

跑不过 CPI 怎么办？

前些年网上曾流传过一则笑话,说是一个游客正在林间漫步,只见有人从他身后匆匆跑来,他忙问出了什么事？这人答道,不好了,有只老虎正朝这里追呢。他大吃一惊,惊慌失措地说:"人跑得再快也跑不过老虎啊,这可怎么办……"谁知那人却胸有成竹地应道:"我不用跑过老虎,只要跑过你就行了!"

近来,这则笑话又演变成了一句流行语:"跑不过刘翔不要紧,就怕跑不过 CPI。"CPI 就是居民消费价格指数,人们对这一原本陌生的英文缩略词竟到了谈虎色变的地步,可见物价上涨的势头有多可怕。

根据国家统计局公布的数字,去年 11 月份全国 CPI 同比上涨 6.9%,1 至 11 月累计上涨 4.6%,远远超过了同期人均收入的增幅和在银行储蓄存款的实际收益,难怪那么多人把原本存在银行的养老钱、"保命钱"都取出来,转而炒股、买"基",其实质都是在和 CPI 赛跑。

谁都知道,跑不过老虎就要被老虎吃掉,同样,跑不过 CPI 照样也会被"吃掉"。在森林里只要跑过比自己还慢的人就有可能暂时逃脱虎口,可在现实生活中只要跑不过 CPI,跑得快也好慢也罢,早晚都会被"吃",只不过被吃掉的不是肉身,而是自己辛辛苦苦所创造的财富。CPI 每上涨一个百分点,就意味着人们手中的货币又被"蒸发"掉了一部分,人们正常的生活水平又要下降一点,所以人人都盼望能"跑过"CPI。

然而,要想跑过 CPI,只有两种可能:一是收入增加的幅度超过 CPI,即人能跑得过老虎;二是 CPI 的涨幅低于收入增幅,即老虎跑不过人。对于以工资为主要收入来源的工薪阶层来说,第一种可能近乎奢望。就是那些开店经商的小老板,在消费者收入水平普遍下降,有支付能力的购买力持续减弱的情况下,其赢利水平也难以赶上 CPI 的涨幅。看来,只有寄希望于第二种可能,即减缓 CPI 的增速,让老虎跑得慢一点,而这只是广大消费者的一厢情愿,虽孜孜以求却无能为力。

　　好在党和政府清醒地看到了这一关键所在,去年召开的经济工作会议就明确提出了"防止经济增长由偏快转为过热、防止价格由结构性上涨演变为明显通货膨胀"的战略方针,最近温家宝总理又主持召开国务院常务会议,专题研究部署保持物价稳定工作,并做出了修改《价格违法行为行政处罚规定》的决定,加大了对价格违法行为的处罚力度,增加了对行业协会组织经营者相互串通、操纵市场价格等违法行为的处罚规定;对重要商品和服务价格显著上涨或有可能显著上涨时,经营者报告价格变动理由的程序做出了规定。这充分表明了党和政府宏观调控的决心和力度,有助于抑制市场物价特别是与人民群众日常生活息息相关的消费品价格的过快过高上涨,因而也使广大民众看到了"跑过 CPI"的希望。

　　如同当年大禹靠疏堵结合根治洪水一样,今天我们控制 CPI 也不能单纯靠行政命令和政府干预来平抑物价。在市场经济条件下,商品的价格由供求关系来决定,并不是由生产者或经营者随意设定,更不是谁想涨多少就能涨多少。"物以稀为贵",正是因为各种因素造成的供应短缺,才造成了某些商品价格的暂时波动。个别利欲熏心的经营者为了哄抬物价,故意囤积居奇,推波助澜,甚至以行业协会或"价格联盟"的名义串通涨价,从而引发了更大范围的连锁涨价和"搭车涨价"。因此我们在管好经营秩序、矫正"市场失灵"的同时,还要从增加有效供给入手,想方设法满足人民群众的基本生活需求,以充足的商品供应来消除消费者的短缺恐慌和经营者的涨价预期,"扬汤止沸"与"釜底抽薪"双管齐下,方能遏止住市场物价疯狂上涨的势头,让更多的百姓跑过 CPI。(2008 年)

"鲇鱼"且慢杀

学过经济学的人都知道著名的"鲇鱼效应",即只要在捕到的沙丁鱼群中放入几条活蹦乱跳的鲇鱼,就能逼使死气沉沉的沙丁鱼不停游动,从而大大提高沙丁鱼的成活率。经济学家正是从渔民们无意识的发现中总结出了这一有效激活人力资源,激发经济活力的运行机制。

假如有个渔夫不懂得"鲇鱼效应",硬要把鱼槽中不安分的鲇鱼捞出来杀掉,一定会被同行们视为疯子或傻瓜。可令人想不到的是,现实中还真有这样的"渔民"!这不,眼看楼市泡沫破灭,商品房空置面积与日俱增,一些明智的开发商果断改弦更张,以主动让利、降价销售来吸引人气,走出困境。例如,号称"地产大鳄"的万科集团近来就在南京等地率先降价,大幅降价,发挥了激活房地产市场的"鲇鱼效应"。

这本是践行企业社会责任,有利民生的好事善事,深受当地消费者欢迎,也理应得到政府部门的鼓励和奖掖,谁知却恰恰相反,竟受到了南京物价、房管等部门的查处和"惩罚"。(12 月 17 日《每日经济新闻》)这同那个硬要杀掉鱼槽中鲇鱼的"渔夫"的愚蠢行径岂不是如出一辙?

渔夫杀鲇鱼不需要任何理由,南京市有关部门处罚万科的这条"鲇鱼"倒还找出了一个借口,说是"低于成本价格销售","涉嫌价格欺诈",只是这个借口太过牵强,很难自圆其说。地球人都知道,在市场经济条件下,像住宅这样充分竞争的商品价格从来都是由企业定价,市场调节,政府从不随意干预。就连前些年一些地方的房价暴涨到每平方米几万甚至十几万元时,政府都没有采取"封顶"

限价的管制手段,而是靠政策和金融杠杆去宏观调控。在调控初见成效,房价回落的良好态势下,政府部门又有什么必要采用行政手段来干预企业自主的降价行为呢?

何况一处房产的真正成本究竟是多少,只有开发商最清楚。即使是同一城市,同一地段,同样的建筑,采用同样的材料和同样的预算标准,只要他们获取土地、建材的渠道和价格不一样,开发的时间先后不一样,开发商的管理水平和融资方式不一样,所建成楼盘的实际成本就必然大相径庭,根本就没有所谓统一的、绝对的、一成不变的"标准成本"。既然如此,又以什么为基准做参照去认定哪一家的成本是高还是低?退一万步说,即使开发商销售的房价确实低于成本,也是人家自己的权力。别的楼盘定价高了,这个楼盘定价低些,过去赚得多了,现在少赚一点,甚至某个楼盘稍微赔点,统算起来还是赚钱。这就像有些商场开业免费派送纪念品一样,本来就是司空见惯的营销手段,怎么能同"价格欺诈"混为一谈?

其实,所谓的"价格欺诈"只是一个借口,其目的则是为了压制自由竞争,维持当地房地产开发企业的垄断地位和行业暴利,其后果当然是虚高的房价居高不下,百姓的住房需求更难实现。就像杀掉了充满活力的鲇鱼,奄奄一息的沙丁鱼只会死得更快一样,封杀了发挥"鲇鱼效应"、主动降价让利的开发商,气沉沉的楼市只会加速崩盘,最终受害的不仅是买不起房子的消费者,更是那些像"沙丁鱼"一样抱残守缺、死咬暴利不松口的无良开发商。等到国家专项资金建造的价格低廉的保障性住房大批上市之际,那些因价高滞销而空置的楼盘定将成为他们手中托不起又扔不掉的"烫手山芋"和压垮"骆驼"的"最后一根稻草"。只是不知道,到那时他们再以万科今天的低价"割肉甩卖"积压房产时,会不会因为"涉嫌价格欺诈"而遭受处罚?那些不惜违法行政而力挺房价的政府官员又将如何面对上级的问责和百姓的质疑?(2008 年)

谁盼房价涨?

我曾听过一个相声段子，说的是某人炒股炒得发了神经病，不仅在家里供奉神牛雕像，乞求天天"牛市"，而且还把电话号码和手机号都改成带"8"的数字，以图股市"大发"。更可笑的是为了讨"口彩"，竟不让儿子叫他爹（避"跌"之讳），要叫"长辈"（谐音"涨倍"，暗指股价成倍地涨）；不让弟弟叫他"哥"（避"搁"之讳），要叫"兄长"（谐音"凶涨"，盼望股市行情汹涌澎湃地暴涨）。

其实，不光是如此痴迷的炒股者盼涨成疯，就是在当下房价已经高得离谱，备受国人诟病的情况下，竟然还有人甘冒天下之大不韪，言必称涨，天天盼涨呢。

最盼房价涨的当属少数不法开发商。当初正是他们打着"拉动内需"的旗号掀起了一轮又一轮的圈地狂潮，在高价拍得一块块"地王"，大肆兴建华宇豪宅之后，又雇用无良"专家"和帮闲媒体疯狂造势，兴风作浪，人为拉高市场房价，制造房市泡沫，从中牟取暴利，竟至开出了每平方米 11 万元的惊人天价（上海"汤臣一品"）。要不是近年来政府先后出台"国八条""国六条"等调控政策，果断打出收紧土地闸门、控制房地产信贷、抑制房产投机等一套套有力的"组合拳"，如脱缰野马般疯涨的房价不知还要洗劫掉多少人辛勤积攒的财富，造就出多少勒紧腰带拼命还贷的工薪"房奴"。如今国家的宏观调控政策刚收到一点成效，畸高的房价才开始止涨回跌，那些吃惯了暴利的开发商就受不了了，又是以"破产赖债"威逼银行放松银根，又是用"退地欠税"来要挟政府"救市"保护，甚至还有人想借传统的"金九银十"售楼旺季联手涨价。这也难怪,他们本是房价暴涨的始作俑者和既得利益者,当然不愿房价下跌,百姓受益,所以才时时盼涨喊涨,并且不择手段地制造涨价氛围。

盼望房价涨的还有那些见利忘义助纣为虐的炒房者。正是他们像炒股一样出于投机目的杀入房市,大批抢购、屯集房产,制造出供不应求的假象,放大了房产泡沫,才把房价炒得一路暴涨,致使越来越多急需住房的平民百姓买不起房。他们本想把房价炒到更高时再抛售牟利,谁料泡沫一朝破灭,原本奇货可居待价而沽的一处处房产转眼间变成了作茧自缚、深度套牢的牢笼,正应了那句"嫖妓嫖成老公,炒房炒成房东"的戏言,他们怎么不天天盼望房价上涨,好把手中的"烫手山芋"抛给那些"买涨不买落"的"最大傻瓜"呢?

然而这些人的盼涨就如同蛤蟆天天盼望"申报蛙类当国宝,庄稼地里没蛇跑;天鹅常在怀中抱,参加奥运三级跳"一样,只能是一厢情愿的痴心妄想。房价的涨落从来就不以某些人的意志为转移,而是按照价值规律和供求关系由市场来进行调节。现实的情况是,一方面高涨的房价早已大大偏离其真实价值,另一方面由于受实际购买力所限,市场上现在几乎没有所谓的"刚性需求"。尽管某些地方出台了购房补贴的救市措施,尽管某些"专家"信誓旦旦地预言继股市反弹之后房市定会"补涨",尽管某些媒体言不由衷地声称"今明两年二三线城市房价将稳中有升",但是吃够了高房价之苦的消费者就是紧揩钱包,不为所动,即便是在刚刚过去的"十一黄金周"期间,那些由仍做"金九银十"美梦的开发商们勉力组织的各类房展也冷冷清清,各地房价和交易量都呈现出大规模下降的态势。许多消费者表示,房价不回归到可以承受的正常水平,他们绝不会出手购房。也许这才是对那些盼望房价上涨者的最好回应。(2008年)

"统一"三疑

　　据《大河报》报道,地处中原的河南某市为了对从事废品收购的"破烂王"们进行统一管理,专门成立了"再生资源行业管理协会",并强制实行"八统一":统一培训、统一规划、统一标志、统一着装、统一车辆、统一价格、统一销售、统一管理制度。如此全方位的"统一"可谓用心良苦,空前绝后,就只差没有"统一吆喝"了!然而,只要稍加揣摩,便觉漏洞百出,着实令人生疑。

　　一疑所谓的"再生资源行业管理协会"究竟是什么性质?是行使政府职能的事业单位,还是真正意义上的非政府组织?如果是事业单位,那么它的人员、编制、经费由谁提供?如果还是靠罚款养人的"自收自支",早就该取消或改制,更不应当重新建立。倘若是按照《社团登记条例》,由"破烂王"们自己发起成立的纯粹民间性质的行业协会,就要看它是否出于大多数从业者的真实意愿,能不能代表全体会员的根本利益,否则这个协会就根本没必要成立。

　　二疑这"八统一"的费用从哪里出?因为收废品者既不是公职人员,也不在国务院批准着装的范围,所以不大可能由财政出钱为他们购置统一服装和车辆。自身经费无着的"行业管理协会"恐怕也不会出这笔钱,那么最有可能的就是"羊毛出在羊身上",让"破烂王"们自己出钱装备自己。问题是,含辛茹苦、利润微薄的"破烂王"们愿不愿花这笔钱,即便愿意又能不能一下子掏得起?如果还是由某个政府部门"统一"定做,用行政手段强迫从业者花高价购买,那不仅会激起民愤,而且还涉嫌"三乱"或强买强卖,必将受到法纪的严惩。

三疑这"八统一"的规定是否有违法律、政策？别的不论，光是"统一价格"和"统一销售"这两条就于法无据。按照我国的现行法律和有关政策，除关系国计民生的战略物资由政府定价外，其他商品的价格都由市场形成，即使在计划经济时期，对废品的回收价格也没有实行过"统一"，难道现在反倒要比过去管制得更加严厉？

再者说了，即便需要统一定价，定价权也不在某个行业协会。如果硬性规定一斤废纸多少钱、一个空酒瓶卖什么价，那岂不是空前绝后，滑稽至极！不仅"破烂王"们不会接受，而且还有可能因人为压低收购价格而构成"串通压价"的价格违法行为，受到广大消费者的抵制、投诉和执法部门的查处。至于"统一销售"更是荒谬至极，废品又不是像食盐或者香烟一样的"专卖品"，收购者完全可以自由地选择卖给哪家回收站或是直接送到回收厂家，为什么非要到你指定的地点、按你单方面定的价格"统一销售"？

某市废品收购业强制推行的"八统一"能否行得通，实际效果究竟如何，自有客观公正的实践去检验。倒是那些动不动就拿"统一"说事儿的管理者的真实动机令人生疑，假如不能带来明显的"创收"实惠和难以言说的商业利益，他们还会甘愿冒着违法违纪的风险去不遗余力地强求"统一"吗？（2008年）

从"自行车三大跛"说起

周末好友相聚,说及骑自行车的种种优越,一位朋友随口总结出了"节能、方便又健身"的"三大好",另一位朋友却别出心裁地歪批出令人捧腹的"三大跛":"想走哪道走哪道,想闯啥灯闯啥灯,想往哪儿停往哪儿停"。

仔细想想,还真的不无道理。开机动车要看路、看灯、看标志、看警察的指挥手势,生怕一不留神违了章,被交警抓住或是被"电子眼"拍到。都说司机有"三怕":"收证、扣车、开罚单",骑自行车可是啥都不怵,谁都不怕。不光是骑车的不怕,赤手空拳的行人更是无所畏惧。只要看看有些城市的十字路口顶着红灯照行不误的人流和快车道上与机动车并行不悖的自行车和行人,就可知民间所传的"三大跛"并非杜撰。难怪有的司机挨了罚还不服气,竟然质问交警:"难道交通法规光管车不管人?"

司机们的质疑恰恰揭示出了当前一些执法部门存在的"选择性执法"的突出问题。所谓"选择性执法",是指执法主体对不同的管辖客体区别对待,对某一类违法行为视而不见,对另一些同样的违法者则严管重罚。例如,本来《道路交通安全法》对机动车和非机动车以及行人都规定有明确的法律责任和违规罚则,可有的交警在执法中却常常有意无意地对机动车严,对非机动车和行人宽,无形中纵容了一部分人的交通违法行为,造成了"光管车不管人"的负面影响。

毋庸讳言,由于各种原因,这种"选择性执法"的现象在许多领域都不鲜见,有的是因为人际关系而选择性执法,有的是因为权力关系而选择性执法,有的是因为利益关系而选择性执法,有的是因为执法者的心情而选择性执法,也有的是因为违法者的态度而选择性执法……稍加分析便可发现,常见的"选择性执法"大致有四种形式:一是执法内容具有选择性,即只执行同一个法律中的某些条款,忽略以至丢弃其他条款。二是执法对象具有选择性,对生人严,对熟人宽;对群众严,对领导宽;对个体严,对单位宽;对乡下人严,对城里人宽;对一部分人严,对另一部分人宽。三是执法时间具有选择性,只在某一时期某一时段执法,过了某些特定时间就放松执法力度甚至不管不问。四是执法地点具有选择性,对城市一个标准,对农村又另一种办法,在这个地段严格执法,到那个地方睁只眼闭只眼。不管是哪种形式的"选择性执法"都是对法律的平等性、权威性、正义性、神圣性的阉割、扭曲和践踏,它所造成的执法不公严重损害了公众对法律的信任,直接影响到法律法规的正常施行,危害极大,亟待纠正。

要从根本上消除各个领域的"选择性执法"现象,必须以执法部门和执法人员为重点,深入开展社会主义法治理念和执法规范教育,把"法律面前人人平等"的原则真正落实到执法实践中。同时,要采取有效措施,切实加强执法监督和检查,及时纠正各种形式的"选择性执法"行为,对那些滥用"自由裁量权",有法不依、执法不严、违法不究的单位和个人严格实行责任追究,以维护法律的尊严,营造公正公平的执法环境。(2008 年)

班级岂可乱冠名

同为学生家长,在单位见了面都会习惯地问上一句:"您的孩子上哪个学校,在哪个班?"要在过去,随口就能回答出来,例如"在育才小学三(2)班",或者"在实验中学高二(6)班",一句话就说得清清楚楚明明白白。可是以后就不一定能说得这么清楚了,试想,假如有位家长回答说,他的孩子在"张有富学校李发财班",你还能听得懂,找得到吗?

可千万别以为这是现实中根本不可能存在的笑话,它确确实实已经发生或正在发生。不管你相信不相信,在广东省深圳市宝安区的一所民办学校里,只用花3000至5000元人民币就能买断某个班级一个学期或学年的冠名权,并且真的已经有9个班级的冠名权被卖了出去。(3月27日《广州日报》)说不定哪一天,真有哪个大款富豪看上了你孩子所在的那个学校那个班,情愿花大价钱买下多少年的冠名权,你有啥本事、啥权力能挡得住?

也许有人会说,既然可以出钱为街道、广场、大桥冠名,也能以捐助者的名字命名学校、教学楼和图书馆,当然也可以为学校里的班级冠名。这话乍听起来似乎有理,可实际上却忽视了最基本的前提,就是班级名称具有不可替代的标识性。谁都知道,班级是最基本的教学单位,作为唯一的识别标志,班级的名称包含着性质(小学、初中、高中等)、年级、班次等不可混淆的重要信息,一旦被一个人名符号所代替,这些重要的信息便不复存在,必将造成学生和家长认知上的混乱,也会给学校的管理带来不必要的麻烦。正因为如

我行我诉

此,即便是在改名风最盛行的时期,也没有哪所学校敢随便为班级改名,更不用说让捐助者为班级命名了。这绝不是什么"禁区",而是基本的常识。硬要不顾常识去"破除禁区",只能会弄巧成拙,事与愿违,最终受到客观规律的惩罚。

其实,早在四十年前的"文革"时期,就有不少学校干过这样的蠢事,在"大破四旧""横扫一切"的狂热中把各类学校的校名都冠以充满"革命性"和"火药味"的"红卫""红星""育红""反修"等名称,并且用军事化的" × 连 × 排"来代替年级和班级,结果是搞乱了学校,破坏了正常的教学秩序,最后还得拨乱反正,再改回来。

想不到岁月轮回,那荒唐的一幕四十年后改头换面竟又上演,只不过这次不是以"革命"的名义,而是打着"整合社会资源办学""鼓励捐资助学"的旗号。但是,不管校方出卖或出租班级冠名权的动机和初衷是什么,这种轻率做法所造成的严重后果和负面影响却是有目共睹的。就拿已经卖出 9 个班级冠名权的深圳那所从小学至初中九年一贯制教育的民办学校来说,单从"无极班""律网班"等名称上,能准确地标识出年级、班次等重要特征吗?这样的冠名且不说会给学生和家长带来多少麻烦,光是在当地教育系统的管理和考评中引起的混乱就无法估量。如果真如那位校长所说的将全校 34 个班级名称全部卖掉,"将班级冠名进行到底",更不知会造成多么严重的后果。

而最为关键的是,学校或班级的名称并非为校方所私有,它一旦以一个完整的建制单位通过合法的登记而设立,就属于公众信息系统的一部分,不能随意更改。如需变更,也要经过有关部门审批核准,并向社会发布正式公告,某个学校或某位校长根本就没有权力自定标准,拍卖冠名。因此,如何加强对社会教育资源的监管,规范学校和班级冠名,也是各级教育行政部门亟待破解的一个新课题。(2008 年)

别了！"大楼冰糕"

曾以 3 分钱一块的低价,风靡许昌近半个世纪的"大楼冰糕",由于市场萎缩,利润下降,即将停产退市。(6 月 12 日《许昌晨报》)

听到这个消息,有人惋惜,有人伤感。这也难怪,就是家里养的一只猫、一条狗尚且割舍不下,更何况是一个曾给许多人带来过清爽和甜蜜记忆的"老字号"品牌。我就是一个吃着"大楼牌"冰糕长大的"老许昌",也有着和同时代人一样的怀旧情结。然而我却并不留恋那流行"大楼冰糕"的年代,也决不希望我的儿孙们如同当年的我一样,在炎炎夏日里只有购买"大楼牌"冰糕这唯一的选择。所以,我很乐意看到这一代表着短缺时代和计划经济的"老字号"从此与我们告别。别了,"大楼冰糕"!别了,那只有买冰糕才不用凭票的艰难岁月!

俗话说,"旧的不去,新的不来",3 分钱一块的"大楼冰糕"走了,鲜艳夺目的雪糕和冰激凌来了!这也生动地反映了时代的变迁、社会的进步和人民生活水平的提高,我们应该为之欢欣鼓舞,拍手称快,大可不必伤感叹息。一代人有一代人的生存环境和生活方式,我们也没有必要强求今天的孩子继承我们当年的喜好,仍旧追捧由白糖、淀粉和合成香精兑水制成的廉价冷饮。

按照经济学的原理,有需求才有市场。40 多年来时过境迁,消费者的口味早已发生了巨大变化,可"大楼冰糕"的配方和工艺却几十年一贯制陈陈相因,怎么能赢得消费者的青睐?商品一旦失去市场,也就失去了存在的合理性和必要条件,早晚要退出历史舞台。

如果说它还有什么价值的话,那就是在许昌的"饮食风俗志"上留下难忘的一笔,或者保留当年的冰糕纸作为将来的文物收藏。

其实,回过头来仔细看看,不光是曾经作为许昌冷饮唯一品牌的"大楼冰糕"风光不再,还有许多显赫一时的东西也都在悄然消失。例如当年许多大食堂的主餐"双蒸饭"(把大米煮半熟后再蒸,可以使体积膨胀几倍)、几乎人人都要品尝的"忆苦饭"、家家必备的煤油灯、又长又笨的"蘸水笔"和每个单位都必不可少的"忠字牌"等等,不是都早已销声匿迹了吗?消失就消失了,没有谁还依依不舍去地怀念它,留恋它。新陈代谢是宇宙万物不可抗拒的自然规律,我们对待历史遗存和"老字号"产品也要有科学的态度。那些有价值的物质遗产和非物质形态的文化遗产当然应该采取措施加以保护,对仍有市场需求和发展前景的"老字号"传统品牌也有必要帮助扶持,促其焕发活力。但对那些已经失去生存环境和生命力,勉力支撑也难以为继的过时产品,例如销路渐窄、入不敷出的"大楼冰糕"之类,则应顺其自然,任其退市,以便给更受消费者欢迎的新产品腾出更多的资源和更大的市场空间,这才符合优胜劣汰、适者生存的市场竞争法则。(2009 年)

不必刻意正名

个体、私营经济如何与国有经济平等发展，互相补充，一直是领导层和理论界倾心关注的重要课题。戴志勇先生提出，为了消除认识偏执带来的所有制歧视，不妨把国有经济称作"非私经济"。(8月13日《南方周末》)这一提法十分大胆，也很有新意，只是对提高个体、私营经济的地位能有多大帮助还有待实践检验。

可能是受孔老夫子"必也正名乎"的传统观念影响，这些年我们没少在"正名"上下功夫。从对象明确的"个体、私营经济"到刻意模糊的"非公经济"就是一种"正名"。其实名与实之间，还是实更重要，叫什么，只是一个符号。难道把非公经济叫"主体经济"就能改变它的实质地位？再说了，之所以称作"非公经济"，是因为我们国家的基本经济制度就是以生产资料的公有制为基础，多种经济成分并存，以"基础"做参照，把其他经济成分称作"非公"并无什么不妥。

何况，这只是一种叙述方式，并没有包含价值上的优劣判断，大可不必以牙还牙地把国有经济也叫"非私经济"。这就像在内地只有"回民餐馆"才特意挂"清真"牌以示区分，而到新疆却很少见到"清真餐馆"，反而常见醒目的"汉餐馆"一样。(2009年)

三问成品油涨价

　　最近,国内成品油批发和零售价格在短期内连续上涨,引起了社会各界的纷纷质疑。眼看两大垄断油企漏洞百出的"辩解"和"业内专家"勉为其难的"论证"越描越黑,如火上浇油般激起民众更大不满,近日国家发改委价格司一位官员公开出面"澄清事实",声称国内油价仍低于欧美主要国家,提高油价有利于促进资源节约和节能减排,目前价格仍未调整到位。(7月12日人民网)孰料,听了这样的"澄清",反倒越发让人不明就里,禁不住想向这位力挺涨价的官员究根问底,讨个明白。

　　一问成品油涨价是否有理? 一直以来,就有一些官员为成品油涨价大造舆论,其中的一个主要"论据",就是国内油价未与国际接轨,远远低于发达国家的水平,所以要向人家"看齐"。这次更有政府官员提供数据,说是与欧洲大多数国家相比,我国汽油含税价格要低得多。比如,7月初我国93号汽油全国平均最高零售价格为每升5.91元,而同期英国、法国、德国等欧洲主要国家普通汽油含税零售价格普遍在每升9元至14元之间。这组数据是否真实可信倒还无人质疑,令人惊讶的是以此作为涨价理由者为什么偏偏故意忘掉了一个十分重要的前提,那就是我国的人均收入是不是已经达到或者超过了这些发达国家的平均水平抑或最低水平? 只比成品油价格而不比国民收入,就好像让不同重量级的选手同台竞技一样,明显违背游戏规则,毫无公平可言。在那些人均收入几万美元的国度里,油价即使上涨一半也不会引起太大波动,顶多减少几趟自驾旅游，缩减几项不必要的奢侈品开支；而在我们这个人均收入不足2000美元的发展中国家，哪怕每升成品油仅仅上涨几毛钱，也会使每辆车每月的油耗开支增加几百元，几乎占到普通工薪阶层月收入的五分之一或四分之一，恐怕许多人都难以承受。收入水平与人家相比还差好大一截，就匆忙赶着与人家的油价"接轨"，这样的"道理"怕是无论如何也说不过去吧？

二问成品油涨价对谁有利？谁都知道油价上涨只会对卖油的有利，可是有些官员却硬说提高油价"有利于促进资源节约和节能减排，有利于促进经济发展方式转变"，如果按照他的这种逻辑推理，油价越高用车的人越少，开车的越少就越节约能源，那干脆把油价再提高几倍，让大部分人都加不起油，开不起车，岂不是更能"节能减排"？只是这一手就像澳洲土著的"飞去来器"，谁扔出去，最终还要打到谁身上。开车的少了，加油的少了，卖油的还去赚谁的钱，从哪里牟取暴利？

三问成品油只涨不跌的势头能否遏止？按说短期内连续三次提价，速度之快、幅度之大已属罕见，可据发改委的这位官员透露，目前国内的成品油价格"仍未调整到位"，"还不具备价格下调的条件"，言外之意，在可以预见的未来还将继续涨价。这样的涨价预期当然令处于垄断地位的两大油企欢欣鼓舞，却会使国家振兴汽车工业、应对经济危机的努力遭遇更大阻力。虽然国家财政出巨资实施了汽车下乡、农机补贴等一系列惠农政策和刺激措施，可政府补贴给购车购机者的几千元好处怎能抵得上油价上涨的速度和幅度？本来国内民众从电视上看到近期国际油价持续下跌，已经跌破了60美元大关，期盼着国内的油价也能顺势下调，可是一听政府官员如此坚定地力挺涨价，且短期内"不具备价格下调的条件"，明知油价高企，谁还会有买车的消费意愿和刚性需求？车市的兴衰与油价的涨落历来都成反比，不知道这个世人皆知的规律政府官员懂否？知否？信否？遵否？（2009年）

地域歧视为何屡禁不绝？

广州虎门南栅一家港资企业签有正式劳动合同的两名员工毫无过错却被无故辞退，其理由竟仅仅因为他们是河南人。该企业的香港总部以曾有个别河南员工违反厂纪为由，粗暴地决定，一律不准雇用河南籍员工。(8月12日《南方都市报》)

2005年3月，深圳市公安局一家派出所在其辖区的大街上悬挂"坚决打击河南籍敲诈勒索团伙"和"凡举报河南籍团伙敲诈勒索犯罪、破获案件的，奖励500元"等明显带有地域歧视性质的横幅，就已经遭到过社会舆论的强烈谴责和河南律师的严正起诉。时隔4年，在同处于改革开放前沿的广州竟再次出现针对河南人的地域歧视事件，这不能不让人对当地的开放度、包容度、文明程度和法制环境心存疑虑，大打折扣。

其实，诸如此类的歧视现象并不仅仅针对河南人，也不仅限于地域歧视。近年来，随着城市化进程的不断加快和大量农村劳动力向城市转移，沿海一些地区的劳动力市场出现了严重的供大于求，这种供需不均衡的现象扭曲了劳动力的正常价格，也使那些急于打工的劳动者在本应平等的劳资博弈中处于十分不利的弱势地位。企业和雇主可以随意设立各种苛刻的条件，对应聘者吹毛求疵百般挑剔；应聘者却只能逆来顺受，没有任何讨价还价的余地，正是在这样严峻的就业形势和劳资双方议价能力不对称、不平等的反常情况下，包括年龄歧视、性别歧视、民族歧视、健康歧视、身高歧视、相貌歧视和地域歧视在内五花八门的就业歧视才应运而生。加之近来国际金融危机的不利影响,部分订单锐减的外向型企业更把就业歧视当作随意裁员的借口,老实忠厚、软弱可欺的河南籍员工只不过是无良老板眼中的"软柿子"、就业歧视的牺牲品和典型的受害者罢了。

　　如此恶劣、明显违法的地域歧视之所以屡禁不止,愈演愈烈,绝不仅仅是单纯的"排外情绪"和世俗成见,造成这种状况的真正原因还在于相关法律不完善,对歧视行为缺乏有效的惩处手段。一方面,地域歧视的受害者多是文化程度不高、法制意识不强的打工者,不懂得依法维权,也不敢与处于强势地位的企业和雇主据理抗争,大都忍气吞声,自认倒霉,这也从某种程度上助长了不法厂商的肆无忌惮。另一方面,地域歧视之类的丑闻被曝光后,社会舆论多是从道德角度对受害者表示同情和声援,或者从洗冤辩诬的角度对受害者的品行进行褒奖和正名,很少从法律的角度揭露歧视行为的违法实质,促使有关各方通过司法途径解决劳动争议。再加上目前我国已经实施的《劳动法》、《劳动保护法》和《就业促进法》对劳动者就业权力保护方面的规定比较原则,对违法行为缺乏具有威慑力的制裁手段,如同"牛栏关猫",因而难以有效地打击和遏止歧视就业者、侵害劳动者就业权利的违法行为。

　　国际劳工组织早就向各国政府提出了《关于就业和职业歧视公约和建议书》,倡议采取联合行动,取消一切有损于就业或职业机会均等、待遇平等的歧视现象。许多国家也都相继制定了专门的法律法规,明确禁止各种形式的歧视行为。我国有关专家也强烈呼吁,尽快制定反歧视法,给劳动者提供更加有力、有效的法律保护。只有高悬法律利剑,使违法者随时受到严厉打击和制裁,才能从根本上遏止和消除各种侵犯人权的就业歧视,包括河南籍员工在内的全体劳动者才能真正获得体面劳动、和谐生活的权利。(2009年)

"断指辩诬"值不值?

年仅 18 岁的河南小伙儿孙中界为了生计,背井离乡到上海打工,好不容易在一家公司找了个开面包车的工作,谁知上班第一天就碰上了当地交管部门"钓鱼执法"的"钓钩"。当天傍晚,正当他将要收工之时,"凑巧"遇到了一个衣襟单薄的路人乞求搭车,涉世不深的他出于同情便顺路捎上,竟被当作非法营运的"黑车"强行查扣,并被罚款 1 万元。好心助人竟惹来如此麻烦,丢了工作不说,还要背上"违法"的"黑锅",悲愤交加的孙中界说啥也想不到在号称"改革开放"前沿的大上海竟会遇到这等用心险恶、诬良为盗的下三烂勾当。在百口莫辩之中,郁闷绝望之下,他挥刀砍断自己的左手小指,想以此剖白自己的善良心迹,向世人证明自己的清白无辜。

"断指辩诬"事件发生后,立即在社会上引起了轩然大波。越来越多的公众和各路媒体在不断追问事件真相的同时,也为孙中界年纪轻轻就成了残疾而扼腕叹息,更有网民发出沉重的拷问:采用"断指辩诬"的极端方式来维权是否妥当,是否值得?

面对孙中界血淋淋的断指,许多人都会说"太不值得"。上海有关部门的"钓鱼执法"由来已久,早已成为"公开的秘密",因为好心助人而被扣车罚款在沪上也已屡见不鲜,受此冤枉的又不是孙中界一人,可是敢于以断指自残的刚烈手段向违法执法的强势部门公开"叫板"者却绝无仅有,大多数被"钓"者都自认倒霉,被迫屈从或者沉默;少数不甘被宰的也多循正常渠道通过法律途径寻求司法救济。唯独来自民风淳朴之地，只认死理的孙中界咽不下这口恶气，不惜"断指"以证清白。

血淋淋的断指虽然令所有善良的人震惊和同情，却丝毫触动不了那些靠设诱饵查黑车，两年罚款 5000 万元的既得利益者。就在孙中界断指不久，迫于舆论压力进行"调查"的上海浦东新区城市管理行政执法局在匆匆公布的"孙中界事件"调查报告中仍然一口咬定："孙中界涉嫌非法营运行为，事实清楚，证据确凿，适用法律正确，取证手段并无不当，不存在所谓的钓鱼执法问题。"无独有偶，广东东莞一名保安效法孙中界，想用断指的方式讨回公司欠他的六七千元加班费，结果反被公司辞退。(10 月 28 日《南方都市报》) 这么看来，孙中界的鲜血岂不是白流？即使他能够索回被扣的车和枉交的罚款，得到一顶"维权英雄"的高帽，可断了的手指却永远不可能再生，风华青年从此成了残疾人士，对于孙中界来说，这样的结局实在是太不公平，这样的代价实在是太不值得。

然而，从促进法制健全，推动社会进步的意义上来说，孙中界"断指辩诬"的壮举又起到了拨云见日的里程碑作用。正是这根血淋淋的断指，唤起了世人的良心，擦亮了许多曾被蒙骗的眼睛。上海市委主要领导明确指出，要坚决取消不正当的执法方式，立即纠正这种执法错误；一定要本着有错就改、有错必纠的原则，实事求是、高度透明地向社会公布调查结果。同时，浦东新区区委区政府也对"孙中界事件"组织了调查，认为要坚决取消不正当的执法方式，立即纠正这种执法错误。假如全国各地类似的"钓鱼执法"现象能从此终结，以非法手段取得的非法证据如"毒树之果"那样遭到法律的唾弃，那么孙中界的断指付出将是功垂青史，非常值得。如果说无辜的大学生孙志刚用生命做代价才换来了侵犯人权的《收容审查条例》的终结，挽救了多少人的生命，张海超以"开胸验肺"的无奈之举才换来了多少职业病工友的权利伸张，那么孙中界仅用一根小指就换来了全国范围的规范执法,绝对是失有所值,失得其所。

　　只是,我们在欢呼"庶民的胜利"的同时,是不是也有必要沉痛反思,为什么我们社会的任何一点点进步都要最无辜的平民百姓付出最沉痛的代价?为什么充当旧体制殉葬品的总是老实守法的公民?我们在痛惜孙中界"断指辩诬"意气用事方法不妥的同时,是不是也有必要认真检讨一下有些地方的执法方式是否合法,"诬良为盗"的执法手段是否得当?如果不能以此为戒,举一反三,亡羊补牢,那么肯定还会有第二个乃至第 N 个孙中界,"断指"甚至断头的悲剧也都难免重演。(2009 年)

房价高咋能怨老百姓？

　　这年头当个老百姓可真是不幸，无职无权、处处被管不说，还要经常代人受过，不明不白地背黑锅。那些贪官污吏腐败分子只要落马，无一例外都会痛哭流涕地沉痛检讨犯罪的根源是"把自己混同于普通的老百姓"，仿佛只有老百姓才会犯下那等罪行。就连市场房价持续攀升，不知怎的也要怪罪到老百姓的头上。这不，那位一向标榜"替富人说话，为穷人办事"的知名经济学家茅于轼先生日前在2009珠三角民营经济高层论坛暨珠三角工商领袖峰会上就又发高论，公开宣称"市场房价炒高的根本原因不是开发商心黑，而是部分老百姓太有钱"，"房价是被需求拉升起来的，如果房子没人买，价格肯定上不去"（7月13日新华网）。

　　不知茅先生是从哪里得出的这番"高论"，也不清楚这位不久前还力挺高房价，极力反对推行限价房和经济适用房，公然鼓动开发商"一个房子能卖80万，你就不要卖50万"的"另类专家"为何朝秦暮楚，自打嘴巴，忽然又声讨起高房价来，只是把房价畸高的原因一股脑地归罪于老百姓，实在是有悖事实，有失公允，与经济学家职业道德和专业水准也太不相称。

　　供求状况决定市场价格，这一最基本的经济学原理谁都懂得。同样，也没有人否认是过于旺盛的购房需求推高了市场房价。但是只要实事求是地分析一下这些需求是如何产生的，就不难发现房价畸高的真正原因到底是什么。在去年房地产泡沫最严重的时期，如同脱缰野马般疯狂暴涨的房价曾使国内的购房需求降到了冰点，以至于许多网民疾声呼吁"三年不买房,困死开发商"。这种被逼无奈的消极抵制策略虽然也曾在个别地方一时奏效,有些势单力薄的开发商抵挡不住随后到来的楼市严冬,纷纷降价以求自保,但是总的来看,全国的房价并没有回归到疯涨前的正常水平,大部分开发商还是舍不得即将到口的暴利,宁愿捂盘停售也不向消费者让利。而那么多的普通老百姓子女要结婚,拆迁要搬家,他们又不像有些"公仆"那样早就囤积了几套"房改房""福利房"和为儿孙预备的"储备房",迫不及待、刻不容缓的刚性需求使他们别无选择,即使房价再高,手头再紧,咬牙割肉也得去买。一家钱不够,亲戚朋友凑;实在凑不来,节衣缩食供房贷;哪怕从此当"房奴",也不能没有地方住。这些被迫买房的老百姓本身就是高房价的直接受害者,怎么能反怨他们"拉升""炒高"了房价,又怎能幸灾乐祸地挖苦他们"太有钱"了呢?

不要说是以"经世济民"为职业的经济学家了,就是任何一个有良知、有常识的公民都能轻而易举地判断出炒高房价的原因究竟是部分开发商的心太黑,还是"部分老百姓太有钱",因此,自诩"替富人说话"的茅于轼先生的这番"高论"不值得一驳。这么多年的实践早已证明,要想让市场房价回归合理,使大多数还不那么有钱的老百姓都能买得起房,最可行、最有效的方法就是政府加大公共投入,不断扩大廉租房、限价房、经济适用房等保障性安居工程的保障范围和覆盖面,努力满足低收入阶层的购房需求,这也是釜底抽薪平抑房价的治本之策。一旦有了充足的低价、平价房源,谁还再去饮鸩止渴般地被迫购买那些动辄几千上万元一平方的高价房?用茅于轼先生的话说,"如果房子没人买,价格肯定上不去"。到那时,再看那些乘人之危、炒高房价的黑心开发商还能硬撑多久?

(2009 年 7 月 19 日)

风光凭啥让他占？

中学时代曾读过唐代著名诗人罗隐的《蜂》："不论平地与山尖，无限风光尽被占。采得百花成蜜后，为谁辛苦为谁甜？"

近日偶然看到一幅国外漫画，画中是一处波光云影的海滩，可是海边上竟有人扯起了一幅巨大的帐幔，把即将喷薄而出的朝阳严严实实地遮盖起来，然后向专程前来观赏日出美景的游客卖票。如果不是看到《收费看日出》的漫画题目，真以为这就是专为"无限风光尽被占"这句诗意所画的生动题图。

唐代诗人的一声叹息竟与当代西方画家的幽默嘲讽不谋而合，不能不让人想起马克思的那句名言："历史常常有惊人的相似之处。"更为吊诡的是，当年罗隐曾经遇到过的"无限风光尽被占"的窝心事如今不仅并未绝迹，而且还花样翻新，像"收费看日出"那样的搞笑场景不光是呈现在国外的漫画作品中，更出现在我们的现实生活里。

凡是去过著名旅游胜地北戴河的游客都知道那里有个叫"鸽子窝"的地方，是观看海边日出的绝好景点，原先的海滩直通路边，一览无余，每天早上都有大批游客前来观景。可后来当地有关部门发现了这个"生财之道"，便硬生生地在海滩边砌起了一道两米多高的围墙，不仅堵死了下海的通道，而且遮住了游客的视线，就像那幅国外漫画中所画的那样，想看日出必须买票！

不但看日出需要买票，在国内许多景区里，但凡角度较好的观光地点，都被事先圈占起来，只能由景区管理部门指定的照相店独家拍照，即使游客自带相机在此留影，也得向他们缴纳所谓的"取景费"。有些景区干脆把游客必看的核心景点单独封闭，改为另收门票的"园中园""景中景"。本来人们去圆明园就是为了在残存的大水法遗址前凭吊历史，可是要想进入大水法遗址，却必须另外买票。有的地方做得更绝，甚至把景区所在的山体、河流等等都划入自己的"势力范围"，对偶尔路过的"驴友"和"背包客"也要征收所谓的"景区维护费"。尽管许多游客都曾愤愤不平地质问：天生山水，自然景观，为世人所共有的美好风光凭啥让少数人独占？虽然接到国内外游客的屡屡投诉，有关部门也曾三令五申明令叫停，可似这般"画地为牢""占景生财"的违法行为却依然屡禁不止，且愈演愈烈，就是罗隐九泉有灵也只能空留愤懑，千年一叹。难怪有网友戏言，假若徐霞客生在当下，别说遍游神州了，只怕身上的盘缠连买景区门票的钱都不够！

其实，罗隐诗中所叹的"不论平地与山尖，无限风光尽被占"只是一种借喻，那幅《收费看日出》的国外漫画所讽刺的也绝不仅仅是霸占自然风光的无赖行径，他们的矛头所指实际上是在揭露社会上存在的少数人垄断稀缺资源的不合理现象。这些稀缺资源既有个人生存发展所必不可少的受教育机会、就业岗位和工作职位，也包括公平正当的市场竞争所依赖的各种生产要素、流通渠道和经营条件，正是由于少数人采用种种手段对这些稀缺资源的非法独占，才造成了社会上形形色色的行政垄断、行业垄断、市场垄断和机会垄断，有垄断就有寻租，有寻租就有腐败，而腐败恰恰是对和谐社会的最大威胁。因此，这种对社会稀缺资源的垄断比对自然风光的独占更加可怕，更具危害性。

我们在激烈抨击诸如"收费看日出"之类不合理现象的同时，更要特别警惕并致力消除社会领域和市场体系内的种种垄断行为，努力为所有人提供均等的生存权利和发展机会，努力营造公平竞争、和谐发展的社会环境,让每个社会成员都能各尽其才,各得其所,共享经济发展和社会进步的文明成果,那时,才不会有人诘问"采得百花成蜜后,为谁辛苦为谁甜?"(2009年)

该给谁"开胸验肺"

　　河南省郑州振东耐磨材料有限公司工人张海超打工 3 年多,被多家医院诊断为尘肺,但企业却拒绝为其提供相关资料;他到郑州职防所去做正式鉴定,反被诊断为"肺结核"。为寻求真相,28 岁的他跑到郑大一附院,不顾医生劝阻,坚持"开胸验肺",剖白真相。直到省委、省政府主要领导多次批示过问,又经河南省职业卫生专家进行全面系统的讨论、分析、会诊和咨询卫生部专家,才被最终确诊为患尘肺病。(7 月 28 日《河南日报》)

　　其实,张海超患的并不是什么疑难杂症,采用现代医学的诊断方法,根本用不着"开胸验肺"就可以准确地诊断出究竟是肺结核还是尘肺病,之所以要用"开胸验肺"这种极端的方法来揭示真相,实属走投无路,被逼无奈。他虽然早已被多家医院确诊为尘肺,但这些医院没有鉴定职业病的资质,说了不算。而有鉴定资质的郑州职防所又偏偏"看不出"是尘肺,这不是活生生把人逼疯吗?万般无奈之下,只有用最直观的办法"开胸验肺",把被污损的器官亮给世人,以血淋淋的事实昭示天下。一个被企业损害了健康的工人竟然需要用拆卸机器一般的荒谬行为来证明自己的受损程度,可见那些保护劳动者生产安全和身体健康的法律法规是多么苍白无力,国家耗费巨资建立的职业病防治网络是多么令人担忧!

　　张海超不必也不应"开胸验肺",最应该"开胸验肺"的首先是他所在工厂的老板。明知生产耐磨材料粉尘多、污染大,对工人健康危害严重,却舍不得投资安装除尘设备,有意让工人在高危环境下从事有害工作，就连工人自费做职业病鉴定他也百般阻挠，像这样把工人当奴隶对待，当牲口使唤，唯利是图、草菅人命的无良企业主早已丧失了最起码的人性和道德，真应该给他来个"开胸验肺"，让世人都看看，他的胸腔里到底长了一颗什么颜色的心，他的肺被铜臭熏成了什么样子？

对农民工毫无感情，毫不负责，昧着良心，故意把明显的尘肺病说成是"肺结核"，涉嫌失职、渎职的医务人员也应该被"开胸验肺"。身处救死扶伤的神圣岗位，头顶"医师""专家"的闪亮头衔，拿着政府发给的优厚工资和津贴，饱食终日，却不能胜任最基本的职业病鉴定业务，连肺结核和尘肺病这两种截然不同的病症都搞不明白，还有什么资格执业开诊，还有什么脸面在那里尸位素餐？如果是无意误诊，那就应该引咎受罚，依法问责；如果是故意使坏，就更有必要深查细究，甚至把他们"开胸验肺"，看那些黑心厂主到底送了多少"红包"，使了多少黑钱才把他们的心肺染黑，双眼致"残"，对农民工的切肤之痛竟如此漠不关心，在事关患者病情性质的重大鉴定中竟做出违背常识的错误诊断。

还有那些对农民工权益漠不关心、严重失责渎职的政府工作人员也应该被"开胸验肺"，让公众看看他们的胸腔里面到底还有没有良心、爱心、同情心和责任心。正是由于他们的官僚作风和推诿扯皮，才使受害农民工求告无门，在身体被污染损害的同时，又蒙受了沉重的精神创伤。他们最应该扪心自问，假如张海超是他们的骨肉至亲，他们还会那么冷漠无情，无动于衷吗？

农民工被逼"开胸验肺"的丑闻不仅激起了社会各界的强烈义愤，而且被河南省委书记、省人大常委会主任徐光春怒斥为"法不容，理不容，情不容"，明确要求"对视职工人身安全于不顾的企业必须查处，对病人极端不负责任的医疗机构、医务人员必须查处，对严重失责渎职的党政负责人必须查处，对农民工张海超造成身体伤害、精神损失的人和事必须查处",依法查处的过程也就是对整个事件的"开胸验肺",只有彻底查清逼使张海超"开胸验肺"的人为责任和客观原因,才能对症下药,有效清除"病灶",杀灭病毒,防止"开胸验肺"之类的"社会病"再度发作,危害百姓。(2009 年)

"信息窃贼"快住手！

　　刚刚买了一辆车，个人的手机号码就被泄露给保险公司，一天内竟收到 15 个推销电话。(7 月 27 日《许昌晨报》)像这样个人信息被盗窃和出卖的"窝心事儿"恐怕许多人都曾遇到过，只是大多数人遭遇看不见的"信息窃贼"和紧逼不断的推销电话骚扰时，大都一边叫苦连天，一边自认倒霉，顶多以拒接或关机的方法被动地躲避，而不懂得拿起法律的武器进行反击，无形中助长了窃贼的胆量，致使个人信息泄密案件屡屡发生，几乎成了人人头痛、不堪其扰的社会公害。

　　毋庸讳言，在网络技术飞速发展的时代，在社会信用加快建立的今天，个人信息具有极高的"含金量"和财富价值，因而也成为许多"信息窃贼"觊觎、争夺和攫取的对象。一些商家和雇员见利忘义，把客户为购房、买车、办卡、入学、招聘、炒股、办理保险、手机入网等单一目的而提供的个人信息当作"摇钱树"，非法出售或买卖，甚至在网上公开发布，严重侵害了公民的隐私权和保密权，给客户带来了无休无止的"信息骚扰"。公众对此反映强烈，人大代表也多次提出立法动议，呼吁进一步完善法律法规，切实保障公民信息安全。

　　对个人隐私的尊重与保护，反映一个社会的文明程度，也体现着社会管理的精细化程度。根据我国《宪法》《民法通则》和最高人民法院相关司法解释，包括手机和家庭电话号码在内的个人信息资料均属个人隐私，在无法律特别规定的情况下，任何组织和个人都无权向社会公开和传播。同时,一部专门保障公民信息安全的《个人信息保护法》草案也已于去年年底正式提交国务院。该草案明确规定了拥有个人信息的企业与团体应承担的法律责任,禁止任何团体在未经个人同意的前提下,将个人信息泄露给第三方。已于今年2月28日正式实施的刑法修正案(七),更把侵犯公民个人信息的行为首次界定为刑事犯罪。法网恢恢,疏而不漏,再像过去那样靠盗卖客户资料发财就成本太高,得不偿失了。

日前,广州市人民检察院批捕了首宗非法买卖公民个人信息案件,某电信公司员工李某某利用工作便利,将机主资料等信息非法出售给他人,获利近万元,以出售公民个人信息罪被批准逮捕;另一名购买这些资料的犯罪嫌疑人黎某也以非法获取公民个人信息罪被批准逮捕。(7月10日《南方都市报》)这对于那些仍在肆无忌惮地窃取、买卖客户资料的不法之徒不啻是当头一棒。从今以后,号码泄密已经不再是工作失误、品行不端或者违规违纪的小问题,而是触犯刑律的刑事犯罪!国家已经给个人信息安全罩上了带"高压电"的"防护网",看哪个"信息窃贼"还敢以身试法,火中取栗?

这活生生的典型案例也提醒每个公民,当个人信息安全受到威胁和侵害的时候,决不可隐忍躲避,吃"哑巴亏",一定要及时投诉或起诉,尽快把那些窃取和出卖客户个人信息的"信息窃贼"绳之以法,不仅要依法追偿由此所造成的经济和精神损失,而且要堵住各种泄密漏洞,以防更多的人再受其害。(2009年)

警惕"谷歌依赖症"

"谷歌"是目前全球最大、网民访问量最多的互联网搜索网站，与其功能相近、规模相差无几的同类搜索引擎还有"百度""雅虎""搜狐""维基百科"等等。它们就像无所不懂的"百事通"、无处不在的"贴身顾问"和不知疲倦的助手，随时帮你解惑释疑，满足你的各种好奇。无论白天还是夜晚，不管你想知道哪方面的问题，只要在它们的搜索栏中输入相应的关键词，只需几秒钟，它就能从互联网上浩如烟海的海量信息中搜索并罗列出相关的网页索引供你参考。大到宇宙起源、宏观经济，小到某个人名、某个词义，从学术研究、数据查询到出行问路、预报天气，都能通过方便快捷的网络搜索及时获取有关信息。过去是"秀才不出门便知天下事"，如今是"上了互联网，万事皆可知"。

当然，同任何事物都具有两面性一样，飞速发展的互联网和神通广大的搜索引擎也如同一柄锋利无比的"双刃剑"，在给我们带来无数便利与快乐的同时，也给我们带来了许多麻烦和副作用。英国一家民意调查机构在最近的一次抽样调查中发现，有近一半的英国人患有"谷歌依赖症"，超过四分之一的人承认自己在无法上网时会感到压力增大，76%的英国人称自己离开网络活不下去，超过一半的人每天的上网时间为一至四个小时，19%的人每周上网的时间比与家人共处的时间还要多，47%的受访者认为，在生活中网络的意义大于宗教信仰；五分之一的人对网络的关注多于自己的伴侣。(9月8日《联合早报网》)

准确地说，所谓"谷歌依赖症"其实应叫"搜索引擎依赖症"，它是与互联网相伴生的"网络依赖症"的一种典型症候。它的主要症候就是对互联网及其搜索引擎的过度沉溺和依赖，把上网看成比任何事情都重要的大事，一旦减少用网时间就会焦躁不安，下网后还念念不忘网事。想了解一件事情或去做一件事情时总是习惯地先"征求"一下搜索引擎的意见，遇到问题时懒于思考，而往往求助搜索引擎，甚至在听到别人的提问时，脑子里会首先冒出若干个关键词。如果这仅仅是少数网民无伤大雅的个人癖好，倒用不着大惊小怪，可是心理学家的研究却证实，这种"依赖症"不但是一种不可忽视的心理疾病，而且会引起人大脑活动的加速和血压升高，进而危及人体健康，这就不能不引起我们的高度重视和警惕了。

　　戒除"谷歌依赖症"关键在于破除迷信网络信息、依赖搜索引擎、忽视人的主观能动性的偏执观念，认清互联网的本质特点和搜索引擎的工具属性。既把它们当成获取信息、沟通联络的辅助工具，敢用爱用，又要了解它们的弱点、局限和副作用，会用善用。应当看到，由于网络的匿名性和开放性，网上信息的真实性、可靠性和可信度也无法保证，搜索引擎提供的结果和答案只能作为多种选择的参考项，决不可不加鉴别地盲目使用。无论多么先进的电脑和网络都是人类器官的延伸和补充，任何功能强大的搜索引擎也代替不了人脑的思维功能。只要网民们摆正自己的"主人翁"地位，对日益发达的互联网和"谷歌"之类的搜索引擎既积极主动使用，又不沉溺其中，真正做到上网有时，用网有度，依靠而不依赖，热爱而不盲从，就能有效地防止和避免"谷歌依赖症"。（2009年）

跪不得也，哥哥！

日前，北京西三旗限价房项目交用，正当市领导向即将入住的业主象征性地发放钥匙时，一名廉租户竟激动地当场下跪表示感谢。(7月2日《南方都市报》)看到这似曾相识的下跪照片，一时竟让人窒息得喘不过气来。明明已是21世纪的现代文明社会，怎么还会出现封建时代三跪九叩"谢主隆恩"式的跪谢场面？假如我在现场，一定会上前拉起这位匍匐在"父母官"脚下的当代公民，还要向他大喝一声："跪不得也，哥哥！"

我丝毫不怀疑那位"下跪大哥"的真情和实意，也完全相信他的下跪是出于感激之情无法言表，情不自禁的自发举动，没有任何导演、表演或者"作秀"的成分。唯其如此，才更令人忧心忡忡。无论是原始人类对大自然的顶礼膜拜，还是奴隶社会里奴隶对主子、封建社会里臣民对统治者的屈膝下跪，都是一种自我矮化、自贬人格的形体语言，跪下的是身躯，卑微的是尊严。千百万志士先烈抛头颅洒热血前赴后继奋斗了几十年，就是为了让每个人都能堂堂正正地站起来，过上自由、尊严、体面的幸福生活。我们党历尽艰险建立新中国，也是为了让全体人民挺直脊梁，当家做主。今天在共和国的土地上竟然还能看到百姓向领导下跪的身影，这究竟是历史的进步还是民智的退化？我们的政府是人民的政府，我们的干部不论职务高低都是人民的公仆，只有全心全意为人民服务的义务，绝没有居功自傲，让百姓感恩戴德的权力。虽然"公仆"只是一个借用的比喻，也没有谁刻意要求干部在群众面前要像仆人对待主人那样低首谦卑，毕恭毕敬，但眼看着"主人"向"公仆"下跪，总让人觉着有什么地方不对劲，既滑稽可笑，又可叹可悲。

我们正在致力建设的社会主义和谐社会是人人平等的公民社会，这种平等不仅是法律和文化意义上的，而且也包括了精神和道德层面。只有人格平等，才能和谐相处。不论什么时候，为了什么原因，都不能以任何形式自贬人格，放弃尊严。即使是为了感恩，或者是感激涕零，表达谢意，也决不能动辄下跪。因为这个动作太卑贱，太丑陋，太不文明，难以承载人类美好的情感，更让我们的公仆们消受不起。

事实上，"跪谢领导"并不仅仅是北京那位廉租户的"专利"，在不少地方的抢险救灾、扶贫慰问和爱心捐赠现场都曾出现过弱势百姓为表谢意"情不自禁"含泪下跪的情景。作为当事一方的官员应当把这看作群众对自己的鞭策，清醒地认识到为人民办实事谋利益本是公仆的天职，干得好是称职，做不到是失职，仅仅做了应该做的事就让百姓感激不尽，跪谢不已，只能说明离群众的期盼还有差距。而作为受益方的平民百姓则应增强自身的主人翁意识、公民意识和民主意识，学会用更加文明得体的方式来表达感激和谢意，切不可动辄屈膝下跪，自我矮化和贬低。我想把已故著名诗人王怀让的这首诗送给所有的"下跪大哥"和仍怀有"跪谢情结"者——

> "我们中国人，
> 是不跪的人！
> 我们——对谁，
> 对谁也不下跪。
> 我们——永远，
> 永远也不下跪！"（2009年）

假如天桥能收费

许昌市区文峰路人行过街天桥已建成使用两个多月，可桥面的卫生保洁却无人负责。有读者投书报社，希望有关部门尽快处理，管一管桥上的垃圾，"有关部门"却回复说，该桥的"卫生保洁工作还没有具体划分到指定单位"。(7月9日《许昌晨报》)

这样的"回复"愈加让人听不明白，虽然是过街天桥，可并没有建在天上，属于哪条道路，就归哪条路上的保洁人员打扫。既然横跨文峰路，毫无疑义就应该由原本负责该条道路的单位或人员进行保洁，这本是天经地义、责无旁贷的责任，怎么就有人装聋作哑，推诿扯皮，还非得要"有关部门"再"具体划分"，重新确定"责任归属"呢？经过这几年创建工作的深入开展，我市的每条道路、每个角落都有专人负责日常保洁，怎么可能出现这么明显的"死角"和"空当"？许多居民小区的楼梯卫生并没有划分具体的保洁责任人，可楼上楼下的邻居们打扫自家门口时都会顺手把上下楼梯打扫干净，我就不信那些每天在这条路上打扫卫生的保洁人员在路过如此醒目的跨路建筑物时能够视而不见。难道"顺手牵羊"打扫一下桥上的卫生还能算是"超越职责范围"，还怕受到有关部门的查处不成？

之所以无人主动"认领"过街天桥卫生保洁工作的管理责任，究其根源，恐怕还在于卫生保洁之类的管理工作无利可图，只有责任和辛苦而没有权力和好处。不难设想，假如这座过街天桥能设卡收费，哪怕每人每次只收一角钱，还会出现这种归属不明、无人管理的事情吗？恐怕不等有关部门协调、指定，就会有不止一个单位争相"认领"。不仅天桥的投资方根据城市基础设施"谁建设、谁管理、谁受益"的原则，理所当然地享有该桥的收费权，而且天桥两侧的街道社区也会按照创建工作的"属地管理"原则，"当仁不让"地分别声称拥有各自一方天桥连接线的"管辖权"，就连桥下道路的管理方也会"据理力争"，以过街天桥系"道路附属物"为由争夺"连带管理权"，谁还会互相推卸责任，置天桥管理于不顾呢？

也许这样的假设过于尖刻，低估了相关人员的思想觉悟，可是却能让人形象地感悟到一个平凡的常识，那就是，要使"人民城市人民管，管好城市为人民"的口号真正成为现实，决不能仅仅依靠思想教育，单纯指望当事人个个都是无私奉献的"活雷锋"。也不能过分借助"经济人"的逐利本性，滥用利益激励，归根到底，还是要靠切实管用的长效机制和科学界定职责范围、管理边界的精细化管理。随着现代文明城市的不断发展，还会有更多的市政设施拔地而起，造福市民，如果相应的管理工作老是滞后，总是"慢半拍"，总要等到出现"空当"、纰漏，群众投诉后"有关部门"才被动地采取措施协调补救，就会使这些便民设施的实际功用和社会效益大打折扣，"民心工程"变成"窝心工程"。希望有关部门能从文峰路过街天桥的"保洁空当"中汲取教训，举一反三，亡羊补牢，健全机制完善制度，切莫再因为工作上的疏忽给市民带来麻烦，千万不要在那些即将开通的地下通道里再出现像文峰路过街天桥这样的"卫生死角"。（2009年）

"末位淘汰制"败诉的警示意义

中国农业银行南阳市卧龙区支行以"末位淘汰"的方式强令三名职工下岗,经劳动仲裁部门裁决为不合法。该行又诉诸法院,请求判决其"末位淘汰制"合法有效,反被法院驳回。法院认为,"末位淘汰制"缺乏严谨的科学性,不符合劳动法的相关规定,因而判该银行败诉。(8月6日《大河报》)我国法律体制虽然不同于实行"判例法"的英美法系,但这一正式的法律判决仍然具有较强的普适性和重要的警示意义。

警示之一:规章制度不能与法律法规相违背。俗话说,"没有规矩不成方圆",国有国法,家有家规,各个部门、单位和团体也都有自己的规章制度。但是,就像不同层次的法律法规具有效力不同的位阶,下位法必须服从上位法一样,规章制度也必须合乎法律法规的基本要求,绝不应同法律法规相违背、相冲突、相对立,否则就是非法、无效的"恶规"。前些年有的地方在文明创建活动中所制定的一些诸如"儿女不孝要罚款""婆媳不和挂黑牌""抓住小偷小摸游街示众"之类的"村规民约"就涉嫌侵犯人权,既不文明也不合法。所以,即便打着"群众自愿""一致同意"的旗号也难以实行,很快便被强令废止。卧龙区农行以"末位淘汰"的形式剥夺职工劳动权利的内部规章也是这样的"恶规",因而才被法院判决败诉。这一典型的判例应当成为仍在制定和实行类似"恶规"者的前车之鉴,例如最近湖南省多个市县对不能自觉偿还贷款的公职人员实行"三停"(停岗、停职、停薪)的"土政策"(8月6日《法制日报》)就有越权违法之嫌,如不及时纠正,便有可能重蹈卧龙区农行的覆辙。

警示之二:学习引进国外管理方法不能"断章取义"。任何一种先进的、成功的管理方法都有其特定的社会环境和机制保证,因而我们在学习引进时也必须综合考察,科学借鉴,绝不可抓住一点,不及其余,只学皮毛,偏离实质。所谓的"末位淘汰制"就是由美国通用电气公司前CEO杰克·韦立奇提出,上世纪90年代传入我国的一种先进的职工绩效管理方法。但是有些单位在学习引进这一管理方法时,只注重和照搬了"末位"的概念和"淘汰"的形式,却有意无意地忽略了与之配套的科学考核评价体系和员工权益保障机制,因而完全背离了"末位淘汰制"的原旨,使这一激励员工的评定方法竟蜕变成了企业"动态裁员"的借口和工具,这岂不是南辕北辙,点金成石?

警示之三:企业效益最大化不能以损害职工权益为前提。追求效益最大化是企业进步的内在动力,但是切不可忘记,创造效益的主体是人,是有主动性、积极性和创造热情的企业员工。只有善待员工,保障他们合法劳动的权利,才能有效地激发他们的劳动热情,为企业创造更多的财富和利润。反之,如果只把员工当包袱,单靠裁员来提高人均效益,则只会令更多的员工心灰意冷,从而消减企业的凝聚力和创造力。试想,在一个人人自危,朝不保夕,不知哪一天就会被"末位淘汰"的高危环境下工作,谁还会心甘情愿地下死力,出实劲,提高劳动生产率?实践证明,以剥夺职工劳动权利为目的的"末位淘汰制"绝不是"减员增效"的"万应灵药",而是饮鸩止渴、自减活力的"慢性毒药"。面对经济危机的严峻考验,许多有眼光、有胆识、有社会责任心的企业家果断采取了"不减员、不减薪、不停产"的应对策略,靠转型升级和内部挖潜来苦练内功,提高效益,凝聚人心,共渡难关,这不是比那些靠"末位淘汰""减员增效"的企业和单位技高一筹,更值得称道吗?(2009年)

莫拿"上帝"当"人质"

　　好多年前就听说过"顾客就是上帝"这句从西方传来的格言名句，在许多公共场所也常常看到这条醒目的这宣传标语，不少服务行业的从业人员都把它当作常挂在嘴边的职业用语。例如餐馆服务员会说"食客就是上帝"，公交车司机会说"乘客就是上帝"，物业管理员会说"业主就是上帝"，网吧老板会说"网友就是上帝"，每到年年的"3·15"，报纸上、电视里、广播中叫得最响的就是"消费者就是上帝"。然而，自我感觉良好的"上帝"们切莫自我陶醉扬扬得意，在现实生活中，有许多时候不仅很难享受到当"上帝"那种至高无上主宰一切的权威地位和周到细致体贴入微的尊贵待遇，反而经常会承受数不清的白眼和冷遇，还要处处捂紧日渐干瘪的钱包，时刻提防形似"馅饼"的陷阱和笑脸后面的欺诈。更可怕的是，说不定哪一天您就可能沦为别人手中的"人质"和各式"刀俎"上的"鱼肉"，凭人摆弄、任人宰割！

　　说这话并不是故弄玄虚危言耸听，而是有许多活生生并见诸报端的事实为证。前些年国内某航空公司部分飞行员因补助和扣税等个人待遇与公司发生矛盾和纠纷，便以"集体返航"的名义来报复航空公司，于是被他们奉为"上帝"的乘客就成了他们与航空公司讨价还价的"人肉筹码"和"空中人质"。几十个航班的几千名无辜乘客在毫不知情的情况下，硬是被关在飞机上往返折腾数百公里，眼睁睁看着到了目的地却不能落地，你说当这样的"上帝"危险不危险？还有些从政府手中买来"特许经营权"的自来水和天然气供应商,凭借独此一家别无分店的垄断地位把市民当"人质",动辄以停水断气危及稳定来要挟政府批准涨价,你说当这样的"上帝"作难不作难?还有些地方的有线电视网络公司把用户当"人质",为了强制推行"数字化改造",擅自关停正常的模拟信号,无理剥夺那些不愿缴纳高额"数字电视收视费"用户的收视权,你说当这样的"上帝"窝囊不窝囊?最倒霉的"上帝"则是中国网民们,他们掏着世界上最昂贵的上网费用,养肥了一个个网站、网店和软件供应商,却连选择使用聊天工具和杀毒软件的自由都没有。号称"中国互联网最大客户端"的腾讯公司最近就"做出了一个艰难的决定",单方撕毁具有法律效力的服务条约,把近 10 亿合法使用 QQ(一种即时通信工具)工具的网民当作了抗衡竞争对手的"人质",以强行禁止登录相要挟,威逼网民卸载竞争对手的杀毒软件,造成了中国互联网有史以来的最大混乱和丑闻。被奉为"上帝"的消费者连最起码的知情权、选择权和自由安全消费的权利都被剥夺,这样的"上帝"有谁愿当?

徒有"上帝"虚名的消费者屡屡成为被绑架、被挟持、被强迫、被损害的"人质",凸显出当前市场环境的诸多弊端。虽然以市场为取向的经济体制改革已进行了 30 多年,但法制化、规范化、公平公正、自由竞争的市场经济新秩序仍未完全确立。尽管国家相继制定了《消费者权益保护法》《反不正当竞争法》《反垄断法》等一系列规范市场主体的法律法规,可由于事实上存在的监管缺位、执法不严、打击不力等多种因素的掣肘,并未能有效扼制少数不法经营者利用在市场交易中的垄断地位和营销优势进行不正当竞争,许多损害消费者利益的侵权违法行为也没有受到应有的惩罚。当年被航空公司当作"空中人质"的乘客并没有获得应有的补偿,如今胁迫网民卸载软件的互联网服务商也没有受到政府管理部门的惩处和制裁。放纵违法就是鼓励犯罪,正因为恶无恶报,公理不彰,才使得宰客欺诈等不法行为屡禁不止,"上帝"的权威和脸面荡然无存。

其实,广大消费者并不奢望能够享有"上帝"的荣耀和权势,作为在市场竞争中天然处于弱势的群体,他们只企盼能真正享有法律赋予他们的包括知情权和选择权在内的各项合法权益,能以平等的市场主体身份,在一个开放、公平的市场环境中与守法诚信的经营者进行自由、正当的博弈和交易。如果连这些最基本的要求都得不到满足,那他们只有被迫行使最后的"投票权",用"脚"投票,退出交易,既不当"上帝",也不当"人质",就像许多被腾讯裹胁的 QQ 用户愤而改投 MSN(微软网络服务)一样,以敢于说"不"的勇气来打破垄断势力的禁锢,也向世人显示出"上帝"的力量。(2010 年 11月 10 日)

岂能"隔岸观火"

　　前天出门,见一朋友正准备带不满周岁的小孙子去逛商场。我好心劝他,眼下正是甲型 H1N1 流感流行之际,没事尽量少去那些人多气杂的公共场所"凑热闹",免得一不小心感染病毒,惹祸上身。谁知他却满不在乎地说,怕什么? 不就是前段时间风传的"猪流感"嘛,我在电视里看过,病毒还在墨西哥呢,离咱这儿十万八千里,没事儿! 据我观察,像他这样对严重疫情麻痹大意,怀有"隔岸观火"心态者还大有人在,这种倾向着实令人担忧。

　　众所周知,今年 3 月份首先在墨西哥发现的甲型 H1N1 流感是一种由猪流感病毒引起的一种急性呼吸道传染病,由于它主要通过飞沫或气溶胶经呼吸道传播,也可通过口腔、鼻腔、眼睛等处黏膜或接触患者的呼吸道分泌物、体液和被病毒污染的物品等直接或间接接触传播,因此传染性强,危害严重。尤其是夏秋时节,正是甲型 H1N1 流感的高发季节,如果防控不好,很可能造成更大范围的流行,严重危及广大人民群众的生命安全和身心健康。正因为如此,党中央、国务院才高度重视,胡锦涛总书记专门做出重要指示,温家宝总理在不到一周的时间里连续两次主持召开国务院常务会议,研究部署进一步加强防控甲型 H1N1 流感的政策措施。各地各部门也都紧急行动,全面做好应急工作,不断加大防控力度,按照"高度重视、积极应对、联防联控、依法科学处置"的原则,在继续做好口岸检疫工作的同时,进一步加强国内疫情的监测和控制。然而,也还有不少人对如此复杂严峻的疫情防控形势并未引起警觉,仍陶醉在

"天下太平"的白日梦中,错误地认为,前几年谈虎色变的禽流感不过是杀了几只鸡,埋了几只鸭,也没见有人被感染。这次的"猪流感"大不了也就是一场猪瘟,即使有人感染,也远在北美,与己无关。所以当他们从电视上看到国外民众人人自危,如临大敌,出门戴口罩,回家便洗手时,还觉得人家大惊小怪,神经过敏,更想不到自己主动采取什么防范措施去防患于未然。这种对严重疫情无知、麻痹,盲目乐观和"隔岸观火"的不良心态比甲型 H1N1 流感病毒更为可怕,更需要我们下大力、用猛药去根治,去消除。

2003 年那场突如其来的非典疫情曾经给我们带来了惨痛的损失和教训,如今,面对日渐肆虐的甲型 H1N1 流感,我们更要痛定思痛,像当年抗击非典一样,万众一心,众志成城,百倍警惕,日夜提防。虽然甲型 H1N1 流感原发地在北美,但是病毒传播却不分种族,不分国籍,不分年龄,不受地域和国境限制。在交通工具先进发达,国际交往日益频繁密切的"地球村"里,任何一家邻居"失火",都可能会殃及全"村"。既然连茫茫大海都隔不断小小病毒的传播,身处大洋彼岸的我们又怎能隔岸观火,独善其身?如果说前不久甲型 H1N1 流感对于我们来说还只不过是发生在异国他乡的国际新闻和一个陌生新鲜的医学名词,那么当 5 月 11 日我国内地首个输入性病例被正式确诊以后,你还能漠不关心地隔岸观火吗?特别是当得知与该患者同机的旅客分布在 21 个省份后,你还能若无其事地置身度外,还敢在不干不净的地摊排档胡吃海喝,还敢携家带口到空气污浊的公共场所"扎堆儿""凑热闹"吗?

"人无远虑,必有近忧",虽然眼下甲型 H1N1 流感还没有在我们国家和我们身边流行蔓延,人们也大可不必风声鹤唳过度恐慌,但是防控疫情的警钟必须及时敲响,对疫病知识的科普宣传必须切实加强,一些在"非典"时期行之有效的卫生习惯,例如勤洗手、常消毒、戴口罩、分餐制等也应当自觉恢复和大力推广。只有人人都养成良好的卫生习惯,共同维护清洁、安全的公共卫生环境,才能有效地防控各种疫情,保障每个公民的身心健康。(2009年5月12日)

且慢"接轨"

"接轨"本是一个交通术语,原义专指两条以上的道路或轨道并轨连接。引申义则日益广泛,多种文化相互融合叫"接轨",不同的货币制度和汇率趋于一致叫"接轨",体制机制的转型对接叫"接轨",产品质量标准化也叫"接轨"。改革开放以来,使用频率最高的就是"与国际接轨",说得具体点就是与国际惯例和国际标准接轨。纵观世界各国的发展轨迹,几乎都有一个从易到难、从少到多、从局部到整体的接轨过程。WTO(世贸组织)就是一个鼓励各个国家在对外贸易方面逐步接轨的国际组织,中国加入WTO以实际行动表明了我们这个东方大国自觉主动与国际接轨的决心和诚意。欧盟的崛起也标志着大多数欧洲国家已在经济、政治等多方面实现了全面接轨。在经济全球化的今天,接轨已成为历史发展的大趋势。

接轨并不是简单的合并或对接,必须经历一个互相兼容的转换过程。窄轨铁路要与准轨铁路接轨,首先就要改变轨制、轨距;不同口径的管线接轨,也得先安一个转换接头。经济接轨则更为复杂,必须从各自的现状和实力出发,逐步创造相应的条件和适当的环境,绝不可能一蹴而就,更不是简单的后进向先进看齐,或者欠发达国家和发展中国家步发达国家的后尘。

这本来是个十分浅显而明白的常识,可有些人偏偏要"揣着明白装糊涂",动不动就拿"接轨"来吓唬人。这不,明明是国内成品油价格一年几涨,引起消费者纷纷质疑,有的媒体竟拿"与国际接轨"替几家垄断供应商狡辩,说什么国内油价与国际标准长期脱轨,价格偏低造成巨额亏损,再提几次价也还赶不上国际水平。某报甚至还以去年11月中旬的统计数字为据,专门制作了一张国内油价与世界主要发达国家和地区现行零售油价的对照表,表中列明,在同期我国内地93号汽油涨至每升5元多的情况下,美国同样标号的汽油零售价每升折合人民币约6.5元,英国为15.5元,日本为10.53元,香港为13.8元。(2007年12月7日《人民日报》)言外之意,与"国际惯例"相比,国内油价还有相当大的"上涨空间"。我们权且相信这张表格所列的油价数据完全真实,然而制表者是否无意抑或故意忽略了几个必不可少的重要数据,比如同期的人均GDP和人均收入。根据我在互联网上查到由世界银行公布的2006年的人均GDP数字,美国为43978美元,英国为37783美元,日本为38496美元,香港为27116美元,中国则不足2000美元,居世界排名100位之后。而同一年的人均收入,美国为37610美元,英国为28350美元,日本为34510美元,香港为25430美元,而据中国国家统计局公布的数字,当年全国城镇居民人均可支配收入为11759元人民币。之所以要不厌其烦地引用这些烦琐枯燥的数字,无非是想说明一点,即所谓"接轨"必须是全面的和全方位同步的,不能单单强调某一方面而忽视了另外的方面。在人均GDP和人均收入远未接轨的情况下,片面追求物价接轨,恐怕既不现实也不合理。仅以目前的国内油价低于发达国家来论证"涨价有理"也是根本站不住脚的。

我们并不反对"与国际接轨",但是要接也要先在发展速度、发展水平和公共福利、生活质量上"接",而不是单单与人家的物价水平甚至是某一商品的绝对价格相接。还以市场油价为例,某些媒体在大肆渲染国际市场高油价的同时,为什么不公正客观地比较一下国内外石油生产和经营企业的劳动生产率、平均利润率以及油品支出占国民收入的比重、民众的消费水平和承受能力呢？在美国、英国汽油涨价一元也许波澜不惊，而在中国则不知会导致多少私车"趴窝"，多少公交和出租车停运。因此在某些方面，至少是消费品物价上还是且慢"与国际接轨"为妥，等到国民收入和社会保障先与国际接上了轨，油价、房价、学费和医疗价格再去"接轨"也不迟，否则可真要让老百姓们接不上气了。(2009年)

深圳公交的这一锤砸得好

7月13日上午,深圳市一辆331路公交车尾部冒出白烟,车上乘客迅速取下安全锤,砸开一扇窗户逃生。(7月14日《南方都市报》)虽然事后经检查只不过是因发动机增压器风机损坏形成的小股白烟,仅仅是虚惊一场,司机也抱怨乘客"太敏感",一锤下去砸掉了一千多元,可我还是要为车上乘客这果断坚决的一锤拍手称快,连连叫好。

这一锤砸得好,它标志着乘客安全意识的觉醒和自我保护能力的增强。过去多少人常年乘车,谁知道车窗旁的小锤是干什么用的?又有谁懂得在车内起火或者爆炸的瞬间该如何自救逃生。尽管许多公交车内都张贴有"安全第一""严禁携带易燃易爆及有毒危险品上车"等提示标语,但每天熙熙攘攘的乘客早已习以为常,就像听多了"狼来了"的警告一样迟钝麻木。在门窗密闭的公交车里,人们不由自主地有一种安全、放松的感觉,从来没有意识到置身其间还有可能遭遇危险和不幸,更没有防范危险的思想准备和应急反应。所以当6月5日成都9路公交车遭遇突如其来的大火时,才会有那么多无辜的乘客惊慌失措,猝不及防,顷刻间葬身火海,造成了伤亡过百的惨痛事故。俗话说"吃一堑长一智",正是成都公交的这场大火,烧痛了人们的麻痹心理,烧醒了乘客的安全防范意识,从血的教训中懂得了什么是安全锤、逃生门,学会了紧急情况下的自救常识。各地也以这场大火为镜鉴,举一反三,亡羊补牢,认真查找影响公交安全的事故隐患,切实加强"三品"检查,并在车内配备安全锤、灭火器等救生用品。正是有了这样的前提和基础,深圳 331 路公交车上的乘客在发现异常情况的时候才能够毫不犹豫地当机立断砸窗逃生,才没有重蹈一个多月前成都 9 路公交车火灾惨案的覆辙。28 条逝去的生命挽救了更多宝贵的生命,深圳公交车乘客的安然逃生也足以告慰成都公交车失事乘客的在天之灵了。

这一锤砸得好,正砸在了深圳公交公司的软肋上。尽管这是一场虚惊,却也暴露了公交公司安全工作的疏忽和漏洞。既然明知公交安全人命关天,也在车上配备了安全锤和灭火器,为什么就偏偏漏掉了最关键的车辆安全检验这一关?既然早知发动机增压器风机损坏是"公交车常见的小事故",为什么不经常检查,及时维修,防患于未然,还让这样的危机四伏的问题车辆"带病"运营?也许这次的公交车"屁股冒烟"是"小事故",可谁又敢保证这样的"小事故"不会酿成更大的灾难?幸亏车上的乘客"太敏感",如果看到车上冒烟还茫然失措,不知所以,真要是车内起火岂不又是逃生无门,命丧黄泉?

深圳公交上的这一锤虽然只砸碎了一块价值千元的车窗玻璃,却仿佛又向世人敲响了一记振聋发聩的安全警钟。各行各业都有必要进一步克服侥幸心理和麻痹思想,再认真细致地排查事故苗头和安全隐患,及早排除,勿留后患,宁可"太敏感"多来几场"虚惊",也不要因为太大意而招致一场真祸。安全锤不仅要装在公交车上,更要时时常在我们脑中,敲在每个人的心上,这样才能使我们处处铭记生命可贵,安全如天。(2009 年 7 月 16 日)

我想"站"飞机

要是你到任何一家航空公司售票窗口,要求购买一张便宜的飞机"站票",恐怕不是受人嘲笑就是被看作神经不正常。可也许用不了多久,这种近乎"疯狂"的想法就有可能变为现实。最近春秋航空董事长在接受记者采访时就已公开表示,只要有关部门批准,他就敢尝试"给飞机卖站票"。(6月23日《联合早报》)

在我国民航事业还是计划经济的大一统时期,飞机不仅是一种十分稀缺的交通资源,而且还是级别、身份、地位的象征,不到一定的行政级别,没有相当的技术职称,就是再有钱也买不来机票。这些年来随着民航体制的改革和市场化进程的加快,虽然飞机已日益成为大众化的交通工具,但是长期沿袭下来的贵族化的服务标准却使运营成本居高不下,昂贵的机票价格也成了制约民航发展的最大羁绊。尽管各个航空公司为争客源明里暗里纷纷打折,但与火车、汽车等交通工具相比,仍然没有吸引旅客的价格优势,因而始终难以形成具有竞争力的规模效益,以至于乘飞机旅行至今还是仅限于少数人的"奢侈消费",偶尔有农民或农民工乘飞机出行,竟还成为令人称奇的新闻!

其实,如同价格低廉的便捷酒店一样,国外早就有平民化的"便捷航班"。机上只有经济舱,也不提供免费食品和饮料,有的甚至连如厕也要收费,却能以低廉的价格向乘客提供安全、便捷的旅行服务。我们的航空公司在挖空心思节约机场费、航油费、维护费的同时,为什么就不能换个思路,在降低服务费用上动动脑筋,在保障飞行安全的前提下,像火车、汽车那样适当增加座位、站位,以提高航班载客量来有效降低运营成本呢?实际上,现在的大多数乘客乘坐飞机并不是要体验奢华气派的"贵族服务",也不是要"花钱买享受",在不超过一两个小时甚至仅有几十分钟的短暂航程中,完全可以不吃饭不饮水不看电视,全程站立也能承受,既然如此,为什么不能充分利用机舱空间,设置"站位",出售"站票",让飞机成为更多人坐得起的交通工具呢?成本低,票价就低,票价降下来,旅客自然就会多起来,这比什么名目的促销"折扣"都要实惠,也更有吸引力和竞争力。

早有专家预言,随着"新舟60"国产支线客机的成功交付,中国的"廉价航空"时代也将到来。最早在国内航线推出"一元机票"的春秋航空如果能成功卖出中国民航史的第一张飞机"站票",也一定会刮起势不可当的降价飓风,进而引发国内民航业界的"鲇鱼效应"和"雪崩效应"。我和许许多多渴望蓝天又翅膀无力,想坐飞机又囊中羞涩的平民百姓一样,殷切期盼着民航"站票"的早日发售,期盼着"廉价航空""平民航班"的早日到来。到那时,"站飞机"才不是近乎疯狂的妄想,"打飞的"才会成为更多乘客的首选。(2009年6月30日)

喜忧 3G

    打开近期中国各地的报纸,版面最多、篇幅最大的广告毫无例外都是 3G。已经获得了 3G 牌照的三家电信运营商在全国主要城市开通 3G 网络,展示最新技术和最先进的终端设备,请公众现场体验 3G 应用的同时,也频频上演了一场场精彩纷呈的"3G 广告大战"。看来,呼唤多年的"3G 时代"真的已经到来了! 然而,身处 3G 时代,面对这一前所未有的先进通信技术和信息传播方式,也不禁令人喜忧交加。

    喜的是"3G 时代"将给我们带来更多的快捷与便利。从人类沟通方式的变革来看,3G 突破了传统意义上通过语音传播实现"打电话"的通信模式,使参与通话的双方甚至多方不仅能够进行"只闻其声不见其人"的电话交谈,而且可以实时看到对方的动作表情,使"隔空谈"变成了"当面聊"。同时,与高速互联网交互的 3G 手机已不再是一个单纯的通信终端,高清视频通话可以让您随时与远方的亲人、朋友面对面聊天;包含文字、音频、视频的手机播客能让你在上下班的路上和其他空闲时间实时阅读、收听或观看最新信息;手机电视具有流畅的在线观看、录制上传及互动功能;通过 3G 手机还能十分快捷地上网浏览浏览、搜索、下载、查询、购物和玩游戏,其功能绝不亚于一台高性能的便携式网络电脑。更奇妙的是,在 3G 时代每一部手机都能实时拍摄并传输各种图像或视频,其覆盖之广、记录之详、传播之快恐怕连遍布街头的"电子眼"和消息灵通的民间 DV(数字视频摄像机)通讯员也望尘莫及,无与伦比。因而在信息传播领域，手机作为继报纸、广播、电视、网络之后的"第五媒体"将更加名副其实，日臻完善。在第二代互联网 WEB2.0（互联网 2 代）的先进技术支持下，每部手机都可以有一个真实的固定 IP（网际协议地址），也可以开办一个随时随地实况转播的个人电视频道，既能够采用点对点的方式向特定对象单向传输，也能通过互联网上的视频网站实现点对面的"播客式"交流。如果装上专用软件，还可利用手机对包括自家住宅在内的特定目标实施任意或者不间断的电子监控。

然而，喜中也有忧。忧的就是 3G 带来的全新社会环境并非人人都能很快适应。比如，那些习惯以"我在外地出差"或"正在开会讲话"、"正陪客户吃饭"等胡诌借口搪塞对方的"撒谎高手"就很难自圆其说，因为对方正通过现场视频清晰地观看着你的表情和你所处的真实场景。又比如，在人手一机的会场上，再疲惫无聊也不能交头接耳或打瞌睡，说不定哪部手机就会在不经意间把你的尊容上传到互联网上瞬时曝光。平日出门在外，更要时时注意自己的衣着和形象，特别是那些像周久耕一样爱穿名牌服装、戴高档手表、抽天价香烟的官员更须有所收敛，以免身上过于惹眼的"行头"被哪部手机无意中捕捉到、传播开而大出洋相。常常酒后失态、行为失范的林嘉祥、皮宗其一类官员们更要多加小心，因为 3G 手机无处不在，任何丑行和谎言都不可能掩盖得天衣无缝。面对由 3G 技术武装起来的"第五媒体"，报纸、广播、电视等传统媒体的记者的压力或许更大，要想在第一时间、第一现场采访到第一手并且首发的独家新闻，单凭一家媒体之力谁都难以企及。最忧心忡忡的则是那些平素惯以"封口费"、"禁播令"和"删帖"、"断网"、抓记者等传统手法"管控媒体"钳制舆论的利益集团，在 3G 带来的更加开放、透明的社会环境里，人人都是新闻事件的参与者和见证人，到处都有"麦克风""摄像头""电子眼"，事实真相将更难封锁，再财大气粗、权势熏天也难以一手遮天。

　　不管是喜还是忧,3G 已经真真切切地来到了我们面前。面对这一新机遇和新挑战,不仅每个公民需要尽快适应 3G 时代日益"扁平化"、透明化的社会环境,我们的各级干部也要习惯于把自己置身于众目睽睽的"聚光灯"下,自觉主动地接受群众监督,经得起汹汹舆情的挑剔与检验。同时也要学会运用手机和网络等新兴媒体畅达社情民意,做好群众工作的本领。同时,报纸、广播、电视等传统媒体的新闻工作者也要尽快适应 3G 时代的新形势,切实改变被动、单向的报道模式,进一步提高舆论引导能力,这样才能与时俱进,不负使命。(2009 年 6 月 9 日)

"典妻"丑闻令谁蒙羞?

为了每月 300 元的"租金",重庆南岸区峡口镇村民张某竟签下协议,将老婆"出租"给他人。一年多后,他去收取已拖欠几个月的"租金"时,双方发生抓扯,竟持刀将承租人"杀死。(8 月 19 日《重庆晚报》)看到这条新闻,不禁令人又想起了那曾流行"典妻"陋习的"万恶的旧社会"。

"典"就是"租",所谓"典妻"就是将自己的妻子租与别人。这种把妻子像"物"一样典当出去以换取钱财的丑陋现象,是旧社会饥寒交迫走投无路的贫困家庭所不得已而选择的一种畸形的生存方式,著名文学家柔石在他的名作《为奴隶的母亲》中曾对此有过生动的描写和揭露。随着新中国的建立和社会的进步,这一违背人伦的丑恶现象早已绝迹,谁也想不到时隔半个多世纪后竟又死灰复燃,沉渣泛起。真如同马克思当年在《路易·波拿巴的雾月十八日》中曾说过的那样,"历史常常有惊人的相似之处",只不过第一次是悲剧,第二次是喜剧。

虽然当代的"典妻"丑闻与旧社会的"典妻"陋习不尽相同,重庆南岸区峡口镇的"典妻"村民张某并不像柔石笔下的春宝爹一样穷困潦倒,迫于生计,"承租者"陈某也不同于《为奴隶的母亲》中急于得子的老地主,可是二者的所作所为却如出一辙,惊人地相似,都是把妇女当作可以流通、交换,满足一方的生理需要并为另一方带来金钱回报的"会说话的商品",都是经三方"自愿",并签有白纸黑字红指印的契约协议,更为荒唐的是,重庆农村的"典妻协议"竟然还堂而皇之地盖上了合作社和村里的公章! 如果说旧社会的"典妻"陋习是折射被压迫、被侮辱、被损害的劳动妇女悲惨命运的人间悲剧，那么发生在当代社会的"典妻"丑闻则是一出太过荒谬，又让人笑不出来的"黑色喜剧"。

在我们这个文明、和谐的现代社会里，竟然会出现如此荒唐的"典妻"丑闻，这不仅是那三个愚昧无知的当事人的耻辱，也令当地的"有关部门"尴尬蒙羞。社会主义精神文明建设的新风难道至今还没有吹到这个偏远落后的山村？每个公民都应自觉遵守的社会主义法治理念难道还没有普及到这些有知识、有文化的新一代农民？作为村民自治组织的村委会和作为农民经济组织的合作社不仅没能坚决制止这种既违背人伦又违反法律的"典妻"闹剧，而且还助纣为虐地为"典妻"协议盖上公章，为其担保；就连以保护妇女权益为己任的妇联组织也对如此明目张胆的侵权违法行为不闻不问。如果不是因为"租金"纠纷闹出人命，惊动警方，被媒体曝光，不知还会出现多少类似的"典妻"丑闻！

毋庸讳言，像重庆农村这样的"典妻"丑闻绝非个案或特例，只要稍稍留意一下媒体上诸如"大学生为大款借腹生子，一胎十万""某明星开价数百万甘当二奶"之类的花边新闻，就不难想见古老的"典妻"陋习何以能花样翻新，阴魂不散。要消除这类愚昧丑陋的违法现象，不能仅仅是"发现一起，打击一起"，还必须采取有效措施，进一步加强社会主义法治和文明建设，彻底铲除把妇女当"商品"的罪恶根源和土壤。当代女性也要不断增强法制观念和人权意识，真正做到自尊、自重、自强、自立，不做男人的附庸，不当被买卖和"典当"的"商品"。"一个巴掌拍不响"，一厢情愿难成交，一旦无人愿意被"典"，也无人可"典"，以女性做"典当物"的交易行为自然无法进行，形形色色的"典妻"丑闻自然也就销声匿迹了。（2009 年 8 月 25 日）

"眼神执法"能走多远?

怒目圆睁,聚光发功,摧枯拉朽,势不可当……这样的神奇场景从前只在金庸的武侠小说里或是好莱坞的科幻大片中看到过,想不到如今竟成了真实的一幕。前几天武汉市洪山城管执法大队为了整治占道经营的夜市排档,就使出了这一威力无比的"撒手锏"。50多名身着制服的城管队围站成一圈,双手背在身后,沉默地注视着食客和坐在一旁的老板,一动不动,一言不发,只靠炯炯如炬的目光威慑,就逼得那些软磨硬抗的占道摊贩一个个落荒而逃。(6月18日《大河报》)

我毫不怀疑城管队员们"眼神执法"的神奇威力。且不说充满敌视的"众目睽睽"能给对手造成多么强大的精神压力,单是身边环伺着50多个威风凛凛的彪形大汉,还有什么样的食客能从容就餐?只是目前尚不清楚这种与北京市《城管执法操作实务》中所提到的"让行政相对人的脸上不见血,身上不见伤,周围不见人"的具体标准不谋而合的"眼神执法"是不是武汉城管活学活用的独家发明?而且对它的实际功效仍有保留,更怀疑能否在全国范围内大面积推广施行。说白了,就是怀疑它对一部分人有效,在另外一些人身上会不会失灵?在这个地方管用,到别的地方是否可行?因为说到底,所谓的"眼神执法"靠的还是人多势众。假如只有寥寥几个城管队员形只影单地站在那里,只怕眼神再凶也没人理睬,站上半夜也是白搭。而要每次都出动绝对优势兵力,以几十人围几个人的阵容展开"眼神攻势",恐怕城管的编制再扩大几十倍、上百倍也难以为继。再比如,在大排档上吃饭的食客可能受不了城管的贴身紧逼和"眼神威慑"而避席起身,可要是碰上走街串巷打游击的流动摊贩又怎么办?难道就这么大眼瞪小眼地无声对峙?在武汉街头几十个城管围住一家排档也许习以为常,可要是在北京、上海、广州街头也来搬演这么一幕,恐怕立马就会引来上百人甚至上千人的疯狂围观,那时候丢人的可就不是违章摆摊的小贩,而是弄巧成拙的"眼神执法者"了。

当然,武汉城管从以人为本的理念出发,探索"柔性执法""温情执法"的初衷值得肯定,非接触、非暴力的"眼神执法"也确实比动辄掀摊子、砸桌子、封铺子、扣车子的粗暴执法、野蛮执法要进步许多,文明许多,但这种以隐形压力逼人就范的执法方式毕竟成本太高,效果有限,难以复制,更不宜推广。

作为政府授权的行政执法主体,城管对于执法相对人理应尊重,但是尊重绝不是放纵,既然是执法,就应理直气壮,不卑不亢,对经多次劝阻、教育仍不改过的违法者,按照规定该施行什么样的强制措施就毫不犹豫地依法施行,这样才能维护法律的尊严,保障公众权益。如果仅仅是慑于舆论的压力而畏首畏尾,不敢大胆执法,那还不如干脆对街头小贩视而不见,网开一面,也免得浪费城管的"眼神",为社会节约一点有限的执法资源。(2009年)

一部手机一条命？

如果要问一部手机和一条人命哪个宝贵，恐怕谁都会说生命最宝贵，哪怕再豪华名贵的镶钻纯金手机也抵不上一条鲜活的生命。可是，最近在富士康公司，毕业于哈工大的工程师孙丹勇竟因不小心弄丢了一部由他所保管的苹果公司 iPhone 样机，在接受公司环安课调查时遭到非法搜查、拘禁和殴打，不堪压力而跳楼自杀，结束了年仅 25 岁的宝贵生命。（7 月 22 日《南方都市报》）

过去我们只是在教科书上读到马克思关于"资本来到人间，从头到脚，每个毛孔都流着鲜血和肮脏的东西"那形象的论述，也从新闻或文学、影视作品中听到、看到过黑心资本家如何残酷剥削工人，如何因为一件不合格产品而逼死人命。但毕竟"纸上得来终觉浅"，再深刻的理论也没有最直接的感受刻骨铭心，何况那些惨状还都是发生在新中国成立前的陈年旧事或者国外资本主义社会的黑暗现象，虽然令人气愤，却总有一种隔岸观火的隔膜感和恍若隔世的"间离感"。可这回的"富士康工程师跳楼"事件就发生在当下，就发生在我们的身边。血淋淋的现实触目惊心，令我们每个人都无法逃避，也使更多善良的人明明白白地看清了"血汗工厂"的残酷内幕。孙丹勇之死再次警示我们，对资本的残酷性和与生俱有的负面作用绝不可掉以轻心视而不见，对外企、私企的严格监管和对员工合法权益的保护绝不能放松。

早在 3 年前，英国《星期日邮报》就曾以《高科技企业下的"包身工"》为题，用翔实的文字和图片揭露过富士康公司设在广东龙华制造厂的 20 万名工人恶劣的工作和生活条件。不仅每间宿舍都挤满了上百人，而且每天都要原地不动地站立劳动 15 个小时，生产线上经常有工人因为疲劳过度或者睡眠不足而倒下，稍有不从便会受到罚站和强迫俯卧撑等变相体罚，可他们每月的收入仅有 50 美元（约合 400 元人民币）。上海《第一财经日报》也派记者深入采访，披露了富士康员工"干得比驴累，吃得比猪差，起得比鸡早，下班比小姐晚，装得比孙子乖，看上去比谁都好，五年后比谁都老"的真实状况，引起了社会各界的强烈关注。按说这家号称"科技百强（IT100）前十名公司"的台资企业本应改弦更张，切实遵守国家法律，保障员工正当权益，可是他们不但不思悔改，反而变本加厉，仍然肆无忌惮地对员工非法搜查、拘禁和殴打，仅仅因为一部价值千元的代工手机，就不惜逼死一个老实本分的技术白领。这样明目张胆的违法犯罪行为怎不令人发指？

当今中国是法制社会，决不容许任何团体或法人胡作非为，草菅人命。不仅孙丹勇之死的真相需要尽快查明，违法厂商应当依法严惩，而且还有必要举一反三，对新《劳动法》的实施情况和所有企业（不论其所有制形式或规模、隶属）的劳动用工状况以及员工的生活工作条件进行一次认真全面的深入排查，坚决清理和废止个别企业违反《劳动法》规定，自行订立的各种"厂规""罚则"，以法律的力量约束资本的淫威。只有这样，孙丹勇的悲剧才不会重演，每一个员工才能自由、健康地从事为社会创造财富，同时追求个人幸福的体面劳动，真正享受"国家主人翁"的尊严、地位和合法权益。（2009 年 7 月 27 日）

"以车取人"不可取

前天晚上骑车去许昌市区某宾馆赴朋友婚宴，谁知在宾馆门口竟被看门的保安毫不客气地拦了下来。平时我经常开车出入这家宾馆，不但没人拦阻，而且还有迎宾小姐或服务生笑脸相迎，礼数周到地拉开车门，笑容可掬地指点停车，今天为什么却突然"变脸"，拒人于大门之外？

正当我满腹疑惑，费心琢磨"何前恭而后倨"时，一位保安严肃地向我解释，因为这里是许昌市的对外窗口，经常接待外地宾客，为了不影响许昌的形象，所以规定自行车、摩托车、电动车等一律不准入内，请自觉配合，把自行车停在外面。我一边不自觉、不情愿地被迫"配合"，一边反复琢磨，这究竟是谁定的规矩？骑自行车怎么影响许昌形象了？

记得20世纪70年代末刚改革开放的时候，沿海一些城市的涉外宾馆也曾有过类似的"门禁"，不但自行车、摩托车禁止入内，就连普通的国产轿车也不能停放。这种愚昧、霸道的"车型歧视"由于既不合理也不合法，涉嫌侵犯消费者权益且有损民族尊严，所以没过多久就被明令取缔。在竞争激烈的市场经济条件下，各个宾馆、酒店挖空心思争夺客源，恨不能到大门外马路上去主动"迎宾"，谁还在乎你是骑车还是开车，开的是什么车？连正儿八经的涉外宾馆，例如首都北京的钓鱼台国宾馆和省会郑州的"中州国际大酒店"都专门设有非机动车停车处，并不怕自行车"影响形象""有碍观瞻"，难道许昌的这家宾馆就比人家还"牛"？何况中国素以"自行车王国"著称，许多身份高贵的外宾到中国旅游都以骑自行车观光为荣，我们为什么却要妄自菲薄，如此贬低自行车的"身价"呢？

"以车取人"同"以貌取人"一样，都是严重违背职业道德和社会公德的病态心理，一旦怀有这种势利的心态，就会背离常识，悖逆人情，认车不认人，认"势"不认理，把原本平等的服务对象人为地分为三六九等，把交通工具当作身份、地位、权势的象征，"看人下菜"，有恭有倨，厚此薄彼。在他们眼里，开车者尊，开豪车贵，骑车者卑，骑单车者贱。以车代步者自然位高权重、身份显赫，因此才高接远迎，奉若上宾，巴结奉迎；对无车无势的寒酸百姓则一概冷眼相向，一条"内部规定"就把他们拒之门外。如此"爱憎分明"，霸气十足，哪像是一家经营餐饮、住宿服务的宾馆？活脱脱一个"店大欺客"的官商"衙门"！

财大气粗的地产大亨任志强敢于公然宣称"我就是为富人盖房的！"许昌市的这家宾馆大概还没有任老板那样的胆量，还不敢在大门外公开挂出"不开车者不得入内"的告示牌，还要挖空心思找出一个"宾馆停放自行会影响许昌形象"的所谓"理由"，来为他们"以车取人"的"内部规定"遮羞。其实，只要是思维正常的许昌人都知道，我们的城市还远没有"发达"到人人有轿车、彻底淘汰自行车等传统交通工具的地步，宾馆楼前停放几辆自行车或摩托车、电动车并不会对许昌的形象造成多大影响。倒是这种带有明显歧视性的"以车取人"的"店规"还真可能会引起外地客人的非议，给开放、包容、淳朴、厚道的"许昌形象"造成十分不利的负面影响。同时，在"有车族"还不成气候的情况下，硬要坚持"非轿车莫人"的歧视性"店规"，不仅无助于抬高宾馆的地位，而且很容易引起客人的反感，无异于作茧自缚，自断财路，损人而不利己，作为一家靠宾客而生存的宾馆，何苦如此呢？

又闻街头叫卖声

　　"叫卖"古称"市声",俗称"吆喝",是中国民间一种传统的行商手段和营销艺术。"干啥说啥,卖啥吆喝啥",过去做生意首先得会叫卖,不单是行商货郎,就连铺面坐商和路边摊贩也都是边喊边卖,招徕顾客。叫卖不光是会"叫",吆喝得响亮,有"穿透力",还要叫得有艺术,有滋味。让人一听不仅立马知道是谁,卖的什么东西,而且还得听着舒服,是一种享受。老北京传统的叫卖声早已成为中国传统文化的代表元素,一听到"冰糖葫芦唉——""收头发换针嘞——""磨剪子来——抢菜刀"等等韵味十足的叫卖声,就不由得勾起人们对于四合院、小胡同、纸灯笼和带哨的鸽群等传统意象怀旧而温馨的回忆。

　　可惜的是,近年来在所谓"整顿市场""美化市容"的堂皇理由下,许多城市的行商货郎被当作"无证经营"或"非法商贩"而无情取缔,街头路边的流动摊贩也因"有碍观瞻"而被强行驱赶,"划行归市"集中经营,因而传世久远、惠及百姓、响遍大街小巷,温暖千家万户的叫卖声几近"失传",难以听闻。有些单位家属院和居民小区门口甚至还挂有醒目的警示标志,"严禁小商小贩入院叫卖!"殊不知这种"一刀切"的武断"禁令"严重脱离实际,给居民群众的日常生活造成了极大不便,所以虽屡禁而不止,令有关部门大伤脑筋。

　　"人上一百,形形色色",人们的收入水平和生活习惯各有所异,消费层次和需求也不尽相同,有的人愿意到大商场、专营店去批量采购,也有人由于行动不便或者囊中羞涩只能在家门口随时买些小东小西。市场经济的基本规律之一就是需求决定供给,只要消费者有分散购物的需求,就一定会有满足这种需求、走街串巷送货上门的行商货郎和流动摊贩。禁令再严,清查再紧,堵截再凶,处罚再重,也驱除不了小商小贩们无孔不入的身影,自然也捂不住市井坊间此伏彼起时隐时现的各种叫卖声,只不过出于"偷偷摸摸",行色匆匆,这些叫卖声大多仓皇紧张,底气不足,连怯怯的吆喝声里也流露出几分无奈与凄凉。

也许是和谐社会"网开一面"的缘故吧,最近我又听到了久违多时的叫卖声。居民小区里,"收破烂——""清洗油烟机——""换窗纱了——"的叫卖声声入耳;游园广场上,"热豆浆火腿肠——""茶叶蛋鹌鹑蛋——"的叫卖声勾人食欲;街头巷尾,"刚摘的豆角谁要哦——""新鲜水果先尝后买——"的叫卖声敲开了一扇扇户扉家门。只是细细听,总觉得这些洪亮的声音有些异样。趋前观察才发现,原来此声音非嗓音,而是事先录制在手提喇叭上的循环录音。

识破了这个小小的秘密,不禁令我哑然失笑,想不到先进科技竟应用到了这些地方!平心而论,"录音叫卖"的确给过去全凭力气和嗓门吆喝的叫卖者带来了莫大便利,但同时也带来了不可忽视的副作用。事先录制的叫卖声虽说也是"真人原声",却与边走边叫的即兴吆喝大相径庭,起码是少了几分身临其境的现场感和贴心感人的亲和力,使脍炙人口的传统叫卖艺术大打折扣,不免令人遗憾。还有更搞笑的,明明听到的是老叟的叫卖声,人们看到的卖家却是一位腼腆女性,这种无心造就的"声画分离""音像错位"等"蒙太奇"效果,常常令人忍俊不禁。

尽管如此,我还是为重现街头的叫卖声所深深打动,并由衷地祈盼这些平凡的市声"声声不息",成为现代城市中与手机铃声、电视乐声、商场噪声和汽车喇叭声交响共鸣的一道音符,像戏剧、曲艺那样形象地承载和传播民间特有的非物质形态文化,促进当代社会的文明、进步与和谐。

"挪亚方舟"在哪里？

  自从《圣经·创世记》中记载了上帝指点挪亚建造坚固的方形大船以逃避滔天洪水带来的灭顶之灾后，人们就把"挪亚方舟"当成了消灾祈福的"避难所"和"希望号"，上下求索，苦苦寻觅。极富想象力的美国好莱坞导演们还在最新出品的灾难大片《2012》中，用当代最先进的数码动画"无中生有"地描绘出了中国在喜马拉雅山脉中斥巨资建造现代"挪亚方舟"，在因行星撞击地球引发的惊天大劫难中营救人类的逼真场景，互联网上竟也有人假戏真做，借机炒卖千奇百怪子虚乌有的"2012中国方舟船票"。

  求生去祸、趋利避害是人类的本能，由对世界末日的恐惧而引发的"挪亚方舟热"也折射出了人们对生命的珍惜和对未来的追求。但是，人们在狂热寻觅"挪亚方舟"，渴望躲避灾难的同时，却似乎忘记了这些可能会毁灭人类的灾难是怎么产生，又该怎么去防止。如果说《圣经》记载的那场滔天洪水是缘于人类犯下的罪孽的话，那么未来将要面临的大劫难则来自大自然对人类的报复。自打人类从地球上自生自灭的"自在之物"逐渐进化为改造世界的"自为之物"，就对他们赖以生存繁衍的自然环境产生了越来越大的改变和破坏，随着工业化、城市化进程的加快，这种改变和破坏的程度愈加严重，并且大大超出了自然界本身所具有的修复和再生能力。伟大的思想家恩格斯早在一百多年前就在他那部著名的《自然辩证法》一书中，对人类贪婪的掠夺行为发出过严厉警告："不要过分陶醉于我们对自然界的胜利。对于每一次这样的胜利，自然界都报复了我们","他们活动的结果只能和地球上的普遍死亡一起消失"(《马克思恩格斯选集》第3卷)！然而他那先知般的警世恒言并没有警醒一代又一代用最新科技手段武装起来,并一次次"战胜"了大自然的人类,直到那一项项人类发明的科技成果变成了污染环境、危害生存的恶果,直到偌大的地球再也容不下几十亿生灵无休无止的索取和掠夺,直到人们惊恐地发现几百年来人类活动所排放的二氧化碳已经造成并将继续加快全球变暖,用不了多久就会再次遭遇当年挪亚曾经历过的灭顶之灾,这才想到了恩格斯早就警告过的"自然界的报复"。为了避免"和地球上的普遍死亡一起消失"的世界末日,人们才开始关注环境保护,并逐步摒弃国界、地理、民族、语言和意识形态等偏见,共商应对全球气候变化、保护全人类共有的这个星球的根本大计,前不久在丹麦首都哥本哈根召开的联合国气候变化大会就是地球人联手建造当代"挪亚方舟"的一次共同努力。

但令人失望的是,为各国人民所殷切期盼的这次全球峰会却并没有取得任何实质性进展。虽然包括中国在内的发展中国家以最大诚意,主动公布了自己的二氧化碳减排目标,可是碳排放量最多、对全球变暖负有直接责任的美国等发达国家却并不愿接受应该承担的减排义务,尽管即将因全球海平面上升而被淹没的马尔代夫和图瓦卢等岛国的元首声泪俱下苦苦哀求,被戏称为地球"球长"的联合国秘书长苦口婆心一再规劝,192个国家的代表经过13天马拉松式的唇枪舌剑,讨价还价,最终也没有达成一项具有法律约束力的协议。就如同《圣经》中所记载的挪亚的后代因为语言不通,各说各话,终于没能建成直达天庭的"巴比通天塔"一样,现今地球上的人类也因为意见不一、人心不齐而造不出那艘普度众生的"挪亚方舟"。

其实,拯救人类的"挪亚方舟"就在人们自己的心中和手上。只要人人都能够对我们世代生存的这个星球多一份敬畏,多一分感恩,少一些索取,少一些掠夺,自觉担负起节能减排的社会义务,共同维护我们头上的这片蓝天,脚下的这株小草,身旁的这棵绿树,屋后的这条小河,致力建设资源节约型、环境友好型社会,地球母亲就会一如既往地善待我们,呵护我们。当我们自觉崇尚绿色自然的"低碳生活",自觉做到每天少开一次车,少用一度电,少耗一杯水,少费一张纸,也就是在一分一秒地拨慢气候变化的时钟,就是在为未来的"挪亚方舟"装配一块舱板、一个部件。保护环境就是保护人类,假如我们能与自然和谐相处,又何必非等到大难临头时才无助地乞灵于传说中的"挪亚方舟"?(2010 年 1 月 4 日)

"道德歧视"不道德

中国是礼仪之邦,历来重视文明道德。然而,近日重庆市政协委员王小波的一则道德提案却在坊间引起了一场轩然大波。有感于世风日下,道德衰败,卫道心切的王委员竟提议对育龄夫妇在生孩子前先测道德观,凡家庭观念、伦理道德的考核或考试不达标者一律缓发准生证。(1月20日《大河报》)假如是一介网民突发奇想,在网帖上放放厥词倒也吸引不了几只眼球,可把如此荒谬的设想当成正式的议案,在建言献策的政协会上堂而皇之地提出来,就不能不引起人们的质疑和法律的拷问。

人本来都是生而平等的,不经法律裁决,任何组织和个人都无权以任何理由或借口剥夺他人合法享有的包括生育权在内的公民权利。无论是全球公认的《联合国宪章》还是各国的法律,都把生育权和生存权作为公民最基本的人权加以保障,我国的现行法律除规定个别患有遗传性和传染性疾病的人在治愈前暂时不能生育外,也并没有对公民合法生育设置任何前置和先决条件。因此王委员提出的"道德考核不达标不能生育"的提案不仅不近人情,而且还有侵权违法之嫌。且不说怎么把抽象的道德标准细化为可以考核的具体条规,即使能够保证这类考核的公正性和公信力,又怎能以一次考核来认定一个人的道德水准?就是真的道德考核不合格或者真有违反社会主义道德的不良行为,也只是精神层面的问题,并没有触犯哪条法律,最多只应受到道德的谴责,绝不至于被剥夺生育权。这种"以道德定生育"的臆想实际上也是一种变相的歧视,这种蛮横武断的"道德歧视"虽然不能与希特勒之流"以种族优劣定生存"的"种族歧视"和"文革"时期流行的"以阶级成分定好坏"的"阶级歧视"相提并论,但其对于公民权利的侵犯和危害却同样不可小觑。

　　道德属于精神范畴,精神领域的问题只能通过教育、感化和自律来解决,想用一个整齐划一的道德标准来限定每个人的行为规范,试图以超越法律的"道德法庭"来裁判和解决所有的社会问题,既不可能也不可行。道德的力量源自内心,只能靠潜移默化的文化来浸润、培养和弘扬,而不能借助诸如法律、行政之类的强制手段去灌输和推广。"生孩子前先测道德观"这一哗众取宠的提案本身就具有明显的作秀嫌疑,"道德考核或考试不达标者一律缓发准生证"更是既不人道,也不道德,用这样不道德的方法去卫道岂不是缘木求鱼? 有鉴于此,我们在致力加强社会主义道德建设和精神文明建设的同时,一定要遵循规律,尊重民意,改进方法,注意防止包揽一切、急于求成和"泛道德化"等不良倾向,切不可让不道德的"道德歧视"败坏了道德建设的清誉。(2010 年 1 月 29 日)

"懒羊羊"是什么"羊"?

　　随着国产原创系列电视动画片《喜羊羊与灰太狼》的热播,剧中主人公,那只名叫"喜羊羊"的青青草原上最聪明的小羊一举成名,深受众多小"粉丝"的崇拜和追捧。就连它那又懒又胆小的朋友"懒羊羊"也借光成了卡通明星,还在互联网上新开了一家名叫"懒羊羊"的网站。可谁也想不到,这家网站竟然是"挂羊头卖狗肉",虽然打着"懒羊羊"的旗号,却既不懒也不胆小,公然宣称"关系也可以进行交易",把出售人脉关系作为赚钱手段。想托关系走后门的人可以公开悬赏;有门路能办事的人也可以明码要价,网站充当中介,事成后提取20%的费用。(1月31日《北京晨报》)许多网民都搞不清楚,这个"懒羊羊"究竟是只什么"羊"?

　　依我看,这个"懒羊羊"实际上是披着羊皮的狼。光看它公然挑战社会道德的底线,在法律的刀口舔血,把原本灰色甚至黑色的"关系网"堂而皇之地搬上网站,把只能在暗中进行的交易放到众目睽睽的光天化日之下,就可以想见这只"披着羊皮的狼"多么胆大妄为。尽管多年前就有人鼓噪过"关系也是生产力"的"高论",但始终底气不足,和者盖寡。因为在大多数人眼中,拉关系走后门毕竟是见不得人的"暗箱交易"和为人不齿的旁门左道,即便有人想干,也要扭扭捏捏、遮遮掩掩、躲躲藏藏、偷偷摸摸,哪敢像在集市上一样公开吆喝:"我要花多少钱买哪里的关系!""我有门路,谁想走就拿钱来!"而这只"懒羊羊"却打着"中介服务"的幌子,为这些肮脏的交易提供了一个公开叫卖、直接变现的网络平台。在这里,"关系"不仅是"生产力",更是金钱。手握权柄者可以明码标价地"创租",行贿者和受贿者也可以在这里"供需见面",公开"寻租",快速成交。充当"皮条客"的"懒羊羊"则一箭双雕,不但可以坐地分赃,收取20%的"中介费",而且还能从交易双方和围观网民的点击量中赚取相当可观的广告收入。只要进入这家网站浏览一下,就可以看到满目充斥的"我有关系能策划高考加分""我想出重酬买一个正式的事业单位编制"之类的"供需信息",估计用不了多久,那些办假证、卖假药、卖盗版书,甚至买官卖官、买凶杀人的信息都能在这里畅通无阻,铺天盖地。这哪里是什么"中介网站",分明是招揽非法生意的"黑店"!且不说为这些违法的肮脏交易充当"捐客"多不光彩,单是违反刑法的有关规定,在行贿人和受贿人之间进行联系、沟通,就足以构成可能被判处三年以下有期徒刑或拘役的"介绍贿赂罪",连这样的黑心钱都敢赚,"懒羊羊"究竟是只什么"羊"不就昭然若揭了吗?

不管是"挂羊头卖狗肉"也好,起"羊"名开"黑店"也罢,只要路子不正,早晚要栽跟头。互联网虽然是一个自由、开放的公共空间,却也有全体网民约定俗成和共同遵守的行为规范,就像世界各国都严禁在公共场所随地大小便一样,互联网也决不容许像"懒羊羊"这样藏污纳垢、助纣为虐的"关系网"任意妄为,污染网络环境。别看这家"懒羊羊"网站今天闹得欢,只怕将来"拉清单",倘若哪天在这里做成的违法交易东窗事发,那时靠"卖关系"赚黑钱的网站老板可就难逃干系,悔之莫及了。(2010年2月11日)

"三八节"是什么节？

要问"三八节"是什么节，恐怕许多人都会不假思索地脱口回答"妇女节"。作为简称，这样回答并无不妥，可是假如因此而忘记了它的全称"国际劳动妇女节"，甚至忘记了它的来历和意义，就可能使这个神圣的节日变味、变形甚至变质了。

1908 年 3 月 8 日，1500 名妇女高呼"面包和玫瑰"的口号在纽约市游行，要求缩短工作时间，提高劳动报酬，享有选举权。1909 年 3 月 8 日，美国伊利诺伊州芝加哥市的女工和全国纺织、服装业的工人再次举行规模巨大的罢工和示威游行，要求增加工资、实行 8 小时工作制和获得选举权。这些有组织的群众斗争，充分显示了劳动妇女的力量，得到全世界妇女群众的广泛同情和热烈响应。1910 年 8 月，在丹麦首都哥本哈根召开的第二次国际社会主义妇女代表大会上，各国代表一致通过决议，以每年的 3 月 8 日作为全世界妇女的斗争日，从此以后，"三八节"就成为全世界劳动妇女争取权利、争取解放的节日。1977 年，这一天又被确定为"联合国妇女权益和和平日"。单从这些政治色彩鲜明的名称上就可以看出，"三八节"绝不仅仅是性别意义上的"妇女节"，而是世界各国劳动妇女维护自身权益，争取和平、平等、发展权利的斗争日、纪念日和"维权节"。

然而，近年来却有人在有意无意地淡化甚至遮蔽"三八节"的政治含义，以至于许多人特别是年轻人都不明白"三八节"到底是什么节，忘记了先辈们设立这一节日的初衷和厚望。有些年轻女性更把"三八节"同香港方言中骂人的"臭三八"混为一谈，避之唯恐不及。还有人公然恶搞神圣的"三八节",提议设立什么"三七女生节"和"三九男人节"。一些精明的商家更是煞费苦心不遗余力不择手段地对"三八节"进行"改造",硬是把这个已有百年历史的"国际劳动妇女节"演变成了只剩下性别特征的"妇女节""女人节""女人狂欢节",其实就是赤裸裸的"女性消费节"和"购物节"。"面包和玫瑰"的呼号被"打折促销"的喧嚣和展示美色的"内衣秀""选美热"所淹没,"三八红旗手"的荣誉称号在"超级模特""环球美女"的炫目光环中黯然失色,就连"三八节"前一位全国政协女委员提议"老公应该给干家务活的老婆发工资"这样一份软弱无力的"维权提案"竟也受到围观者的戏弄和嘲讽。

难道以维护妇女权益为宗旨的"国际劳动妇女节"真的完成了她的历史使命?只要稍稍睁开眼睛,看一看不久前发生在我们身边触目惊心的"麻旦旦案""邓玉娇案""唐福珍案"和时有发生的男女同工不同酬、歧视女工、虐待妇女、拐卖女性以及"性骚扰""性贿赂"等侵犯妇女合法权益的违法现象,就会痛切地感到百年前妇女解放运动的先驱们"面包和玫瑰"的呼号并不过时,劳动妇女的维权抗争依然任重道远,一年一度的"三八节"绝不能只用来"疯狂购物"和肆意狂欢。"维权尚未成功,妇女仍须努力",只有当每一个女性同胞都有自主劳动的权利和"自尊、自信、自立、自强"的精神,都能平等地享有"面包和玫瑰",才能真正撑起和谐社会的"半边天"。这,才是"三八节"的本来意义和存在价值。(2010 年 3 月 15 日)

"双料冠军"的隐忧

据中国汽车工业协会近日公布,去年我国汽车产销量双双突破1300万辆,成为世界第一汽车生产和消费国。(1月11日新华网)按说在全球经济恢复举步艰难的情况下,我国汽车工业能逆势而上,一枝独秀,首次超过世界老牌汽车大国美国,夺得汽车产销的"双料冠军",本应额手称庆,欢欣鼓舞才是,然而,稍稍冷静地想一想,又令人感到几分不安和隐忧。

一忧为人作嫁。光看一年1300多万辆的产销量和双双超过50%的增长速度,似乎给人一种中国已成为"汽车强国"的幻象。但是切不要忘记,这些数字中包含了大量的外商投资企业和外企品牌,国产自主品牌的实际份额仅占30%左右,而且绝大部分是自产自销,出口比例甚小。据中汽协统计,2009年销量前十名的企业集团和销量排名前十位的汽车生产企业依次是:上海大众、一汽大众、上海通用、北京现代、东风日产、比亚迪、奇瑞、广汽本田、一汽丰田和吉利;排名前十位的轿车品牌依次为:F3、凯越、悦动、捷达、桑塔纳、雅阁、伊兰特、QQ、卡罗拉和凯美瑞。换句话说,这1300多万辆汽车大部分都是外资合资企业在中国生产并销售到中国市场的,是中国政府的购车补贴和中国老百姓腰包里的钱共同托起了繁荣的车市,帮助在本土日益衰退的外资车企走出了困境,开辟了新的增长点。法新社11日以《中国超越美国成为全球最大汽车市场》为题报道说,外国汽车厂商在华销量大幅增长,这和它们在世界其他市场大幅下滑形成鲜明对比。中国车市的优异表现,部分弥补了全球车市的下跌,成为拉动全球车市复苏的重要动力,同时也为一些陷入困境的跨国汽车公司提供了发展生机。据几家主要的跨国汽车公司近日发布的统计,他们2009年在华销量都取得了20%以上的增长,其中通用汽车在华销量的增幅更是高达近70%。中国车企忙活一年,却让人家赚了大头,这样的"业绩"不知究竟是酸还是甜。当然我们也可以用一句"互利双赢"的口号聊以自慰,但如果中国的汽车企业真的陶醉于"双料冠军"的虚名,不下决心提高自主研发能力并掌握关键的核心技术,没有一批在国际市场上叫得响的品牌和在国际上认可的中国跨国公司,不具备较强的汽车出口能力,恐怕就很难走出"为他人作嫁衣裳"的怪圈,即使成为人均拥车量第一的"汽车大国",也难以成为名副其实的"汽车强国"。

二忧环境污染。根据国际环保组织的监测,一辆轿车一年排出有害废气比自身重量大3倍,其中含有固体悬浮微粒和一氧化碳、碳氢化合物、氮氧化合物、铅及硫氧化合物等化学污染物,由此带来的噪声和空气污染严重危害人类健康。据有关部门统计,去年我国的机动车保有量已超过2亿辆,而且呈持续快速增长之势。可想而知,这些日益增长和汽车将给我国本已脆弱的生态环境造成多么严重的污染。假如中国汽车的产销仍然像现在这样以每年1000多万辆的速度递增,还怎么去兑现温家宝总理在哥本哈根气候变化会议上承诺的到2020年单位国内生产总值二氧化碳排放比2005年下降40%到45%的控制温室气体排放行动目标?

三忧交通拥堵。汽车行驶要占用道路,车辆停放要占用空间,可目前我国的道路通车总里程和停车场地的建设却远远滞后于汽车产销量的增长,交通拥堵已成为各个大中城市日益加剧的社会公害,如果中国的汽车产销继续以每年50%的增速保持"双料冠军"的地位,那么用不了多久,就会大大超出我国道路交通承载能力的极限,再赢得一项"世界第一堵车大国"的"桂冠"。

俗话说"人无远虑必有近忧",但愿这些多余的隐忧只是杞人忧天庸人自扰,可千万别让这些隐忧成为可怕的现实!（2010 年 2 月 8 日）

怎么又是"富士康"？

1月23日凌晨4时左右，刚刚进厂70多天的河南省许昌市鄢陵县柏梁镇19岁青年马向前不明不白地死在了富士康深圳市观澜分厂。面对现场的血迹和死者身上的伤痕，厂方百般抵赖推卸责任，极力否认马向前死前曾受过伤。富士康的老板郭台铭也公开声称，富士康是世界500强里面最守规范的工厂之一。而当地警方经过第二次尸检后，则明确认定为刑事案件，正全力组织侦破。(1月28日《东方今报》)

只要是不太健忘的人，都还清楚地记得，就在不到半年前，也是在富士康公司，毕业于哈工大的工程师孙丹勇只因为不小心弄丢了一部由他所保管的苹果公司iPhone样机，就遭到了公司环安课的非法搜查、拘禁和殴打，最后不堪压力而跳楼自杀，结束了年仅25岁的宝贵生命。(2009年7月22日《南方都市报》)而早在4年前，英国《星期日邮报》就曾以《高科技企业下的"包身工"》为题，用翔实的文字和图片揭露过富士康公司广东龙华制造厂的20万名工人恶劣的工作和生活条件，不仅每间宿舍都挤满了100人，而且每天都要原地不动地站立劳动15个小时，生产线上经常有工人因为疲劳过度或者睡眠不足而倒下，稍有不从便会受到罚站和强迫俯卧撑等变相体罚，可他们每月的收入仅有50美元（约合400元人民币）。上海《第一财经日报》也披露了富士康员工"干得比驴累，吃得比猪差，起得比鸡早，下班比小姐晚，装得比孙子乖，看上去比谁都好，五年后比谁都老"的悲惨状况。有句西方名谚说得好，"不能在同一个地方跌倒两次"，可号称"全球最大代工企业"的富士康竟接二连三地曝出虐待员工酿成血案的丑闻,这就不能不让人怀疑,他们赖以进入世界500强的超额利润究竟是靠什么赚来的,是不是真像马克思所揭露的那样,"从头到脚,每个毛孔都流着鲜血和肮脏的东西"。假如回到19世纪初的英国利物浦纺织工厂或者20世纪30年代的殖民地企业,像富士康这样把工人当牲口使唤、任意草菅人命的"血汗工厂"也许不足为奇,可是在早已进入后殖民时期的21世纪,在人民当家做主的中国土地上,重演这逼死人命的悲惨一幕,就不仅是开历史倒车的不合时宜,而且有侵犯人权的违法嫌疑了。

现代企业的存在价值绝不仅仅是为了追求所谓的"利润最大化",名列"世界500强"的全球名企大都重视自己承担的社会责任,在努力为社会创造财富,为大众谋福祉的同时,也十分注重保护员工安全、自由、体面劳动的合法权益。按照世界贸易组织成员共同认可和遵守的规则,像富士康这样靠血腥盘剥员工,在毫无人道的恶劣环境中生产的产品是绝对禁止采购和流通的。富士康公司也清楚地知道自己的所作所为是如何不得人心和违法违规,所以才千方百计加以掩饰,甚至不惜编造谎言推卸责任。然而拙劣的谎言盖不住血的事实,孙丹勇和马向前两条年轻鲜活的生命在不到半年的时间里都相继陨落在富士康这"最守规范的工厂",真不知还有谁敢在这里冒险打工,还有谁还忍心购买这些带血的商品!

人们在愤怒谴责黑心老板草菅人命的同时也不禁质疑,这些企业里号称"维护员工合法权益"的工会组织为什么一声不吭,无所作为?负责监督实施《劳动法》的政府执法部门又去了哪里?富士康员工的悲惨遭遇一次又一次证明,老板的良心同虚假的承诺一样靠不住,没有公正法律的护佑,任何人都有可能成为下一个孙丹勇和马向前!(2010年2月8日)

"天价相声"让谁看

  年头岁尾,网民们照例在互联网上发起了"用一个汉字概括全年"的投票评选活动,仁者见仁智者见智,各抒己见千奇百怪,得票最多的那个字是"涨",足见无处不在的涨价之风对社会生活的影响多么普遍。老百姓也许不懂得什么 M2(广义货币供应量)、CPI,可日渐"发毛"的钞票和一个劲蹿高的物价却使他们切切实实地感到了不可承受的压力和重负。这不,物质领域的"蒜你狠""豆你玩""糖高宗""药死你"还没退场,精神范畴的"相什么"就又接踵而至。据日前《北京晨报》报道,年前的"天价相声"热闹非常,继曹云金在北展莫斯科餐厅举办"天价相声"晚会后,李菁、何云伟的两场相声晚会也高价迭起,分别卖出了每张票3888 元和6888 的天价,而他们的师傅郭德纲更是身价倍增"价高一筹",专场相声的票价已经卖到了史无前例的8880 元!令人闻之不禁咋舌,这样的"文化大餐"到底有几人能"吃"得起?这样的"天价相声"究竟是演给谁看?

  相声本是一门扎根于民间、源于生活、贴近百姓的曲艺表演艺术,它的生命力正在于它的"草根性"或曰大众化、平民化,也就是说适应普通百姓的消费需求和消费水平,让大多数观众能够"看得起"。当年老一代相声艺人多在街头地摊、酒楼茶肆演出卖艺,虽条件简陋,但人气颇旺,其中的一个重要原因,就是以低廉的票价吸引了那些生活拮据囊中羞涩,进不了戏园子、看不起"洋电影"的平民大众。新中国成立以后,相声艺术虽然登上了大雅之堂,但仍保持了扎根民间、面向大众的优良传统，不管是在大剧院还是在大会堂演出，票价都不超出大多数观众的承受能力，因而长期以来一直受到广大人民群众的喜爱和追捧。可如今，老百姓喜闻乐见的这一平民艺术却从地下"涨"到了"天上"，变成了像天价烟酒、豪宅酷车一样普通百姓消费不起的"相什么"，真不知道这是相声的荣耀还是相声的"杯具"！

时下提起相声的日渐式微，一些"业内人士"总归咎于小品等其他艺术形式的冲击或者电视等新兴媒体的普及。殊不知，正是由于他们自身的不争气，才导致了相声艺术的不景气。有些相声艺人舍不得像侯宝林、马三立等老一代艺术家那样下苦功夫修艺德、练内功，而是热衷于和影视明星们比阔气、比排场、比身价、比票房，一心只想进大剧场，上大舞台，卖高价票，登富豪榜，非要把相声这门属于"下里巴人"的"草根艺术"折腾成只供少数有钱人赏玩的"贵族艺术"，其结果只能是作茧自缚，自断生路。

按理说，现如今已经是市场经济，相声作为艺术产品也应追求票房价值和经济效益。可是切莫忘了，艺术产品如同物质产品一样，实现价值、产生效益的基本前提是必须有人消费，也就是俗话说的"有人买才有得赚"。按照中国目前的国民收入水平，有能力有实力自掏腰包一掷千金，看得起"天价相声"的观众恐怕还是寥寥无几，动辄成千上万的超高票价只能把那些有需求而无实力的消费者拒之门外。没人买票或者票房不佳，还何谈"经济效益"？或许按照经济学中的"二八定律"，单靠那 20% 的 VIP（要人；贵宾）或者个别单位的公款包场能够暂时撑起几场"天价相声"，可是这样的"相声盛宴"一年能有几回？接不住"地气"就聚不起"人气"，背离了文学艺术的"二为"方针，失去了最广大的消费群体，植根民间源于大众的相声艺术就成了无根之木无源之水，只能被其他更具活力、更受广大消费者喜爱的艺术形式所"同化"或者"边缘化"，到那时，只怕

就连寥寥无几的 VIP 也不会为"天价相声"捧场喝彩了。(2011 年 1 月 8 日)

"消保处"保护谁?

　　"消保处"者,"消费者权益保护处"也。顾名思义,这一设在政府工商管理部门,以保护消费者权益为己任的专门机构,理应为消费者说话,依法查处、严厉打击一切侵害消费者合法权益的违法行为,可现实情况却并不尽然。面对广大消费者对许多饭店另外收取"餐具消毒费"的强烈投诉,河南省工商局"消保处"一位负责人竟公开表示,这"不违反规定","是否收取消毒餐具费应由市场竞争来决定"。(3月17日《大河报》)这话如果出自蛮不讲理的饭店老板之口倒毫不稀奇,可一个堂堂"消保处"的政府官员竟也如此大言不惭地宣扬这套罔顾消费者权益的歪理,就不能不令人心生疑惑,借用逯军局长的一句名言:"你到底在替谁说话?"人们不禁也要问:这样的"消保处"究竟是在保护谁?

　　《中华人民共和国食品安全法》早就明确规定:"餐具、饮具和盛放直接入口食品的容器,使用前应当洗净、消毒。"商务部《餐饮企业经营规范》也要求"为就餐者提供符合卫生要求的餐具"。可见,向消费者提供经过消毒并达到卫生标准的餐具是餐饮业应当履行的法定义务和开业的必备条件,而不应"由市场竞争来决定"。至于是饭店自行消毒还是外包给专业公司消毒,那完全是店主的事,与前来就餐的顾客毫无干系,以"霸王条款"逼迫就餐者另外支付"餐具消毒费"是典型的"店大欺客",不仅违反《食品安全法》和行业规范,而且侵犯了消费者的公平交易权,违反了《中华人民共和国消费者权益保护法》,理应受到法律制裁。

其实,明显违法的"餐具消毒费"从一开始就受到了广大消费者的强烈抵制和各地政府的严令禁止。早在 2008 年厦门思明区法院就已对一起类似案件做出正式判决,依法裁定"餐具、纸巾和调料是用餐的必备品,餐厅理应免费提供符合卫生标准的餐具和纸巾,不得另行收费"。最近,哈尔滨、太原等地工商部门又专门发出通知,坚决叫停收取"餐具消毒费"的违法行为,并对违反者科以重罚,直至停业整顿和吊销营业执照。难道在中国特色社会主义法律体系已经形成,全国法令政令高度统一的今天,还会有自行其是的"法律盲区"? 莫非在全国大多数地方都被明令禁止的"餐具消毒费"在某个地方竟可以"不违反规定"地畅行无阻? 如果如此,法律何在,公理何在?

　　"消保处"不保护消费者绝不只是名实不符的"黑色幽默",还暴露出了少数干部对群众疾苦无关痛痒的隔膜和冷漠。正是有了这些有其名而无其实的职能部门和"在其位不谋其政",有法不依、执法不严的"公仆",才导致了一些地方的政府监管名存实亡,诸如"餐具消毒费"、喝酒"开瓶费"、输液"座位费"、吃药"饮水费"、暖气"开口费"之类的违法现象大行其道愈演愈烈。这种态度和作风离胡锦涛总书记倡导的"权为民所用,情为民所系,利为民所谋"以及温家宝总理对各级公务人员"应该利用手中的权力为人民谋利益,负责地解决人民群众的困难和问题"的要求相差何止十万八千里! 幸亏这样的"消保处"为数不多,否则我们的消费者真的要投诉无门,干吃"哑巴亏"了。(2011 年 3 月 24 日)

　　　　　　　　　　　　　　　　　　　　　　　　　我行我诉

"谣盐"过后是什么？

许多人都听说过混沌学中著名的"蝴蝶效应"，用美国气象学家洛仑兹的一句形象比喻就是："巴西亚马孙丛林的一只蝴蝶扇动翅膀，将会在美国得克萨斯引起一场龙卷风。"最近发生在日本的大地震就为"蝴蝶效应"做出了最新注解。在地震中发生事故的福岛核电站的放射性微尘还没有飘过浩瀚的太平洋，就先在中国大陆引发了一场突如其来的食盐抢购风潮。仅仅因为网络上一则"海水受污染，海盐不安全"的空穴来风和所谓"碘盐能防核辐射"的无端妄言，便令许多惊慌失措不明就里的百姓疯狂地抢购和囤积食盐，致使部分商店一度出现断货现象。更有一些不法商贩趁机哄抬盐价，原本统一定价1.2元一小袋的碘盐竟被炒到了15元的天价。（3月18日《大河报》）虽然各地政府及时辟谣，并紧急调配货源保证供应，工商、物价等部门也出手干预，严厉查处囤积居奇和价格欺诈等违法行为，但对市场的冲击和影响已无法挽回，3月份CPI再创新高已成定局。

面对"谣盐"风波，有人一味指责消费者心理脆弱，缺乏理性，轻信谣言，盲目抢购，造成了市场盐价波动。这就好比打枪瞄错了靶子，治病找错了病因，没有看到抢购食盐的消费者本身也是"谣盐"的受害者，正因为他们收入有限，无力承受通货膨胀和物价高企的双重压力，并且深受"蒜你狠""豆你玩""糖高宗"之害，所以才对有关物价的传言极端敏感，风声鹤唳，闻涨心惊。假如他们腰缠万贯财大气粗，又何至于斤斤计较区区盐价涨落？

"冤有头，债有主"，最应当受到谴责和制裁的是那些有意散布虚假信息，误导消费者，人为制造抢购风潮的始作俑者。也许他们"寻常看不见"，在网上散布流言时也是穿"马甲"，用化名，但是正如那首歌曲中所唱的那样，"我不知道你是谁，我却知道你为了谁"，只要看一看谁是这场食盐抢购风波的最大受益者，就一定能准确无误地找出哄抬盐价的幕后推手。只要对他们依法严惩，公开揭露，各种谣言自会不攻而破。去年查处了吹嘘"绿豆神效"的张悟本和串通一气垄断市场的部分企业，高得离谱的绿豆价格立马"跳水"；揭穿了"千年极寒"的伪科学"预言"，疯涨到几千元一件的羽绒服登时削价甩卖。同样，也只有把那些采用"事件营销"手段贩卖"谣盐"的黑心商家绳之以法，才能从源头上制止抢购风潮，维护公平的交易规则和正常的市场秩序。否则，这次的"谣盐"风潮纵能平息，形形色色的"谣糖""谣油""谣米""谣面"风波还会不期而至。等到抢购风起时，再对不明真相的消费者做宣传解释工作，才是抱薪救火，为时晚矣！(2011 年 3 月 21 日)

　　　　　　　　　　　　　　　　　　　　　　　　　　我行我诉

别再上演《平鹰坟》

20世纪70年代末上演的国产影片《平鹰坟》曾给我留下深刻印象，特别是影片中贫苦农民因打死当地恶霸一只老鹰，被强逼为死鹰披麻戴孝，捧牌位出鹰殡，筑鹰坟，树鹰碑的屈辱场面更令人怒火中烧，义愤填膺。原以为这样惨无人性的恶行在人民当家做主的新社会再也不会发生了，谁知就在今年的1月9日，在素有"人间天堂"美称的苏州街头，竟又上演了一幕"为狗下跪"的人间丑剧。当地邮政局的两名速递员工开车避让不及，不慎碾死了一只小狗，不仅被狗主人当场打骂，而且还因无钱支付5000元"赔偿金"而被迫在寒风里为死狗下跪一个多小时。(1月10日《现代快报》)

我无意责怪那两位因"人穷志短"而为狗下跪的速递员工，只是认为他们不该因偶然的失误和过错就这么轻而易举地放弃一个公民最起码的人格和尊严。也许我们已经看惯了太多的下跪场面：乞丐在街头跪求施舍，民工们下跪向老板讨薪，百姓们下跪求见领导，冤民们下跪泣告"青天"……这些或情愿或被迫的下跪无一不是对公民人格的矮化和贬损，而堂堂七尺男儿当街向死狗下跪，更暴露出部分公民权利意识的缺失和自我保护能力的低下。在自甘屈辱向狗下跪的一个多小时里，他们竟没有想到向周围的群众求助或选择报警，而且民警闻讯起来解救时他们还以"协商处理"为由拒绝警方介入。如此卑微软弱，怎不令人既"哀其不幸"，又"怒其不争"！

我相信那个以暴力胁迫，逼人为死狗下跪的狗主人肯定没有看过《平鹰坟》这部电影,否则他一定会对影片中鹰坟被平、恶霸伏法的结尾记忆犹新,心存忌惮,断断不会有样学样,再步当年恶霸的后尘。心爱的宠物意外死亡,心里有气,讨要赔偿,都属人之常情,但明知对方并非故意而且身边确实没钱,却硬要逼人当街为狗下跪,这种公然羞辱欺侮他人的恶行就不仅违反了社会公德和公民道德,而且严重侵犯了他人的人格权和名誉权,理应受到社会的谴责和法律的制裁。

人们常说"新旧社会两重天",可也不要忘了"历史常常有惊人的相似之处"。从"鹰坟"到"跪狗",虽然相隔半个多世纪,可恃强凌弱、罔顾人权的本质和恶习却是一脉相承,有过之而无不及。这不仅是对个别公民的欺侮,更是对整个社会的羞辱。如果听任这种侵犯公民权利的恶霸行径公然上演,只能会破坏社会的和谐稳定,加剧和激化社会对立,直至酿成像《平鹰坟》那样的暴力冲突。只有在加强教育、劝善教化的同时硬起手腕,对"逼人跪狗"之类的肇事者严加惩处,以儆效尤,才能清除恶习,匡扶正气,防止《平鹰坟》的悲剧重演。(2011年1月13日)

　　　　　　　　　　　　　　　　　　　　　　　　　　我行我诉

查查"送毒下乡"者

中央电视台近日对江苏、河南等地"健美猪"问题曝光后,各级政府高度重视,纷纷开展专项整治行动,对各地养猪场及存栏生猪进行严格排查检验,严防"瘦肉精"危害蔓延。然而,更应当查清的不仅是到底还有多少用"瘦肉精"喂养的"健美猪",而且还要包括那些把"瘦肉精"卖给养殖户的"送毒下乡"者。

从"苏丹红"到毒韭菜,从"吊白块"到"催长素",从三聚氰胺到"瘦肉精",近年来一系列造成重大社会影响的有害农副产品事件背后,都不难看出"送毒下乡"者的身影。正是他们,把形形色色的有毒化学品贩卖到农村,并教唆原本老实巴交的农民昧着良心违法使用这些有害的添加剂,给更多无辜的消费者造成了难以弥补的伤害。从某种意义上说,购买和使用这些有毒化学品的农民也是受害者。如果只查违法使用添加剂的农民,只销毁吃了"瘦肉精"的猪,而忽略、放过了那些贩卖有毒化学品并传授使用方法的"送毒下乡"者,就好比治病没有消除病灶,即使暂时剜掉了毒疮,不久仍会旧病复发,而且为害更烈。

实际上,在农副产品掺毒使假、牟取暴利的违法链条中,因为无知和贪小便宜而使用非法添加剂的农民仅仅是处于末端和底层的微利者,由此获得的暴利大部分都落到了制造、销售非法添加剂的始作俑者和"送毒下乡"者手中,因此他们才是真正的"首恶"和罪魁祸首。当年在查处三鹿问题奶粉事件时,就曾按照刑法的有关规定,以"用危险方法危害公共安全罪"依法判处向奶农销售三聚氰胺原料的化工试剂店店主无期徒刑,如今对那些公然贩卖"瘦肉精"之类有毒添加剂的"送毒下乡"者当然也应当比照量刑,严惩不贷。只有追根溯源,深挖细查,真正找到并彻底打掉那些"送毒下乡"、教唆犯罪的奸商巨恶,才能斩草除根,除恶务尽,有效堵住生产和销售有毒农副产品的源头。(2011年3月30日)

为何居民消费意愿低？

人民银行近日公布的调查结果显示，目前我国居民的消费意愿已降至 1999 年来最低，85.8% 的城镇居民倾向于储蓄，仅有 14.2% 倾向于"更多消费"。换句话说，本来应是主要消费群体的城镇居民大多数都不想花钱，这就意味着在投资、出口和消费这拉动经济增长的"三驾马车"中，至少有一驾动力减弱，速度放缓，如不及时给力，势必拖累已呈回升向好的发展态势。

俗话说得好，"谁有头发也不会装秃子"。实事求是地看，大多数居民并不是不愿消费，不想花钱，而是囊中羞涩，不敢消费。除了端"金饭碗"、吃财政饭的公务员和部分事业单位工作人员外，绝大部分以工资作为唯一收入来源的城镇居民手中并没有多少可支配收入，原本不高的工资多年"原地踏步"，不仅跑不过势头迅猛的 CPI 和 M2，而且赶不上持续攀高的通胀率。就是捂紧钱包，仅有的几个小钱还在不停地贬值缩水，应付最基本的生活消费已左支右绌，谁还敢再勉为其难地"更多消费"？大部分居民倾向储蓄也是迫不得已，在社会保障体系还不完善的情况下，不趁还能工作的时候节衣缩食攒几个"备用金"，一旦急需时又拿什么去支付子女的教育费用、结婚的购房费用和年老多病时的医疗费用？

要有效拉动居民消费，不能光靠出台补贴政策"刺激"利诱，还要认真落实党中央十七届五中全会精神和"十二五规划"的要求，通过改进社会财富一次分配方式、合理控制物价和通胀等多种手段，多策并举提高群众收入水平，让百姓的"钱袋子"尽快鼓起来，让更多的居民"有钱花";同时不断加大政府财政投入,努力提高社会公共服务水平和覆盖面,真正解除群众的后顾之忧,让更多的居民"敢花钱"。只有这样,居民的消费意愿才会逐步提高,消费对经济发展的拉动作用才会日益凸显。(2011 年)

"11·11":谁在狂欢?

11月11日本是一个平平常常的日子,既不是约定俗成的民间节庆,又不是政府法定的纪念节日,更不是联合国或什么国际组织发起的特定活动日,只不过由于它的字形颇像4根光棍,而被一些善于搞笑的年轻人戏称为"光棍节"。说是"节",其影响也仅限于大学生之间的自娱自乐以及"突击求爱""告别单身""扎堆登记结婚"等所谓"脱光"活动。然而,自从4年前一家精明的电商把"光棍节"作为"事件营销"的题材,发起了"双十一网销打折"活动以来,每年的这一天竟成了新生代"网购一族"的"购物狂欢节",且规模和影响呈爆发式膨胀。最新数据显示,仅国内知名的老牌电商阿里巴巴旗下的天猫(原淘宝商城)和淘宝集市今年"光棍节"一天的销售额就达到了创纪录的191亿元,比4年前猛增了将近400倍!(11月15日《南方周末》)

"11·11"谁最狂?据我观察,当属疯狂参与网上购物的2.13亿网民。据统计,在11月11日零点过后,即今年的"网购狂欢节"开始的第一分钟,竟有1000多万人争先恐后杀入天猫等网上商城。为了能在电商设定的游戏规则下通过秒杀、抢红包、预购等方式买到最便宜的如意商品,这些占中国网民总数四分之一的"网购族"如同打了鸡血般亢奋狂热。许多人焚膏继晷、夜以继日地守候在电脑旁,急不可待地询价、比价、下单、支付,争分夺秒敲键盘、输密码,唯恐错过了稍纵即逝的天赐良机。甚至有些批发商也抢抓机遇搭"顺风车",就连6000多元一件的商品都动辄成百万件地下单。就像一位网友戏称的那样,"光棍节"把全国都变成了印度城市——猛买(孟买)。试问,有哪个地方、哪个商场,何时可曾见过如此多这般狂热的购物者?

"11·11"谁最欢?按说应该是为"购物狂欢节"火上浇油,斩获颇丰的网上供货商们,仅仅一天的销售量就超过平日全年的销量多少倍,还有200多家参与活动的网店日销售额突破了千万元,甚至还有日销亿元的。如此骄人的业绩只怕连沃尔玛、家乐福等国际零售业巨头也望尘莫及,那些借助"光棍节",一举赚得盆满钵满的网店老板们怎不喜出望外?然而这仅仅是人们看到的表面现象,不少人也许都想不到,实际上笑得最欢、获利最多的最大赢家,还是精心策划、搭建平台、引爆抢购并狂热坐收渔利的电商网站。因为按照他们制定并为众多上线网店所认可的游戏规则,凡是通过他们网站卖出的商品都要根据不同种类按销售额的3%至5%提成,191亿元的总销售额他们能提成多少,就是傻子用脚指头都能算得出来,只不过大鳄不露尾,巨贾不露财,光在一旁偷着乐罢了。

能把一个平常的日子和原本寓意"茕茕孑立,形影相吊",冷冷清清,自伤自怜的"光棍节"改造成万头攒动、亿人喧嚣的"购物狂欢节",不得不让人佩服中国电商们"无中生有""点石成金"的奇思妙想和"吸金大法"。其实,"光棍节"也好,"双十一"也罢,都只是他们挖空心思制造出的营销事件和炒作噱头,吸引亿万网民狂热抢购的,还是那些网上商品五折甚至三折的超低价格。据监测统计,"光棍节"当天网上商城的商品价格平均比前一天下降了48%,其中有的家居商品最大降价幅度达67%。也就是说,"光棍节"只是电商们借用的道具,实实在在的低价才是促销的真谛。

在收入增长远远赶不上 CPI 涨幅的当下,便宜实惠的打折商品对实际购买力日渐下降的普通消费者来说具有不可抗拒的吸引力。从这个意义上说,所有从"光棍节"网购中得到实惠的消费者都应该欢天喜地,由衷庆幸。美中不足、让人意犹未尽的是,这样的"狂欢节"实在太少,节期又太短,能享用狂欢盛宴的消费者依然有限。如果更多的电商网站和实体商家每年能多造几个这样的"购物狂欢节",为消费者提供更多物美价廉、实惠便宜的折扣商品,那党的十八大报告提出的"建立扩大消费需求长效机制,释放居民消费潜力"的目标岂不可以早日实现?(2012 年)

网络音乐且慢收费

最近,有"业内消息"称,今年底或明年初,包括华纳在内的几大国际唱片公司将联合国内的酷狗、酷我、百度、QQ音乐等多个音乐服务网站,尝试采取音乐下载收费包月制度。风闻"互联网免费音乐的黄金时代就要终结",众多网友议论纷纷,沸沸扬扬。"网上音乐也要收费,元芳,你怎么看"一时间成了跟帖最多的谈论话题。

其实,对这一"业内人士"有意放出的试探性传闻大可不必过于在意。许多资深网友也许都还记得,10多年前,几家自以为羽翼渐丰的国内网站就曾经放出过风声,扬言"免费邮箱时代就要终结",并在一夜之间关停了所有E-mail账户,硬逼着刚刚习惯了使用电子邮件的网友"升级"为付费的VIP用户。可结果却是"搬起石头砸自己的脚",由此引发了大量的用户流失。"此处不免费,自有免费处",许多网友纷纷改弦更张,甚至舍近求远,转而使用国外网站提供的免费邮箱。面临用户大批逃离、网页浏览量和点击量直线下降,赖以赢利的广告收入锐减的困局,那些过河拆桥、想从网友身上拔毛的网站只得低头服输,重新提供免费邮箱,并用更多的附加服务来吸引用户,一场一厢情愿的"网络收费"闹剧就此草草收场。就在此前,国内一家著名的音乐网站"酷我音乐"也曾一度试水下载收费,但在用户付费率甚至低于千分之几的无情现实面前再次碰得头破血流。

鉴往知来,我由此估计这次由"业内人士"预谋的"网络音乐收费"也只能是又一场虎头蛇尾、"雷声大雨点小"的闹剧,抑或是又一次"狼来了"的恶作剧。

"终结免费音乐"的法理依据是早已生效的《著作权保护法》。的确，谁都知道这世上没有免费午餐，在一个尊重劳动，致力保护知识产权的现代法制社会里，理应给付出了辛勤劳动并取得了成果的音乐作曲人和制作者以等价的回报。因此，对音乐作品的使用者收取相应的费用也是合理合法，天经地义，无可非议的。关键在于向谁收费？按说，正是那些音乐网站使用了有知识产权的音乐作品，以此来吸引更多的用户并从中赚取增殖利润，他们才是主要的使用者和实际受益者，要收费也只能向他们收，怎么反倒打一耙，向为网站创造价值的下载用户收呢？照此逻辑，那听众从广播节目中收听或者转录音乐岂不是也要付费？

事实上，"网络音乐免费"本身就是一个被故意隐匿和偷换了"音乐"概念的伪命题。就像茶杯因其材质不同而分为纸杯、玻璃杯、陶瓷杯、搪瓷杯、保温杯、不锈钢杯一样，音乐作品因其制作形式、载体不同和质量高低，也具有多种不同的格式，如 WAV、WMA、OGE、APE、ACC、CD、MP3 等等，其中有的音乐格式如 ACC 和 CD 因其音质还原好，被称作"无损音乐"，深受专业人士和"发烧友"追捧，他们在从品牌店购买正版碟的同时，也从音乐网站上付费下载这类高品质作品。既然早就有此"掏钱买歌"一族，又怎么能闭着眼睛瞎说"网络音乐免费"呢？

纵观国内几大音乐网站，供网友免费下载的音乐大都是 MAV 或 MP3 等压缩格式的"简易音乐"。就像摄影网站上常见的低分辨率样片一样，供人观摩欣赏的样片尚且免费，为什么同样性质的"样片音乐"就非要收费不可呢？许多商家都还知道在超市、卖场为顾客提供免费的饮水纸杯，难道那些财大气粗的互联网大佬和音乐网站的 CEO 竟悭吝到连为网民提供一些低质的 MP3 音乐都舍不得？

值得注意的是，"网络音乐收费"虽然还仅仅是未经证实的"业内传闻",却已引起了广大网民的强烈反弹,一些网民甚至未雨绸缪,提前准备了"海量硬盘突击存储""利用微博免费互传"等破解之法,这恐怕是那些为音乐下载收费大造舆论的网站所始料不及的吧?"君子爱财,取之有道",光想着把网民当"摇钱树",仗恃拥有网络管理权限的天然强势无视网民的合法权益,"取之无道"或者走歪门邪道,终究会被网民无情地抛弃,成为无人问津的"空网""废网"。因此,那些有眼光、有见识的音乐网站眼下还是应当致力于培养网民的音乐意识和欣赏习惯,增加网民的"用户黏性",不要急于搞什么"音乐下载收费",干那种"为渊驱鱼,为丛驱雀"的蠢事,以免弄巧成拙,自断生路。(2012 年)

大学生为何争当环卫工？

2013年国家公务员招考，仅仅因为一些岗位标明了"需要晚上值班""能够坚持节假日加班""适合经常出差""条件艰苦、适合男性""欠发达地区""不提供宿舍""最低服务五年"等附加条件，就让许多前来应聘的大学生考生叫苦不迭，被讥为"史上最苦金饭碗"。不少人为此感叹，说现在的大学生一点苦都不愿吃，真是素质太差。

殊不知，如今的大学生虽然叫苦可并不怕苦，只要是"金饭碗"照样争抢不误，不仅报考2013年国家公务员的人数超过了一百万，而且连天天淘大粪扫大街的环卫工都成了大学生的拼抢目标。几年前，山东济南环卫部门就从391名应聘大学生中招聘了5名大学本科毕业生和研究生做淘粪工，温州环卫处也从近2500人报考的大学生中选聘了10名"垃圾处理工"。近日哈尔滨市公开招聘457名环卫工，却吸引了1万多名大学生踊跃报名，最终报名成功的7186人中，近半为本科学历，并且还有29名硕士。这些岗位可是比国家公务员那样的"史上最苦金饭碗"更苦更累更脏，可我们的大学生却并没有挑肥拣瘦，望而却步，而是义无反顾地报考应聘，争先恐后，趋之若鹜，就凭这一点，怎能说我们的大学生不愿吃苦、素质太差？

但是，仅凭这一点就断定"当代大学生择业观发生了根本变化""甘愿到最艰苦的岗位建功立业"也未免过于乐观。事实上谁都清楚，那么多大学生、硕士生一窝蜂似的争当环卫工，绝不仅仅是观念转变，不怕脏累，而是看中了环卫工岗位的事业编制。在现行体制下，由财政全额供给的事业单位虽然没有机关公务员的"含金量"高，但也远远胜过体制内的国企和体制外的民企。且不说在职时的工资福利"旱涝保收"，就是退休以后的收入也要比企业职工高出好几倍。在当下许多地方连最低工资标准都难以保障的情况下，能端上这样的"铁饭碗"可真是"打着灯笼也难找"的天大好事，难怪那么多学富五车的"天之骄子"纷纷放下身架，为争当光荣而艰苦的环卫工而"竞折腰"了。不难设想，假如取消了这一岗位的事业编制，还会有那么多大学生心甘情愿地去做淘大粪扫大街的环卫工吗？

追求幸福是每个人的本能和权利，大学生择业争端"铁饭碗"乃至"金饭碗"也无可非议。从积极意义上说，大学生争当环卫工无疑会给素以"脏苦累"闻名、多以农村临时工为主的环卫行业注入高科技的新鲜血液，也将逐步改变这一传统行业长期依靠手工劳动和简单劳动的落后的生产方式。但令人担忧的是，在目前的工作环境下，有幸进入环卫队伍的大学生有几个能真正做到专业对口，用其所长？如果非要让大学生去干小学生也能干的工作，这是否也是一种"人才浪费"？

转变大学生就业观不能单靠冠冕的号召和空洞的说教，还必须有制度的保障和政策的引导。根据九三学社中央的调查，由于收入分配制度不合理，我国社会的收入差距目前已扩大到 23 倍。在如此残酷的现实面前，又怎能单纯责怪当代大学生没有树立正确的择业观，哪怕是牺牲所学专业去当又苦又累的环卫工也要端上收入稳定、待遇优厚的"铁饭碗"？国务院总理温家宝最近已经明确表示，收入分配改革总体方案将在今年第四季度制定。但愿这一方案能从根本上改变打破长期以来实际存在的"金饭碗""铁饭碗""泥饭碗""纸饭碗"之分，为全社会创造一个公平、公正、平等的就业环境，到那时，大学生争当环卫工才真正值得嘉许和赞扬。（2012 年）

莫把众筹变"众愁"

近年来,一种从海外引进的"众筹"创业模式风靡国内。一些有创意、有项目,却资金匮乏的创业者,通过网络平台邀集志同道合的合作伙伴或有意入股的投资人,以"大众筹资"的形式合伙创业,有的众筹出书、收藏艺术品,有的众筹拍电影拍电视剧,有的众筹办企业、开公司,有的众筹开酒店、餐馆、咖啡厅、烤鸭店,领域广泛,各类繁多,既为缺乏资金的小微企业开辟了新的融资渠道,分担了投资风险,又盘活了分散闲置的社会资金,满足了众多寒士的"老板梦",可谓一举多得,互利双赢。

然而,看似热闹的众筹背后,却有着不容忽视的隐忧。近日有媒体披露,各地采用众筹形式开张的"很多人店面"纷纷传出经营不佳的消息,有的甚至已经挂牌转让。更有媒体分析,在众多的众筹项目中,少数规模较大的不亏不赚,一些规模小、股东多的收益微乎其微。(10月27日《许昌晨报》)更不用提那些经营不善,半途而废,项目"烂尾",匆匆散伙的和回报不足,分红不匀,利益受损,反目成仇的。这样的众筹岂不成了"众愁"?

为什么众筹这一在国外成功成熟的创业模式"移植"到国内会遭遇"南橘北枳"的尴尬?说白了,还是"水土不服",学艺不精。市场经济相对发达的国家一般都有比较完善的信用体系和保障投资者利益的现代法律体系,筹资者和投资者也都具有较强的理财观念和风险意识,习惯于自觉遵守约定的游戏规则,因而在运用众筹这一新型创业模式和理财工具时自然得心应手,游刃有余。众筹的发起者必须对未来的投资者负责,通过网站发布的筹资要约必须如实披露项目的性质、前景、筹资金额、赢利预期和可能存在的风险等,投资者也会对筹资者的信用状况、项目可行性可靠性和风险程度做出全面评估,一旦确定投资意向,还要依法签约,明确双方的责任和义务以及经营不善时的清算方法和产生纠纷时的仲裁诉讼渠道。这样做既能防范筹资者夸大其词、虚假宣传误导投资者,也可以避免投资者错误决断,盲目投资。反观国内的众筹模式,恰恰是在这些方面没有学会、学好,"比着葫芦难画瓢""画虎不成反类犬"。许多众筹网站虽然宣称"为实体企业提供融资服务,帮助投资人找到优质项目",实际上则是对筹资项目刻意包装、"化妆",以虚假的高分红、高赢利、高回报引诱投资者上钩,有的甚至涉嫌非法传销、非法吸收公众存款和集资诈骗。再加上一些投资者缺乏理财能力和风险防范意识,往往盲目跟风,轻率投资,想赚"快钱",所以才屡屡中套,众筹变"众愁"。

欲解众筹之"愁",须从法治入手,尽快出台规范众筹行为的法律法规,划清债权类众筹、股权类众筹与非法集资的法律红线,明确网站等众筹平台对筹资人信用和项目信息的尽职调查责任,同时借鉴国外经验,引入第三方支付机构,建立风险隔离机制,确保众筹资金独立、透明、安全。投资者也要认清"众筹即风投"的实质,不做"花小钱做大老板"的白日梦,严选项目,慎重投资,理性定位回报预期。这样才能充分发挥众筹模式吸引民间资本,扶持实体经济的独特功能,收到"众人拾柴火焰高",筹资人与投资者互利共赢的理想效果。(2014 年)

普惠怎能变"恩惠"？

前不久，国家发改委和银监会联合发文，规定自今年 8 月 1 日起取消包括小额账户管理费、年费等在内的银行部分收费项目。然而时至今日，仍有银行对这项规定软磨暗抗，变相打折。既不在营业大厅公开张贴和广泛宣传这项国家的最新政策，也不利用已有的短信提醒功能向客户明确告知，而是故意装聋作哑，继续收费。不少客户早就从电视新闻上得知这一免费规定，可最近仍接到银行的扣费通知。到营业大厅询问才被告知，每个客户在一家银行只能有一张卡免年费，且必须本人持身份证亲自到柜台填写申请免费登记表，经审查批准后才能享受免年费的优惠。这就让人不懂了，明明是国家出台的对所有银行的强制性规定，为什么就有银行敢于拒不执行？取消部分收费项目明明是本应惠及全体银行客户的普惠政策，为什么反倒变成了需要客户"申请"、银行"批准"的"恩惠""特惠"？

普惠变"恩惠"，一字之差，谬之千里。谬就谬在"歪嘴和尚念坏了经"，对规范严肃的国家政策随意曲解，把本应"一律取消"的收费暗中变更为"对申请取消者才取消"，对本该无条件取消的收费却人为地设置了"客户申请—银行审批"的前置程序，这样一来，免费范围自然会大幅度缩水，那些因不知情或没时间亲自去柜台申请的客户也就享受不到这项优惠政策，照样要向银行缴纳这笔"冤枉钱"。

普惠变"恩惠"，实质上是对消费者知情权和选择权的恶意侵害。对关系客户收益的重大事项，银行本来就有主动、明确告知的义务。记得当年向储户征收利息税时，各个银行都不遗余力，纷纷采用包括广告、公告、大屏、广播、传单等多种形式，大张旗鼓大力宣传，务求家喻户晓，人人皆知。可如今轮到宣传银行免费时，为什么反倒缩手缩脚扭扭捏捏，半吐半露欲说还休？同样是国家政策，为啥就厚彼薄此，彼扬而此抑呢？这种目的性、功利性极强的"选择性告知"说白了，就是有意剥夺消费者的知情权和选择权，并为继续违规收费披上一件"合法"的外衣。

普惠变"恩惠"，从表面上看是对国家政策理解不深，执行不力，其深层次的原因则是部门利益作祟，群众观念淡漠。持续近两年的党的群众路线教育实践活动本已波及各个行业各个领域，"为民务实清廉"的理念也早已深入人心。但正如习近平总书记在党的群众路线教育实践活动总结大会上的讲话中所提醒的那样，"有些问题的整改还没有完全到位，一些深层次问题还没有从根本上破解"。像取消银行部分收费项目这样的普惠政策被曲解、打折的现象，就属于习总书记指出的"贯彻群众路线到不了末端"的突出问题，要解决这类问题，必须以锲而不舍、驰而不息的决心和毅力紧抓不放，一抓到底。既然国家发改委和银监会已有明文规定，自今年8月1日起消取包括小额账户管理费、年费等在内的银行部分收费，各家银行就应当令行禁止，无条件停收。凡以各种名目或借口顶风违纪变相收费者，必须依法依规严肃查处，并向所有客户退还8月1日后违规收取的各种费用。这样才能让惠民政策的阳光普照众生，把党的群众路线落实到每个末端。（2014年）

"空气罐头"不靠谱

作为一种可以长期保存、便于长途运输的包装形式,罐头自1809年被发明出来以后就在世界各国大行其道,超市中、商场里各式各样的罐头食品更是琳琅满目,而最能吸引国内消费者眼球的,则是近期陆续上市的罐头新品种——"空气罐头"。自从今年3月18日浙江省临安市推出了首批"开罐即闻"、每瓶200毫升、售价10元人民币的"临安好空气"罐头后,贵州省也面向全球公开征集"贵州空气罐头"创意设计方案,力争在今年6月20日前上市销售。不甘落后的河南省栾川县则已制造出特殊容器,并派专人到老君山寻找最美空气,收集制作"空气罐头",免费送给城里人。

可惜这些神奇的"空气罐头"都产量太低,供不应求,大部分异地消费者还无缘品尝"最美空气"的滋味。不知道这些据称富含氧离子的罐装空气与医用或家用制氧机输出的氧气有多大区别,也不清楚这一罐"最美空气"打开后能供人呼吸多长时间,更不懂得要花费多少钱,吸多少个"空气罐头",才能对人体健康起到一点有益的作用。而这些恰恰正是"空气罐头"的销售对象在做出"买还是不买"的消费抉择时需要先弄明白的首要问题。且不说"空气罐头"里的装的是不是真的"最美空气",如果仅仅是氧离子含量高,那还不如在家里自己制氧;如果10元钱买一罐空气还不够吸10分钟,恐怕没有多少人愿意花钱品尝这样的"最美空气"。经济学原理告诉我们,一种产品要变成可供销售的商品并实现其价值和增值,必须具备一定的有用性,如果对人体健康没有什么实质性的作用,再好的"空气罐头"也无人问津,最多也不过成为某个景点的旅游纪念品或免费赠品,没有任何商业价值和市场前景。

　　"空气罐头"表面看是一种时尚商品,其实不过是旅游部门把当地优良空气作为景区营销卖点而设计的噱头。之所以能够吸引眼球,就在于它巧妙利用了人们对环境污染和雾霾的恐惧,契合了人们对新鲜空气的渴求,与其把它当成商品,不如把它看作对空气污染严峻现实的辛辣反讽。水、阳光、空气这地球上一切生物赖以生存的三项基本条件,有两项都不同程度地受到了人为的污染和破坏。许多不适应的生物都相继灭绝或濒临灭绝,只有人类还在运用自己的智慧与自己制造的污染进行无效的抗争。一个地方的饮用水被污染了,便不辞辛苦"做大自然的搬运工",从仅存的安全水源地长途调水,或人工制造相对干净的桶装水、瓶装水;城市大气污染严重,$PM_{2.5}$(细颗粒物)超标,就想法往山清水秀空气宜人的乡村迁移;当城市乡村都被持续的雾霾笼罩,就用一层层的口罩和密闭的门窗以及昂贵的空气净化器来被动抵御,甚至想出了"空气罐头"这类自欺欺人的馊主意。然而"覆巢之下焉有完卵",大面积空气都被污染了,吸几口罐装的"最美空气"又能有多大用处?总不能一天到晚都吸"空气罐头"过活吧?与其兴师动众、劳民伤财地去开发什么"空气罐头",还不如踏踏实实地做几件关停污染企业、减少大气粉尘、治理空气污染的实事,这样才能让更多的居民能够经常看得见蓝天白云,寥廓星空,呼吸到清新自然的新鲜空气。(2014 年)

互联网上有什么？

对于风靡全球的互联网，许多人都并不陌生。可是要问"互联网上有什么？"可就仁者见仁，智者见智，众说纷纭，莫衷一是了。鲁迅曾经说过，一部《红楼梦》，经学家看见《易》，道学家看见淫，才子看见缠绵，革命家看见排满，流言家看见宫闱秘事。同样道理，一个互联网，不同阶层、不同身份、不同目的的人们所看到的也大不相同。

有心向学的人看到了互联网上浩如烟海的百科知识和电子书刊，关注新闻的人从互联网上看到了千奇百怪的天下奇闻和实时更新的各类信息，热衷棋牌和电玩游戏的人在互联网上找到了本领高强的对弈高手，精明的电商在互联网上看到了财源滚滚的网络商机，虚怀若谷的领导在互联网上看到了简报和汇报材料中难以见到的民情民意，也有些官员看到了互联网上的沉渣泛起和阴暗消极。最近在国家行政学院举办的"厅局级公务员公共文化服务体系和文化产业发展研讨班"上，某省文化厅副厅长就总结出了"互联网四多"：不怀好意的网民多，不明真相的群众多，不讲社会责任的互联网企业多，利用网络谋取私利的人多。（3 月 20 日《南方周末》）

从同样一个互联网上看到不同的东西，这并不稀奇。客观存在的互联网本身就是多元化、多向度的，在这个开放互动的公共平台上，各种信息铺天盖地，泥沙俱下。既有美好的事物和有用的知识，也有虚假信息、网络欺诈、病毒与恶意软件、色情与暴力；既有原生态的民声民意和建设性的真知灼见，也有不负责任的情绪发泄、真假难分的各种谣言、小道消息和污言秽语的人身攻击。如那位官员所说的四种现象在互联网上也确实存在,但这些都不能代表互联网的本质和主流。把"有"看成"多",把生机勃勃、方兴未艾的互联网看作"四多"成灾、危害巨大的洪水猛兽,则难免有罔顾事实,夸大其词,以偏概全,恶意贬损之嫌。

存在决定意识,屁股决定脑袋,脑袋决定眼睛。有些官员之所以只从互联网上看到"四多",恰恰暴露出他们的"四多"——对互联网误解多、偏见多、敌意多、恐惧多。看问题的立场、观点、方法和角度不对,整天戴着墨镜,自然看什么都是一团漆黑,一无是处。令人担忧的是,人类社会早已进入了互联网时代,而我们的有些官员却还停留在"没有杂音,没有异议"的过去时,对以平台开放、观点多元、自由表达为特征的互联网怀有深深的成见与恐惧。抱有这种不健康、不正常的心态,怎么可能正确认识互联网,科学运用互联网,又怎么可能与普通网民平等交流,真诚沟通?

自20世纪60年代末问世以来,全球性的互联网发展迅猛,应用日益广泛,不仅促进了不同国家、不同种族、不同语言、不同文化的沟通交流,而且越来越深刻地改变着人们的学习、工作、生活以及思维方式和行为方式,甚至影响着整个人类社会的文明进程。正如习近平总书记2012年考察腾讯公司时指出的那样:"现在人类已进入互联网时代这样一个历史阶段,这是一个世界潮流,而且这个互联网时代对人类的生活、生产、生产力的发展都具有很大的进步推动作用。"身处互联网时代的每个公民,尤其是各级干部都应当顺应这一潮流,正确认识互联网,主动运用互联网,充分发挥互联网的独特功能和优势,更好地为改革开放和现代化建设服务,为广大人民群众服务,千万不可让所谓的"四多"遮蔽双眼,捆住手脚,沦为日益OUT(落伍)的"恐网一族"。(2014年)

"拒绝服务"不合法

　　国家旅游局网站近日发布消息称,将与旅行社、民航局一起加大对旅游者不文明行为的约束力度,拒绝为其提供旅游、乘机等服务。(6月21日澎湃新闻)此举本意也许是为了惩戒那些不听劝阻的不文明游客,然而细究起来,是否也有违法侵权之嫌?

　　《宪法》和《消费者权益保护法》都赋予了每个公民不受歧视和限制,享受平等服务的权利,这些权利是公民权的有机组成部分,神圣不可侵犯,绝不是哪个部门或者行业协会一纸公文、一个倡议便可随意取消和剥夺的。即使个别游客素质不高,言辞不当,行为不文明,违反了景区游客规范或者机场管理规定,也只应受道德谴责,并承担相应的法律或民事责任。只要没有被司法机关以法律文书的形式正式宣布剥夺公民权,就照样可以合法地乘坐包括飞机在内的任何交通工具去旅游,旅行社或民航局都应当一视同仁地为他们提供旅游、乘机等服务。如果拒绝提供,就是违法侵权,这些游客完全有理由把他们告上法庭,依法维护自己的合法权益,并追索因此而遭受的经济、名誉和精神损失。假如旅游局硬性以行政手段或部门规章形式强令旅行社或民航局拒绝为部分游客提供相关服务,则可能涉嫌行政违法或侵权渎职。

　　平心而论,旅游局的这一举措实属被逼无奈,迫不得已。虽然今年4月份就公布并施行了《游客不文明行为记录管理暂行办法》,今年5月又进行修改并重新公布,但由于职权所限,对游客的不文明行为只能记录、通报、建立"黑名单",最多通过媒体曝光。没有禁止不文明游客旅行和乘坐飞机的权力,只能运用自己的行业管理权和影响力,向旅行社和民航局施加压力,让他们以"拒绝服务"的形式对不文明游客加以惩戒。殊不知,这一来既把旅行社和民航局推到了违法侵权的前台,也使自身陷入了越界滥权的尴尬境地。

实践证明,对不文明游客简单粗暴地拒绝服务,不仅无助于有效治理旅游不文明的顽疾,提升公民旅游素质,反而会引起更多游客的反感和敌意,进一步激化旅游服务单位与游客之间的矛盾冲突,引发新的不稳定因素。对包括旅游在内的社会管理,行之有效的办法是教育在先,正面引导,尽量采用道德、理性等软约束手段,慎用行政、法律等强制手段,即使是必须采取的惩戒措施,也一定要于法有据,于理周全,适度、适量、适时、适当,充分考虑可能造成的社会影响,决不能随意越权,意气用事,因小错而动"大刑",更不能像动乱年代里"不为牛鬼蛇神黑五类服务"那样,动辄"拒绝服务",人为加剧对立。

这一事件再次提醒人们,在法治社会的法治政府,拥有公权力的政府部门必须厘清自己的权力边界,授权必由法定,法无授权必不可为。仗权任性硬要为,乱作为,只能事与愿违,适得其反。李克强总理在今年"全国人民代表大会"的《政府工作报告》中谆谆告诫"有权也不能任性",希望有更多的公仆能把这话牢记在心并勤力践行。(2015 年 7 月 6 日)

　　　　　　　　　　　　　　　　　　　　　　　　我行我诉

"数字鸿沟"谁来填？

　　这是发生在当今数字时代的一件真事：一位老人家里的固定电话发生了故障，用手机打以前的故障申告台"112"，却被告知"您拨打的用户不存在"。打"114"查号台查询故障台的新号码，拨通后听到的却是一段录音广告，耐心听完广告才有电子声音告诉"查号请按1"。好不容易查到新的电话故障申告号码，拨过去又是莫名其妙的电子提示音"普通话请按1"，按了1又提示"固话请按3"，再按3又是一串提示音，最后才是"故障申告请按6"。即使按了6，里面还是一个又一个选项，"线路故障请按1，计算机故障请按2"，让人一头雾水。接通人工服务后，还是音乐声响起，然后提示"你目前等待的位次为2"，让你心存希望，耐心等待，可听了半天付费音乐，最后等来的却是"对不起，人工座席忙，请稍后再拨"……

　　像这样的"囧事"并非孤例，想必许多人都遇到过。随着科学技术的飞速发展和互联网的日益普及，我们的社会早已进入数字时代。从银行卡到智能手机，从家用电器到医疗器械，各式各样的电子产品都是数字化操作。数字时代本应化繁为简，给人们的工作和生活带来更多便利。然而，由于人们的年龄、文化、理解能力和接受程度不同，却形成了事实上的"数字鸿沟"。特别是对于许多老年人来讲，常常记不住复杂的数字，不会操作新奇的电子产品，更听不懂如同迷宫一样的多层多级的电子提示音。从某种意义上说，他们是数字时代"被边缘化"的弱势群体，享受不到先进科技带来的便利和福祉，感受到的只是更多的麻烦和无穷的困窘。

其实，每一次大的社会变革和进步都会造成一批因不适应而"被边缘化"的群体。文字的发明促进了知识的传承，那些不识字的文盲却享受不到识字的乐趣。在以蒸汽机和电力为代表的工业时代，也有许多体力劳动者因适应不了高速运转的机器和严苛的管理规则而失业。当人类快速进入以计算机和互联网为标志的信息时代、数字时代，同样有一部分人因各种原因一时不能适应。据报道，法国目前就有800万人从不上网，其中不乏有学问、懂电脑的中青年人。

因此，那些不会网上订票、不会自助交费、不会用ATM机（自动柜员机）、记不住账户密码、听不懂电子提示音的老年人，也不应该成为社会的"弃儿"和时代的"落伍者"。我们对他们应少些抱怨、歧视，多些理解、包容。

现在，许多城市为了方便残疾人出行，都专门建有各种盲道和无障碍通道。从事网络或数字产品服务的厂商为什么不能为那些患有"数盲症"的老年人提供贴心、便利的"无障碍服务"呢？俗话说，"解铃还须系铃人"。填平"数字鸿沟"，仅靠向用户普及网络知识和电子产品操作技能还远远不够，还得从源头入手，督促网络的设计者和电子产品的制造者，以人性化的理念和为消费者着想的态度，对各自网络的操作系统和人机对话界面进行优化改进，尽量化繁为简，快捷易用。即使这样可能会增加一些运营成本，但给用户带来的便利和由此增加的企业信誉、信任度千金难买，不可估量。

（2015年7月22日）

"酒里兑水"没人喝

近日,中国电视剧制作产业协会上书国家新闻出版广电总局,"要求恢复电视剧中插播广告"。这话怎么听起来怎么那么耳熟,竟然同卖酒的店小二公然吆喝"我要往酒里兑水"一个腔调!

实际上,把在电视剧中插播广告比作"往酒里兑水"还是比较客气的说法。前些年,荧屏上广告乱象迭出,一些电视台不顾节目的完整性和观众的欣赏习惯,强行在正常播出的电视剧中插播广告,有的短短40分钟一集的电视剧竟能插播四五次广告,把原本清晰、连续的剧情割裂得支离破碎,意兴阑珊。这哪里是"往酒里兑水"?分明是"往水里兑酒"!如果把电视剧比作"精神食粮"的话,这样的"食粮"岂不是太次太差太没营养?拿这样的"食粮"糊弄观众,又怎么对得起艺术家的良心?

不管是"往酒里兑水"还是"往水里兑酒",都给观众和电视剧制播方造成了双重伤害。一方面导致大批观众纷纷流失,被能完整看剧的网络、电脑和手机"夺"走;另一方面收视率下滑又导致电视剧广告收入的大幅度下降,直接影响制播方的经济收益。要不是有关部门顺应民意,强力治理荧屏乱象,严令禁止在电视剧中插播广告,并对片头片尾的广告时长做出限制性规定,"在广告中插播电视剧"的乱象不知还将伊于胡底,最终受害最深的还是其始作俑者。既然在电视剧中插播广告已被实践证明是损人不利己的"双输"败招,为什么还非要一意孤行重蹈覆辙呢?

作为电视剧这一文化产品的产销方,电视剧制作产业协会的专家们想必一定明白,产品只有吸引人才会有人买,辛辛苦苦拍摄制作的电视剧只有打动更多的观众,才可能赢得更高的收视率,带片广告也才能卖出好价钱。倘若在电视剧中乱插广告,让观众倒了胃口,甚至引起观众的反感与抵制,这样"劣质产品"又有谁买?"水里兑酒"又有谁喝?没人看的电视剧又怎能赚钱?也许处于分散状态的观众没有诸如"中国电视观众协会"之类的组织代言,但作为电视剧这一文化产品的直接消费者,他们却可以用手中的遥控器进行投票,用自由"转屏"的选择来抵制随意插播广告的电视台和制片商,这可比政府部门的一纸禁令更有效力,后果也更严重!(2015年)

何必非要追"同款"?

"同款"者,相同款式也。在当今社会的一部分人中,追求同款仿佛成了一种时尚。一部电影或电视剧刚刚播出,马上就有人急不可耐地在网上求购与男女主人公同款的衣服、鞋帽、手包、眼镜、饰品,甚至东施效颦般亦步亦趋地跟风模仿明星的发型、妆容和语调。许多网店也开设了专门网页,争相为那些"粉丝"拥趸提供足以乱真的高仿"同款"商品。

其实,一窝蜂、近乎痴迷地追求"同款"并不是什么时尚,如今的许多中老年人都曾经历过从服装鞋帽到言行思想都狂热追求"同款"的荒唐年代。处在"极左"思潮高压下的男女青年为了把蓝绿一色的"同款"服装穿出个性,甘愿冒着被指责为"奇装异服"而受批斗的风险,偷偷地把宽大的工作服改得贴身合体,磨得发白发毛,有意显示个性,与众不同。想不到几十年以后,在穿衣打扮不再受到粗暴干涉,人们可以自由选择自己喜爱的生活方式和表达方式的今天,竟然还有人去盲目追求泯灭个性的"同款"服装,并且自以为"时尚",这岂不是对时尚的绝大讽刺?

追求时尚并没有错,正是人类对时尚的追求,才促进了生活的美好和文明的进步。然而,追求时尚首先要搞明白什么是时尚。时尚可以流行,但流行的并不都是时尚,山寨式的简单模仿更不是时尚。真正的时尚具有崭新性、前沿性、活跃性的特征,别具一格,个性鲜明。假如满大街都是样式、色彩一模一样的同款服装,触目撞衫,哪里还有半点时尚可言?

德国哲学家莱布尼茨说过，"世界上没有完全相同的两片树叶"，诚哉斯言！多样性不仅是自然界的本质，也是社会的基本特征。既然每个人的身材、长相和气质都不尽相同，那么穿在某个明星身上熠熠生辉的同款服装，别人穿上未必会有同样的效果。所以同款的未必是最好的，盲目追求"同款"只会迷失自我，泯灭个性。

中国人素有见贤思齐的传统，但这个"齐"并不是在穿衣打扮上看齐，而是向贤者的优点和长处看齐。只求形似而忽略神似，只能得其皮相而失其精华。以为穿上和明星同款的服装就能有明星范儿，只不过是一厢情愿的幻觉罢了。每个人都有自己的长处，每个人都有自己的活法，何必要丧失自信，追求同款，以他人之美而为美？为什么就不能穿出个性，穿出风格，活出来独一无二的"这一个"呢？（2015 年）

谨防"网节"成"网劫"

　　有朋友问我,你知道 8 月 8 日是什么节日吗? 问得我一头雾水。原来,不知从什么时候起,"8·8"竟成了所谓的"爸爸节"。不少商家把这个所谓的"中国父亲节"当成又一个"购物狂欢节"大肆炒作,在一次次"秒杀""刷单"中赚得盆满钵溢。

　　节日本是生活中值得纪念的重要日子,也是世界各国为适应生产和生活的需要而共同创造的一种民俗文化。除了源于习俗、宗教的传统节日外,还有国际组织提倡或指定的节日,例如 2 月 2 日的"世界湿地日"、3 月 8 日的"国际劳动妇女节"、3 月 15 日的"国际消费者权益日"、3 月 21 日的"世界睡眠日"、3 月 22 日的"世界水日"、3 月 23 日的"世界气象日"、4 月 7 日的"世界卫生日"、4 月 22日的"世界地球日",以及五一国际劳动节,等等。这些节日不论出自何方,都被社会公众广泛认可与接受,且约定俗成,其中有些还成为国家法定的节假日。

　　有人粗略统计过,现在每年仅被官方认可的节日就有 100 多个,平均每三天就要过一次节,而且随着时间的推移,这一数字还会持续增长。如果算上网民强大的"造节"能力和网络惊人的传播能力,恐怕用不了多久,人们就会迎来天天过节,甚至一天几"节"的"节庆时代"。既然 8 月 8 日因其谐音"八八"而成"爸爸节",11 月11 日因其象形而被称为"光棍节",那么按照这种"造节逻辑",是不是"4·14"也能定为"殡葬节","5·15"可以定为"跳舞节","5·18"堪称"发财节","5·19"正好"酒水节","12·12"的谐音是"要儿要儿"，岂不是可以定为"生育节"……只要想象力足够丰富，任何一个日子都能被赋予特殊的含义，从而跻身"节日"行列。

其实，只要对那些所谓的"网上节日"稍加关注，就不难发现，其始作俑者可能是并无心计、只图好玩的网友，而其幕后推手则十有八九都是老谋深算、精明过人的各路商家。原本的"光棍节"只是几个大学生夜半"卧谈"的戏言，谁知一经电商"深度开发"，点石成金，竟摇身一变而成了日进百亿元的"摇钱树"和"下金蛋的母鸡"。如今"8·8"又借着"爸爸节"的名头成了商家新的"吸金利器"。既然网络"造节"这么容易，"网络节日"的促销能量如此非凡，步其后尘者必然如过江之鲫。人们完全有理由担忧，各种以促销为目的的"节日"爆发性增长，会不会造成盲目消费、过度奢靡的社会问题？"网节"会不会变成"网劫"？

网络原本是虚拟世界，只要有人愿玩，有人追捧，随便发明什么节日都不足为奇，也无可非议。但不管出于什么目的，硬要把网上戏谑的"人造节日"移植到网下，在本来就节日泛滥的现实世界里推广造势，就有点越界出轨，强人所难了。谁知道网上到底有多少"节"？又有谁能说清楚每个"网节"莫名其妙的来历？

作为一个象形的汉字，"节"的基本义项就是从竹节引申而来的"约"，即缠束、约束。追本溯源，拨乱反正，对这类随意造"节"的任性之举难道不应该有所约束和节制吗？（2015年）

"去库存"须从供给侧发力

　　最近召开的中央经济工作会议把化解房地产库存作为 2016 年经济工作的五大任务之一，这本是落实"十三五"规划建议要求，推动国民经济持续健康发展的一项重要举措，有人却把这解读为政府出手"托市""救市"，帮地产商卖房；一些房地产开发商也就势放出了"明年房价还要继续上涨"的风声。这些有意无意的误读或误导不仅无助于房地产去库存，而且还可能使横劲，帮倒忙。

　　只要客观深入地分析当前我国房地产市场库存过大的实质和成因，就不难发现表面上的供大于求并不是真正的需求不足，而是有支付能力的需求严重不足。据社科院财经战略研究院、社科院城市与竞争力研究中心日前联合发布的《中国住房发展报告 2015—2016》显示，截至 2015 年年底，我国商品住房总库存预计达到 39.96 亿平方米。而与此同时，消费者对住房的刚性需求却有增无减，十分迫切。几乎所有城市都有大批因无房、缺房或住房困难而急需购房的适龄人口和进城务工的"新市民"，他们之所以持币待购，望房止步，并不是不想买或者太挑剔，而是囊中羞涩，有心无力，实在买不起。不说当下普通工人每月两三千元的工资收入别想买房，就是月入万元的白领阶层在日益高涨的房价面前也照样无能为力。由此就可以清楚地看出，造成当前房地产市场库存过大的根本症结并不是需求不足或者供大于求，而是房价过高，并且高得离谱，远远超出了"刚需"消费者的经济承受能力。既然如此，光是从需求侧着手，采取诸如取消限购、政府收购、扩大公租房对象、鼓励农民工在就业地买房或长期租房,甚至政府对购房者给以货币补贴等应急措施,并不能扩大房地产市场的有效需求。如果房价仍然居高不下,靠地方政府有限的财政资金又能补贴多少,收购多少？城市职工买不起,进城务工的农民工"新市民"就买得起？

找准症结、用对药方才能治病除根。既然房地产库存过大的症结在于房价过高,那么去库存就应当从供给侧发力,从降房价入手。中央经济工作会议对此开出的一个"药方"就是鼓励房企适当降价,这的确是对症下药,抓住了关键。

然而"药方"虽好,还得正确服用才能起到疗效。房地产既然是成熟的市场,就要按市场规律办事,政府不能强行限价,更不能采用行政手段强迫房企降价,但是有能力也应当清理和减少、降低一些可收可不收、可多收也可少收的地方性、行政性、事业性、临时性收费,主动为房企降压减负,有效降低供给侧的实际成本,为促进房价回归创造实实在在的市场条件和有益有利的客观环境。

作为供给侧的市场主体,房地产企业也要认清大势,敢于担当,自觉担负起去库存、利民生的社会重任,深入挖掘内部潜力,适当调整赢利预期,采用薄利多销的经营策略,主动让利促销,把房价降到当地消费者能够承受的合理水平,让更多的普通百姓买得起房。一旦有支付能力的购房需求得到充分释放和满足,那些长期积压空置的楼盘立马就会畅销清空,压在房企身上的"包袱"也会变成真金白银的财富,困扰房地产市场健康发展的库存难题也就迎刃而解了。(2015年)

　　　　　　　　　　　　　　　　　　　　　我行我诉

网上留踪须谨慎

俗话说"雁过留名，人过留踪"，不管你知道不知道，愿意不愿意，你的一举一动都会在这个世界上留下或大或小、或多或少、或明或暗的足迹和印记，谁都不可能"神不知鬼不觉"地销声匿迹。当然，也有人为了扬名，有意留踪，或在所到之处信手乱刻"到此一游"，或在微信朋友圈里一天到晚晒行踪、晒美食、晒风景。但对于大多数人来讲，还是不愿过多显露自己的行踪，更不想把个人隐私公布于众。

然而在这个"一网打尽"的"互联网+"时代，人类与互联网的关系日益密不可分，从电话、短信到微博、微信，从网聊、网邮、网游到网银、网购、网上搜索，越来越多的人"触网"用网，也于不经意间在网上留下了越来越多的"数字踪迹"。留者无心，用者有意，这些在互联网上生成、累积的看似分散、零乱的"数字踪迹"，经过智能计算机系统的运算、整理、归纳、分析，就形成了可以准确感知用户行为、意向和偏好的"大数据"。

"大数据"引发了信息社会的重大变革，给我们的生活带来了更多便利。例如可以利用大数据向特定人群或个体及时推送他们关注的新闻和分类信息，针对用户的需求精准投放商品广告，提供个性化的定制服务，帮助用户打车、购票、购物、追剧，搜罗喜爱的歌曲、游戏，甚至可以通过家庭物联网感知冰箱中储存的食物是否到期，如有短缺也会及时提醒用户提前采购或自动配送。

但是，任何事物都有两面性，收集用户"网上踪迹"的"大数据"

在给我们带来生活便利的同时,也存在着个人隐私被泄露和滥用的风险。只要稍稍留心就会发现,许多手机应用软件都强行设置有读取用户通讯录、通话记录、地理位置和自动开启录音、照相、录像功能的超级权限,用户下载安装这些 APP(第三方应用程序)时,如果没有看清一闪而过的提示,就被默认同意了这些明显泄露个人隐私的"霸王条款",也就意味着你的每次通话、每封邮件、每张照片、每段视频、每句聊天,乃至每次行踪都可能会被形影不离的手机记录并上传。几乎人人须臾不离的手机和为你导航指路的 GPS 电子地图都实时记录下了你的准确踪迹。除了形形色色的电子设备存在泄漏个人信息的风险,还有些不良商家擅自出卖网购用户的个人信息非法牟利,致使用户经常受到促销电话、欺诈短信和垃圾邮件的袭扰。也有不法之徒通过设置"数字陷阱",窥测窃取网银密码,盗刷用户信用卡。这些严重威胁到人们生活安宁和财产安全的"留踪"风险难道还不应当引起我们的高度警觉和及时防范吗?

为了有效防范"留踪"风险,保护公民个人隐私,从 2003 年起国务院就委托有关专家开始起草《个人信息保护法》,2005 年已完成专家建议稿,并提交国务院审议,正式启动了保护个人信息的立法程序。但在高筑法律之墙的同时,也要进一步强化每个公民和网民的权利意识、防范意识和隐私保护意识,谨慎上网,科学用网,并及时清除在上网过程中产生的"数字踪迹"。例如上网浏览或搜索查询后不能简单下线关机了事,还要动手删除自动生成的浏览记录和上网痕迹;安装手机 APP 时要多个心眼,不厌其烦地逐项手动取消"默认"的泄密权限;玩微信时要注意慎用容易暴露自己地理位置的"摇一摇"和"附近的人"等功能;使用网银或手机银行等电子支付工具时也要谨防"钓鱼网站"的欺诈,不向陌生人透露自己的数字密码。平时多学些主动防范、自我保护的小技巧,就能少在网上留踪迹,在保障个人隐私和信息安全的同时,尽享网络时代的便利与"红利"。(2015 年)

这些"大赛"有啥用？

近日媒体相继报道了两场吸引眼球的"大赛"，一场是南京举办的"汽车塞人赛"，最终在一辆两厢小轿车里塞满12个人的参赛队伍获奖胜出。另一场是同一天在重庆举办的"接吻大赛"，参赛的20多对情侣在众多市民关注下相互激吻，进行了长达7轮50多分钟的任意接吻和双人单腿、夹腰、俯卧撑、单人站立、仰卧起坐等多种高难度动作的接吻比赛，持续时间最长的一对情侣以56分钟的最高纪录夺得冠军。

看了这些报道，不禁令人生疑，费尽心思搞这些哗众取宠的"大赛"到底有啥用？比赛既是一种竞技形式，也是一种倡导和激励。例如体育比赛意在推动全民健身，音乐比赛是为了普及美育欣赏，作文比赛是为了提高写作水平，摄影比赛则是激励更多爱好者探索光影奥秘……这些有用有益的比赛都能愉悦身心，激发社会正能量，广受民众喜爱，理应大力倡导。而那些比车里塞人多、比接吻花样多、时间长，比谁胃大吃得多、喝酒多，比谁能几天几夜夜不睡觉之类的另类比赛，除了吸引眼球、博取热闹外，还能有什么用处？难道一辆车里塞人越多就能证明车越结实？难道敢于在大庭广众之下忘形热吻就能成为"冠军"？难道饕餮饭桶也能成为"偶像"？这些与中国的传统美德、社会公德和社会主义核心价值观格格不入、背道而驰的所谓"大赛"究竟在倡导什么？

按说像这类在公共场所举办的群体性活动都应当事先报批，有关部门在进行审核和安全评估时，是不是也应当进行相应的道德评估？不仅管理者要严格把关，对那些有悖公序良俗、可能对社会风气造成不良影响的"大赛"及时"叫停"，众多的现场观众也应当自觉抵制，集体喊"嘘"，不予捧场。前不久，湖南娄底有人组织身穿比基尼的中外模特装模作样地荷锄下田搞"农耕秀"，就遭到了农民伯伯的当场驱逐。没有了市场，没有了观众，这些毫无用处的另类"大赛"自然也就偃旗息鼓销声匿迹了。(2015 年)

人生感悟

———

人类一思考，

上帝就发笑。

奈何人执着，

孜孜究玄妙。

外审兼内省，

闻道亦悟道。

参透世间理，

此生乐逍遥。

"倒片"

　　说起"倒片"，许多年轻人也许会莫名其妙，不知所指。其实，这不过是一个电影放映的技术术语。在数字电影面世之前，电影片都是用一盘盘的胶片拷贝来放映，由于发行的拷贝少，一盘胶片往往要在一个城市的几家影院接力"跑片"，循环放映，因此放映前就要对前一家放映单位传过来的胶片先行"倒片"，盘盘都倒到片头，才能装机放映。从某种意义上说，电影的"倒片"与录像带的"快倒"和影碟机的"回放"倒颇为相似，都是从终点回到起点的往复轮回。

　　我曾听到过一种带有宿命色彩的说法，说是人生就像一盘事先拍好的电影胶片，生活中经历的一切都是人生银幕上的电影场景。老年人喜欢回忆过去，就像拷贝"倒片"一样，从老年开始逐一回味中年、青年、少年、童年时代的往事，什么时候想起了出生的那一刻，就如同胶片倒到了头，此生的演出就要"END"（结束），生命的历程就要结束了。细细想来，这种说法也不无道理，一个人要是与现实生活格格不入，天天沉溺在"过去时"，老是"倒片"，不思进取，可不就是离"谢幕"不远了！

　　然而从另一个方面来看，"倒片"也未必全是消极、被动的"退步"或"开倒车"。像"学而时习之""温故而知新""吾日三省吾身"等等自觉的回顾、复习、反省，就是积极主动的"倒片"。

　　如果把人生的每一天比作自己拍摄的一盘胶片，那么拍完之后，确实很有必要及时"倒片"回放，从旁观者的角度，以平和的心态，用挑剔的目光，重新审视刚刚过去的表现，这样才能清醒地看到存在的瑕疵、失误和遗憾，有意识地匡正自己的言行，使下一轮的"演出"和"放映"更加精彩，更有意义。

随着电影制作技术的进步和数字放映设备的普及，过去曾司空见惯的放映员手摇转轮一盘盘倒片的景象如今已悄然消逝，可大千世界中各式各样的"倒片"却从未止息。不仅每人都要天天"倒片"，躬身自省，每个单位、每个团体乃至每个国家也都需要经常"倒片"，回顾反思。下棋后的"覆盘"是"倒片"，通过再现刚刚走过的一步步、一局局，可以找出情急之下或不经意间做出的错误抉择和那些不该出手的"闲棋""瞎棋""臭棋"，好"吃一堑长一智"。对领导干部的任期审计和离任审计是"倒片"，仔细回溯查看他们留下的"脚印"，可以如实地验证其"官德"与政绩。节日和纪念日也是"倒片"，带领我们重新回到过去的时代，重温"历史上的今天"。一天到晚，打烊后商家要通过"倒片"来细细盘点当日的营业流水，检讨其中的疏漏与缺失。一课教完，老师会带领学生一起"倒片"，对学过的知识从头复习，查遗补缺，加深记忆和理解。一项工作结束，我们总要及时"倒片"，总结得失，查找不足，修正偏差。一年到头，每个地区、每个部门和单位也都要定期"倒片"，回望年度目标是否如期实现。

我们隆重纪念改革开放30周年，又何尝不是一次宏大庄严的"集体倒片"？当我们把目光再次定格在30年前那篇石破天惊的"特约评论员"文章《实践是检验真理的唯一标准》上，定格在安徽凤阳小岗村18户农民那张按着血红指印的"大包干"契约上，定格在彻底平反冤假错案的一份份"红头文件"上，定格在举世瞩目的三峡大坝、青藏铁路、神舟飞船上，定格在五星红旗在香港、澳门冉冉升起和奥运圣火在北京点燃的那一刻，自然就能刻骨铭心地感受到改革开放给中国社会带来的历史性巨变，激发出为中华民族伟大复兴而不懈奋斗的强劲动力。从这个意义上来说，"倒片"是人生的常态，人人都要学会"倒片"。（2008年）

经常"换换'枪'"

凡是土生土长的老许昌人都知道这句典型的"许昌普通话"："咱俩换换'枪'"，或者说"咱俩换换面儿吧"。真正的北京人听了这话可能会"丈二和尚——摸不着头脑"，可真正的许昌人一听都知道，就是"换换位"的意思。

说到这里，我忽然发现，不光咱许昌人爱说"换枪"，就连大洋彼岸的美国人也学会了"换面儿"。这不，最近的《北京晨报》上就刊载了美国田纳西州纳什维尔市的一则趣闻：该市的4名市长候选人按照竞选规则，亲身体验了一晚"无家可归者"的流浪生活，像真正的流浪汉一样在公园长凳或水泥板上过夜，在饭店里乞讨食物，在树丛里解决内急。通过真实的换位体验，使这些未来的"市长"对"无家可归者"的贫困处境有了更加深刻的感受，由"震惊"而"感慨"，继而感叹："我不知道该说什么，我们应该做点什么了！"也许这些市长候选人的"换枪""换面儿"不乏作秀的成分，然而这种角色转换式的"换位体验"对于我们转变干部作风，密切联系群众仍不失为一种有益的借鉴。

过去我们曾提倡"换位思考"，一些地方也开展过"假如我是市长""假如我是顾客""假如我是学生"之类的讨论、建言活动，因为这些"假如"的前提是人为设定而且是虚拟的，对角色的体验也仅限于各人的想象、揣测或期许，与角色的实际处境相去甚远，难免存在隔膜、歧见甚至误读，所以名义上的"换位"并不能带来观念上的转变，"思考"得出的结论也未必准确、全面。而这种亲历角色实际生活的"换位体验"则可以弥补"换位思考"的间距和局限。所谓"体验",就是要用身体来验证。通过真正的"角色转换",身处真实的生活场景,就能对角色的生存状态、实际需求和所思、所盼有"感同身受"的真切体验,才能在精神上烙下刻骨铭心、终生难忘的深刻印记。

其实,"换位体验"并非"舶来品",上世纪五六十年代我们曾推行的"将军下连当兵""干部驻队三同"(与农民同吃、同住、同劳动)以及近几年一些地方和单位开展的"交警当一天出租车司机""学生到校食堂做一日厨工"等主题活动都是成功的"换位体验"。河南作家焦述正是通过当挂职副市长的"换位体验",才写出了真实、深刻、震撼人心、轰动文坛的《市长日记》《市长笔记》《市长手记》等"市长系列三部曲"。2005年国务院有关部门以政府公文的形式,强令所有煤矿的法人代表和管理人员每月至少要下井15天,也算是一种强制性的"换位体验"。

"换位体验"还应当成为各级干部和公务人员常用的工作方法。以人为本,执政为民,首先就必须体察民情,体恤民意,而只靠文件、汇报、检查或者走马观花式的走访,都不可能了解到真实的民情民意。在造假技术和做秀"艺术"高度发达的今天,亲眼所见也未必是实。只有放下架子,扑下身子,拉开面子,以管理对象、服务对象的角色和身份亲身体验他们的真实生活,才能听到真话,看到真相,感受真情,赢得真心。经常"换换'枪'",才能体味"那枪"的苦处、难处;经常"换换面儿"才会感知"那面儿"的艰辛与不易。

(2008年1月2日)

归谬

　　"归谬"既是基本的逻辑推理形式,又是驳论中常用的一种修辞方法。它在对一种错误的论点进行批驳时,不是针锋相对地说"不",而是采用"欲擒故纵""欲抑先扬"的策略,首先假设这一观点"正确",然后在看似正确的前提下,"顺理成章"地推导出明显荒谬的结论,以此来反证前提观点的谬误,从而收到"以子之矛攻子之盾"的奇效。比起剑拔弩张、直截了当的驳论来,归谬法看似平和婉转,实际上却具有更大更强的"杀伤力"和说服力。

　　"文革"时期,"四人帮"曾有一个臭名昭著的理论,叫"宁要社会主义的草,不要资本主义的苗"。按照他们的逻辑来进行推理,干脆把姓"资"的苗统统铲除,让所有的田地全部长满姓"社"的草,岂不是最最"革命"?然而自然界无情的现实却是,只有庄稼苗才能长出供人(包括好人和坏人、无产阶级和资产阶级、造反派和走资派等等)食用的粮食来,而在整个人类的食性没有完全改变之前,就是最纯正的"无产阶级"也不可能靠吃"社会主义的草"为生。所以只要是稍有常识和正常思维能力的人都能通过这一"归谬"的推理,认识到"四人帮"这一武断观点的荒谬。

　　前些年,有的地方在干部使用上片面追求"年轻化",有人为了"适应形势",便采用各种手段私改年龄以图提拔。某公儿子已过不惑,可在任前的公示中他的年龄竟才 20 岁出头,以此推算,他刚刚出生便以"神童"之身上小学,不到 12 岁便已结婚生子,岂不让人笑掉大牙!"归谬"之威力也由此可见一斑。

归谬法不仅在理论研究和"证伪"推理方面有其独特的作用和效果,而且还是观察社会,分析事物,去伪存真,明辨是非的有力工具。特别是在世相纷繁、乱花迷眼的当下,更需要借助"归谬"练一双"慧眼",以便真真切切明明白白地看清那些似是而非的"新概念"和令人眼花缭乱的"新功能"。

　　前段时间,一批卖水的厂商与某些可疑的"专家"合谋炮制出了一个"酸性体质"的"新概念",宣称"90%的中国人都是酸性体质,酸性体质是百病之源",只有天天喝他们出产的碱性水、吃他们出售的"碱性保健食品",或者使用他们"发明"的"神奇水杯",方能实现人体的"酸碱平衡"。这套"理论"可是够新够玄了吧? 然而只要运用"归谬法"略加分析,就不难发现其中的漏洞。且不说人体本身就有自动调节酸碱平衡的功能,不管摄入什么食物,在胃里都呈酸性,到了肠里都会变成碱性,并不需要额外添加什么物质。就是根据基本的医学常识我们也知道,人体血液中正常的酸碱度 pH 值(氢离子浓度指数)本来就在 7.35 到 7.45 之间,低了会引起酸中毒,致人头晕、瞌睡、焦虑甚至精神错乱,高了则会造成碱中毒,引发心脏疾病。假如人为添加的"碱性物质"真起作用的话,恐怕只会破坏人体固有的酸碱平衡,引起更多的疾病,这不是没事找事瞎折腾吗? 最近又有厂家公然宣称他们生产的瓶装饮用水中"含有游离态的钾",而凡是学过化学的初中生都知道,游离态的钾性质极不稳定,能与水发生剧烈的化学反应,通常被保存在煤油和石蜡中,严格隔绝空气和水,如果饮用水中真如厂商所说"含有游离态的钾",那么这些原本供人饮用的瓶装水便将成为易燃易爆的危险品,必定会被有关部门立即责令停产和禁售,甚至还要销毁产品以保安全。这样的炒作岂不是自找难看,弄巧成拙? 所以,面对厂家商家一浪高过一浪的促销攻势和不断发明的"新理论""新概念",广大消费者也应当增强"归谬意识",学会"归谬思维",这样方能看清那些"隐藏在麒麟下的马脚",少受"忽悠",少花"冤枉钱"。(2008 年)

何必"前恭后倨"

　　学过历史的都知道战国时期有个叫苏秦的洛阳人,熟悉他学习刻苦,"读书欲睡,引锥自刺其股"的典故,也了解他随鬼谷子学习纵横捭阖之术,成了与张仪齐名的纵横家。可是就连苏秦这样的名士在怀才不遇、求官不得之时也曾屡遭白眼,"妻不下纴,嫂不为炊"。然而一旦衣锦还乡,境遇立马大变,"嫂蛇行匍伏,四拜自跪而谢"。面对如此反差,苏秦不禁叹曰:"何前倨而后恭也?"这就是那句著名成语"前倨后恭"的来历,后人常用它来形容待人接物的态度前后不一,起先傲慢,后来恭敬。

　　其实苏秦也是少见多怪,他要活到今天,不仅能看到步其嫂后尘的"前倨后恭"者,而且还能见到反其道而行之的"前恭而后倨"者哩。这不,一名曾经在 20 多年前因"流氓罪"被法院判处 4 年徒刑的歌手,当年不仅痛哭流涕地认罪服法洗心革面,而且出狱后还写出了《铁窗泪》等饱含忏悔之情的囚歌,其情其态可谓"恭"矣。可谁料想时隔 20 多年之后,竟又借香港"艳照门"之风忽地喊起冤来,先是为"艳照门"里的女主角叫屈,称"她们又没有犯罪",抱怨"舆论可以杀人",继而又公然为自己当年的罪行翻案,辩称当时不过是"比较轻率地先后与两位女性发生了关系",甚至要挑战法律的权威,宣称"我要撕掉罪犯的标签!"(2 月 15 日《南方人物周刊》,3 月 31 日《东方早报》)如此翻手为云覆手为雨的表演,倘让苏秦瞧见,一定会惊而叹曰:"何前恭而后倨也?"

　　不管是前倨后恭还是前恭后倨,都是当事人真实心态的自然流露，只要"倨"得有理，"恭"得有礼，倒也无可非议，就是有人看不惯，顶多说两句"人情冷暖，世态炎凉"也就罢了，犯不着上纲上线兴师问罪。但是倘若真要"倨"起来向法律叫板，恐怕就不那么简单了。还拿那名歌手为例，也许他从"艳照门"男主角的身上看到了自己的影子，为"同罪不同罚"而耿耿于怀，可是如果真对当年的判决不满，真的认为是"冤假错案"，尽可以通过正当的法律途径向有关部门提起申诉，何必非要借"艳照门"发难，向并不知情的公众叫屈？其实谁都知道，"艳照门"的主角无罪并不等于他无罪，香港司法局对"艳照门"一案的裁决也不能成为他为自己翻案的依据。连他自己也明白，并没人无端陷害他，毁掉他的也并不是舆论。当年的罪行铁证如山，对他的判决不枉不冤，能够提前出狱已经是从轻从宽，想要"撕掉罪犯的标签"只能是痴人说梦一厢情愿。他的忽然"变脸"，只不过是一种借题发挥的蓄意炒作，企图以这种"前恭后倨"的姿态来制造噱头，吸引眼球，为"重出江湖"造势表演。然而令他意想不到的是，20多年后的这次重新登场又演砸了，不仅没有赢来同情和掌声，反而又勾起了许多人对他并不愉快的记忆，还在年轻一代面前暴露了自己早已被世人淡忘了的丑事，可说是弄巧成拙，得不偿失，估计有了这一"倨"，就是想再登台也没有多少人愿当他的"粉丝"。还是借用他的囚歌《铁窗泪》中的歌词劝他一句："不要只是悔和恨，洗心革面重做人。"（2008年）

何必舍近求远？

俗话说"人上一百，形形色色"，我认识的一个朋友就发短信成癖，平时不管谁给他打电话打手机都一概不接，然后往你的手机里发一短信："时间宝贵，恕不面谈，有事请发短信一聊。"

据我观察，像这样放着方便不方便，偏偏要"舍近求远"者还大有人在。有的单位招聘人员不与应聘者见面，就是与他们一墙之隔的邻居也得找个地方上网才能报名。还有的购物网站只接受网上订单，客户想登门交款直接提货一概被拒。最令人不可思议的还要数某市的公交公司，本来已经公开承诺从今年 4 月 1 日起全市 70 岁以上的老人均可免费乘坐市区公交车，却又接着附加了几个"必要条件"，本来老年人乘车时直接出示身份证既方便又可防止造假，可人家就是不认公安部门核发的身份证，非得让老人们亲自去远在东区的行政服务大厅重新办理免费乘车证，并交纳保险费后才能享受免费待遇。放着省事不省事，非要让人多跑一趟路，多费一回事，这岂止是舍近求远，简直是多此一举！

学过数学的人都知道"两点之间直线最近"这一基本定律，平时人们走路谁也不会放着近便的直路不走而偏偏去绕弯迂回。所以说，故意舍近求远的人不是神志不清，就是别有目的。那位有"短信癖"的朋友大概是为了节省话费，只在网上招聘的单位也许是为了节约办公场地，购物网站不接待客户上门购货是为了赚几个邮费，而不认身份证非得要老人们跑远道办新证的公交公司绝不是仅仅为了以此考验办证者是否真有外出乘车的能力，恐怕倒是与"必交"的保险费不无干系。

　　像这类只图自己方便而给他人带来不便的"舍近求远"充其量只能算是"烦人利己",可是有的"舍近求远"却是故意把简单的问题复杂化,再从复杂的"浑水"中趁机渔利,这就不能不多个心眼,提高警惕了。就像一些饭店向食客另外收取的"餐具消毒费",莫非谁去吃饭还得自带餐具?想多收费干脆直接加在菜价里不就得了,何至于挖空心思再增加这么一个名目?就像让人越来越看越糊涂的通信资费,本可以按分按秒,明码实价,却非要别出心裁地推出一个个让人眼花缭乱的"话费套餐",搞什么"预存话费送大礼"和美丽动听的"优惠客户放血让利"活动等等。与其套来套去这么复杂,何不干脆一步到位,直接取消双向收费和异地漫游费,把居高不下的电信资费明明白白实实在在地降下来?就像有些"精明"的企业,本来到了年底该与员工续签合同就签呗,却非要让所有员工先"自愿辞职",然后重新签订劳动合同。绕了这么一大圈,无非不就是想规避新《劳动合同法》,不想与员工签订"无固定期限劳动合同"吗?

　　历史的经验告诉我们,天上不会掉下馅饼,世间也没有免费的午餐,凡是故意舍近求远的"好事",其中必定有诈。因此再出门撞"大运"碰上这类"好事"时最好多个心眼儿,多问几个"为什么",切不可贪小利误吞了"香饵",被人卖了还帮着数钱。当然,消费者也并非只能被动地躲避,对那些故意舍近求远靠骗人牟利的违法违规行为不仅不轻信,不上当,而且还应当坚决抵制,大胆举报,主动运用法律手段来有效维护自己和公众的合法权益,让"舍近求远"的把戏彻底"没戏"!(2008 年)

今天你"指"了吗?

　　这里所说的"指"并不是人类肢体的手指或者脚趾,也不是作为动词的"指示""指令""指导""指挥"等等,而是数学和经济学意义上的"指数"。从广义上讲,任何两个非〇数值对比形成的相对数都可以称为指数,在现实生活中,指数则是用来测定多个项目在不同场合下综合变动的一种特殊相对数。随着当今社会"数字化""信息化"的日益普及和渗透,指数也已成为与我们形影不离、息息相关的"亲密伙伴"。

　　对于现代社会的每个人来说,"指数"并不陌生。许多人每天早上起床都要先看空气污染指数,据此确定晨练时间。上班出门前要看紫外线指数,阳光太强就要带遮阳伞。开车要看路况指数,尽量避开拥堵路段。领薪水要看当月的工资指数,看到手的钱是多了还是少了。购物要看物价指数,根据 CPI 的涨幅来决定是否花钱和花多少钱。购房要看景气指数,以选择适当的购买时机。置业要看当地的宜居指数,努力寻找安居乐土。炒股要看股票指数,买基金要看准业绩指数,就连上网也先要看看网站的人气指数,就像葛优说的那样"越是人多的地方越是要去"。还有不少人经常会到医院进行身体检查,时时关注自己的健康指数……难怪有人早就戏称自己过上了"指数生活",连与人见面打招呼都先问:"今天你'指'了吗?"

　　其实,数字化的"指数"并不神秘,它只是人类了解事物本质及其发展变化趋势的一种工具。人们对事物对世界的认识就是从感性到理性、从抽象到具体、从定性到定量、从粗浅到精细,从笼统的概念到精确的数字化,逐步深化提高的。科学是人类智慧的结晶。

数学则是科学的共同语言和最高表现形式。上个世纪末，美国科学家尼葛洛庞帝就率先提出了"数字化生存"这一全新概念，并预言"信息的 DNA（脱氧核糖核酸）"将迅速取代原子而成为人类生活中的基本交换物，信息不再被"推给"消费者，相反，人们或他们的"数字勤务员"将把他们所需要的信息"拿过来"并参与到创造它们的活动中，从而大大变革我们现有的、熟悉的学习方式、工作方式和生活方式。从靠经验、凭感觉的被动生活到主动运用数字化信息的"指数生活"是人类社会的又一次历史性进步，这不仅是科学家预言的发展趋势，而且早已成为当今社会的生活现实。

当前我们正生活在科技发展一日千里，数字化、信息化日益普及的现代社会里，不论是作为个体的公民还是负有领导职责的决策者和管理者，都应当积极适应这一潮流，努力学会掌握并运用包括指数在内的各种数字化工具，有效提高认识事物、把握本质、分析趋势、解决问题的能力。不光用指数来选择出行、购物和投资，更要用指数指导工作，科学决策。不单是被动地接收和应用现有的指数数据，还应当根据实际工作需要主动收集和编制各种特定指数。例如，要准确衡量与周边地区的实力对比，就可以编制互相参照的"发展指数"；要如实评价工作绩效，就必须有服务对象的"满意度指数"；要科学评估一个城市的文明程度，也需要包括教育普及率、信息拥有量和公民道德水准在内的"文明指数"。假如我们能把日常工作中所有可以量化考核的各项指标都编制成一个个具体的指数，就能通过对这些指数的动态采集、监控和运用，进而实现管理的数字化和精细化，到那时，看似枯燥单调的"指数"才会真正成为尼葛洛庞帝所称的"人们的数字勤务员"，"今天你'指'了吗"才会变成人们流行的"口头禅"。（2008 年）

你是什么"客"？

  十几年前,也就是被称作"因特耐特"的互联网问世之初,好多人都以为它只不过是一群电脑迷自娱自乐的联机游戏。孰料它竟有如此神奇的魔力,转瞬间便席卷全球,风靡世界,在人类社会和日常生活的方方面面都打上了它独特的印记,制造出一个个"网络神话"和泡沫的同时,也营造出了日新月异的网络文化。且不说亿万网民在网聊中即兴创造出的那些如同天书一般的网络符号和莫知所云的"偶""顶""菜鸟""灌水"等稀奇古怪的网络语汇,单是层出不穷的"网络来客"就令人目不暇接,眼花缭乱。自从"黑客"这个称谓从电脑跑到网络上以来,隔三岔五地就会冒出一个新"客"来:网络日记叫"博客",网上播音叫"播客",网上换物叫"换客",网上印刷叫"印客",网上创意叫"威客",网上公开自己的工资叫"晒客"……群"客"咸集,纷至沓来,估计用不了多久,像网上聊天的"聊客"、在网上打游戏的"游客"、网上开店的"店客"、网上集体采购的"集客"、网上拼车出行的"拼客"等新"客"就会不期而至,应运而生。说不定哪天人们见面互相问候就不再是传统的"吃了吗",很可能会先问一声"你是什么'客'?"或者"你'客'了吗?"

  我虽然"网龄"不短,也算是第一批拨号上网、用过四位数密码的老网民,却不会网上聊天,不会打网络游戏,也没有开"博"或"播",更当不了"印客"和"威客"。我每天上网主要是浏览和"冲浪",从感兴趣的网页、网站和"博客"群中采撷一些有用的信息,如此看来,我应该算是"浏客"。有时也会用搜索引擎去查找资料,是否能叫"搜客"？经常在网上投稿，好歹也是个"投客"。各种应用软件一出来我就先试用，也称得上"试客"。正在自学 Flash(一种动画与应用程序开发集于一体的创作软件)技术，争取当个"闪客"。想我一普通网民就有这许多"客衔"，那些"大虾"级、"大师"级的网络高手们更不知身兼几"客"了。

有人对这"客"那"客"的叫法颇不以为意，总认为"我的网络我做主"，殊不知互联网本身就是个自由联通的公共空间，所有权属于全体网民，容不得任何个体随意做主。就像一个人在家关起门来，只要不妨碍邻居，尽可以为所欲为，但进了别人家就得"客随主便"，到了公共场所就得遵守公共秩序。个人的电脑和网页机主、"页主"都可以做主，但是一旦上了网，就像是敲开了别人的家门或是进入了公共场所，就要自觉遵守网上的规则和道德，例如不能偷窥或恶意攻击其他用户，不能以技术手段非法窃取网友的个人资料和保密信息，不能利用网络空间传播各种反动、淫秽和低俗的内容，不能把 BBS、网上论坛、博客当作发泄私愤和不健康情绪的工具等等。比如在个人日记里，无论写什么、怎么写都不会有人横加干涉，然而在网上写日记，就变成了具有传播功能的宣传品，就不得不考虑它可能产生的社会影响和实际效果。从这个意义上说，上网的都是"客"，都应以客人的身份自重自律，自觉讲求网络礼仪和文明规范，主动维护网络秩序，用心呵护公有共享的网络空间。

总之，当你上网在线的时候，不管是什么"客"，哪怕是匆匆"过客"、门外"看客"，都要首先做个文明"网客"，轻轻地来，悄悄地走，即便是一对一的个人聊天，也要记得关好"聊天室"的门户，不影响别人，不干扰网络，好让每一个"网客"都能自由便捷地上网遨游，共享信息化时代更加美好的网络生活。(2008 年 2 月 13 日)

你要几个鸡蛋？

　　记得儿时的冬夜，常与小伙伴们相约到街头地摊去喝热滚滚的江米甜酒，本来只打算喝 5 分钱一碗的甜酒，可是卖甜酒的老太太总是边添水煮酒边问"是打一个鸡蛋还是打两个鸡蛋？"让你无法说出"不要"，结果每回都是至少打一个鸡蛋。

　　小时候只觉得老太太会说话，等长大了，学习市场经济学，才知道这就是"先入为主"的"主动营销"，用主动发问、预设前提的策略，暗中排除"买还是不买"的选项，只给顾客"买多少"的选择，从而确保每一笔交易都能成功。

　　也许当年卖甜酒的老太太还没有如此高深的理论，也绝对想不到她的"发明"会成为后人的生财之道，连精明的移动通信运营商都能够"活学活用"。难怪我一看到近日公布的"降低移动电话国内漫游通信费上限标准方案"，就觉得这么面熟，原来不过是老太太卖甜酒的老招新用。

　　本来将于本月底举行的手机漫游资费听证会，是要包括运营商和消费者在内的相关各方都提出几套预选方案供会上讨论，可是运营商们却先声夺人、先法制人地率先抛出了两套"降价方案"，不动声色地剥夺了消费者取消移动通信国内漫游费的选择。就是上会听证，也只能在他们单方限定的范围内，围绕事先设计好的"降多少"的枝节问题去讨论，这不是明摆着诱人入彀、画好了圈让人往里跳吗？只要进了这个圈，随你怎么听，怎么证，如何讨价还价，都不会涉及"取消手机漫游费"这一敏感而致命的话题，都触动不了垄断经营者的既得利益，大不了少收几个漫游费，再以别的名目、在其他地方收回来就是了。为了吸引消费者代表有倾向地参与听证，这两套方案故意设计得一高一低，一个刻意复杂，一个相对简单，就好比卖甜酒老太太的"职业用语"："是打一个鸡蛋，还是打两个鸡蛋？"

这一招的确是高，只是低估了消费者的智商和头脑。圈画得好是好，就怕没人往里跳。就好比是卖甜酒的老太太碰上了不识趣的食客，只要直截了当地回一句"不要鸡蛋"，什么预设前提、"先入为主"等"营销策略"便统统失效。

假如我是消费者代表，也一定会在听证会上旗帜鲜明地表态，既不同意方案一，也不同意方案二，只同意就如何取消、何时取消手机漫游费这一根本问题进行听证。当然，运营商也有权就一下子取消手机漫游费的"坏处""难处""苦处"向消费者倾诉，可以在听证会上争得不可开交，但是利益相关的各方谁都无权为讨论预设前提，更不能以各种"策略"偷换概念，修改论题，变相剥夺对方的多种选择权利。

其实，手机漫游费该不该收取，早就不是什么绞缠不清的复杂问题了。也许众多消费者都是不懂电信设备运行原理的外行，可身为北京邮电大学教授的阚凯力教授应当是最有发言权的权威专家和"业内人士"吧？他就曾多次撰文，明明白白地告诉公众："手机漫游的过程，不过是由网络传送几个由计算机自动生成的、比普通电子邮件还简单的数据包，其成本几乎为零"。（1 月 4 日《新京报》）既然如此，还有什么根据和理由再向手机用户收取价格不菲的"漫游费"呢？如果说在手工转接的时代适当收取基于人工交换的漫游费还情有可原的话，那么在通信设备早已实现数字化、自动化的今天，再要拿这些"莫须有"的费用来误导公众，虚列成本，就不仅是"缘木求鱼"，而是涉嫌价格欺诈了。（2008 年）

"一个样"与"不一样"

　　日前在网上看到一个段子,说的是人一生中的 10 个"一个样":"10 岁教室网吧一个样,20 岁在家在外一个样,30 岁白天晚上一个样,40 岁学历高低一个样,50 岁长相好赖一个样,60 岁官大官小一个样,70 岁房多房少一个样,80 岁钱财多少一个样,90 岁男人女人一个样,100 岁起床不起床一个样。"

　　乍一看来不无道理,特别是现在的孩子,刚上学就上网,怎么不"教室网吧一个样"? 年轻人 20 来岁时根本没有家庭观念,当然是"在家在外一个样"。30 多岁精力旺盛,干起工作来夜以继日,"白天晚上一个样"。50 岁的人一般不需要再找对象,长相是否英俊也都无关紧要。"人过七十古来稀",尽管儿孙成行,可身边并无几人,只要日食三餐,夜宿一床,所以"房多房少一个样"。这几个"一个样"确实都是生动形象的至理名言,可是另外的几个"一个样"恐怕就有点以偏概全,令人不敢苟同了。

　　人到 40 岁,迈入中年,虽然职业已定,学历高低已不能成为左右前途命运的决定因素,但此时却正是迫切需要知识更新,亟待学习提高的关键时期。必须自我加压,自觉深造,进一步提升自己的学识、学历,因此学历高低大不一样。有了更高的学历,才能胜任更艰巨更复杂的重要工作;如果故步自封,不求进取,仅仅满足于已有的学历层次和知识水平,就必然会成为时代的落伍者,在日益激烈的职场竞争中早晚要被淘汰出局。按照现行的政策规定,不论干部还是职工到了 60 岁就要退休,从这个意义上讲确实是"官大官小一个样"。可实际上官大官小、有官无官,退休后的待遇却并不一样,且不说那些擅长"期权交易"的官员在职时早已为自己预留后路,退休后弃官从商照样坐收渔利,就是正常退休的干部、职工因级别不同,所领取的退休金和享受的医疗待遇也都不一样,这是现行体制下的客观事实,毋庸讳言,也无须遮掩。

说"80 岁钱财多少一个样"也不准确,对于那些身家亿万的大款富豪来说,钱财再多也花不几年,死后也带不走,自然是"一个样",可是对于大多数靠退休金过活的普通老人而言,钱多还是比钱少要好。钱多不受穷,不用担心生病住不起院,吃不起药,也不用向有关部门求救济找麻烦。

至于"90 岁男人女人一个样"和"100 岁起床不起床一个样",恐怕更是对当代老年人的误解和歧视,随着经济社会的发展和人民生活水平的提高,国人的平均寿命已比过去大有增长,越来越多的耄耋老人和百岁寿星养生有道,身强体健,尽享安乐,益寿延年,全社会都应给予他们更多的尊重和关爱,决不可用轻慢不逊的口吻加以讥讽或嘲弄。

"说一样也不一样,说不一样也一样",世事纷繁,红尘迷眼,许多看似"一个样"的事情其实似是而非,并不一样。因此我们对一些时下"流行""风靡"的观念也不宜盲从跟风。凡事多问几个为什么,多找出一些"一样"中的"不一样",才能致中和,去偏颇,认清事理,少受"忽悠"。(2008 年)

"问"的学问

　　学问学问，"学"离不开"问"。小时候上学，老师就谆谆教导我们要"勤奋好学"，还用《论语·八佾》中"子入太庙每事问"的典故和陶行知"人力胜天工，只在每事问"的格言勉励莘莘学子。长大后，我更把革命领袖"凡事要多问几个为什么"的殷切嘱咐铭记心间，自觉养成求职好问、不懂就问的量好习惯。然而，历经世事我才悟道，"问"也是一门深奥的学问，问什么、向谁问、怎么问，这里的每个环节都大有讲究。

　　孔老夫子曾经告诫他的弟子"非礼勿视，非礼勿听，非礼勿言，非礼勿动"，这话放在今天仍不过时，只是要加上一句"不该问的别乱问"。至于什么该问什么不该问，则要根据不同的场合和对象随机而定。例如，在卫生间最好别问"吃了吗？"在证券交易所最好别问"跌多少？"网上盛传的"四个不能问"，其中就有"小姐的年龄，老公的钱，当官的学历，报销的款"。现代社会的开放度、透明度越来越高了，不该问、不能问的不只是女人的年龄和男人的收入，还有房地产的成本、中石油的利润、银行的坏账和国企老总的年薪。如今流行的几个"不能问"就有，见了带"长"的别问是正是副，见有人抽天价烟别问是买是送，见了轿车别问公用私用，见了称病滞留国外的官员别问真病假病……这些都是大家心照不宣而有人又讳莫如深的事情，如果有人非要问，不仅令人尴尬，而且自讨没趣。只要看看沸沸扬扬的官员财产公示制度在各级"研究"了多少年，至今仍处在个别"试点"阶段，就知道"不该问"的问题有多么难了。

按说,"问"是人的本能,宪法赋予了公民知情权,问什么也是公民的正当权利。但是在现实生活中却有人公然无视法律,以各种借口和手段设置各种各样的"禁问区",限制公民的询问权和公民的知情权。有的地方和单位甚至公然阻挠媒体记者的正常采访,如果胆敢擅闯"禁区",问了"不该问"的问题,便会遭到疯狂报复和迫害打击。《法制日报》记者、《法人》杂志编辑部主任朱文娜就是因为问了一件不该问的拆迁案,惹怒了辽宁省西丰县委书记张志国,才被当地警方立案拘传的。《西部时报》驻山西记者站工作人员戴骁军只是出于职业正义感,过问了当地一家煤矿向记者发放"封口费"的内幕,便招来了恐吓和威胁,甚至失去了原有的工作。前车之覆,不可不鉴,看到这些"乱问者"的下场,谁还敢不三缄其口,噤若寒蝉?

就是一些应该问、可以问的问题,也未必能问清问明问出答案。例如,轰动一时的"虎照案"究竟是周正龙一人所为还是另有高手?一个从未用过数码相机的山民如何会有如此高超的 PS(一种平面图片处理软件)技术?还有,是谁向不懂化学知识的奶农传授了往原奶中添加三聚氰胺的"秘诀"?为什么国际油价越降国内油价越涨?这些都是早就应该弄清、实际上也不难弄清的问题,可是虽经记者和网民们"打破砂锅问到底",锲而不舍地连年追问,却至今仍乱花迷眼,迷雾重重。全国政协委员、上海财大教授蒋洪为了了解根据《政府信息公开条例》应当公开透明的公共财政信息,曾组织10 位老师和 100 多名学生向全国 31 个省、市、自治区政府进行问卷调查,结果问了将近一年还没问清。个中奥妙,又有谁能说得清?

可见,"问"的学问的确高深。不论是做人还是学问,都得先学会"问",只有懂得了什么不该问、不能问,学会了"问什么""怎么问",才算是真正"有学问"。(2009 年 7 月 31 日)

酒是"孬孙"?

　　自从远古时期仪狄、杜康发明酿酒技术以来,这种"积郁成味,久蓄气芳"的液体就与国人结下了不解之缘。古往今来,庙堂山寨,不论国宴盛典,还是宾客相待,处处都离不开酒。"无酒不成礼,无酒不成欢,无酒不成宴,无酒不成敬意。"然而酒到底是什么,却很少有人能说清楚。《辞海》说酒是"用高粱、大麦、米、葡萄或其他水果发酵制成的饮料",这仅仅是它的字面意义,如果从酒的功用方面来定义,答案可就因人而异,各不相同了。古人说,酒宜"合欢成礼,祭祀宴宾,皆所必需。壮胆辟寒,利血养气,老人所宜。行药势,剂诸肴,杀鸟兽、鳞介诸腥。"今人说"酒是粮食精,越喝越年轻";有人说"酒是麻醉药,解乏去心焦";也有人说"酒是健康杀手","酒是惹祸根苗"。众说纷纭,莫衷一是,还是蒲松龄老先生的定义形象而精辟:"有一物焉,陶情势口,饮之则醺醺腾腾,厥名为'酒'。其名最多,为功已久;以宴嘉宾,以速父舅,以促膝而为欢,以合卺而成偶。或以为'钓诗钩',或以为'扫愁帚'。故曲生频来,则骚客之金兰友;醉乡深处,则愁人之逋薮逃薮。糟丘之台即成,鸱夷之功不朽。齐臣遂能一石,学士亦称五斗。则酒固以人传,而人或以酒丑。"

　　且不说历史上曾有多少昏君污吏"酒池肉林"贪杯误国,也不讲人世间每天又有多少凡夫俗子酗酒失范丑态百出,光是近在眼前的一些官员"以酒丑"的典型事例就数不胜数。深圳海事局原党组书记、副局长林嘉祥酒后非礼 11 岁小女孩,并态度恶劣,出言不逊,刚被撤销党内外职务,就又爆出了浙江省台州市路桥区年过五旬的地税局干部皮宗其在咖啡店酒后强行搂抱 12 岁小姑娘的哗然丑闻（2008 年 12 月 10 日《现代快报》）。新年伊始，又发生了湖北省宜昌市检察院职员酒后殴打当阳市高管中心保安的治安事件(1 月 10 日《长江商报》)。眼看着这些冠冕堂皇、道貌岸然的公务人员屡屡因酒犯事，不少善良的百姓都不无惋惜的慨叹："人是好人，酒是孬孙!"

　　其实，清白的酒是无辜的，那些借酒发疯、行为不检的官员却不一定是什么"好人"。他们虽然身为国家工作人员，头顶种种耀眼的光环，开会讲话或者述职述廉时也常常把理想信念和党的宗旨挂在嘴边，可是在他们的内心深处却早已变质腐烂，只不过为了蒙蔽上级领导的考察和纪检部门的监督，他们平日里暂时压抑着贪财好色、恃强凌弱的恶念，每每以"廉洁奉公"的假象示人，使单纯、善良的群众误认其为"好人"。一旦有了合适的机会，例如来到了一些暧昧的场所，遇到了弱小无助的"猎物"，他们便会不由自主地恶欲发作，肆无忌惮地逞凶作恶，而酒只是遮掩他们"不检"丑行的"挡箭牌""遮羞布"。像这样道德低下、品行不端的无良官员，不管喝不喝酒，早晚都会露馅出丑。因此治理官员"以酒丑"的"行为不检"，决不能"头痛医头脚痛医脚"，单靠强令禁酒来"扬汤止沸"，而是要从加强对干部的教育和监督入手，培养他们的高尚情操和优良品质，先清"内毒"，灭"心中贼"，筑牢廉洁自律的思想道德防线。"心底无私天地宽"，心里没有邪念，自然不必刻意作态，才能在任何环境任何情况下都始终如一地磊落坦荡，清清白白做官，堂堂正正做人。"八小时内克已奉公，八小时外谨言慎行"，这样的干部不论喝不喝酒，都不会失态出丑，败坏形象，也无须拿"酒是孬孙"之类的遁词来为其开脱遮羞。（2009 年）

你用什么"历"?

　　如果要问,年头岁尾什么商品最热销,我看恐怕非日历莫属了。一元复始,新的一年到来,人类的历史又掀开了新的一页,人们自然而然地也会启用一本新的日历来重新计量时间。每年的这个时候,不管是在人头攒动的商场超市里,还是在人欢马叫的乡村集市中,或是在简陋寒酸的路边地摊上,都能看到各种式样不一、风格迥异的年历、月历、台历、挂历乃至仍在一些地方民间流行"皇历",所以,各式各样的日历自然也就成了每年一度的"季节性热销商品"。

　　不知您注意到没有,不同年龄不同性格的人所选择和使用的日历种类也大不相同。一般来说,年轻人和性格豪爽的人多喜欢使用挂在墙上的老式日历,过一天撕一张,过去的事情就不再想,眼看日历愈来愈薄,他们的内心也日益充盈着成长的快乐和成功的喜悦。性格稳重而又公务繁忙的人习惯使用放在桌面上的日历,每天上班翻开一页,首先浏览一下短小隽永的格言警句、百科知识或廉政提示,然后在桌历的空白处记下当天的工作要点,完成一项就划掉一条,就像是备忘录和工作台账。性格成熟的高管和思维缜密的"白领"大都离不开字体醒目,对公历、农历和各种纪念日标注详细的挂历,常常像指挥官面对作战地图一样面对挂历凝神专注,不时在某一个日子上圈圈点点,加上批注,提前谋划未来的时光。而一些上了年纪的人则偏爱如传"月份牌"一样单页小巧的月历,盈尺之幅,方寸之间,就能把一年的光阴一览无余尽收眼底。至于有人不时翻翻标有"喜日""忌时""犯冲""财方"

等字样的"皇历",也多半是游戏娱乐,谁也不会像"冬烘先生"一样墨守成规,按"历"行事。

其实,日历只是人们自己设计的度量时间的一把尺子,日历上的数字也只是代表时光过往的一个坐标点,并不具有任何特别或神秘的意义。在宇宙洪荒和人类初诞的远古时期,根本就没有这"历"那"历",时间却照样流逝,从不停息。

不论是原始的刻石记年,还是人类发明的公历、回历、佛历、阳历、阴历,都只是一种带有主观色彩的计量工具,只能留下时间远去的背影,不值得奉为圭臬,更不能把日历当成迷信的载体。

侯宝林先生曾在一个著名的相声段子中辛辣地讽刺过一个迷信日历,事事翻"皇历"的人,不仅哪天该干啥、不宜干啥甚至何时出门都要先查"皇历",预卜吉凶,就连自家墙倒了,把人压在下面,人命关天之时,也得先回家翻翻皇历,看该从哪个方位下手去救。

如今像这样愚昧无知作茧自缚的人恐怕已不多见,可是患有"日历依赖症"者却并未绝迹。近日河南长葛就有一位小伙子由于轻信手机上的日历,把 2008 年 12 月 31 日当成了 2009 年的元旦,一大早就租车赶到省城火车站如约接人,结果不但人没接到,瞎折腾一回,还白白损失了几百元租车费用。一气之下,他去找当初卖给他问题手机的经销商索赔。(1 月 6 日《大河报》)不知他买的这款三星手机是不是水货,竟出现如此低级的历法错误。

然而回过头看看,这位小伙子是不是也有点太傻太天真?如今电视、广播、报纸、网络乃至单位、家庭、商场、街头,到处都有报时提示,只须稍稍留心,或者在车上多问司机一句,又何至于搞错时日,闹此笑话!人非圣贤,焉能无过,日历为人所制,谁敢保证不出差错?因此,不管你用什么"历",都不宜过于轻信或依赖,最好多找几个参照系不时校准,以免被其可能存在的疏漏或偏差所误导,闹出阴差阳错的笑话来。(2009 年)

好人？坏人？

　　比起哈姆雷特的"生或死"，恐怕人们接触最早、选择次数最多的基本概念就是"好与坏"了。懵懂稚童还不识大字，不辨是非，更不谙世事，便被大人们潜移默化地灌输了好与坏的概念。记得小时候看电影，一见有人物登场，就急不可待、喋喋不休地问身边的家长、老师或是小伙伴："好人？坏人？"看得多了，便在脑子里形成了像黑白电影那样泾渭分明的判断标准。浓眉大眼、昂首挺胸的一定是好人；贼眉鼠眼、鬼鬼祟祟的一定是坏人。好笑的是，在公式化、概念化、程式化作品充斥文坛的当时，这套小屁孩儿瞎猜胡蒙的"好坏"标准竟然屡试不爽，一猜一个准！

　　谁知席卷全国的"文革"狂潮一来，早已习以为常的"好人坏人"判断标准全然失灵。眼看平日里兢兢业业、诚实善良的好人一下子成了罪行累累、十恶不赦的坏蛋；而那些打砸抢抓、心狠手辣的"造反派"却摇身一变成了"捍卫革命路线"的好人。直到多少年以后，方才大梦初醒，懂得了什么是人妖颠倒，好坏错位。

　　长大后我终于明白，我们所处的宇宙是由多种复杂的物质组成的，我们生存的这个星球也有着多样化的生物种群，我们的人类社会同样多姿多彩，并不能用简单的"二分法"来简单切分男人女人、黑人白人、好人坏人、善人恶人、君子小人。即使是坏人，也并不是与生俱来、一成不变。那些整天把党性、公仆、廉洁、勤政挂在嘴上的"孔繁森"一朝事发，便暴露出了无耻贪婪、腐化堕落如"王宝森"一样的坏人面孔，但这并不能说明他们就是"混进革命队伍"的坏人,也不能就此否定他们曾经做过的好事。社会中的人和客观存在的事物不仅具有两面性,而且具有多样性、多元性、多面性,就像一位哲人所说的那样,"既是天使,又是魔鬼",善恶同体,好坏兼具。因此我们对人、对事、对物,对一切思想、观点、言论、作品,都不能用绝对化的"好坏"标准来定性,更不宜随意做出非此即彼、非白即黑、非好即坏、非敌即友、非利即弊,不是你死就是我亡的价值判断。

好与坏是一种主观判断,并没有绝对正确、放之四海而皆准的衡量尺度。大江东去,泥沙俱下,很容易抬高河床,溃决堤坝,给沿岸百姓造成危害;可是河流携带的泥沙又能在决口处和入海口形成富饶肥沃的冲积平原,造福黎民。即使被人们视为重大灾害的沙尘暴,既有破坏植被、污染空气、影响健康、阻碍交通的危害,也有降低太阳辐射、抵消温室气体、中和酸雨和堆积黄土高原的益处。世界上的许多事物都没有绝对的好坏之分,因此我们看问题、做决策也要力避片面化、绝对化。例如,煤炭既是目前维系经济运转的主要能源,但同时也存在采矿安全风险和燃煤污染,只要我们加强安全生产,促进烟尘减排,就能趋利避害,兴利除弊。如果因噎废食,因为存在风险和污染就停止开采和使用煤炭,那么在没有找到合适的清洁能源之前,人类的经济活动岂不要停摆?

何况,判断好与坏,还有一个立足点即观察点的问题,人类社会从来就不是铁板一块,不同人群的利益和诉求也不可能完全一致。同样一项政策或举措,对一部分人来说是好事,对另外一部分人来说也许恰恰相反。这就要看是否符合大多数人民的真实意愿和根本利益,是否能给最广大的人民群众带来实实在在的好处。从这个意义上来说,能为百姓办好事,而且办成事、不出事的就是好人;光给自己和亲朋办好事,不惜损害百姓利益的就是坏人。拿这个标准去识别清官、贪官,一定不会走眼。(2015年)

　　　　　　　　　　　　　　　　　　　　　　　　　我行我诉

怀旧

　　怀旧是人类独有的情感。时间这把尺子把人生分为昨天、今天和明天,向着明天奔波不息的人们却总爱时时回望昨天,怀念过去,怀念旧日的人,旧日的事,旧日的情,旧日的家园,旧日的时光。

　　怀旧是一种内在的情绪,平时潜藏在心灵深处,只有在一定的条件下才会被触发、激活或引燃。有时是听到一首熟悉的老歌,有时是遇到多年不见的老友,有时是接到一个意想不到的电话,有时是微信上的一个笑脸或一句问候,当然更多的还是触景生情,睹物思人,例如看到"峰峦如聚,波涛如怒,山河表里潼关路",便引发对"伤心秦汉经行处"的黯然思念;眼见"桃花落,闲池阁",对"山盟虽在,锦书难托"的恋人的愧疚之情便油然而生。

　　曾经以为,只有老年人才会怀旧。虽然怀旧不需要借口,更不需要理由,但要有一定的条件。童年时懵懵懂懂,无旧可怀;少年时年轻气盛,不屑怀旧;中年时疲于奔命,无暇怀旧;只有到老了,退了,才有足够的闲暇和从容的心态,才能像过去的胶片电影"倒片"一样,把过往的场面慢慢回放,像老牛反刍一样,把在心底深深埋藏的情感细细回味。就像叶芝所描述的那样,"当你老了,头白了/睡意昏沉,炉火旁打盹/请取下这部诗歌,慢慢读/回想你过去眼神的柔和/回想它们昔日浓重的阴影"。

　　然而,现实却并非如此,怀旧也并非老年人的专利。不光"50后""60后"感怀曾经的饥饿、动乱和荒废的青春,"70后""80后"也在感叹"时间都去哪儿了,还没好好感受年轻就老了",就连初出茅庐的"90后"都在怀念"当年我们共同追过的女孩""那些年我们看过的动画片""小时候一起玩过的游戏",甚至稚气未脱的"00后"也不甘寂寞地"致我们终将逝去的青春"。仿佛一夜之间人们都被一种叫作"怀旧"的病毒所感染,不约而同,争先恐后地追赶起怀旧这个时尚来。

各人有各人的"旧",因此各人的怀旧也各不相同。"子在川上曰:逝者如斯夫"是圣人的怀旧,"遥想公瑾当年,小乔初嫁了"是古人的怀旧,"村里有个姑娘叫小芳"是城里人的怀旧,"谁不说俺家乡好"是乡下人的怀旧。"长亭外,古道边,芳草碧连天"是学子的怀旧,"十年生死两茫茫,不思量,自难忘"是文人的怀旧。有人怀念儿时的环境,"每天都能看到蓝天白云,河里的小鱼自由自在地和人们一起嬉戏,渴了掬一捧河水清凉惬意"。有人怀念当年"吃货们的幸福时光":面粉里没有吊白块、滑石粉,大米里没有化肥农药和重金属残留,奶粉里没有三聚氰胺,饭菜也不用地沟油。有人怀念轻松愉快的学校生活,一个学期2元学杂费,课后也没有那么多作业,更没有各种各样的补习班和奥数竞赛。也有人怀念曾经的医院、卫生室,看病不用花那么多钱,医生问诊态度和蔼,不厌其烦,从没见过打骂医生,围堵医院的。还有人怀念过去的干群关系,城里的干部背着铺盖进农家,跟一身泥巴的农民同吃同住同劳动……当然,怀念过去并不意味着否定今世,怀旧者也并不个个都如"九斤老太",痛心疾首今不如昔,但是假如我们能从那些普通人时时怀念的东西中悟出一点什么,或许也能给后人留下一些值得怀念的美好记忆吧。

怀旧的实质是记忆重建,而人的记忆并不绝对真实可靠,在带着强烈主观意愿和感情色彩的记忆重建过程中,又常存在各种变异、扭曲、虚幻、失真的可能。现代医学研究证实,人脑具有一种自我保护的"选择性遗忘"机制,那些容易给人体或感官造成伤害的记忆,例如血腥、痛苦、屈辱、恐怖的场景和经历会被无意识地"过滤",并随着时间的流逝而逐渐褪色、消失。所以怀旧并不是怀念过去的一切,更不是完整的"往日重现"。人们在怀旧时脑海中浮现的大多是些美好的事物、温馨的画面和甜蜜的情感,即使有几分淡淡的幽怨或哀愁,也是怨而不怒,哀而不伤。很少有人愿意撕开早已愈合的伤疤去"忆苦思甜",对那些悲惨的往事更是不堪回首,有意遗忘。

其实,新与旧都是相对的。昨日之新正是今日之旧,今日之新也将成为明日之旧。人生苦短,只有"三天"——昨天,今天和明天。昨天的太阳晒不干今天的衣服,既然如此,我们又何必沉溺在已逝的时光里,把怀旧当做治疗当今社会疾病的良方?世事如棋局局换,人生如戏出出新,不如把怀旧权作棋局的覆盘,从中检讨以往的行事得失;或者把怀旧当成下一出新戏的铺垫,从昨天的太阳中吸收正能量,让今天的日子充满阳光,让正在演出的这台人生大戏更加精彩,也让迈向明天的步履更加从容坦荡。(2015 年)

谁能任性？

任性，原指无所顾忌，恣意放纵，如今作为一个含义丰富的网络热词，更是在各种媒体上频频亮相，以至于连今年全国政协会议的新闻发言人也发出了"大家都很任性"的感慨。

说实话，每个人都想任性，可现实中却并非谁都能肆意任性，时时任性。

按说，天真无邪的孩童最能任性，可也只有被家人捧作"掌上明珠"的独生子女儿童才能率性而为，想吃什么就吃什么，想去哪儿玩就去哪儿玩，想哭就哭，想闹就闹，一时兴起，还能把父母当马骑。而那些贫困的多子女家庭儿童却不可能如此幸运，想任性也没人宠着惯着，长此以往也就无性可任了。

要说年事已高的老人最有资格任性，就连孔老夫子都说"七十随心所欲"。可这并不意味着到了古稀之年就可以随意任性，为所欲为。退了休的老人没有了名缰利索的羁绊，卸去了工作任务和家务琐事的负担，固然可以放松身心，自由自在，但也并不能随意任性，也要守法度，讲文明，泛爱众，"不逾矩"。同时，受身体健康状况的制约，平日的衣食住行都有许多禁忌，想任性也性不起来。也有执拗任性的老人，不遵医嘱，不听人劝，打麻将通宵达旦，广场舞一跳半天，结果是乐极生悲，伤了身体，后悔莫及。

都说年轻人最有条件任性，好像早晨八九点钟的太阳，有大把的时间可以挥霍，有醉美的青春任意享用。甚至不需要任何理由，兴之所至，"世界这么大，我想去看看"，就可以辞了工作，来一次不带地图的环球旅行。然而，假如没有基本的谋生手段和必要的资金积蓄，谁还敢这么任性？有首当年的流行歌曲《我想去桂林》，"我想去桂林呀，我想去桂林，可是有时间的时候我却没有钱/我想去桂林呀，我想去桂林，可是有了钱的时候我却没时间"，这不就是年轻人想任性却无奈的真实写照吗？

网上有句名言，叫"有钱就任性"，许多人对此都有同感。当年发了横财的煤老板可以整栋买楼，亿元嫁女，也可以把几千万的豪车当玩具送人，也有一批骤然暴富的土豪挥金如土，甚至跑到国外去买酒庄，购飞机，驾游艇，到首饰店扫街清货，够任性了吧？可金融危机一来，照样有人资不抵债，转头成空，更有人涉嫌非法利益输送，锒铛入狱，身陷囹圄，可见，有钱也不能随意任性。

许多贪官都信奉"有权就能任性"，一朝权在手，便把令来行，把公权力特权化、私权化，以权谋私，胡作非为，想改年龄就改年龄，想要什么学历就能弄什么学历，想提拔谁就提拔谁，想让谁赚钱谁就能赚钱，想玩什么女人就玩什么女人，想要什么荣誉就有什么荣誉，可谓一言九鼎，无所不能，财源滚滚，风光无限。然而法网恢恢疏而不漏，到头来还是害人害己，任性的苦果还是要他们自己吞。难怪李克强总理要在今年的政府工作报告中谆谆告诫，有权不可任性。

说到底，虽然理论上每个人都可以任性，但实际上却谁都不能任性。当你自我膨胀，自诩超人，想入非非，想任性时，不妨三思而行，仔细想想任性的后果，是不是任而不性更好些呢？（2015年）

回望电大

　　同样的时间对于不同的人往往具有不同的意义。2012,这个普普通通的年份,对于我们这些当年的"电大生"来说,是永远值得铭记的——30年前的1982年,我们有幸考入中央广播电视大学汉语言文学专业,成为许昌电大教学班的第一批正式学生,从此开启了人生旅途的新征程。

　　在大学林立、名校遍地的今天,可能许多人都对"非正规"的电大不屑一顾。然而假如能够穿越时空,回到20世纪80年代初的中国,你定会惊奇地发现,当时社会上最受欢迎的大学不是历史悠远、久负盛名的北大、清华、复旦、交大,而是刚刚诞生、名不见经传的"电大",因其全称为"中央广播电视大学",故又有人戏称为"中大"。在当年的世人眼中,"电大生"几乎就是"有志青年"和"自学成才"的同义词。许许多多的有志青年正是在电大这所"没有围墙的大学"里,通过勤奋刻苦的学习,接受了系统、正规的高等教育,积累了丰富的学识,成长为国家和人民需要的有用之材,也造就了事业的成功和家庭的幸福。仅我们这届电大班中就有不少同学成为各级党政领导干部和各行各业的专家、干才、领军人物,还有在全省、全国乃至国际上声名显赫的文学家、企业家。当年的同学不管如今身在何处,何种职业,身份如何,富贵几何,都有一个引以为荣的身份——"电大生",都有一段难以忘怀、值得追忆的人生经历——电大岁月。以至于我们即使都已经到了儿孙绕膝、霜染华发的"知天命"或花甲之年,同学聚首,回望电大,仍然会眼眶湿润,激情燃烧,心潮逐浪高,聊发少年狂!

　　回望电大,我们不能不由衷地感谢中国改革开放的总设计师和电大教育的创始人邓小平。假如不是邓小平1978年亲自倡导并批准创办了中国教育史上的第一所开放式大学——中央广播电视大学,恐怕我们许多人的命运都会被改写。当时刚刚粉碎"四人帮",结束了八亿中国人的十年"文革"梦魇,"暗淡了刀光剑影,远去了鼓角铮鸣",大批正值豆蔻年华、被"文革"荒废了学业的年轻人亟待求学深造,然而被当作"资产阶级顽固堡垒"被彻底砸毁的高等院校沉疴已久,百废待举,恢复高考后每年的招生人数极为有限。是深谙中国国情、体谅我们这代人切肤之痛的邓小平高瞻远瞩,大胆借鉴国外开放式教育的成功经验,批准开办面向全社会的广播电视大学,为我们这些求学无望又无助,渴望读书深造如同大旱之望云霓的"失学青年"送来了及时雨,提供了难能可贵的学习机会。许多同学正是通过电大接受了系统正规的大学教育,补上了人生中曾经缺失的重要一课,才为以后的健康发育、茁壮成长打下了坚实的基础。那一纸沉甸甸的电大文凭把我们送上了干部年轻化、知识化的时代快车,成为许多同学转干、提拔,跃入"龙门"的"通行证"和"幸运符"。阿基米德说"给我一个杠杆,我就能撬动地球",而我们则是用电大教给的"知识魔杖"撬动了人生,改变了命运。

　　回望电大,我们深深地感激那些为培育我们这些"草根大学生"而呕心沥血、爱岗敬业的电大老师。清华大学老校长梅贻琦有句名言:"大学者,非大楼之谓也,乃大师之谓也。"诚哉斯言! 当年我们所上的电大没有一座大楼,却有一群出类拔萃的大师。为我们授课的老师都是国内知名的专家学者,许多特聘教授如任继愈、张志公等还是德高望重的学界泰斗、学问大家,虽然由于条件所限,我们只能通过录音听课,"只闻其声,未谋其面",但他们的丰厚的学识和才华却如汨汨甘泉滋润着我们贫瘠的心田,像一束束阳光融化了一个个被"斗争哲学"长期禁锢和封冻的心灵。考虑到我们的文化程度参差不齐，接受能力有高有低，老师们讲课也深入浅出，循循善诱，每个概念，每个名词都解释得通俗易懂，明白透彻。听这样的名师大家讲课，每每有醍醐灌顶、如获至宝的快意体验。从这些从未谋面的老师身上，我们不仅学到了宝贵的学科知识，而且逐渐掌握了严谨的治学方法和终身学习的科学理念，既得到了"鱼"，又学会了"渔"，可说是求学三年，终身受益。

许多同学以电大为起点，刻苦自学，不懈攀登，毕业后又在职攻读了大学本科乃至研究生课程，登上了人生的新高度，但他们引以为豪的"第一学历"仍然是电大。俗话说"名师出高徒"，正是有这些国内一流的权威名师为我们"传道、授业、解惑"，才保证了当年电大教学的高起点、高层次、高水平、高质量和电大文凭的"含金量"，也为我们这些求知若渴的电大生加注了高能量的"推进剂"。

同样令我们难忘的还有许昌电大工作站那些"筚路蓝缕，以启山林"的老师们，他们中有的和我们年龄不相上下，正当青春年少，英姿勃发之时，却甘愿到刚刚成立、条件艰苦的电大工作站和教学班上，为我们这群追求理想的年轻人当"园丁"，做"人梯"，从复制磁带、播放录音到分发教材、收改作业，在正规大学里由几个部门承担的教务、考务、后勤服务等工作，几乎全由他们几个人"一肩挑"。由于当时的电大教学班多是利用晚上和星期日上课，他们也因此牺牲了自己的业余时间。虽然他们不曾直接授课，但对我们的关爱和帮助却同样令人感动，即使他们有的如今已不在电大，我们对这些当年的老师仍心怀敬意，深深感激。

回望电大，我们更加怀念当年那种自强、自觉、勤奋、刻苦的求学氛围。如果说中央电大是"没有围墙的大学"，那么我们的母校许昌电大则是"没有教室的学堂"。1982 年开办的许昌第一届文科教学班"地无一垄，房无一间"，不仅没有广播和电视等远程教学设备，只能用最简单的盒式录音机播放复制的教学磁带，就连上课的教室也是临时借用其他学校的校舍，环境艰苦，条件简陋，别说没有电扇、空调，就是白开水和墨水都要学生自带。盛夏酷暑，教室里密不透风，热得像蒸笼；冬夜严寒，又如同冰窖，冻得双脚发麻，十指难伸。可就是在这样艰苦的环境中，我们这些发愤求学的电大生却热情似火，意志如钢，不仅毫无怨尤，而且还以苦为乐。因为，我们深知这样的学习机会来之不易，更为曾经流失的蹉跎岁月痛心不已，只想着能把被"四人帮"耽误的青春夺回来，把老师教的知识学到手，用自己的真才实学来报效祖国，改变我们这代青年被动充当"阶级斗争牺牲品""政治运动实验品"的历史宿命。正是为了这一个共同的"革命目标"，我们这些曾经叱咤风云的"红卫兵"、广阔天地"的"老知青"、年龄悬殊的"老三届"和刚刚走上工作岗位的学徒工、"小年轻"才义无反顾地重新背起久违的书包，走进了简陋的电大学堂。有的同学为了攻读电大学业而推迟婚期，也有的同学以电大为媒，结成了志同道合的幸福伴侣。还有的一家几人同上电大，兄弟同届、姐妹同班、夫妻同学也成了当年电大的独特风景。"苦不苦，想想下乡啃红薯；累不累，想想过去受的罪"，比起那些仍在农村"扎根"和失业失学的同龄人，我们能考上电大已属幸运，谁还讲什么条件和困难？那时虽然没有老师课前点名，也没有打卡考勤，可同学们都"不须扬鞭自奋蹄"，每当夜幕降临，华灯初上，许多劳累了一天，身心疲惫的电大生们顾不上脱下汗水浸透的工装，甚至顾不上吃饭休息，便从四面八方匆匆奔向简陋的教室。不管多累多乏，只要一听到录音机里播出老师讲课的声音，马上就精神抖擞，聚精会神，全神贯注边听边记，唯恐听错一句话，少记一个字。放学回家虽已夜半，仍要挑灯夜战，一丝不苟地完成老师当堂布置的作业，提前温习第二天的课程。有时因上夜班或家有急事误了听课，也一定要找同学补抄笔记，补办作业，只怕少学一课赶不上进度。每次考试大家都全力以赴,严于律己,从没想到作假舞弊。因为我们懂得,糊弄老师就等于愚弄自己,吃亏的还是自己。正是这样的信念和精神,激励我们扎扎实实地完成了三年的电大学业,实现了人生的又一次跨越。

回望电大,我们无比珍惜同学之间那种同病相怜、同气相求、相濡以沫、真诚淳朴的情谊。当年我们上电大时,中国刚刚走出"文革"阴影,不论是"官二代""富二代"还是"贫二代"都深受其害,伤痛未愈。电大同学虽然经历各异,却殊途同归,相识相知,结下了深厚真挚的同学情谊。一瓶墨水全班一起用,一杯开水几人分着喝,一道难题大家共同解,一人有难大家争着帮,团结友爱蔚成风气。这淳朴的电大情谊不因岁月的磨蚀而褪色,不因地位的升迁而变异,反而由于时光的发酵而日益淳厚,随着年龄的增长而弥足珍贵。记得那时我们最爱唱的歌是《年轻的朋友来相会》——"啊亲爱的朋友们,美妙的春光属于谁? 属于我,属于你,属于我们八十年代的新一辈!"日月如梭,光阴荏苒,弹指一挥,恍若隔世。当年青涩单纯、灿若夏花的电大生们早已历尽沧桑,饱经风雨,看惯了世态炎凉,看淡了人情世故,唯独对当年的电大情谊难以忘怀。岁月偷走了青春,记忆依然年轻。同学相见,执手相看,回首当年求学岁月,依然壮怀激烈,情真意切,思绪绵绵,倾诉不绝。虽然当年的电大教学班早已不复存在,同学们想在母校旧址合影留念的夙愿也未能实现,但母校的精神风范和同学们的深情厚谊却永远镌刻在我们这代电大人的心中。

"三十功名尘与土,八千里路云和月。"透过30年的历史风尘,回望当年的电大岁月,我相信我们中的许多人都会自信而自豪地告慰母校,告慰老师:我们无愧电大生的光荣称号,我们没有虚度青春年华,更没有"等闲白了少年头,空悲切"! 30年前,风华正茂、青春飞扬的我们曾经满怀梦想和憧憬豪迈放歌——"再过二十年,我们重相会,伟大的祖国该有多么美。天也新,地也新,春光更明媚,城市乡村处处增光辉。啊,亲爱的朋友们,创造这奇迹要靠谁? 要靠我,要靠你,要靠我们八十年代的新一辈!"30 年后,当我们这些"八十年代的新一辈"成为或将要成为名副其实的"60 后",当年同学重聚首,再牵手,别有一番滋味在心头。不知再过 30 年,我们还有多少电大同学还能再相会,还能记起当年我们用热血和激情唱出的"青春之歌"——

但愿到那时,我们再相会,
举杯赞英雄,光荣属于谁。
为祖国,为四化,流过多少汗,
回首往事心中可有愧?
啊,亲爱的朋友们,
让我们自豪地举起杯,
挺胸膛,笑扬眉,
光荣属于八十年代的新一辈!

(2012 年)

感怀母校

　　上过学的人都有自己的母校,对于从小读书、一生好学的我来说,记忆最清、感情最深的母校还是伴我度过童年时光的许昌实验小学。

　　许昌实验小学是新中国成立以后许昌地区成立的第一座寄宿制学校,我们那一届学生则是许昌实验小学建校以后正式招收的第一届学生,也是唯一一届从一年级到六年级全部在校、名副其实的全日制学生。从六七岁入学,到十二三岁毕业,我们在这里度过了一生中最幸福的童年时光。儿童期是一个人一生中发展最关键的时期,这段时期的身心发育对今后的发展有着重大的影响。能在实验小学生活、学习,是我们一生的幸运。在这里,我们接受了系统、完整、高水平、高质量的正规教育,长身体,长知识,长学问,长见识,长能力,长素质,像刚刚出土的幼苗,沐浴着新中国的阳光雨露,含苞吐蕊,茁壮成长,从茫然无知的孩童成长为朝气蓬勃的少年。

　　虽然我们毕业后就不幸遭遇了“文革”狂潮,同学们也都在命运的裹胁下四处流散,天各一方,但是无论什么时候我们都没有忘记母校的培育,没有忘怀老师的教诲。就凭着在实验小学打下的这点底子,我们都在以后的艰难岁月里经受住了各种艰辛和磨难,都成了对国家、对社会有用的人。也正是靠着在这所学校养成的正统、正确的学习观、道德观和价值观、人生观,我们在以后曲折的人生道路上都没有迷失方向,在我们这一届六七十个学生当中,没有一个罪犯,也没有一个贪官,不论从事什么职业,不管职务高低,都在各自的工作岗位上做出了应有的贡献。所以，我们才敢于充满自豪地把"许昌实验小学 1966 届毕业"填写在履历表的第一行；所以，当我们重返母校的时候，都能够问心无愧地说：我们没有辜负老师们的辛勤培养，没有玷污母校的英名和荣光！

前些日子，在阳春三月，桃李芬芳，一年之中最美的季节，我们这群当年的"桃李"，从全国各地相约而来，返校聚会，寻根访师，又回到了文峰塔下的熟悉的校园，又见到了曾呕心沥血辛勤培育我们的恩师。当天真可爱的小校友亲手为我们戴上鲜艳的红领巾，在这熟悉又陌生的校园里，我们就好像进入了奇妙的时空隧道。还是当年的那片土地，还是当年的那个校园，听着从文峰塔上传来的阵阵风铃，仿佛又回到了 20 世纪 60 年代初那年轻的母校。一排排宽敞明亮的教室里，是哪位老师在工笔板书？粉笔在黑板上划过，那"吱吱"的声响多么悦耳！是哪间教室不时传出琅琅的读书声，稚气未脱的童声里分明有我们的余音绕梁！"丁零零的下课铃声唤出了多少活泼雀跃的孩子，欢快地奔跑在生龙活虎的操场，弯下腰身在试验田里施肥除草，踩着凳子在走廊里出墙报，伸长了脖子在合唱队里高歌……那满头大汗打乒乓球的小男孩是你是我？那裙裾飞扬跳皮筋的女孩子是她是你？大食堂的小饭桌旁，整齐地围坐着就餐的学生；大宿舍里，熄灯铃声响过，不知是哪位老师、阿姨又来查铺，轻轻的脚步呵护我们安然入梦……50 多年前在这里发生过的一幕幕历历在目，令人百感交集，唏嘘万千！50 多年的岁月弹指一挥，挥去了多少风云往事，却挥不去我们对幸福童年的绵绵追忆，对母校和恩师的无尽思念！

当年精神矍铄的老校长如今虽然坐上了轮椅，昏花的老眼却还能认出几十年前的顽皮学童，还能准确叫出我们的学名。当年风华正茂的老师如今都已八九十岁高龄，与往日的学生握手相拥，也禁不住老泪纵横。从这些新中国第一代的优秀教育工作者身上，我们深刻感受到了"灵魂工程师"的高尚品格，真正读懂了"燃烧自己，照亮他人"的"蜡烛精神"。

感怀母校，铭记师恩。我们对母校，对恩师，有着割舍不断的骨肉亲情，对难忘的小学时代有着牵肠挂肚的怀念与眷恋。我们热爱母校，不光是仰慕她辉煌的历史和显赫的名声，更敬重那些学高为范、倾心育才的老师和代代传承的优良校风。许多在外地工作的同学回家探亲，首先要探望母校，看望恩师。许多家在本地的同学想方设法也要把自己的儿女、孙辈们送到实验小学就读。我们这一届同学中，就有不少兄弟姐妹、儿女孙辈同是实验小学的校友。"桃李不言，下自成蹊"，看到这些年来母校翻天覆地的变化和日新月异的进步，我们感慨不已，由衷地祝愿母校与时俱进，把这座有着悠久历史和光荣传统的学校办成人才辈出、活力四射的百年名校。

我至今还清晰地记得自己三年级写的那篇作文《我的母校》的开头："当东方的第一抹阳光照亮了高高耸立的十三级文峰宝塔，我的母校——许昌实验小学的校园里就传来了清脆的上课铃声……"虽然如今文峰塔的身影早已淹没在鳞次栉比的高楼大厦当中，但在我们那一届毕业生心里，文峰塔永远是母校的标志和精神的寄托，我们的微信群名就叫"文峰塔友"，文峰塔下的童年记忆也将伴随我们崎岖坎坷的一生。直到我们老得像一个影子，老成了一张旧报纸，我的母校也还是一首写不完的散文诗……（2017 年 4 月）

邢志坚作品研讨会在许昌召开

本报讯　7月18日,由省杂文学会、许昌市文联、许昌日报社和许昌市杂文学会联合召开的邢志坚杂文作品研讨会在许昌召开。省杂文学会会长王继兴等20多位专家学者围绕邢志坚的作品及创作历程,进行了多角度的研讨和评价。

邢志坚是许昌市一位很有成就的杂文作家。他的作品切中时弊,文风尖锐犀利。从事杂文创作30余年,发表杂文及言论近300篇,今年3月出版了杂文集《火花》。(记者　杜文育　实习生　朱雅博)

(原载2008年7月19日《大河报》)

为时而著,为事而作

——记邢志坚作品集《火花》研讨会

7月18日,邢志坚作品集《火花》研讨会在许昌日报社会议室举行,来自省杂文学会、市文联、市杂文学会的20余位专家、代表出席了研讨会,就《火花》的风格特色、艺术成果进行了深刻的剖析与研讨。现将与会人员观点摘录如下。

敏锐及责任感是创作之基

省杂文学会会长王继兴认为,《火花》以敏锐的笔触议论、抨击社会上各色各类丑恶和落后的行为、现象和问题,体现了如作者一样的杂文作家们身上那种可贵的难以抑制的激情、忧国忧民的责任、疾恶如仇的秉性、不吐不快的豪气。

《大河报》副总编、省杂文学会副会长杨长春指出,作品由事引文,作者根据自己的社会经验及责任感对事作出判断,深入挖掘,与时结合,让人们对一种流行的社会现象产生警惕,引起重视,文章表现出来的这种责任感其实是杂文最宝贵的品质。

匕首、投枪般发人深省

《火花》是本言论集,收录作品大多是杂文、时评。市文联主席谢玉好对此高度评价,他认为邢志坚的作品问题切中时弊,文风尖锐犀利,文辞凝练干净,充分发挥了杂文的"匕首、投枪"作用,展现了作者直面社会、直面人生的勇气、胆识和素养。

郑州市作协副主席陈鲁民评价作品"势猛"。他说,杂文是匕首、投枪,要求"打得准、火力猛"。作者很好地做到了这一点,因而很有力度,在读者中有较好反响。

市作协会员张海峰认为作品行文"直抵痛处,直抒胸臆",既敢于针砭时弊,又能分析问题,提出解决问题的方法,"十分有味道",引人深思。

《许昌晨报》副总编、省杂文学会理事、市杂文学会副会长兼秘书长李金遥评价说,邢志坚的作品充满批判的力量,足见作者的胆气。但仅有胆气是不够的,还应长于思考、勇于坚持。思考是智慧的起点。很多时候,人们为生计奔波,却拿不出时间去思考一些东西,而作者多年来长期坚持多元化的思考,才写出了一批颇具思想性的好作品。

"短、快、新"是风格特色

在长期的写作生涯中,邢志坚的言论形成了自己的风格特色,作品闪耀着作者彼时彼地产生的思想火花。

省杂文学会副会长兼秘书长赵元惠评述说,作品集中有许多是时评。作者"快"字当头,思维敏捷,脑海中一旦有所感,便诉诸笔端。作品篇幅不长,短中求精,对所感先立其意,后便直奔主题,行文成篇。许多时评选题很新、视角独特、行文不俗。

省杂文学会理事肖万君认为,作者反应迅速、速写快发,选题取材广泛,长于辩证地思考,短小精悍,犀利尖锐犹如短兵相接,刀刀见红。

杂文是传媒的灵魂和旗帜

许昌日报社常务副总编、省杂文学会副会长、市杂文学会会长李争鸣指出，报不在大，有"言论"则"名"。好的言论能为传媒增色不少。时评和杂文都是优秀传媒不可或缺的。杂文是时评的"高级阶段"，时评是杂文的"微型化"，短兵相接，迸发铿锵。《许昌晨报》过去有《辣味新闻》《红茶坊》《社会病门诊》等名栏目，有文学版面《文峰塔》，现在又新设《评说天下》言论栏目，期待更多的"火花"出现。

许昌日报社副总编刘革雨则指出，作者的言论堪称关注时务、冷颜热肠、激浊扬清的妙手文章。评论即观点，见识即思想。新闻会过时，但思想不会过时。报纸不仅是新闻纸、信息纸，还应是思想纸、观点纸。希望有更多的有心人拿起手中的笔，利用传媒平台，在观点的碰撞中体味思辨的乐趣。（记者　刘力华）

（原载 2008 年 7 月 22 日《许昌晨报》）

邢志坚作品研讨会纪要

时　　间:2008年7月18日上午

地　　点:许昌日报社会议室

主办单位:河南省杂文学会、许昌市文联、许昌日报社、许昌市杂文学会

参加人员:

王继兴(河南省杂文学会会长、《大河报》原总编辑、国内著名杂文家)

赵元惠(河南省杂文学会副会长兼秘书长、国内著名杂文家)

陈鲁民(解放军信息工程大学教授、郑州市作协副主席、国内著名杂文家)

杨长春(河南省杂文学会副会长、《大河报》副总编辑)

王格慧(许昌市委宣传部副部长)

谢玉好(许昌市文联主席、许昌市作协主席)

张永杰(许昌市中房公司党委书记)

李争鸣(河南省杂文学会副会长、许昌市杂文学会会长、《许昌日报》常务副总编辑)

刘革雨(《许昌日报》副总编辑、许昌市作协副主席)

肖万君(河南省杂文学会理事)

刘向阳(许昌市作协副主席)

高宇平(许昌市文化局副局长)

张玲芝(许昌市纪委宣教室主任)

陈汉(许昌市作协原副主席)

李金遥(许昌市杂文学会副会长兼秘书长、《许昌晨报》副总编辑)

张明扬(许昌市文联原秘书长、文学评论家)

王益龄(许昌职业技术学院教授、文学评论家)

李俊涛(许昌市文联副秘书长)

计文君(许昌市文联专业作家)

张海峰(许昌市作协会员、青年作家)

丁晨(许昌市作协会员、青年作家)

邢志坚(河南省杂文学会会员、许昌市杂文学会副会长)

发言纪要(以发言先后为序):

推动杂文创作　促进文学繁荣

谢玉好

今天,省杂文界的领导和大腕亲临我市,和我们共同举办这个高规格的作品研究会,这既是对邢志坚同志的肯定和褒奖,也是对我市杂文创作的鞭策和激励。我代表许昌市文联和许昌市作协,向各位领导、老师表示诚挚的感谢和热烈的欢迎。

就我市文学创作的整体状况来看,与小说、诗歌相比,杂文创作尚处在一个相对滞后的态势。其原因有二:一是杂文作者少;二是优秀作品少。邢志坚同志作为我市为数不多的杂文家之一,创作出了一批优秀作品。他的作品,有着较高的思想性和艺术性。文题切中时弊,文风尖锐犀利,言辞凝练干净,发挥了杂文的"匕首"与"投枪"的作用,展现了作者直面社会、直面人生的勇气、胆识和文学素养。

相信通过对邢志坚及其杂文作品的深入研讨,必将会对许昌整体杂文创作的繁荣和发展起到积极的导向作用和推动作用。

我的杂文创作经历

邢志坚

今天能请到这么多的领导和专家来参加我的杂文作品研讨会,我深感荣幸,万分激动。我首先要向在座的各位致以真诚的敬意和深深的感谢。

为了使大家对我的作品及其写作背景有更清楚的了解,我首先简要汇报一下我的杂文创作经历。

屈指数来,我从事杂文创作已有 30 多年,大致可分为 4 个阶段:

1.1977—1979 年 当时在许昌市唯一的一家新闻单位市广播站当记者兼编辑,因为业务需要,经常撰写编者按、编后话以及评论员文章等新闻类言论,从此涉足杂文创作。虽然那时的创作基本属于职务行为,作品"自产自销",而且不署个人名字,却培养了我对言论文体的兴趣,并养成了从新闻事件中抓取题材、就事论理的习惯。因此也可以说这一时期是我杂文创作的发端和"实习期"。

2.1980—1983 年 当时正值改革开放大潮初起,思想解放带动新闻改革,各家报纸、电台都开辟有言论、时评或杂文专栏,我也跃跃欲试不断投稿,屡投屡中更激发了我的创作热情,从省报省台一直投到中央级和全国性报刊。记得最早发表并有一定影响的杂文有 1980 年《人民日报》刊登的《流动和流向》,1982 年先在《新观察》杂志发表,后被《文汇报》转载的《国货何必穿"西装"》,1982 年载于《工人日报》的《别做这样的"青天"》,以及《新闻战线》1983 年第 12 期《一个快门岂能几人按》等。我这一时期的杂文创作数量较多,文风较具战斗性,言辞也比较犀利,可算是杂文创作的"试水期"。

3.1984—1997年 这期间我考入河南省委党校两年制大专理论班脱产学习,在刚刚兴起的"第三次浪潮"中系统地学习了包括《资本论》《自然辩证法》和信息论、控制论、系统论等"新三论"在内的各种政治理论和现代科技知识,在思想境界、理论素养和学识水平等方面都有了一定提高。党校毕业调到当时的地委、后来的市委办公室后,先后从事文秘、督查和信息工作,接触面更广,层次更高。通过起草文件、讲话,编写信息简报和深入各地各部门调研,进一步提高了政策理论水平,增强了政治敏感和责任感,逐步养成了观察发现问题、分析思考问题的习惯。我在做好本职工作的同时,也经常针对工作中、社会上出现的新情况新问题,以个人名义撰写言论性杂文,并先后在各级新闻媒体上发表。我这一时期的杂文创作虽然数量不多,但持续不断,文风和笔法也有较大变化,从激情燃烧转向深入思考,由就事论理转向见微知著,可称为杂文创作的转型期。这期间较有影响的作品有载于1988年《中国青年报》并获一版言论二等奖第一名(一等奖空缺)的《对话莫成对口词》,1987年载于《河南日报》的《拍板为何不听响》,1996年载于《中国法制报》的《治治"穷庙贫僧富方丈"》等。

4.1997年至今 我走出市委大院来到了中房公司,虽然担负了一定的领导职务,并被评为高级政工师,公务、杂务缠身,但从来没有中断过杂文写作。由于身处基层一线,对普通百姓的生活有了更直接更深入的接触和了解,共产党员的责任心和思想政治工作者的使命感促使更我主动地拿起杂文这一武器,关注民生,抨击时弊,反腐倡廉,扶正祛邪。可以毫不夸张地说,这11年是我杂文创作的丰收期,每年都有十几篇乃至几十篇杂文作品在省市报刊以及《人民日报》《检察日报》《中国纪检监察报》等全国性媒体上发表,仅今年以来就在各级报刊刊发了 30 多篇杂文,特别是 2000 年以来,随着网络媒体的普及发展,我的几十篇杂文还先后登上了人民网、新华网、光明网、法制网、廉政网等十几家权威网站。

这里特别要感谢《许昌日报》各位领导和编辑对我杂文创作的大力支持和关怀厚爱,正是他们给我提供了作品发表的第一窗口和广阔舞台,也正是在他们的热情鼓励和真诚帮助下,我才得以把这么多年来曾经发表过的部分杂文作品汇编成册,集成了这本《火花》。

激情是杂文家的可贵品格

王继兴

《火花》的出版值得祝贺!读《火花》,我深为作者邢志坚的激情所感动。这种激情是杂文家们的共同品格。真的,时值当今,没有这种激情,实在犯不着去写这种难以成名、难以图利,反倒随时容易惹出麻烦,甚至引发祸端的"豆腐块"文章。但是,倾情于杂文者如邢志坚等杂文家们,焚膏继晷,笔耕墨耘,呕心沥血,矢志不悔。为什么?关键在于他们有一种难以抑制的激情,有一种忧国忧民的责任,有一种疾恶如仇的秉性,有一种不吐不快的豪气。所以,他们的神经,随时连着时代风云;他们的胸襟,自觉怀着人民群众;他们的眼睛,死死盯着社会万象;他们的笔锋,紧紧系着雨雪阴晴。阅读《火花》中所议论、所针砭、所抨击、所扫荡的各色腐败、丑恶、陈陋和落后的行为、现象、习俗和问题,便会深深感受到杂文家们这种澎湃的激情和强烈的社会责任感是多么难能可贵,多么值得敬重!

许昌是文学底蕴很深的灵胜之地。许由是中国隐士的鼻祖,堪称中国隐逸文学的滥觞,后世隐士的源头就在许由。三国时期曹魏开辟了建安文学时代,写出了不少可以传世的优秀杂文。

我们河南的杂文创作在全国处于前列,杂文豫军阵容强大,许昌是第9个成立杂文学会的地级市。河南杂文的发展,我以为有三个特点:一是以活动为载体。经常举办小规模、形式灵活的各种活动,如讲座、笔会、研讨会、采风、作家互访等,及时发现新人,推介新作,不断壮大杂文作者队伍。二是依托媒体加强宣传。各地报刊对杂文都比较重视,都开有杂文和时评专版,以此引导社会舆论。从媒体的角度看,多开杂文专栏可以提高舆论引导能力;从作者的角度看,依托媒体也可以提高发稿率,扩大知名度。三是有一批热心杂文事业的知名作家和活动家,不仅带头写杂文,鼓与呼,而且甘为人梯,乐于奉献,积极组织杂文作者开展学术交流活动,繁荣杂文创作。这些经验和做法,许昌的同行们也可以借鉴。

河南杂文界的一匹"黑马"

赵元惠

三国时期的建安文学出了那么多的杂文名家,我想,把许昌称作"杂文故都"也是名副其实,理所当然的。

邢志坚是河南杂文界的一匹"黑马",他的杂文作品大部分是时评。时评类的杂文当下很吃香,比起传统的杂文来,在平面媒体上占有不容忽视的版面和分量。时评的特点是短平快,要求作者快字当头,短中求精,写出新意,邢志坚的杂文在这些方面都取得了成绩,他20多年前写的杂文,在今天仍有很强的针对性和现实意义,这既是作者的骄傲,也是时代的悲哀,说明他当时批评的许多时弊至今仍未消除。

我总结邢志坚的杂文作品有三个特点:一是"快"字当头,作者思维敏捷,脑海中一旦闪现出思想火花,遂以倚马可待之状,形诸笔端。二是篇幅短小,短中求精。作者若有所感,略加思考,以立其意,而后直奔主题,引文成篇。三是写出新意。许多时弊正是缠绵痼疾,为避老生常谈之嫌,作者便在标题上、事由选择以及辩论中,想法子做一些变化,给人以新鲜之感。以上三点,志坚都取得了可喜成绩。

书中有三首卷头诗,清新活泼,文采飞扬,一新耳目。希望作者在今后写作中,在写时评的同时,也写点传统意义的杂文。在继续发扬逻辑思维的同时,也搞点形象思维。运用自己的丰富资源引进一些文学元素,以提高其作品的文学品位,增强其审美情趣。

心热　手快　势猛　笔健

陈鲁民

邢志坚同志的杂文有四个显著特点:

一是心热。他对事关百姓的大事小情都很热心,很关注,并积极发出自己的声音。别人熟视无睹的事,他都能有感而发,以笔为枪,激浊扬清,主持正义。杂文包括传统杂文和时评,虽然有分野,但性质一样。从干预生活、推进社会进步的作用来看,时评更是功不可没。愤怒出诗人,同样,愤怒也出杂文家。杂文家"沸点"低,容易激动。志坚的杂文很多都是关注民生、民工、下层百姓。"风声雨声读书声声声入耳",杂文家就应有这种热心。

二是手快。杂文要求时效性强,很多题目都要求及时评论,志坚的杂文总能在第一时间推出,让读者觉得非常解渴,这与他的勤奋精神是分不开的。

三是势猛。杂文是匕首投枪,要求打得准、火力猛,志坚的杂文就是朝着这个方向努力的。他写杂文多年,高产优质,一直保持着很猛的势头,在读者中很有影响。志坚说他的杂文是"豆腐块",实际上胜过长篇大论。

四是笔健。志坚的杂文，不仅火力猛，写得快，而且工于匠心，文采斐然。许多杂文题目都精心推敲，别开生面，行文用笔更下功夫，读来琅琅上口，美不胜收。

今天人们的阅读层次提高了，我们的文笔也要相应提高。祝志坚的杂文更上层楼，再多一些文采，多一些感染力。

为时而著　为事而作

杨长春

杂文既是文学体裁又是新闻体裁，杂文靠媒体问世，媒体靠杂文增色，所以媒体应当团结、培养一批优秀的、勤奋的杂文作者。

近两年关于杂文的创作状态，甚至关于杂文的定义与形态都有一些争论。我以为，杂文最基本的品质有两点：一是参与生活，干预生活，作品具有独立思想和批判精神；二是艺术性，让人读了一遍还想读第二遍。

我读邢志坚的杂文，最常浮现的感觉就是两句话：为时而著，为事而作。杂文要参与生活，干预生活，缘事而生，应时而作。从志坚的杂文里我读出两个字：一是正，二是直。有正义感，愤世嫉俗，是对社会最负责任的人。邢志坚在杂文集《火花》中将自己的作品分为几类，一类是"倡廉篇"，一类是"观潮篇"，写的都是有关政治、经济等国运民生的大主题。这些文章所表现出的参与生活的热情自不必说，就是"随感篇"写的也都是流行的社会现象。《火花》中的文章往往都是由"事"而生，然后作者根据自己的社会经验和责任感作出判断，深入挖掘，与时结合，让人们对一种流行的社会现象产生警惕，引起重视。文章表现出的这种责任感其实是杂文最宝贵的品质。

杂文难写，从外部环境来看，环境太严或太宽都不利于杂文创作。太严了写不出，发不出；太宽松了，人们有话就说，没必要写杂文。从作者自身来看，它既要求作者具有社会积累、社会经验和直面生活的勇气，也要求作者具有艺术修养和造诣。有几种人写不好杂文：一是两耳不闻窗外事的学院派书生，二是一心追求意境、情趣的文人，三是赤膊上阵的战斗者。具有干预性、思想性的精短文艺作品，应当是所有杂文作者的至高追求。

激浊扬清　妙手文章

刘革雨

志坚同志是《许昌日报》的老朋友。从创刊到现在，他都是忠实读者和作者。翻阅志坚同志的新著《火花》（河南文艺出版社，2008年3月第1版），在感佩志坚同志笔耕不辍的毅力，欣赏志坚同志见微知著的眼光，激赏志坚同志痛快淋漓笔意的同时，更为志坚同志关注时务的冷眼热肠而感慨，为志坚同志激浊扬清的妙手文章而喝彩。

准确地说，《火花》应当是一本时评集，其中不少文章是在《许昌日报》上首发的，我也因近水楼台之便而先睹为快。报纸是党和政府的喉舌，这喉舌不但要靠新闻传递消息，更要通过言论亮明观点。了解新闻工作的同志都知道，写一篇中规中矩的新闻并不难，但要创作一篇观点鲜明、说理透彻、见解精辟、文字简练的言论却并不那么容易。老报人、《人民日报》原副总编李庄曾经回忆说，《人民日报》创刊伊始就非常重视言论，因为"评论是党报的旗帜和灵魂"。现在，《人民日报》的《人民时评》《今日谈》《人民论坛》等言论专栏都是名牌栏目，在广大读者中有着巨大的影响，发挥着重要的舆论引导作用。

时评难写，不是因为读者不爱看，而是难在把话把理说到读者的心坎上。如今的受众看新闻，并不仅仅满足于知道发生了什么，而是更希望知道这意味着什么。人们常说，新闻是易碎品，甚至被称为"只有一天的生命"；网络新闻寿命可能更短，只有几个小时，甚至几分钟；许多时评作为"新闻的伴侣"，大多也是昙花一现。但优秀的时评却有着旺盛的生命力，其内在思想魅力会使这些时评能够以理性的形态，较长时间地留在人们的记忆中。新闻会过时，思想不会过时。志坚同志的这本《火花》，固然是对生活中遇到、新闻中看到的种种现状"看到就说"，但其中处处可见真知灼见和闪烁的思辨火花。

时评即观点，见识即思想。写言论，总是要告诉人们一些什么吧。告诉什么呢？无非是见识、思想和观点。一篇言论水平如何，在此环节顿见高下。同样一件事情，有人从这个角度切入，有人从那个角度议论，有人看得深些，有人看得浅些。一个聪明有见识的作者，他那脑袋就像煲了十足火候的靓汤，一片白纸浸进去，再拖出来，立即会颜色变深，味道十足。反之，倘若你头脑简单，一缸白水，白纸浸进去，拖出来还会是白纸一张，淡而无味。言论不仅要给人以崭新的观点、崭新的思想，更要给人以崭新的观察问题和分析问题的视角。翻开《火花》，只看其中的题目，你就能从诸如《学会说话》《宣誓何必到圣地》《另眼相看钉子户》《教室被锁该找谁》等文章中，发现作者独特的视角和独到的见识。人人都有一张嘴，连哑巴都会用哑语，对一个成年人来说，何来学说话这个问题？不过有心的读者翻开这篇文章，看到作者列举的一些干部如何不会说话，"与新社会群体说话，说不上去；与困难群体说话，说不下去；与青年学生说话，说不进去；与老同志说话，给顶了回去"，加上乱说话——"见了领导说甜话，见了群众说官话，布置工作说大话，检查工作说套话，汇报工作说瞎话，反腐倡廉说空话"，让人在会心一笑之后，足以掩卷深思。

志坚同志在该书自序中自谦说，"时隔多年后再回首，其中有些观点未必精当，个别言词也难免偏颇、过激……"对此，我倒有些不同看法。写时评跟领导讲话和做学术报告不同，时评就是亮明观点，没有个人的观点不是时评，而观点不可能都搜集得面面俱到了才去评论，那就不是时评而是论文了。论文可以四平八稳，而时评却要在思考缜密的情况下突出写作个性，甚至论述"片面"，可以讲别人想不到的道理，可以"发前人所未见"，也可以"剑走偏锋"，它追求的是思维的乐趣。鲁迅先生说过，杂文是投枪和匕首，既然是投枪和匕首，那么杂文就要有些"血性"。如果一篇时评光套话大话空话说了一堆，内容虽然正确，但与前人或他人的观点毫无二致，没有一点战斗力，这样的文章，我看不写也罢。

　　寸有所长，尺有所短。鞭辟入里的长篇大论自然有它的用处，但是在当前生活节奏加快、信息量骤增的时代，短小精悍的时评更有它的用场。言论不但是报纸的旗帜，更是党报与都市报、广播电视、网络等媒体竞争的有力武器。由于网络媒体的冲击，衡量一篇新闻报道的好坏不但以独家性来评论，更重要的是独家的思想、独家的角度。党报要引领舆论，提高权威性，必须有自己的思想和观点。报纸不仅是新闻纸、信息纸，还是思想纸、观点纸。在欣赏《火花》思想之美的同时，我也希望有更多的有心人拿起笔来，利用报纸这个舞台，在观点的碰撞中体味思辨的乐趣。

　　写到这里，我想起了唐代诗人的一句诗："文章合为时而著，歌诗合为事而作。"9岁便能文的白居易虽然才气逼人，却始终是一副古道心肠。在他眼里，歌咏风花雪月的辞章固然优雅，而"但伤民病痛，不识时忌讳"的文章也弥足珍贵。我想志坚的言论就是这种关注时务、冷眼热肠、激浊扬清的妙手文章。

"火花""火光""火炬"

肖万君

　　许昌市杂文学会自去年成立以来,在省杂文学会的精心指导下,杂文创作呈现出良好的发展态势,市级新闻媒体的杂文及议论栏目明显增多,杂文创作更加活跃。《许昌日报》开辟有"莲城时评""街谈巷议""有话直说""经济时评""教育谭"等栏目,《许昌晨报》开有"辣味新闻""莲城走笔""评说天下"等栏目。市广播电台的文学性节目"空中笔会"也时有杂文播出,杂文的创作空间和发表园地不断扩大。志坚同志虽是业余作者,没开专栏,但不少专栏经常见到他的杂文、言论,毫不夸张地说,志坚同志是当前全市杂文创作队伍中,最高产、最活跃、最有影响的作者之一,举办他的杂文创作研讨会很有必要,很有意义。

　　志坚的杂文发表在多种报纸杂志上,但多数是在《许昌日报》和《许昌晨报》首发,我是《许昌日报》和《许昌晨报》的忠实读者,志坚所发的杂文和言论我都在第一时间拜读。最近又看了他刚出版的杂文集《火花》,感受很深,启发很大。总的感受是,他怀着高度的社会责任感和为民鼓呼、一吐为快的满腔激情,像犀利的鹰眼一样善于多方位敏锐观察,搜集素材,多渠道准确选题;像服装设计师一样独出心裁;像快枪手一样抢先出击,短平快地速写快发。几十年来,他的工作虽然几经变动,但业余创作杂文却矢志不改,走出了一条杂文作者笔耕不辍、终获丰收的成功之路。收入《火花》集中的一篇篇短文,是一次次思想与心灵碰撞迸发出的一点点"火花",这一点点"火花"并成了一束束、一簇簇"火光",这一束束、一簇簇"火光"汇聚成了让人亮眼醒目的"火炬"。"火花"——"火光"——"火炬"——独树一帜的"火炬",这就是志坚所走的杂文创作的发展之路,成功之路。文路也如其名——"志坚"如钢,感人至深,令人佩服!

下面我就具体探讨一下志坚同志杂文创作的特点和风格:

一、他的杂文是高度的社会责任感和为民鼓呼的激情结合的产物

高度的社会责任感是他杂文创作的政治思想基础。面对大千世界的各类现象,有话要说,想写杂文,这是正义者的一种责任和义务,有发自内心的写作杂文的强烈欲望,不写不安。离开了高度的社会责任感,对各类现象或视而不见,或听而不闻,或听之任之,麻木不仁,就不会有写作杂文的念头了。

为民满腔激情是他写好杂文、关注时事、民生的基础。不仅有要写的责任的义务,不写不安,而且要带着感情,不吐不快。人们常说"愤怒出诗人",同理,"愤怒出杂文"。没有激情是写不了也写不好杂文的。当然,激情也有度,有分寸,既能挥洒出去,又能收得回来。动笔时则要冷静,把激情化作理性思考。这激情就是激浊扬清,扶正祛邪。既要对真善美热情鼓与呼,又要对假恶丑无情抨与击。所以志坚的杂文都是不写不安,不吐不快的觉悟和情感的必然反映和自然结合,是应运而生,应时而写。

二、多方位的敏锐观察

翻阅《火花》中内容广泛得几乎无所不包的 200 多篇文章,可以看到志坚的观察力是敏锐和惊人的。两眼不停地看着社会的万千世象,两耳时时在聆听社会和民众的各种声音,在边看边听的同时,心和脑也在想,哪些是真善美? 哪些是假恶丑? 如何扶正祛邪? 从中寻找杂文创作的素材。例如听到某地"两会"代表发出"无陪同视察"的呼吁,想到这一呼吁切中时弊,言之有理,便

马上写出了《应当提倡"无陪同视察"》的评论。看到有的地方乱提口号,甚至提出什么"宁可多添一座坟,不叫多添一口人""超级上访,又罚又绑"等过激的口号,马上想到这会严重败坏政府形象,非但不能激励人民,反而会激化矛盾,便写出了《慎提口号》一文,讲明了提口号要讲科学性、政策性、激励性、严肃性的观点,以正视听。

三、多渠道准确选题

志坚杂文的题目来自社会方方面面,有的来自党委和政府的文件,有的来自领导讲话,有的来自街谈巷议,有的来自新闻事件,有的来自社会热点、难点……丰富多彩的现实生活,什么都可以论,什么都可以写,在志坚的心目中,总有评不完的话题,写不尽的题目。善于有的放矢、巧妙选题是志坚杂文创作的一大长处。如他写的《五分钟发言受欢迎》《政府拒"星"得民心》《圣诞别成"对口词"》等,题眼都找得很准确。

四、多角度地辩证思考

杂文,特别是几百字、千把字的杂文,在满腔热情评论问题的一个方面时,稍不注意,就会忽视问题的另一方面,产生片面性。志坚的杂文创作则长于兹,长于思考和论述,有效地避免了容易出现的片面性问题。如《用好这颗"原子弹"》一文,在论述表扬报道如"手榴弹"、批评报道如"原子弹",震撼力更强,威力更大时,紧接着强调指出,"正因为批评报道具有如此巨大的杀伤力,所以我们在运用这一重型武器的时候更要慎重稳妥,既要瞄准目标,锁定病灶,集中火力,彻底杀灭,又要把握时机,控制范围,不伤无辜,决不可凭个人的好恶偏听偏信,更不能意气用事逞一时之快"。如此冷静稳妥地辩证处理表扬与批评,让人口服心服。

五、"短平快"速写快发

志坚的杂文言论短小精悍,锋锐犀利,犹如短兵相接,刀刀见红,并做到了快写快发,早见实效。如在一次市纪委全会上,市领导讲话中提出了算好反腐倡廉"七笔账",这一消息见报后,我也产生了写一篇评论的念头,但刚摊开稿纸写下题目《算好人生"七笔账"》,便看到当天的《许昌日报》已刊发了志坚的同题杂文。我深感自己行动慢了,不是慢半拍,而是慢了一拍、两拍。

最后,我想借这个研讨会,谈谈对杂文与时评的联系和区别。王继兴会长在《火花》序言的最后一段也提及了这个问题,他指出:"收在这个集子中的篇章,有的属杂文,有的属时评。"我很同意这一看法。因为杂文与时评相互联系,有共同点;又相互区别,有不同之处。我以为,二者的共同之处,第一,都是言论文章;第二,都要有鲜明的党性原则,弘扬主旋律;第三,都来自社会现实并干预社会生活。正因为二者都是言论文章,所以有人就把它们都归为杂文,其实这样归类是有失准确的。杂文与时评还是有一些不同之处的:一是二者的文化源头不同。杂文是文学性政论,是文学门类中短小精悍、独树一帜的一种文体。而时评言论等则属新闻类,是新闻的一种独特的政论性文体。二是二者担负的任务有所不同。时评强调直接参与生活,对现实问题发表意见,为工作需要而写;杂文则多通过文化浸润,给人启示,多属个人意见或随想,言责自负。三是二者的创作方法有所不同。时评主要依据新闻事件,比较明确地发表意见,时效性很强;杂文则强调艺术构思,讲求语言的文学性、艺术性、幽默感,可以依赖新闻事实,也可以不受新闻事实的局限,时效性不是很强。

弄清二者的联系和区别,目的是更好地把握二者的特点和风格,把二者都写得更好,绝没有写哪个好、写哪个不好的意思。时评和杂文都很重要，谁都不能取代谁。写杂文，就要写出杂文味更足、文学性、艺术性、幽默感更强的好杂文。写时评，就要按时评的特点来写，同时尽力吸取杂文的长处，写出带有杂文味的、更有文采的高质量的时评。

我认为，新时期的杂文，仍然是"匕首""投枪"，因为社会上假恶丑依然存在，而且常常披着"正义""正当""合理"的外衣，所以更需要杂文这把"解剖刀"去破茧抽丝，揭露其实质。新时期的杂文，同时也应是"号角"和"火炬"，大量真善美的事物需要我们热情赞颂，因此也需要杂文像"号角"一样激励人斗志，像火炬一样照亮人生之路。如果一篇杂文里既有"匕首""投枪"，又有"号角"和"火炬"，有褒有贬，激浊扬清，效果会更好。社会进步需要杂文，新时期的杂文创作天地更加广阔，生命力更强，也将会更加繁荣。

读《火花》 促倡廉

张灵芝

邢志坚同志是人民网的反腐倡廉网络评论员，他的《火花》是我市第一本反腐倡廉杂文集，市委常委、市纪委书记徐廷敏专门为这本书写了序言，我们也把这本《火花》发给各级纪委的同志学习。邢志坚同志的杂文文如其人，一是社会责任感强；二是关注民生，亲民爱民；三是淡泊名利，难能可贵。

仗义执言　别开生面

王益龄

读了志坚的杂文集《火花》,很过瘾。志坚的杂文仗义执言,别开生面,充满了战斗性、批判性,令人耳目一新。我们的社会需要这样的杂文。也希望志坚同志继续努力,写出更多更好的杂文作品,无愧于时代,无愧于人民。

眼里有"活儿"　笔下有文

张明扬

志坚的《火花》是许昌第一本杂文集,其中的许多文章都很有见地。当下我们的社会状态就如季羡林说的那样,"假话全不说,真话不全说"。杂文家话语权有限,杂文的兴盛还有待于民主政治的发展。志坚同志选择写杂文,并且长期坚持,很值得敬重。读了他的杂文集《火花》,我认为有四个明显特点:一是思想敏锐,眼里有"活儿",笔下有文。二是观点尖锐,视角独特,切入点巧妙。三是写作勤奋,长期坚持,有时许昌的几家报纸天天都有他的言论,甚至有时一天能发两篇,充分体现了他的强烈的事业心和责任感。四是语言精准、形象,逻辑性强,有感染力。

"银针"疗世　妙手文章

高宇平

我与志坚同志相识已经有二十个年头了,他的杂文集《火花》的出版也是我早就期望的。综观其文,文如其人,多少年来,他一直保留着炽热的激情;保持着心底那份社会责任;保存着一腔打抱不平的正气与正义。一路写来,一路芬芳,"铁肩担道义,妙手著文章"。他练就了敏锐的视觉,缜密的思辨,独特的感悟,犀利的文笔,精到的表述,扎实的功力。多年来,他亦官亦文,坚持业余写作,坚守了当初新闻、报人、写作的那份情结,委实不易,难能可贵。

他的杂文定位准确,关注民生,激浊扬清,踩风踏浪,这是杂文永恒的精神。当然在与时俱进的新时期,杂文也不像旧时代那样,非要像投枪、匕首。我认为在 21 世纪的今天,杂文只要像一根银针,刺到穴位,就可疏通脉络,就能治病,这也更有利于构建和谐社会。志坚的杂文,我认为更像银针。《火花》中的文章尽管不完全是杂文,还有时评、随笔、感悟一类,但是,仍不失为一本具有较高质量的杂文集。相信这个集子的出版,一定会对我市的杂文创作起到积极促进和带动作用。

为社会文明进步鼓与呼

张永杰

我和志坚同志相识已 20 年,在一个单位里共事也有 6 个年头了。作为老相识、老同事,我深为志坚同志杂文集《火花》的出版发行感到高兴和骄傲,对今天这个专题研讨会的顺利举办表示诚挚的祝贺,对莅临今天研讨会的各位专家学者和组织者表示由衷的欢迎和感谢!

关于志坚同志的杂文集《火花》的创作思想基础、风格特点和价值作用等,有关领导和专家学者都给予了很高的评价和中肯的点评。有的人评价志坚同志的杂文"现实、朴实、辛辣、犀利",有的人说他的文章像匕首、投枪。我作为一个"门外汉",说不来杂文创作方面的专业话题,只能循着"文如其人"的路子,谈点自己对志坚同志思想和行为特点的肤浅认识,为寻求其文风特点提供些许脉络线索。

与志坚同志相识相处,其鲜明的思想和性格特点会让人立即产生深刻的印象:直言快语,思维敏捷,激情四射,朴实无华。我的感觉其特点主要表现在"三心四快"。

所谓"三心",即爱心、真心、责任心。他对生活、对人生、对社会充满爱心,追求完美,绝不因个人得失成败而灰心丧气,怨天尤人,他说"这就是生活"。他对同志、对工作、对事业一片真心,追求真善美,摒弃假恶丑,绝不因世俗而随波逐流,他说"只有真心付出才会有回报"。他对家庭、对工作、对社会有极强的责任心,理家有方他是名声在外;干工作就是争第一,他从事和领导的工作得奖无数,深得上级领导和有关部门的赞誉;他把业余爱好几乎全部放在写作上,不辞艰辛,不计报酬,不避"权贵",以苦为乐,以险为荣,为净化社会和促进文明进步鼓与呼。如此,非具有超强的社会责任心无从做起,更无从坚持几十年如一日!

所谓"四快"即眼快、脑快、口快、手快。"快"是志坚同志最显著的特点之一,他善于观察事物,思维敏捷,有很强的洞察力和分析辨别事物的能力,善于捕捉有价值的信息,善于抓住问题的关键,是为"眼快""脑快","一眼能识金镶玉";他心直口快,直言不讳,没有什么想说的话而藏着掖着的,更不会去搞阳奉阴违的阴谋诡计,这是"口快";还有"手快",在写材料搞创作上,他是市里有名的"快枪手",不仅勤于动手写作,而且写作快速高效,几十分钟就能成就一篇有分量的短文,数百篇杂文精选成集就是一个佐证。

充满智慧　有滋有味

陈汉

读了志坚的《火花》，我有三点感受：一是充满智慧。智慧是浓缩的思想，是思想的升华，志坚的杂文也显示出了思想的高度和作者的灵气。二是有滋有味。志坚的杂文经常运用生动形象的群众语言和顺口溜来反映民声，抨击时弊，很有看头。三是灵感迸发。这些杂文都是作者灵感与勤奋的结晶，有感而发，言之有物，给人以深刻的启迪。

小处着眼　大处收笔

张海峰

邢志坚老师身上有一种精神，那就是坚持。一个人三十年如一日，热爱写作，甘于寂寞，在有话要说的时候用自己的方式把它们表达出来，真诚对待生活，对待他人，对待自己。做到这一点不容易，值得我们学习。

邢志坚老师的杂文可以说风格多样，内容丰富，包罗万象，涉及政治、经济、文化以及我们生活的方方面面。小处着眼，大处着笔。杂文，被喻作匕首，短兵相接，直抒胸臆，直抵痛处，不掖着藏着。志坚老师的文字，皆有感而发，率性而为，文风朴实。他以自己敏锐的观察，告诉我们哪里出了问题，我们缺乏什么，应该怎么做。这必须具备两种素质：一种是敏锐，一种是忧患意识。既要能看到问题的本质，又要敢于针砭时弊，一针见血地指出问题，帮助分析问题，并探索解决问题的办法。这两种能力或素质，邢志坚老师都具备。他的抨击和褒扬，都是出于对社会，对人民深切的爱，如果没有这种爱和责任感,就不会有如此澎湃的激情,就不会有如此璀璨的思想火花。他的行文中有许多画龙点睛的议论,这种议论应该是此类文章的灵魂。

最后,我建议邢志坚老师杂文的切入方式可以更灵活一些,叙述可以更酣畅一些,思维可以打得再开一些,文采可以更飞扬一些。从有意到随意,不仅是形式上的进步,更重要的是思维上的进步。这样杂文才能越写越有味道。

杂文是传媒的灵魂和旗帜

李争鸣

报不在大,有"言论"则"名"。好的言论能为传媒增色不少。时评和杂文都是优秀传媒不可或缺的。杂文是时评的"高级阶段",时评是杂文的"微型化",短兵相接,迸发铿锵。《许昌晨报》过去有《辣味新闻》《红茶坊》《社会病门诊》等名栏目,有文学版面《文峰塔》,现在又新辟有《评说天下》言论栏目,这些都为我市的杂文创作提供了广阔的舞台,为杂文作者开辟了更多的园地。希望志坚同志的《火花》能成为燎原之火,激励和带动更多的作者辛勤耕耘,进一步繁荣我市杂文创作,迸发出更多、更亮的"火花"。

努力写出更多的杂文力作

王格慧

志坚的杂文集《火花》是一部有思想、有深度的大作力著,读后令人振奋。他以杂文家的犀利眼光观察社会,深入基层反映民声,坚持不懈,结出硕果,我代表市委宣传部向志坚同志表示热烈的祝贺!

目前杂文创作处于历史上最好的时期,胡锦涛总书记在作代会上发表的热情讲话,为杂文创作提供了很好的支持,杂文创作正当时。只要社会上存在假恶丑现象,就需要杂文作为"匕首"与"投枪"与之斗争。希望市文联、作协和杂文学会认真贯彻全国作代会精神,对杂文创作给予重视和支持,多举办一些这样的优秀作品研讨会,经常组织杂文爱好者交流创作经验,深入工厂农村基层采风,体验生活,使他们的眼界更开阔,努力写出更多的杂文力作,进一步繁荣我市的文艺事业。

明日黄花分外香

——记"河南省新闻出版系统老有所为贡献奖"获得者、许昌市老新闻记者协会秘书长邢志坚

苏红

苏轼曾有诗言"明日黄花蝶也愁",在古人眼里,过气的人和过时的事都算是无所作为、了无生机的"明日黄花"。因此在许多人心目中,干部一旦退了休,离开了工作岗位,自然也就成了"明日黄花"。然而在河南省许昌市,却有一位始终热爱新闻事业的退休干部,退而不休,余热生辉,让"明日黄花"再焕生机,又吐芬芳,最近又荣获了"河南省新闻出版系统老有所为贡献奖"。他,就是许昌市老新闻记者协会秘书长邢志坚。

乐为新闻献余热

"50后"的邢志坚,20世纪70年代就从事广播新闻工作,是新闻战线的一名老兵。他把自己从事的新闻工作当作一生挚爱的神圣事业,不懈追求,矢志不渝。几十年来,虽然他的工作岗位几经变动,先后从事过文秘、党务、纪检等多项工作,但无论到哪里都没有忘记自己的"新闻出身",没有丢掉多年新闻职业养成的责任意识和新闻敏感,长年坚持业余写作,每年都在各级媒体上发表大量新闻作品。

他退休后加入了许昌市老新闻记者协会,并被大家推选为秘书

长。作为一名新闻老兵，他深知肩负的责任重大。协会人少事多，业务繁杂，既要联系会员，组织活动，又要编辑会刊，协调各方，整天忙得不可开交。可他却乐此不疲，任劳任怨，充分发挥自己的人脉优势和业务专长，认真落实省市老记协的工作部署，紧密联系协会会员，充分发挥会员作用，积极主动做好协会的各项日常工作。对年龄大的老会员，他定期上门看望，征求意见建议。同时主动加强与省新闻媒体驻许记者站和市级新闻媒体的联系、沟通，争取他们对协会工作的支持，有效地扩大了协会的工作覆盖面和社会影响力。

作为协会会刊《行风文明论坛》的执行总编，邢志坚严格坚持高标准、高起点、高规格、高层次的编辑方针和"弘扬社会正气，宣传先进典型，关注社情民意，助力五型许昌"的会刊定位，贴近社会，贴近基层，贴近群众选稿征稿，力求指导性、参考性与知识性、趣味性兼顾，每期的"卷首语"他都亲自执笔，精心撰写，并根据读者需求，不断改进栏目设置和版面编排，使会刊的覆盖面不断扩大，质量持续提升，在每年省市新闻出版局的年审中均能达标，深受当地读者喜爱。

重操旧业勤笔耕

在认真履行秘书长职责，努力做好协会日常工作的同时，邢志坚并没有放弃自己的新闻追求，仍然勤奋写作，笔耕不辍，经常配合党和政府的工作大局，积极撰写各类新闻稿件，近年来先后在《经济日报》《工人日报》《中国纪检监察报》《河南日报》《许昌日报》及国内各大新闻网站发稿60多篇，并在河南文艺出版社出版了杂文集《火花》，在社会上产生了较大反响。

他写的新闻评论选题新颖，观点鲜明，论证严密，语言犀利，既直截了当地提出问题,又给出解决问题的建议,常能给人以振聋发聩般的警醒。前不久,他有感于各地频发环卫工被撞身亡的事件,写出了《请为环卫工撑起"保护伞"》的时评,明确提出要从法律、制度和科技三个层面帮助城市一线的环卫工防灾避难,既彰显了新闻工作者的人文关怀,又为城市管理者提供了可行的改进建议,广受好评。去年他针对社会上众筹风行、泥沙俱下的时弊写出的新闻评论《莫把众筹变"众愁"》,就实事求是地对比了中外众筹网站的异同和国内众筹热引发的严重问题,提出了完善相关法规、加强网络监控,保障投资人利益,促进众筹健康发展的设想,在《经济日报》刊发后,先后被几十家网站转载,并引发热评。

新闻采访是他曾经的业务强项,退休后他宝刀不老,重操旧业,以协会会刊为阵地,坚持自编自采,宣传先进典型,反映百姓呼声。他采写的反映河南省劳动模范、许昌恒源发制品股份有限公司董事长赵见栓潜心科研的长篇通讯《头发上的科技创新》在《科技日报》发表后,又被中国日报网等网络媒体争相转载。他采写的《清代举人故居损毁严重,市级文物亟待保护》的新闻在中国广播网发表后,引起当地政府领导高度重视,专门批示采取措施抓紧解决,禹州市政协有关专家为此特地登门向他表示感谢。他还把关注的目光投向和他一样退而不休、老当益壮的离退休老干部,先后采写了《耄耋之年笔耕乐》(许昌市离休干部、许昌市广播电视局原局长何茂亭)、《乐将余晖献夕阳》(许昌市老干部大学教务长、退休干部路应周)、《为了百姓身康健》(退休干部、许昌市太极拳协会会长张丙哲)等多篇人物专访和长篇通讯,浓墨重彩,纵情讴歌老有所为、奉献社会的先进典型,先后被国内多家媒体转载,对激发能量,弘扬新风尚起到了积极作用。

孜孜不倦"充电"忙

看到退了休的邢志坚仍旧每天忙忙碌碌,作品不断,有人曾问他哪来的精力和笔力,他的回答是:天天学习,时时"充电"。

这些年来,邢志坚无论工作多忙,晨读学习的习惯一直没有改变。每天晨练之后,洗漱已毕,他就静下心来,读书看报,每天至少一个小时的晨读已成为他获取信息、充实知识、开阔眼界、升华思维的重要途径。平时一有闲暇,他就手不释卷,不仅看书看报,而且还阅读多种文学期刊。退休后他自费订阅了十几种报刊,近年来又迷上了手机上网,快速浏览当天要闻后,就逐一阅读最新一期的报纸杂志,看到有用的信息或引发什么感想就随手记下,作为写作参考资料。当别人沉醉于酒席之间,拼搏在牌桌之上时,他却在孜孜不倦地学习、思考、写作。

邢志坚虽然年过花甲,却勤于学习,善于学习,学而不厌,"充电"不止,孜孜不倦地汲取新的知识,与时俱进地提高自己的素质和能力。退休后,他不仅自学并熟练掌握了 Word(微软办公文字)、Excel(微软表格处理软件)等文字处理和课件编制工具软件,还根据编辑会刊的需要,学会了 Coreldraw(图形、图像设计软件包)等排版软件和多款图像处理软件,新的知识和技能使他思维敏捷,如虎添翼,工作起来也更加得心应手。

对于敏而好学的邢志坚来说,学习不仅不是任务和负担,而且是怡然自得的乐趣和不可或缺的需求。他常说,世界在时时变化,社会在疾速前进,过去掌握的知识许多都早已过时,只有及时更新,不断升级,才能与时俱进,跟上时代潮流。看到他在智能手机上用微信和 QQ 娴熟地冲浪漫游,收发邮件,在朋友圈里交流信息,纵横捭阖,许多同龄人都连连称奇,自叹弗如。

412

最近他写的一首抒情诗《我是一片落叶》,形象地抒发了一个新闻老兵的赤子情怀——

悄悄地,我走了
正如我悄悄地来。
挥挥手,静静地,
飘落在这寥廓的霜野。
大地母亲在唤我回家,
我的生命并没有熄灭。
当我深情地亲吻大地,
母亲的怀抱早已将我迎接。

也许在生命的下个轮回里,
我还能与你不期而遇——
来年的繁花枝头上,
又有一片新发的绿叶……

(原载《为霞尚满天》,河南人民出版社,2015)

后　记

邢志坚

　　这是我正式出版的第二部杂文集,既是 2007 年 11 月以来在各类媒体上公开发表的时评和言论的结集,也是向杂文界的专家、师长和长期关注、支持我的读者交上的一份"答卷"。

　　我的首部杂文集《火花》于 2008 年问世后,得到了社会各界的关注和支持。河南省杂文学会、许昌市文联、许昌日报社和许昌市杂文学会专门在许昌联合举办了"邢志坚杂文作品研讨会",河南省杂文学会会长王继兴,国内著名杂文家赵元惠、陈鲁民、杨长春等 20 多位专家学者围绕我的创作历程及作品特点进行了多角度的深入研讨,并殷殷寄语,期待我写出更多高质量高品位的杂文作品。就好比众多高水平的医师、专家用高精度的 CT(计算机断层成像仪),对我的作品进行全方位、多角度、高分辨率的"断层扫描",并经过认真"会诊",找准了病因病灶,开出了治病强身的"良方",我大得裨补,受益匪浅。专家、师友们的殷切期望,也激发起我更加旺盛的创作热情,我决心不辜负各位名家高师的厚望,努力提高自己的观察思考能力和写作水平,争取创作出更多无愧于这个时代的杂文作品,向各位专家老师交上一份合格的答卷。

　　正是在那次作品研讨会的助力推进下,我的杂文创作进入了一个难得的"进化期"和"井喷期",不仅发表的数量明显增加,从三五百字的"豆腐块"进化为一两千字的"长腐竹",而且借助网络优势,在国内外多家网站同步推出,"遍地开花",大大增强了杂文的话语权和影响力。古人有"十年磨一剑"之说,我也有"十年答一卷"之意。这部汇编了十年来在各类媒体上发表的部分时评和杂文作品的杂文集《我行我诉》就是一份这样的答卷，至于能得多少分，还有待各位专家和读者的批改评判。

严格地讲，我的这本小书并不是文体意义上的杂文集，而是近十年陆续写下并先后发表的一些杂乱文章，既有时评，也有杂谈，又有随笔，可谓名副其实的"杂"文。因此在编选成集时，我没有采用按文章发表先后顺序排列的"编年体"，而是将文章内容和体裁分门别类，归纳为三个部分。第一部分"廉政评弹"和第二部分"世相漫议"主要是时评类作品，多是针对当时某种社会现象的评价或议论，属于时效性较强的"急就章"，虽然可能有些粗糙，"略输文采"，却可作为某个历史瞬间的抓拍"快照"。虽然有些"快照"可能存在"失焦"甚至"失真"的瑕疵，有些观点和提法用现在的眼光来看或许还失之偏颇，我也原样收录，立此存照。第三部分"人生感悟"则是用心思考、长期"反刍"的产物，本想借鉴传统杂文，让做出的"腐竹"更有营养，更有滋味，更有"嚼头"，却又怕东施效颦，弄巧成拙。最后的"附录"收录了一些有关我杂文写作和作品研讨会的文字纪要，只作为这部杂文集的背景介绍，并无自我炫耀之意。在我的杂文作品研讨会上，著名杂文评论家赵元惠老师对我第一部杂文集《火花》每部分前的卷头诗赞赏有加，因此这次我在杂文集中每个部分的正文之前，故技重演，胡诌了几句导读性质的顺口溜，权作吸引眼球的"开场白"和"定场诗"。

细心的读者也许会发现，我的第一部杂文集《火花》中多是几百字的短小文章，即"豆腐块"。而这部杂文集里收录的文章则大都在千字以上，有的长达几千字，我戏称之为"长腐竹"。我的家乡河南许昌出产一种叫作"腐竹"的豆制品，是将黄豆浆煮熟后表面的一层浆皮捞出晾晒而成，因其形如竹节而得名。比起小小的豆腐块来，腐竹不仅形制更长，体积更大，而且营养价值更高，口味更佳，更为食客所爱。我这一时期创作的杂文之所以由"豆腐块"变为"长腐竹",固然是适应媒体专栏和网评约稿的应时之变,同时也是杂文创作辩证思维和深度开掘的客观需要。社会套路深,辨析需用心,非三言两语能说得清,多方位观察,多角度论证,几百字的"豆腐块"已难以胜任。特别是对于腐败现象和不正之风,更不能满足于一针见血的揭露和义正词严的抨击,还要提出治标治本的建议,开出治病救人的良方,"长腐竹"式的杂文更能施展拳脚,发挥作用。好在杂文原无定法,宜短则短,宜长则长,只要读者喜爱,"豆腐块"和"长腐竹"自是不分伯仲,各有所长。

时常有同事或读者看了我的杂文后好奇地发问:为什么你多年前写的杂文现在读来仍不过时?你早些年提出的观点,例如"反腐败不能抓大放小""文贿当休""红头文件莫变味""名人也不能违法"等,为什么今天仍有较强的针对性?我听后无语,只能报之以尴尬的苦笑。多年前的文章不过时,对作者也许是美誉,但对社会却并非幸事,这说明多年前杂文所针砭的腐败现象如今仍然存在,从而凸显出杂文的无力和作者的无能。这可借用清代诗人赵翼《题遗山诗》中的名句:"国家不幸诗家幸,赋到沧桑句便工。"正是对社会上腐败现象和不正之风的愤懑和对公平正义的憧憬,才激发了杂文作者的创作激情。杂文抨击的腐败现象屡禁不绝,固然能为杂文作者提供取之不尽的素材、有的放矢的标靶和施展才华的用武之地,但对社会进步而言却绝非好事。倘若真的"国家不幸杂文幸",我倒宁愿自己所写的反腐杂文速朽过时,早早失去它的针对性。另一方面,只要社会上还存在腐败现象和不正之风,杂文针砭时弊激浊扬清的历史使命就不会终结,作为一名有责任、有担当的杂文作者就应当奋笔不停,以锲而不舍、滴水穿石的韧劲,坚持"老生常谈",鼓呼不止。

"文章千古事,得失寸心知",杜甫《偶题》诗中的名句也道出了我等杂文作者的甘苦和心声。我本布衣，退休后更是一介草民，只想做人生舞台下的看客和围观社会的"吃瓜群众"，从来不敢奢望能写出什么"下笔泣鬼神"的千古不朽之作。只要我这且行且诉的微弱声音在这众声喧哗的舆论场中能产生几个分贝的"音效"，能为一部分人所倾听，所容忍，所理解，所接受，所同情，所共鸣，则此生无憾，吾愿足矣！

衷心感谢佩甫同学和继兴会长在百忙之中为这本杂文集作序，我一定把他们的鼓励和关爱当作笔耕不辍的动力，争取在有生之年多出佳作。